万启福 著

野猫岩

西南大学出版社

图书在版编目(CIP)数据

野猫岩 / 万启福著. — 重庆：西南大学出版社，2022.1
ISBN 978-7-5697-0385-6

Ⅰ.①野… Ⅱ.①万… Ⅲ.①长篇小说－中国－当代 Ⅳ.①I247.5

中国版本图书馆 CIP 数据核字(2020)第 146331 号

野猫岩

YE MAO YAN

万启福　著

责任编辑：	张　昊
责任校对：	李晓瑞
装帧设计：	观止堂_未氓
排　　版：	瞿　勤
出版发行：	西南大学出版社（原西南师范大学出版社）
地　　址：	重庆市北碚区天生路2号　邮编：400715
	市场营销部电话：023-68868624
印　　刷：	重庆市正前方彩色印刷有限公司
幅面尺寸：	160mm×230mm
印　　张：	22.5
字　　数：	290千字
版　　次：	2022年1月　第1版
印　　次：	2022年1月　第1次印刷
书　　号：	ISBN 978-7-5697-0385-6
定　　价：	68.00元

第一章

重庆有个言子儿:"将军解甲归田——歇马。"

歇马这个名字的来源,镇志上文字极简略:"歇马镇南宋时期为送军邮、民信之驿站,故名歇马场。"

仔细探究,还真有名堂。歇马场本是一个野旷之地,古时候人烟不旺。湖广填四川之前,战争绵延了五六十年,一会儿"八大王"与明朝军队开战,一会儿明军与清军开战;没隔几年,又轮到清军与吴三桂开战。川中仗打得凶,这儿便成了粮秣聚集之地——歇马距嘉陵江北碚船码头只有20来里路,到青木关也比到码头远不了多少,居中之地,恰宜建个粮站驿站什么的,好让供运粮秣及过往的马匹及人员歇歇气。

还有一个说法。明清时候由重庆入陕的道路,即重庆至合川的"秦巴古道",其驿站分为"十塘",经青木关进入璧山,由井口"二塘"翻越歌乐山,经兴隆场进入歇马。歇马至少有两条山路可以翻越缙云山垭口,到达璧山界的"七塘""八塘"。久而久之,歇马这个便捷之地便成了驿站。

渐渐地,歇马这地儿热闹起来了。

华蓥山山脉有两条越过嘉陵江,从北跳到南,一条是缙云山,一条是中梁山,两条山之间是小山岗阜及平坝。歇马的平坝比较多,而且溪河多,其中最大最宽的梁滩河在平坝边流过。

梁滩河长达百余里,跨了几个县,溪水流到大磨滩一带,形成几十米高的瀑布,溪水溅落,流到石潭以下便称为"龙凤溪"。龙凤溪有一道长滩,平常可通小木船,嘉陵江涨水的日子,可通大船。从歇马到北碚沿着溪边的路走,有一条一尺多宽的青石板路,号称"大路","叮叮咚咚"了几百年。不过,这都是以前的老龙门阵了,抗战初期,从青木关到北碚修了一条公路。石板路少有人走,溪河里的鱼虾反倒繁盛了。

野猫岩在歇马老场头,它最初的来历没有人道得清,说得明。但是,"野猫"这两个字很关键,至少说明它的来历和野猫有关。老歇马场是建在一个浅岗上的,如果飞到天空,放开眼睛打量,这条岗很长,从歇马场延续到北碚城河边的马鞍山庙嘴,足足有十多公里。

多少年以前,这岗上野猫啸集,想来也是地势使然。歇马老街基本上是一条街,长度至多一公里,老街距野猫岩差不多一公里。这两公里内竟有三条小溪,都是从缙云山发源的,溪中鱼虾多,场上及周边人家养的鸡鸭也多。邻近粮囤,糠粒米屑之类玩意儿不缺,近水楼台自然先得月。

莫以为"野猫"都是山猫儿或流浪猫儿。野猫岩这地儿最初也是"大猫"呼啸之地。

《北碚志》记载中,缙云山有豹子出没,没有老虎啸聚山林的文字记录。

而元末诗人吴皋阳写了一首《汤峡口造福碑》,诗云:

  迢迢汤峡口,人言虎横行。
  回磴石乱盘,飞峰云下征。
  祸贼凭空来,孽雄傍险生。
  白昼搏人食,青山度客惊。
  …………

诗中这个猛虎横行的汤峡口,就是北碚温塘峡口,也是缙云山临江端头。

北碚民间也有与老虎相关的传说。歇马雷打石《万氏家族志》明确记载:万氏入川一世祖以打虎名闻乡里。明末清初,湖广万氏兄弟到歇马插笞为业,当时这里一片荆棘,两兄弟开荒种地。家业筑基后,见时有老虎下山到野猫岩一带捕牛拖猪,噬人伤人,这也危及自家生命和财产安全。于是他们"整备窝弓射猛虎",赢得了打虎将之名。万家大哥二哥被老虎咬死,只留下两双腿,埋在老屋后面,垒坟竖碑,当地人称它"脚板坟"。

其实,歇马场的孩子们把野猫岩当歇马场喊,喊得热热闹闹的,却没人知道野猫岩的来历。似乎只有一个孩子知道,因为他小时候的绰号就叫"野猫儿"。

歇马不过是一个小场镇,经济模式除了大规模的农耕,便是寥寥可数的小饭馆、小茶馆、小栈房、中药铺、裁缝铺、铁匠铺、酿酒作坊、碾米房之类，自给自足，有时还得看老天爷的脸色。几百年间，不过是个转运站、过路场。

抗战时期，因为从青木关到北碚的碚青公路经过歇马，国民政府的一些中央机关、学校迁驻到了这里。

1939年，国民政府立法院迁来歇马独石桥，国民政府司法院迁来歇马连池沟，国民政府监察院迁来大磨滩，国民政府最高法院迁来歇马涂家坪，国民政府司法行政部迁来歇马小湾，国民政府行政法院迁来磨滩富源村，中苏文化协会迁来歇马场白鹤林刘家大院。1940年，国民政府军事委员会战地党政委员会迁来歇马盐井坝，国民政府行政法院迁来磨滩富源村。1940年，中华平民教育促进会在歇马场大磨滩创建了私立中国乡村建设育才院，后改名私立中国乡村建设学院，晏阳初任院长。

这使得歇马出现了短短几年的繁荣。抗战胜利后，这些单位除乡村建设学院外，都迁回原籍，歇马又还原为小乡场。

1958年大炼钢铁，野猫岩对面的大平坝中，陡地办起了一个北碚钢铁厂，"多快好省"的"大跃进"，阵势大，来得快，走得也急。没过两年，这个"北钢"便偃旗"歇马"了。只留下好大一块儿地盘，水泥占领过的地又被野草占领，好像还是那么平顺，却不宜种庄稼，种了也收成寥寥。

野猫岩这里，是一块风水宝地，自不会寂寞。时间刚刚翻到1964年冬天这一页，野猫岩对面的平坝忽然热闹了起来。那是一个小雨霏霏的日子，雨如细絮，飘得很小很小，飘在衣服上不显水湿印，飘在头发上亮晶晶的。

几辆小车和卡车开到北碚钢铁厂的废弃厂区，一群人下车来。看他们的装束，不是领导干部就是工程技术人员。他们在那儿忙开了，走走停停，指指点点，内中有两个小年轻，一个在本子上飞快地记录着什么，一个则走过去走过来穿花巡柳般拍照……三个钟头后，这群人走了，车子开往大磨滩方向。

野猫岩的村民们看见了，议论纷纷。张幺娃仗着年轻，脚板翻得快，悄悄跟在这群人后面，跟踪了好久。他回家后悄悄跟他堂客麻姑说："北钢那些地，我看又要派上用场了。"

麻姑听了，"扑哧"一笑，然后说："你娃儿在磨子上睡大觉，睡醒了想转了，把冷粽子当热糍粑叫卖。你娃儿现在才晓得，隔壁陈幺姐的姐哥在公社当干部，前几天就传话给她，说是北钢这块地，要从江南迁来一家大厂，厂很大，北钢那块地不够用，还要征些地。"

麻姑说的北钢那块地就是北碚钢铁厂关停后撂下的地。

张幺娃不信，急忙问："迁厂来，迁大厂，真的还是假的？这样大的事儿我怎么没听见一点儿风声？"

"你晓得？你哪天不是困懒觉，蛇钻屁眼儿都不晓得扯！"麻姑吼起来，上前把丈夫的右耳朵一扯，说，"你明天到公社去，悄悄找你艾老表打听一下，如果真要建厂，找艾老表提前疏通关系，二天在厂里找个活儿干，哪怕当个抬工，也比挖月亮锄强几倍！"

"大粪还要屎来浇。"麻姑一放手，张幺娃小声嘀咕了一句。其实，在野猫岩生产队，类似的消息早传开了，群众的眼睛是雪亮的，想进厂干活这种小算盘，个个都在悄悄拨。

之后接连几个月,不断有城里人来这儿指点江山。他们来一次,野猫岩的人就兴奋好几天。早点儿迁厂来哟!盼啊,盼得眼睛酸脖颈长。野猫岩人穷,人均不到一亩地,地里收成少,队上除了一个打米房,啥企业也没有,每个工分值两角四分,煤炭钱、盐巴钱、娃儿学费,看病吃药……都得靠老少妇女编草帽来挣。

咫尺之隔的歇马镇上,尤其是那些茶馆,更是人声鼎沸,议论纷纷。

老茶哥"牛阴阳"特别展劲儿,他人过中年,说话的劲儿足:"那群城里人第一次来的时候,野猫岩的几只野猫叫了足足半夜,春叫猫儿猫叫春,猫儿犯吵,歇马场的母猫……"

他的话还没说完,正在下象棋的明老师敲了一下棋子,两眼直盯他,"牛阴阳"不开腔了,分明是怯场。

"牛阴阳"在明老师那儿栽过不止一回跟头。远的不说,就说浦陵厂刚在大磨滩大石盘建厂的时候,"牛阴阳"就说那地方穷山恶水,啥子灯儿的大石盘,石头疙瘩,鬼都不生蛋,要建厂怕是"石板上栽花——无根底"哟。

明老师就和他打赌,打输了请全茶馆的人吃豆花和烧白。明老师赌的是厂建得成。果然,厂房很快便矗立起来了,占地一百多亩,气势不凡,站在十几里外的北碚城边龙凤桥对面的茅草坡,也能望见厂房。几十里外的人也跑来观看……

"牛阴阳"输了,却没请人吃豆花、烧白。以前在江湖上跑了20年,他多少算个"精"。有天大清早,明老师前脚走进茶馆,"牛阴阳"后脚跟了上去,大声武气地吆喝:"各位,今天的茶钱我请了。"这句话含混,大清早,茶馆喝茶的不满一桌人,先去的四位,茶一上桌就付了钱,"牛阴阳"付的茶钱就他和明老师这两碗。明老师揭开茶杯盖,用盖子荡了一下水面,抿了一口,冲"牛阴阳"一笑。

没过几天,北钢废墟边的一户农家平房门边挂了一块牌子出来,名叫"红岩机器厂现场指挥部"。几十个建厂先遣人员进驻了指挥部附近的民房。他们一来,就忙开了。

不久,一支由几十辆解放牌汽车组成的汽车大队,以及大拖拉机、塔吊车开进了北钢废墟。车一辆接一辆,排成一字长蛇阵,鸣响着、轰响着,浩浩荡荡经过歇马街道。人们都涌到公路两侧打望,一直望到车辆拐弯……惊奇、感叹、欢呼,议论纷纷。

北钢废墟这儿果然建厂了。1965年2月2号,举行了开工典礼,现场总指挥一声令下,由西南建筑第四公司施工队、重庆建工学院400多实习师生、红岩厂建厂人员以及民工组成的一支3000多人的施工队伍,全部进场。工地上车水马龙,一片火热。

建厂初期,条件异常艰苦,建筑工人们搭篾席竹棚居住;进厂的先遣队员住旧农舍,在池塘打水洗脸洗衣服,厕所也是使用的临时茅厕……

这些先遣队员有无锡人、河南人和重庆人,个个风华正茂,他们为着一个共同的目标走到一起来了,面对艰苦却热情不减,白天忙工作,夜晚谈理想。星期天,大群人会聚在大磨滩,观瀑、谈笑、摄影、高声吟诗……

工地热气腾腾,每天都在发生变化。不到一个月,北钢废墟被梳理得一马平川,废弃的佝偻小钢炉被拆除。工地实现了三通:通电、通水、通路。

歇马街上以及附近的人不时跑到工地上看热闹。机器轰鸣,车来人往,不时有炮声响起,浓烟漫空。路口有人手拿小红旗执勤,人们只能远远观看,渐渐地,去看热闹的人少了。

有一阵子,工地上的炮放得"野盗",碎石被炸飞在田土里,炸坏了一些庄稼,几只鸭子被炸伤了……生产队有人说怪话。

茶客们议论纷纷。

歇马的茶馆十几家,小街一条,直通野猫岩,这街实际上与野猫岩同处一脉山梁,是一道缓上坡。茶馆散处于小街的小饭馆、小面馆、包子店、百货店、土产日杂店、废品收购站、药店、理发店之间。离公社大门不远的街口有个茶馆,公社的告示、电影广告往往贴在茶馆外的墙壁上,那是个人气旺聚之地。

大的茶馆十来张八方桌,小的五六张桌。小茶馆茶客旺时,就在街沿、后阳沟天井摆上几张桌。不赶场的寒天茶客不多,但老茶客天天去。一逢"一、四、七"赶场天,茶馆便挤得满满当当。从古到今,茶馆就是生产话题、传播消息的地儿,也像社会舞台,台上自然有些角儿。

"牛阴阳"、明老师常坐的茶馆,位置在小街中部,有一条小溪从屋后潺潺流过。"牛阴阳"是这茶馆的主角儿,他唱的俨然是白脸,讲的多是道听途说,有的消息是准确的,多半却是信口开河,往往把一粒芝麻当一个西瓜来讲,还不时加点儿阴阳八卦的佐料。不过,他的话无伤大雅,因为他表达的是歇马人的愿望:早点儿把厂建起来。

明老师自然是唱"正南其北调儿"的主角儿,他很少开腔,只有在"牛阴阳""吹壳子""打飞机"话说过头的时候才插上两句。

"牛阴阳"把石头飞到地里的事儿讲得像五雷轰顶。

明老师放下中药书,隔着方桌发声:"'牛阴阳',炮炸飞了,野猫岩的人得到赔偿没得?""牛阴阳"说:"得到了,厂里头赔的钱,钱足秤够。"

明老师说:"那你还说些啥子花头!看一件事情,要看长远,盯大头。"他用眼睛巡视屋里的茶桌,然后说:"这个红岩厂一来就是几千人,要吃喝拉撒,件件都和歇马场有关系。莫说别的,只说拉撒……"

"牛阴阳"插嘴抢话:"明老师,你说的我全晓得,几千个人屙屎屙尿,野猫岩的人屁眼儿都要笑圆。"好几个茶客异口同声地说:"是噻,是噻,周围团转的庄稼不缺肥了。"

野猫岩及附近生产队的人没得空闲上茶馆了,赶溜溜场的人也少了好多。张幺娃和队上的几十个青壮年到红岩厂建厂工地当"五匠","五匠"就是石匠、木匠、铁匠、砖匠、瓦匠之类。张幺娃他们是歇马场的"地主",工地上要杂工,厂里自然首先考虑用他们。

男人上工地了,麻姑这些堂客、婆娘也没闲着,天天到工地口子上卖自留地产的蔬菜瓜果。那么多工棚立在这儿,吃新鲜菜自炊的大有人在。一早一晚,路口比歇马街上的菜摊还热闹。

仿佛眨眼之间,厂房修起来了,道路也修好了。厂区占地500亩,包含厂部、金工车间、装配车间、铸工车间、锻压车间、工具车间、设备车间、热处理车间及库房……厂房建得又高又大,道路四通八达。其中,金工车间长198米,总面积7250平方米。安装了185台金属切削机床,新崭崭的。此外,还修了医院、小学、体育场,以及办公楼。

"牛阴阳"跑到红岩厂溜了两圈。他在城里工作的亲戚到歇马,由他带着参观了红岩厂……他到茶馆把这事儿大吹特吹,他说:"我堂哥在国营机械厂当车间主任,他说红岩了不得,莫说别的,光是金工车间那阵仗,就超过我们厂十倍!"

距2月2日建厂开工仅仅过了一个半月,3月17日,红岩厂家属楼开始动工了。在野猫岩上开凿岩石筑基,仅仅用了20个星期,建成了18幢高楼。这个建筑工程由西南建筑四公司打主力,带队的经理姓万,这汉子精明得很。而重庆建工学院的400多名师生也参加了修建,这些师生实习劳动热情饱满,有的女学生下了班走在路上,还在做抹墙粉水的动作。

家属楼依山势高低而筑,由低向高,达四五层,又一字儿横在石梁上。青砖楼房,一单元一个楼道,楼高四层,在整饬之中还有一种错落之美。每幢楼之间有几十步石梯,楼厦之间还有通道穿插,显出巴山石板路的韵味。如果道旁有杂树芃芃,则形如江南山阴道了。

这一群楼,近看,感觉它有一种气势,因为在北碚梧桐城,没有哪一个工厂的宿舍有这样的气势。而真正能领略这种气势的地方,则在歇马通向青木关的公路上,在路边朝野猫岩望过去,石梁上的这一大排新楼房不像家属宿舍,而像一座城堡,或者是一片水泥森林。

"牛阴阳"常在那儿转悠。他在茶馆模仿一个女的做粉水动作,说她的姿势好像摇风打扇。明老师纠正他说:"错,这叫风摆杨柳。"

北碚财贸系统在家属区附近设立了工矿贸易商店,商店大得像城里的百货公司,有百货商店、餐馆、理发厅、书店、药店、杂货店……简直把家属区办成了一个小社会。在红岩厂区内还设了饭馆。

明老师是"下江人",在红岩厂有同乡,他不时到那里走走。看见宣传栏的好文好诗,也掏出小本子记下。有一天他看见一首诗,被那激情似火的诗句点燃,便习惯性去掏本子和笔,钢笔掏出来了,本子却没掏出来,忘带了。

他便在地上来回寻找,终于找到一个空香烟盒,仔细拆了,用手把

烟盒和锡箔抹平。然后记下了那首诗:

呜!呜!
汽笛长鸣!
长江客轮一次次地
穿越天堑,
穿越大半个中国!
从江阴城出发,
把无锡内迁职工
送往重庆,
送往大三线!
再见了,我的故乡无锡,
再见了,我们洒过汗水的工厂,
再见了,我的亲亲戚戚,朋朋友友,
谢谢你们的深情送别!
虽然我们将天东地西,相距遥远,
但我们的心,
将永远留在鱼米之乡的故土无锡!

明老师也不时到野猫岩。他给家属楼群取了一个名字,叫"野猫岩森林"。他很得意,名字取出来那天晚上,他喝了二两泸州大曲。

那天晚上,他女儿明燕从大城回家,见他在宣纸上狂写"野猫岩森林",一脸酡红,张嘴就说:"老爹,你文绉绉的,取的名儿却这么土!我看,不如叫'红岩森林'。"

明老师一愣:"'红岩森林'？嗯,有意义。"他马上点燃一支烟,吐了两个烟圈才说:"'红岩'这名响亮,不过重庆多了去。另外,歇马场的人还给它取了个名字,叫'红宫'。野猫岩虽野,还有点儿土,不过,它在我眼中,是歇马的代名词。"

"哦"了一声,明燕说,"我懂了,越乡土的名字传得越久,它有不可替代的个性。"

这名不晓得怎么的并没传开,不过,人们一说野猫岩,说的实际上就是红岩厂,就是歇马场。

家属楼修好后,家属开始进驻。陆陆续续,楼满屋满。周围团转的农民闻风而至,他们见缝插针,在家属宿舍道路的路头路尾摆摊设担,把新鲜蔬菜、水果、鸡鸭鹅鱼及禽蛋之类直供家属购买。

这时,小磨滩、石碑口一带也在修建工厂了,什么转速仪表厂、实验设备厂、工模具厂……重庆一家光学厂早一些时候搬来,因为过了垭口转了一个角,不显眼。这几家厂都不大,云南人、江浙人、重庆人……杂处一厂。自然,也来了一些上海方向的人。这几个厂的家属区前面空地上也不时有农民卖菜。石碑口紧挨着野猫岩,最大的自由市场设在它们的接合部。

歇马的城乡人等对于红岩厂、仪表厂的职工和家属充满了好奇,对南腔北调似乎不大好奇。

抗战时期,国民政府的一系列中央机关及私立中国乡村建设学院等都设在歇马,外省各地的口音,歇马人听了好几年。加上新中国成立后有军事院校、部队迁驻,所以歇马人对外省人口音并不陌生。

在袅袅茶香中,"牛阴阳"说:"红岩厂的人是江浙人和河南人,反正来的都是'下江人'。"附和他的人占了大半。"牛阴阳"说完后双眼直瞟明老师。

明老师用盖碗盖刨了一下茶沫,不紧不慢地说:"牛老兄说的基本对,为啥子是基本对?河南人嘛,以前,他们到北碚的多,腔调早听熟了,只来了300多名职工,家属也差不多是这个数。至于江浙人,据我所知,红岩厂来了几批,一共3000多名职工,还有几千个家属,绝大多数是无锡人。无锡在太湖边上,和苏州是挨门接户的隔壁邻居,江南鱼米之乡。一下来了几千人,他们是整体搬迁的,原来的厂在无锡会山。'牛阴阳',你知道惠山不?"

"牛阴阳"把叶子烟竿从嘴边移开说:"啥子会山,开会的山?我不晓得。"

明老师说:"惠山出泥人,'惠山泥人'是举世闻名的工艺品。""牛阴阳"闷起不说话,不知道他晓不晓得啥子叫"惠山泥人"。

明老师问大伙儿:"大家是老资格的茶哥,知不知道'天下第二泉'?这个泉就在惠山,叫惠山泉。"

"知道!知道!"有好几个人回答。其中,"牛阴阳"的回答声最大:"哪个不晓得,不晓得瞎子阿炳的人绝对是哈儿!我从前算命那阵儿,拉过《二泉映月》的哟。"

"牛阴阳"对明老师的消息灵通和博学服气,但性格使然,他忽然发了一个"歪脉",要讲点儿他认为出格的好笑的话题来引起众人的关注。

他说:"明老师,你说那些无锡人,那些女的跟仪表厂来的上海人没什么区别,小气得很。莫说别的,就说买菜,挑剔得很,在挑子里精挑细选。选好了把菜捧在手里,生怕别人抢她的!然后对卖主儿说,'你这青笋老脚叶这么多,还带些泥巴……'先贬低一番,然后才压价。价讲好了,她把手里的菜甩了又甩,甩干水滴才去称秤,两眼紧盯着秤星,旺得平不得!给了钱,还要拿两三根葱葱蒜苗……"

"就是!就是!"好多个茶客随声附和。随后又有人摆相同的龙门阵,主角又是无锡人、上海人。

明老师晓得许多无锡人的龙门阵,被群情所激,他本想摆一个笑话,又觉得不妥。他巡视茶馆,感觉到一股寒气逼近,不对,这种气氛不对。"吭……吭……吭……"他先咳了几声,"牛阴阳"和好多老茶哥都把脸转向了他。

明老师说:"各位,你们听到的看到的,以及谈到的,我都晓得。但话说到这份上,我得插句嘴,正南其北说红岩厂。

"1965年5月,红岩厂边建厂,边安装,还边投产。到9月份时,建厂结束。原定计划是十个月完成建厂,结果只用了八个月,整整提前了两个月。红岩厂的人建厂,搞三线建设,真的是争分夺秒。

"实际上在1964年9月,筹建红岩厂的余厂长遵照西南局三线建设委员会的指示,按照'高山旁侧、下马厂基、注意隐蔽'的12字选址方针,专程到四川灌县(今都江堰市)、宜宾、泸州、万县(今重庆市万州区)等地寻找建厂地址,最终选定北碚歇马。"

"牛阴阳"急忙问:"啥子叫'高山旁侧、下马厂基、注意隐蔽'?"

明老师放慢语速,当即一是一、二是二地解说了一会儿,又继续说:"红岩厂东选西选,到川西坝儿、川南和万县看了好些地方,最终选定歇马,这是歇马发展的机会!"

茶馆内鸦雀无声,明老师趁热打铁:"各位,你们想过没有,这些无锡人为了来歇马,从无锡赶到江阴,从江阴坐轮船沿长江而上,跑了三四千里路,分了五批,才从江南鱼米之乡搬迁到歇马场这个穷乡僻壤。受了多少苦多少累暂且不说,单说他们在经济上、生活环境上做了好大牺牲,你们不晓得!"

"牛阴阳"吧嗒了两口叶子烟,叹了口气,对明老师说:"老明,你给大家说说。"

明老师喝了两口茶,合上盖碗,加大音量说起来:"这个红岩厂唰,它的前身是无锡动力机厂,生产的船用柴油机全国有名,连东南亚那些国家也欢迎他们的机器。按照中央的部署,他们全厂搬到歇马。这意味着什么?意味着原来的办公楼、厂房、宿舍、医院、学校、幼儿园、电影院,啥子都带不走。自己家里的好多东西也带不走,比如大家具,比如坛坛罐罐,比如经营了好多年的花园、菜园子,也都丢在老家。他们拖家带口来到歇马,人生地不熟,新安置一个家,住的、穿的、吃的,啥子都要添置,样样离不开钱。"

烟气弥漫。明老师拂了拂手,放低声音说:"他们虽然是城里人,是国营工厂的职工,敲钟上班,盖章拿钱,每个月工资却只得那么多!况且,许多家属没得工资拿,遇上一家几口只有一个人领工资养活的,就雪上加霜,难上加难。"

见大家一脸关注的神情,明老师问:"你们晓不晓得红岩厂工人的月工资是好多?"有好几个人回答,但没一个人回答得对。

明老师振振喉咙,然后说:"我来告诉你们,一个四级工的工资才六十七八块钱,这六十七八块钱通常要养活六到八口人,平均一下来就少啦。还有占大多数的二级工,只有四十多块钱的工资,也要养活老婆和两三个孩子,如果还要奉养父母,那点儿钱,我不说了,自己心中都有把算盘。"

茶客们听了先是一愣,然后议论纷纷,茶馆店堂顿时变成了菜花地,蜜蜂嗡嗡。

"牛阴阳"说话了,第一声是"闹个锤子",然后说:"明老师说的是大实话,一句也没有驾云。我到野猫岩家属楼去过好几家,那房子外面看得,里面很窄。我去的两家,分的是最宽的房子,总面积没超过30平方米。房主人是个八级工,月工资才98块钱,他要养活老婆,还有七个娃儿,每个月还要给两家老的寄钱。"

"络儿胡"搭嘴说:"我也去过,那么多人挤在小屋子里,娃儿的床铺朝天上爬,安了木梯子,梯子油光光的,像抹了猪板油。说个要不得的'当球话',我院子那间空猪圈……""牛阴阳"一声"爬哟",止住了"络儿胡"的话。

明老师晓得"络儿胡"想说的是"我院子那间空猪圈也比这个宽",话丑,但是一句大实话,"络儿胡"以前是杀猪匠。明老师向"牛阴阳"点点头。

明老师讲这段话,用的是歇马口音,里面浸润了一种感情。他提高音量问:"他们在无锡老家的时候,有自己的菜园子,只要舍得力气,啥子菜没得?"

茶馆里十来张方桌的茶客更安静了,吧嗒叶子烟的声音、开合盖碗的声音清晰可闻。

明老师是"下江人",抗战时从苏州来到歇马,是晏阳初先生的学生,以前在白鹤林乡村建设学院教书,后来留在歇马,在一所中学教书。病休了,家住歇马白鹤林,就常到茶馆喝茶、下棋。他见识不凡,平常话语不多,却在关键时刻显露真章,让大家钦服。

他见大家都安安静静听他讲,于是又娓娓而谈:"以前我在乡建教书的时候,听好多先生讲过,机关也好,学校也罢,他们从大地方来到小地方,总会给小地方留下一些好东西,比如先进的理念、科学的技术、文化的普及,以及现代的生活方式等。这些好处呢,可能一时半会儿显不出来,时日稍久,就会显出好结果。"

"嘿!"明老师自拍一下脑门又说,"我刚才说得有点儿玄乎,斯文吊吊的,那么讲点儿实际的,白鹤林的中国柑桔研究所,就得了乡建学院的好处。晏阳初先生办华西实验区,歇马人得了不少好处。当然,柑研所又把好处传给了歇马。"

茶馆里顿时闹哄哄的,大伙儿不是起哄,而是在细说好处。有的说:"柑研所的老师来指导,我家的广柑结得又多又好。"有的说:"柑研所的老师一指点,我学会了嫁接……"

明老师静静地听了一小会儿,喝了两口茶,咳了两声,发声说:"再说近些,人家无锡人买菜讲价,是他们的生活习惯。江浙人精明,你们中的一些人只看到他们买菜杀价这一点,这一点恰恰反映他们会做生意,如果放大到商品经济,也值得我们学。再说了,他们几千人一来,我本来担忧歇马的菜价要涨,他们一杀价,我反倒不忧了,他们是在帮我们平抑价格。"

这时,茶客中传出了嘀咕声,有人嚷出声:"我又不是街上的,我不买菜吃。"

明老师叩响盖碗："在座的种庄稼的不少,你们回去问问,周围有多少人卖菜,有多少菜卖给了无锡人、上海人?赚到钱没有?"

这一问,茶馆里响起一阵嗡嗡声。有人说:"卖菜的多的是,家家户户。"有人说:"鸡鸭鹅兔,尤其是蛋,这类东西卖得快得很,有多少卖多少!不像以前赶歇马场,或者赶其他'溜溜场',或者远远跑到北碚场那么费力。尤其是卖鸡卖鸭,卖不脱提回家,每次总要瘟它一两只。嘿,竹篾货、麦草帽这类小玩意儿也卖得好……"

"络儿胡"高起声音说:"要是国家准许自己杀猪卖,我看我每天宰它三五头拉到野猫岩,肯定好卖得很。"

"鱼也很好卖!""水果也好卖!"许多声音响了起来。

这时,一个中年汉子站起来,他刚进来不久,向明老师、"牛阴阳"拱了拱拳,说:"我补充一点哈,我经常赶溜溜场,野猫岩、大磨滩、小磨滩、青木关,凡是建了三线厂的地方我都去卖过鱼。那么多的家属楼、洋房子,我想,以后种花来卖,比如兰草、茉莉、月季、黄桷兰,一定好卖。"

"牛阴阳"一听就笑了起来:"沈根远,你娃儿没读几天书,打鱼嘛还算在行,啷个忽然想起卖花?这年头农民肚子没喂饱,种粮高于一切,工人拿死工资,怎么可能买花?"

卖耗儿药的茶客"耗儿药"是"牛阴阳"的死党,他也开腔了:"我到乡场卖耗儿药都被人认为是投机倒把,我看种花卖花是'封资修'的玩意儿,乱劈柴,一点儿板眼都没有。"

沈根远想反驳,明老师用眼光制止了他。明老师右手一挥,说:"'牛阴阳',从长远看,沈根远说得在理,有见识。别的不说,我这里有个数据。"

说罢，他从中山服口袋掏出一个小笔记本，翻开看了一下，朗声说："我从朋友那里得了一个资料，红岩厂确定了一个1966年的工作奋斗目标，叫作'一、二、四、八、创'。具体来说，这五个字就是五大目标，比如说这个'二'，是指1966年，红岩厂柴油机年产量达到200台。'八'呢，指的是搞厂社结合，红岩厂支援我们歇马公社，努力使粮食产量达到亩产800斤。最后这个'创'啊，则是红岩厂帮助歇马公社创造成为'大寨式'的新农村。"

明老师分析道："红岩厂制定的五大目标，有两个都和我们歇马密切相关。红岩厂发展繁荣了，歇马也直接受益，可以说，红岩厂的明天，就是歇马的明天。"

"哦，"明老师大声说，"这句话还落实到仪表厂、浦陵厂、光学厂身上，他们也有类似的、支援地方经济发展的任务。嘿，过不了多久，我想不但沈根远种花卖，'牛阴阳''耗儿药'，你们也会种花卖。"

讲到这儿，茶客们像蜂子乱群，"嗡"的一声，响亮得像雷声滚过。"耗儿药"对"牛阴阳"说："到那时候，我肯定种花，花好卖钱哟，不卖龟儿子的耗儿药了。"

这天，甄木匠帮人打好一个粮食柜子，从小湾家门口步行到歇马买合页、螺钉，五六里路，他年轻，撒开脚丫，20分钟就到了街上，很快买到了货，便到茶馆吃茶。

他进的恰是明老师"讲经说法"的茶馆。听了明老师的一席话，心里不由活泛起来：我家附近小磨滩的三个仪表厂正需要建筑小工，木工是不可少的，我该去参加。厂房、宿舍楼正在修建，我这阵去，可多认识几个人，以后打家具的活儿一定揽得多……

心里一活泛，回家的步子也轻松起来，甄木匠在田坎上边走边唱：

栀子花开嚓叶儿稀，你好生看望嚓我的妻；我在外头嚓挣银子，你在屋头嚓耐烦些。

一唱到"耐烦"，他心尖儿发颤，他老婆叶栀子太漂亮了……

回家见到叶栀子，把他听到的以及今后的打算一说。叶栀子揪了一下他耳朵，尖着嗓说："前几个月，小磨滩仪表厂招人，你说是小工，朝出晚归去应卯，一点儿也不自由。这回想通了，好，准你去。对了，我听场上的人说，像你这种有手艺的返乡青年，还可能在厂里转正。"

甄木匠不大相信："真的？"叶栀子说："煮的！"不晓得谁先做动作，两口子抱在了一起。

第二天早上，甄木匠被老婆一脚踹醒。他出门时，叶栀子递给他五角钱，叫他到小磨滩工地时，别忘了买一包大前门，去招待朋友。叶栀子打招呼："出门办事儿，莫把当上门木匠的架子绷起，这回是你求别人，撒烟要盯到人撒，活泛些。"

甄木匠说："晓得，我在外头活泛些，你在屋头嚓耐烦些。"一见叶栀子向他瞪圆杏子眼睛，赶紧溜了。

甄木匠到商店买了一包大前门，走到敬老院，这儿临时设作工地的饭堂，他有个姓袁的老表在里面当掌勺厨师。一进去，袁老表正在切菜，见了甄木匠，忙停下刀，招呼他喝酽沱茶。然后问："幺老表，你怎么舍得来？无事不登三宝殿，有啥事儿，说。"

甄木匠递过烟，帮老表点上，他自己不抽烟，这是当木匠养成的习惯。他把香烟放进衣服口袋,问:"袁老表,听说仪表厂木工房缺人,正在招木匠,我想来,你帮我活动一下。"

袁老表说:"这个事儿我不清楚,这样,等这杆烟吃了,我跑去问一下,木工房的头儿我熟,他经常用他的木头换我的肉嘎嘎。"

抽完烟,袁老表向一个年轻厨师交代了几句,对甄木匠说:"你哪里都不要去,坐在厨房等我。"说罢,连围腰都没脱,匆匆向外走。甄木匠赶紧掏出那包大前门递给他,他看了看,接过烟走了。

半个钟头后,袁老表满头大汗地回来了。他对甄木匠的着急表情不管不顾,端起大搪瓷盅灌了几大口茶,才说:"么老表,你托的事儿我打听清楚了,头儿说,木工房差技工,不过不是招工,是招临时工,正式工要招工指标,千年等一回,难办。我晓得你技术不错,粗活细活都能干。"

甄木匠盯着袁老表。袁老表从上衣口袋中掏出一支皱巴巴的烟,点燃抽了两口说:"头儿说,'情况就这样,你老表愿意来,我欢迎。我建议劳工科给他定甲级工资,一块五角六一天,这工资不低哟,是抬工的工资,差不多是四级工的了'。"

袁老表吐了两个烟泡,之后说:"我帮你应承下来了,你愿不愿来?你怎么闷头闷脑的哟!告诉你,我到木工房的时候,有两个兴隆场的木匠找过头头,你快做决定,这不是么店子的老荫茶,过去过来都喝得到。"

甄木匠边听老表的话边思考:木匠活儿找着了,不过,是临时工,工资还过得去……一看老表有点儿恼怒的脸色,马上表态:"老表,我愿意来,有活儿干就行。连你这大厨都是临时掌勺的,我还在意什么临时工不临时工。"

袁老表转嗔为喜,说:"幺老表,跟你说,我们科长对我交过底,说我只要好生干,转正当合同工有希望。我看你技术不错,只要舍得干,让领导看中,也可能有转正的机会。"

"喂喂,"袁老表提醒道:"幺老表,你一脸笑得稀烂,别迷糊了,这事儿赶早不赶晚,今天星期四了,你赶紧到大队开证明,然后到公社签字盖章开调条,星期一把手续拿到厂里,我陪你去报到。时间只有两天啰,你自己赶紧跑。到公社开调条不容易,要做些啥子,你婆娘叶栀子比你聪明,赶忙回去和她商量。"甄木匠连声答应。

甄木匠一回家,栀子听他汇报之后,当即吩咐老公到大队开证明,拿了五块钱给他,说:"你悄悄约大队书记喝酒,书记时时刻刻把公章揣在衣兜里,他好酒,几杯酒一灌,这章好盖。"

结果这盖章的情况与栀子说的有出入,大队书记的公章根本没放在衣兜里。他在村边大皂角树下遇见甄木匠,听说请他喝酒,就打着酒嗝说:"木匠,你请我喝酒?搞错没得,是你屋头叶栀子请我喝,她的酒比一百零八味还多出几味,我不敢喝。说,叶栀子搞啥子名堂?"

甄木匠尴尬地笑了两声,把事情原委交了底。书记说:"这个事儿啊,好办,快办,马上办,叶栀子写的条子呢?"

甄木匠从中山服荷包取出纸条,书记抻展后看了看说:"栀子的字比你娃儿写得漂亮,跟她人一样漂亮。"书记从黄帆布挎包取出一个日记本和印泥盒递给甄木匠,在腰杆上一拉,一个系着麻绳的小布包从裤子兜里掏出来了,他掏出公章,叫木匠双手端好本子。书记把纸条放在本子上,戳了印泥后把印文一看,说声"印泥有点儿干",张开嘴哈了两口气……木匠收了证明道了谢,拔脚就走。

书记说:"慌个啥子,听我啰唆两句。前几天公社召集大队干部开了两天会,反反复复只讲一件事儿,凡是支援三线建设的任何事儿,都要快办、马上办,而且办得巴巴适适。木匠,你到了小磨滩厂里,好好干……"木匠嘴里诺诺连声。书记一转背他就快步疾走,回去跟老婆汇报。栀子听了乐开了花,马上铺排老公办事儿。

甄木匠出门了。栀子也出去跑关系,她有个姨姐夫在公社当公安员。想了想,上场扯了一截花布,买了一瓶好酒,在场上混到吃夜饭后,才向姨姐夫家里走去……

星期一,甄木匠上班了。

甄木匠以为他到木工房是做大木,是为建筑工地做活儿。结果去了才知不尽然,大木有啥子做头,木料堆得像小山,都是上好的板材。机器下料,模具尺寸是调好了的,抬上台子推向锯片,凭的是力气不是技术。他有的是力气,又会木活,干起来轻松加愉快。

木工房头儿姓孙,对他客气。甄木匠上班的第二天中午到饭堂打饭时,袁老表对他说:"孙头儿夸你老实勤快,说你小伙儿干活儿利索。"

干到第三天,临下班,孙头儿递给甄木匠一个尺寸,叫他加个班,从料堆选出最好的木料,按这尺寸下个60根,下好后搬到墙角堆码好。孙头儿说:"老甄,你家离小磨滩近,一会儿就到了,加个班,给你记工钱。注意,别人问起来,你只回答是工件就行了,其他莫多说。"

在袁老表那儿吃了一顿好的,甄木匠慢悠悠赶到木工房。一看孙头儿给的尺寸,再忖量数量以及孙头儿的嘱咐,马上笑了:嘿,这不是栀子的木脚脚吗?看来孙头儿是个老雀儿,他叫我下的既然是木方棒料,只有脚脚的而没有衬子衬板的,为啥不一次下齐,肯定是考验我。管他的,这等好料,用机器下,至多两个钟头,算一个加班,划算。

他马上选了一些好料,果然不到两小时,他就把料下齐,把它们搬到角落,堆码整齐,用一床黄篾席盖得严严实实。一看,选出的木料还没用完,于是把它们归还原处。关灯、锁门、拍净衣裤、洗了一帕冷水脸,才漫步回家。

叶栀子开门,问:"今天怎么回来这么晚?"甄木匠把加班下料的事儿细细说了一遍。

叶栀子笑了起来,说:"你们这个孙头儿啊,名堂还多吔,说不定隔两天,又要叫你加夜班。我看啊,你明天把你的木匠行头全背去,好刨细木、开眼子、打榫头,做成预制件,带几截回家……"

甄木匠听了不语,他在猜想孙头儿做家具的用途,也在想孙头儿是不是在考验他。第二天早晨,他没带工具就到了木工房。

全天没见着孙头儿的影子,甄木匠忐忑不安地过了一整天,心里窃笑老婆聪明过头了。

第三天,刚上班,孙头儿来了,一进木工房就把甄木匠叫到一边,小声问:"料下好了吗?"甄木匠把手一指,说:"堆在那边的,全是选的好料做的。"

孙头往那堆料一瞟,走过去捞起篾席抓出一根木方看了又看。回来说:"今天,你下班后加个班,再下同样数量的料,哦,选好木料。"说罢,又递给甄木匠一张纸条。甄木匠按他的吩咐做了,这次下的料尺寸有变化,不用说,是衬子之类的小方木。

夜深回家,又遭栀子问。栀子听完老公的叙述后说:"我前天的猜想对了八分,还有两分隔几天自见分晓。"栀子的外公以前是做生意的,生意做得相当大,她似乎得了真传,精于计算。

至此,甄木匠彻底服了,不过,他心里把算盘拨拉得哗啦响:这些预制料做成家具,孙头儿有什么用?想归想,他决定莫问。

一个月之后,这件事情有了明确答案:下的是15个新式衣柜的料。孙头儿对甄木匠说:"这15个柜子,有14个分给厂里的中层干部,他们新安家,急需这玩意儿。"另外一个呢?孙头儿没说。"山人自有妙算。"甄木匠想。

事儿办得机密,料全下好后,孙头儿和甄木匠一商量,木工房宽敞,孙头儿吩咐人隔出一间,安上门锁,叫甄木匠在里面做柜子……

孙头儿让甄木匠每做好五个柜子就及时通知他,他找车来及时拉走。做这批柜子,甄木匠没费什么劲儿,却多得了足足一个月的工资。

叶栀子收钱后说:"挣钱是小事儿一桩,更重要的是结了人缘。老公,我俩打个赌,以后这类好事儿还多。"甄木匠说:"这种钱我不想挣,我宁愿上门去帮别人做。"

叶栀子听了盯着老公看,忽然叹了一口气,轻声说:"这其实也不算占啥子便宜,我听姨姐夫说,这些三线干部到歇马,家中的家具一件也没搬过来。"甄木匠听了说:"是这么一回事儿,我看见孙头儿的衣服箱子是用炸药木箱改的。"

仪表厂的大车间、小车间,以及家属房子都修起来了。平地而起的楼群,让昔日冷僻的小磨滩显示出一种时代气息。家属楼不像野猫岩红岩厂家属楼那么集中,而是星罗棋布,有的立在公路边,有的坐落在小溪畔。这些青砖楼房不高,只有四层,每幢样式如出一辙。川仪厂的职工有上海人、东北人、云南人和巴渝本地人,还有一些操天南海北口音的,这些人不是大学生就是军队转业干部。

操本地口音的甄木匠、张石匠、彭瓦匠们,待厂房和家属楼一修好,建筑队伍退场之后,他们便无用武之地了,于是返回原籍。

甄木匠回生产队了,他的袁老表被留了下来,他肯干,厨艺又好,而这手艺厂里的上上下下天天离不得。他如愿以偿,当上了合同工。

孙头儿调到后勤科当副科长,算是升官了,他那科没正科长,凡事儿他说了算。有啥临工、临活,他只喊甄木匠去。甄木匠常在厂里打临工,这比种庄稼强多啦。星期天的时候,甄木匠比任何人都忙,他帮厂里职工打家具,活儿多得"排轮子"。

叶栀子把自留地全种上菜,每天早晚到小磨滩青石桥头大黄葛树下卖菜,她人活泛,招徕买主的吆喝声比甄木匠唱歌好听,她认识的人比老公多。甄木匠在厂里做完临工活儿会赶到桥头守候在栀子身边。不时有人开他的玩笑:"喂,木匠,又来看守老婆了?"有人竟当着叶栀子的面说:"木匠,你老婆年轻漂亮,守紧点儿,莫跑了哟。"

栀子的声音飙起来:"要得,这话我爱听,我明天叫老公打个大柜子,比你屋老婆的衣柜大十倍,把我和他一起关在里面。不过嘛……"栀子望了望那人说,"你老婆也漂亮哟,你屋头二天喊我老公做柜子,做小柜子可以,千万莫做大柜子。"

"哈哈哈……"小河边荡起一串笑声……

1966年春节,野猫岩工贸商店从江浙弄回来了一批腈纶毛线,花色多,一上柜,五彩缤纷。野猫岩异常热闹,像看划龙船,也像赶庙会,四面八方的人都赶到这儿来。一天不到,腈纶毛线全卖光了,可还有远远近近的人一浪一浪赶来,结果野猫岩又热闹了几天。

春节刚过,红岩厂帮歇马公社买回两辆江西产"丰27"拖拉机和六辆手扶拖拉机,领头的大拖拉机车头戴着大红花,领着车队浩浩荡荡开进歇马,从场头开到场尾,又开到解放台空坝。歇马场街上的人全都来看,大人细娃儿人头攒动。这儿又变得像野猫岩卖毛线那么热闹。围观的人们都共同念叨着一句话:"有三线建设的工人老大哥支持,我们吃饱饭的目标看来有着落了。"

茶馆沸腾了,张张嘴巴都像装满的铜壶的嘴,热气扑扑直冒。

"耗儿药"说:"歇马场这哈儿搞肥了,原来一台手扶拖拉机都没得,现在大大小小,一眨眼睛就来了八辆!"他斜着眼睛去瞟"牛阴阳"。"牛阴阳"正和"络儿胡"说悄悄话。

张幺娃走进茶馆,东盯西盯,肩膀左高右低的,神态不像寻人,像在寻找偷摘邻院树上橙子的机会。

茶馆郑老板把他拉在一边,问:"张幺娃,你来干啥子?"张幺娃说:"我来找段桦,听说这回公社选拔拖拉机手,我没选上,他选上了,老子不比他差!"他一着急,声音飙了出去。

隔了三张茶桌,"牛阴阳"传声过来:"张幺娃子,你干燥啥子,今天我不跟你算流年,排八字,只说实铁话,你凭啥子跟段桦比,他读了初中的,你娃儿初小都没毕业,还想开拖拉机,开鸡公车还差不多!"

张幺娃红着脸走了。他一走,茶客七嘴八舌说他。"牛阴阳"说:"张幺娃大字认不到一箩筐,好赌,又贪酒,开拖拉机不够格。"

"黑子"说:"要不是他堂客麻姑管得严,他娃儿不晓得要惹好多天祸!"

"络儿胡"笑起来："'黑子',你娃儿要是早两天进铁工厂,你那同学麻姑怕是你的堂客了。""就是！就是！"顿时,好几个声音响起来。

明老师望了望脸红筋胀的"黑子",把茶盖响亮地在茶杯口沿一刮,然后朗声说："'牛阴阳',我记得麻姑是你外侄女,她还当过我几天学生,长得乖巧,好聪明。"

"牛阴阳"说了声"是",然后闷起脑壳不开腔了。

明老师伸出右手食指蘸了蘸茶水,在桌上写字："麻姑不麻,山野之花。""花"字刚写好,"牛阴阳"过来看,脑袋还没凑拢,明老师一把把那八个字抹了。

歇马虎头山暴发山洪,淹没农田。鱼塘也冲垮了,几间土墙屋被水泡软,倒塌了。农民受灾,既心痛,又担忧,甚至恐慌。有人还胡乱咋呼："这么凶的水,啃庄稼比狗啃骨头还厉害,怕是山上出了蛟哟。"

红岩厂书记兼任歇马公社的第一书记,一听汇报就笑起来："我们造的船用内燃机,畅行江河,还漂洋过海,从来没听说什么蛟啊龙啊。"他对歇马常任书记说："联手,这个事情,我们红岩厂出面解决,算是支持公社'农业学大寨'。"

书记回厂就召开了党委会议。第二天,书记、厂长带领一班人上虎头山看灾情、勘察地形。

厂党委决定帮助歇马公社在虎头山开凿300米长的防洪隧道,组织了一只40多人的"八号突击队",由副厂长任队长。

虎头山是处在缙云山平担梁的一块蜂腰地,风景好,生产生活条件却不好。为了不给乡亲们添麻烦,八号突击队自己在山上盖了100多平方米的草房,用竹条加稻草当床铺,砌简易锅灶做饭。自己挖厕所,吃水、烧煤下山挑。

一名女医生随队上山,住在一个小草棚中,这是她的宿舍,也兼医务室。她一个江南女子,不辞辛苦,挑起了全队的医务重担。虎头山的乡亲们来看病,她总是乐呵呵的。

挖隧道劳动强度大,爆破产生碎石粉尘,气体也呛人。隧道快挖通时,遇见复杂地质情况,一些石层硬如钢铁,一些又软如膏泥,不时垮塌。突击队连日连夜干,也没有进展。红岩厂的书记和歇马公社的书记听说后赶赴现场,建筑公司的经理老万知道后也跑到了虎头山……

群策群力。八号突击队的队员们不管不顾地连续奋战了四个月时间,终于打通了隧道。

当歇马公社领导和虎头山的父老乡亲敲锣打鼓把锦旗送到红岩厂时,书记和厂长又做出了一项决定:由红岩厂负责,把电线架上虎头山,安装变压器……

多年以后,歇马场坐茶馆的老茶客们对这件事儿依然津津乐道。虎头山是歇马最陡峭、最荒凉的地方,却成了第一个用上电的地方!茶客们对当时的情形说法不一,常常争得面红耳赤。

沈根远说:"我来插句飞白,虎头山庙子那个老和尚,庙子拆了后,落户在梁滩河,他隔三岔五要跑到山上庙里那口凉水井打水回来吃。有一天,我打鱼碰见他,他说抬电杆上山时,红岩厂的书记和歇马公社书记抬一根杠子,红岩厂的书记抬大肩,公社书记抬小肩,两人'嘿哧嘿哧'抬了好长一段路……"

"络儿胡"说:"对头,我那天也上山了的,不过,我看到的是红岩厂副书记,和歇马武装部长抬对肩。""耗儿药"说:"爬哟,你娃儿眼睛吃了豆豉,明明是副厂长和武部长担一根杠子……"两人争起来。

"耗儿药"说:"我到了工地的,最先是建筑公司那个万经理万大汉和公社武部长抬,后来万经理被人急急叫走,红岩厂副厂长才顶上来的,那个副厂长是个转业军人,修虎头山防洪隧道他是头儿,足智多谋,干活拼命得很。"

"络儿胡"笑起来:"'耗儿药',平常你娃儿满嘴江湖,这回没日白驾云,那个万经理我晓得,请我去杀过好多回猪。我还晓得隧道挖不动的时候,他带了两个爆破专家赶到虎头山……"

"牛阴阳"一声不吭。这回虎头山修隧道安电线,他用铜钱卜卦,和明老师打赌,结果失算了。不过,这两件事儿都是好事儿,听到大家的议论他也高兴。他的眼光骤然与明老师的眼光相触,明老师笑盈盈的,他心中一喜:这回茶钱省下了。

第二章

1969年秋天,章军从部队退役,被分配到歇马的一个国营厂,这个厂是仪表系统的一个生产转速仪表器的小厂,人数不过300人。这年,章军刚满35岁。

已过而立之年的章军,脱下军装换上工装,蓝灰色衣裤内,肌肉紧绷绷的,衬得他依然龙精虎猛,寸头之下,一双黑眉如剑,双目精光迸射。初接触他的人,看他那样的眼神,以为他是特种兵,而且是刚退伍的。这种判断有误,可感觉却是对头的。因为章军19岁参军到朝鲜,待了三年,没打过仗,当了一年多侦察兵,后调去开车。归国后参加甘南、青海、西藏平叛,参加过中印边境反击战。他开车技术好,又当过侦察兵,就为副军长开车。一直开到35岁,那眼神是由风云、硝烟熏染出来的。

有好事者知道章军给副军长开过车,就凑过来问东问西。他一扬剑眉,盯着好事者说:"你打听这干什么?"好事者被他的眼光瘆得噤口不语。

章军去的厂虽小,却是地地道道的国营企业,而且是三线建设的仪表厂。莫说在歇马,即便是在北碚城,谁要打听转速仪表厂,"晓得,晓得!"街上的人把歇马方向一指,"在石碑口,到青木关的公交车经过那里。"石碑口在北碚人口中这么溜熟,是因在那附近还有其他几个仪表厂,有的修好了,有的还在建,都是三线建设的厂。紧挨着转速厂的就是试验设备厂和光学厂。

章军一进厂,依然担任驾驶员,开的是一辆崭新的解放牌汽车。他是四川一山区小县的人,退役时,老首长问章军:"小章啊,你这次退伍,有什么想法没有?"章军说:"有啊,想法很多,要紧的只有一个,就是回地方去开大卡车。"

恰好遇上仪表系统在北碚建厂,当年这是最吃香的单位了,他被分到总厂,还被分到小车班。他不干,管后勤的申科长和他吵了一架,最后没犟过他,分他去开卡车,于是,章京来到了歇马。

一到厂就有新卡车开。歇马公社几万人都没一辆卡车呢,转速仪表厂居然有两辆解放牌卡车,司机金贵得像师长。搭车的人多,他很快就和厂里的人熟悉了。这才晓得,像他这样的退伍、转业军人,厂里多的是,男的女的都有,其中不乏三十来岁的营连职军干。他能开上卡车,心满意足。

章军在老家乡下读过两年私塾,参军前读到小学毕业。他是在朝鲜学会开车的,到西藏后路况复杂,光开车不行,还要懂修理。在师傅的督促下,他认真读了和汽车有关的书,以及公路、地理方面的书,和修车师傅交朋友。

　　章军在调去给副军长开车时,他的师傅给他饯行,酒喝得这花那花分不清时,师傅对他说:"你摸的是方向盘,术业有专攻,多读与专业有关的书,铁打的营盘流水的兵,以后回地方才有碗饱饭吃……"

　　30多岁了,有老婆孩子了,到离家几百里远的地方工作,章军寂寞的时候也看书、看报,或者和几个退伍老兵打扑克,输了满脸贴上纸条。有时便在厂子附近闲逛,渐渐,他熟悉了野猫岩……

　　那天,天蒙蒙亮,沈根远就起床了,洗脸之后,喝了几口隔夜的沱茶,水喝进去不吞,把水喷到后阳沟,当是漱了口。打着电筒走到柴灶前,蹲身去掏柴灰中的红苕,昨晚他埋了三个大红心苕在暗红的炭灰中,现在一一掏出来,热乎乎的,熟透了!他把三个烧红苕拍尽灰,装在黄挎包里,再去拿上渔网和笆笼。

　　刚开院子门时,他母亲的屋子灯亮了,门"吱呀"一声,母亲探头出来,沈根远赶紧向她点点头,出得院门,转身把门关紧。

　　靠电筒指路,来到二道桥,天尚未大亮。沈根远稍做停顿,随便选了一个老鱼窝子,就开始撒网了。大磨滩至土场这段梁滩河,将近20公里的河段,他蹚得溜溜熟,像个水猫子似的,哪段河底是石头,哪一截是砂、泥,哪里浅,哪里有落窝凼……他一清二楚。

　　"有枣没枣,打三竿再说。"第一网撒下去,只网到三条小鲫鱼,小得像眼睛都没睁开。这地儿恐怕昨天有人打过了,算了,另选一地儿。撒网打鱼和钓鱼不一样,在一个地方撒了一网后,必须换另一个地方撒。他念叨一声:"打鱼不转凼,一天打一个。"赶紧理好网,把小鱼甩到水里,朝三里外的一片竹林走去。

第一网漏清水。他移动三四十步,第二网下去,网还没扯亮水,就感到水下扑腾的力量,网子扯上草地,几条大鱼蹦跳得厉害。根远麻利地取下鱼,这条鱼是白甲鲤鱼,足有三斤多;之后取下的两条也是鲤鱼,也都上了三斤。同网取下的,还有七八条鲫鱼,每条二三两至三四两不等,他连声说:"老斑鲫壳,安逸。"

三条大鲤鱼装进大笆笼,已占了一半空间。根远望了望对面远处的中梁山,太阳还没冒出松林。掂了掂笆笼,站着抽了一支烟,朝一座石桥走去,那里的水凼大鲫鱼多。一网撒下去,打了十几条,从一二两到三四两重,都是大鲫鱼,还打到一条鲤鱼,斤把重。

"心莫贪了,时间还早,我今天干脆到磨滩大石盘浦陵厂去卖鱼。"根远心里这么想,于是,他踏上石桥,走到大黄葛树下的一户人家,一个30来岁的妇人正在门口择菜。根远对她说:"黄幺婶,我把东西寄到这里,隔天来拿。"黄幺婶抬头说:"是你啊,要得嘛,你打鱼搞到没有?"根远点头。

黄幺婶说:"根远,你把网放到我屋头,随便哪天来拿都可以,网子不像活鲜鲜的鱼,会臭。"

"哦!"沈根远抿笑了一下,从笆笼里取出那条斤把重的鲤鱼,递给她说,"黄幺婶,快点儿打水把它喂起,或者喂到嘴巴头。"黄幺婶笑眯眯接过鱼,鱼摆动不已,"噫,劲儿还大咃!"她进屋去了。

沈根远转身就走,心里在嘀咕:劲儿大的鱼你才喜欢。路过她家小藕田时,他扯了两张大荷叶。

他走的是一条捷径,脚在石板上"咚咚"响,走到浦陵厂家属区门口,见了戴表的工人,一问钟点,才七点一刻。那儿的空地已摆了20来个摊儿,卖菜的、卖鸡鸭的、卖鸡蛋鸭蛋的,沿马路摆了一长排。说是摊儿,不过是把箩筐、背筐、提筐向地上一放,那一个个的筐便是摊儿了。

时间好像还早,买菜的人稀稀疏疏。沈根远点燃一支烟,边走边吸,把所有的摊儿看了一遍,唯独没有看见有人卖鱼。

沈根远心里暗暗高兴,看来我今天脚板洗得干净,到浦陵来对了。他选了一块地儿,邻靠一个菜背筐,把两张荷叶一铺,从笆笼里取出鱼,鱼在荷叶上蹦跶了几下。根远赶忙捡了一片菜叶子,扯成小块儿,把鱼的眼睛贴住。

卖菜的老太婆说:"这鱼好新鲜,肯定好卖。"根远和她搭白,几句话下来,晓得了这里的鱼价——一斤卖五六角钱。根远在路边捡了三块砖,重叠成一条矮凳子,在上面坐了下来。

仅仅过了十来分钟,三三两两的身着工装的人从楼里出来,有的挎着竹篮,有的提着袋子,他们走向菜摊,蹲下身子挑挑拣拣,挑好了,站着和摊主讲价还价。

终于有人走到根远的摊前,那是一个30来岁的蓄分头的师傅,穿着工装,戴着眼镜。他看到了鱼,马上蹲下去,用指头戳了戳一条鲤鱼,那鱼开始跳动;他又戳了戳鲫鱼,鲫鱼也摆动起来。

根远这时开口说话:"鱼新鲜,今早晨才打的,是清水河的鱼。"那人听了指指大磨滩,用普通话问:"是大磨滩的?"

根远答:"是大磨滩上游的,红岩厂上游的梁滩河,水清亮得很。"他听出这人讲的普通话带上海口音,也像懂鱼的样子,鱼好不好与水有大关系,就回答得简要到位。

"眼镜"说:"你这鱼是药的还是电触的?"

根远听了也不生气，说："你自己看，抠抠鱼的腮帮子。""眼镜"还没动手，根远自己抠了："你看，腮好红，我撒网打的。"

"眼镜"盯了一眼问："这鱼怎么卖？多少钱一斤？"根远说："我第一次早晨到浦陵卖鱼，你出个价。"

那人说："我出价？好，不亏你，每斤六角钱，这几条鲤鱼我全买了。"

根远听了心里盘算：上回我到小磨滩工模具厂卖了一条大鲤鱼，每斤也是六角，再说他出的价和卖菜的老太婆说得差不多，这老兄没乱开价，看样子是个爽快人。就说："行，我找个秤称一下。"

他向老太婆借秤，她同意了。三条鱼上秤盘，胡乱蹦跶，晃来晃去，稳不住砣。根远赶紧捡起一张荷叶把鱼一裹，鱼不摆了，一称，九斤六两，还有旺的。

根远对那买主说："就算九斤，那张荷叶算六两。"那人一听，说："行，九六五十四，给你五块五，那一角不用补给我了。"说罢，他付了钱，就把鱼连荷叶一起捧回家去。

他一走，老太婆对根远说："我没说错哈，你的鱼新鲜，好卖，上海人喜欢吃活鱼，讲究新鲜。"

剩下的一张荷叶上，摆着近20条鲫鱼，有两拨人来问了一下价，没买。根远也不慌，时间还早呢，大不了赶车到歇马场去卖。大石盘到歇马有公交班车，到歇马不过十来分钟。

他又掏香烟出来抽，点上火，问老太婆："你抽不抽烟？"老太婆的右手有两根手指是黄的，她说："来一根嘛，我在屋头和老太爷抽叶子烟。"根远瞟了一下她的手指，抿嘴笑着递给她一支烟。有烟为媒，两人有一句没一搭地吹地里的龙门阵。

刚才买鱼的"眼镜师傅"又来了,他还引来了一个中年阿姨。阿姨来买鱼,她逐一检查了鲫鱼,认定鱼活着,就问价,声明全部买。根远指了一下"眼镜师傅",对她说:"看样子你是'眼镜师傅'引荐来的,你全买,五角钱一斤,这些全是大鲫鱼,不亏你。"鱼一称,她付了钱走了。

"眼镜师傅"没走,他问根远住的地方,在哪些地方打鱼。根远告诉了"眼镜师傅",连小地名也说了,他想:这些土得到家的旮儿湾你找不着。

两人站着吹了一会儿,似乎有点儿投机。那师傅说:"我上班去了,我姓申,在浦陵厂技术科工作,爱钓鱼。"

根远有点儿感动,便说:"我姓沈,这姓上海很多。哦,申师傅,你这个申是春申江的申,还是孙大圣的孙?"

申师傅一怔,扶了扶眼镜框,认真打量了一下根远,说:"看不出哒,你知道上海沈姓多,还知道春申江。"

根远露齿一笑,说:"是这样的,我二爸有个女儿嫁到上海金山,她老公的师傅姓沈……还有,我读过旧学,知道春申江上好钓鱼。"

"好,好!"申师傅说,"上班时间快到了,以后再聊,你以后打到鱼,可以来找我。"他拱了拱双拳,匆匆走了。

沈根远摸出一支烟,在烟气升腾中,他浮想联翩,谁说上海人难交,这申师傅就是一个性情中人。忽然看见烟熄火了,不禁一笑:刚才想敬他烟的,幸好没摸出来,"春耕",太孬了。

半个月后,沈根远又到大石盘卖鱼,这次他打到的是一条十来斤重的鲇鱼,这是好鱼,想给申师傅送去,可是没见到他。候了很久,见到一个30来岁的"眼镜师傅",便去向他打听,这人认识申师傅,但他对根远说:"老申到上海出差去了,顺便探亲。"

根远一听,赶紧坐车到歇马,这么大一条鲇鱼,上海人不买,只能赶紧分零卖……根远心里歉歉的。

又隔了20多天,沈根远清晨出门打鱼,又打到了一条大鲇鱼,一算是星期天,又向浦陵厂赶去,心想星期天,老申应该在家。可是一打听,老申还待在上海。

根远有点儿失落,就提起笆笼离开,准备乘车到歇马野猫岩,刚走十几步,听见有人高声喊他:"根远,沈根远。"他回头一看,原来是一个叫"蓝毛"的熟人。

根远在生产队算是一个异人。他家住在梁滩河边的斑竹岩,那是一个小村子,不但有岩,还有一片斑竹林。世代务农为生。他老汉儿读过私塾,见多识广,20世纪40年代就和白鹤林的乡村建设学院的老师们交往,还和北碚三峡实验区的一个姓程的股长亲近。乡建学院的老师们到斑竹林教过他们科学种庄稼。程股长是地下党员,曾秘密到兴隆场一带搞农运。那时,根远十三四岁,跟在老汉儿左右,和他们也相当熟悉。

他老汉儿听从乡建老师的建议,不单种粮食,也种姜种果树。一到季节,爷俩就把姜和水果挑到磁器口卖。经过回龙坝翻上滴水岩,再翻越中梁山,虽然费力,但卖的钱比到歇马卖的钱多好多。

后来,根远老汉儿逝世了。队上不大管根远,队长是他堂兄,对他说:"队上的活路你要做,莫出去惹事儿,其他我们不管。"现在根远30多岁了,一人吃饱全家不饿,却也过得优哉游哉。

种田,根远是行家。此外,他喜欢打鱼、种花草、栽培果木,还会拉二胡。因为这些爱好,他结识的朋友几乎都不是生产队的人,多是场上的街上的厂里的。

一次,他到柑桔研究所一个外号叫"可可"的朋友那里去玩,"可可"能把《克勒最尔小提琴练习曲42首》拉完,技术娴熟,名声已从歇马镇飘到北碚城。根远虽然不会拉小提琴,但他喜欢听。"可可"对种植柑橘、花木有些招数,根远把他当行家,所以有空就去白鹤林走一走。在那儿,他认识了"蓝毛"。"蓝毛"也爱好音乐,擅长敲扬琴。

这次一见面,两人很亲热,站在一棵黄葛树下聊了一会儿。根远奇怪地问:"你怎么会在这旮旯?你不是在北碚文工队吗?"

"蓝毛"用手指理了理蓬乱的头发,有点儿不好意思地说:"文工队散了,被区里撤了,我调到浦陵厂半年多了,现在在车间当工人。"

根远说:"你这么斯文,敲扬琴的手去挨铁块儿,苦不苦哟?""蓝毛"说:"车间还没完全搞好,没啥事儿干,学习多。"

话匣子打开,没完没了。根远看了看手上的鱼,问"蓝毛":"你安家没有?""蓝毛"回答了一个字:"没。"

"那好,"根远说,"我不到歇马了,我们走路到大磨滩去,那儿的自由市场刚开早市。"两人边走边聊,不知不觉到了大磨滩。

场口住着根远的一个表亲,见到他,根远就吆喝:"齐表叔,借块菜板和刀,我把鲇鱼解了,这么大一条,只有分零卖。"菜板和刀到手,三下五除二,大鲇鱼很快被根远解成零块儿。然后吆喝:"新鲜鲇鱼哟,便宜卖了!"

赶场买蛋的人涌过来,看看鱼,问问价,问的多,买的少。"蓝毛"如

"青桩"般站在旁边,既不吆喝也不说价。根远独自吆喝了20来分钟,几个戴眼镜的年轻男女走过来,像是被吆喝声吸引过来的。

突然,一个姑娘看见"蓝毛",便尖起嗓子吼起来:"'蓝毛',蓝老师!你也来赶场啊。""蓝毛"指着鱼说:"我朋友打了条大鲇鱼,我看他卖,也算是'扎墙子'。"

"蓝毛"是个人精,他看见这女的就揽生意,她是公社干部,也是个音乐迷,和她同来的这一伙人,不是老师就是公社的这干部那干部,星期天逛乡场,十之八九为食而来。果然,他们你选一块儿我挑一块儿,买鲇鱼的价钱出得合合适适。

挑剩下了两块儿,一块儿是鲇鱼头后带点儿鱼腮帮子的肉,一块儿是尾巴。

根远一看,对"蓝毛"说:"今天中午,我俩喝几杯,走,收刀捡卦,不卖了。"他还东西时,把鲇鱼尾送给了齐表叔,还在他家中洗净了鱼肉。

之后,根远提着鱼肉和"蓝毛"向那个供销社的馆子走去。走到一个杂货店前买了一盒大前门。到了馆子跟女服务员一商量,讲明中午在这里吃饭,点了两份炒菜,声明鱼肉加工,按规定收费。她同意了。根远和她倒熟不熟的,晓得她是某公社书记的侄女,在这馆子,她当半个家。

一看"蓝毛"的手表,根远说:"才九点五十五分,我们到白鹤林去逛,还是到大磨滩瀑布?""蓝毛"想了想:"到大磨滩,路近些,这一阵水势大,有看头,更有听头。"

大磨滩瀑布气势磅礴,悬岩高达三四十米,瀑布宽五六十米,整条梁滩河的水都在这里倾泻而下,悬岩银瀑飞泻,半空中雷声喧响,大水落到岩下的深潭,腾起大团大团水烟。半空中闪现一道彩虹,野风吹着水露,露气的色彩不断变幻,赤、橙、黄、绿、蓝……如梦如幻。

"蓝毛"两眼凝视着飞瀑,似乎在沉醉,也仿佛在想些什么,他没有任何动作,也不说一句话。

根远和他也不过交往过十几次,这交情谈不上洞察他的内心。根远也不言语,只是漫不经心地这儿看那儿瞧,这儿,他其实来过不知多少次了。

"蓝毛"开口了,他问根远:"瀑布好看吗?在水流的旅程中,悬岩是它最直接的归途。"

"蓝毛"的这话,根远听起来感到玄乎,他就直截了当地回答:"你的话像老子的道德五千言,多半没懂。不过,我听明白了一点,你老兄明的在说瀑布,实际有身世之感,嗯,有点儿悲观哟。"

顿时,"蓝毛"惊异了,问:"你读过旧学吗?懂《道德经》?"根远答道:"小时候读过几天旧学,读过《幼学琼林》,还读过高小。嘿,那个《道德经》难背死了,我老汉儿打断了好几根篾片,我才背得。"

"蓝毛"问:"旧学?高小?从前的?"根远点头认可。"蓝毛"说:"怪不得你言语那么得体,我刚才悄悄观察,你对这瀑布好像很熟,能讲讲吗?"

"讲就讲!"根远开始竹筒倒豆子,"我十三四岁时,老汉儿经常带我到梁滩河打鱼,大磨滩鱼多,也常来。那时,孙中山的儿子孙科到这里修了一个别墅,有时,我老汉儿打到鱼卖给他家。这里经常有名人来,比如郭沫若、于右任、晏阳初、翦伯赞这些名人,他们观看瀑布后还诗兴大发。我老汉儿教我背的一首诗我还背得,'悬岩镇日雪花弹,十里清溪大磨滩。万古晴空霏玉屑,我来六月亦知寒'。"

"蓝毛"听了一道叫根远再念一道,静静听了后说:"有韵味,谁写的?"根远说:"不晓得,我老汉儿也是坐茶馆听来的,他没跟我讲清楚是谁写的。"

中午这顿饭,有红烧大蒜鲇鱼、火爆肚头、青椒肉丝,两人食兴大发,喝了一瓶泸州老窖。"蓝毛"不抽烟,喝酒却比根远还厉害。

酒催话癞,"蓝毛"的话多起来。杯子一端,他似乎把根远当成了一个可以倾听的朋友,向他讲述了他到浦陵厂工作的经过……

"蓝毛"说:"我去的那个文工队属文化馆管,它的前身是嘉陵江三峡实验区的民众教育馆,以前名声就很大。抗战时期,老舍、梁实秋、曹禺、余上沅、洪深、赵清阁、焦菊隐、郑君里、戴爱莲等一大批文化艺术界精英在北碚工作生活过,他们都和民众教育馆有关,老舍与梁实秋还搭档上台讲过相声。

"1949后,民众教育馆更名成了文化馆,这种文化传承保留下来了,经常开展各种群众文化展演活动。让人印象深刻的,除了舞蹈、歌咏,还有'每周一歌',辅导老师在广播中一句一句教唱,人们跟着学唱。'好久没到这方来,这方的凉水长青苔,青山绿水望郎来吔,变个秧鸡噻飞哟过来……'广播声响彻大街小巷、山山水水。

"1964年,文化馆因形势需要,成立了一支文化宣传队,人数不多,不到20人。但相当精悍,除了少数辅导老师,队员们都是刚毕业不久的高中生、初中生,女的略微多于男的。因为是凭本事招进来的,个个都有特长,有的善舞、有的会说、有的长于乐器演奏……这支'文艺轻骑兵',除了在文化馆的阵地演出外,还下到乡镇,甚至到田间地头,还走进工厂、企业、矿山、军营巡回演出。

"我们文工队的演员,那阵儿好受欢迎哟,尤其是到单位演出,车接车送,吃得特别舒服,虽然上桌的不是山珍海味,但鸡鸭鱼肉样样俱全。

"嘿,我们文工队当时有两样最受欢迎:一是相声,内容几乎都是乡码头的故事,埋了好多包袱,一件件抖开,声气土俗到家,辅助动作惟妙惟肖,从头到尾都是笑料,在场的人听了都笑得前仰后翻;二是乐器,比如提琴、手风琴、二胡、京胡、笛子、扬琴什么的。演奏的曲目轻快,娱乐性强,那些节目大都是人们熟悉的中外歌曲,在现场上引起了强烈共鸣……"

沈根远静静地听着,他长期待在歇马乡场,对发生在北碚的文化活动知道得有限,一听到这么多的趣事儿,便产生了兴趣。

可"蓝毛"讲着讲着,突然沉默了下来。"你怎么不讲了,感觉不舒服吗?"根远想问,一瞥,他身旁的"蓝毛"微微闭着双眼,就自个儿掏烟抽。

"吭,吭!""蓝毛"睁开眼同时咳了两声,说,"根远,听烦了没有?""没有!"根远说,"你讲得有趣。"

"蓝毛"向根远要烟抽。点燃后叼在嘴上,抽了几口说:"这玩意儿安逸,'一呼一吸精神爽,半吞半吐气味香'。"他见根远望着自己,就说:"我平时不抽烟的,我刚才讲到哪儿了?"根远提示:"你讲到你们当年演出好风光……"

"蓝毛"说:"啊,你看来没听腻,我继续讲,掖着不舒服。'社教运动',也就是'四清',不但在乡下开展,也在城里开展,上头就要求适应形势,要求我们文工队自编自演新节目。时间紧,编出来的节目粗糙,群众不满意,说没得以前的节目好看。"

根远插话道:"城里的情况我不晓得,搞'社教'嘛,乡里头的情况我晓得,干部叫群众上去述说,上台的人一开口,花样多……"

根远笑起来:"有个妇女主任方三娘,'土改'时就是上了市报的积极分子,她最好笑,上台去述说公社干部大吃大喝。刚说两句,马上话锋一转,说,'我们乡头以前那个做生意的苑大爷,大年三十叫我去给他洗衣服,他跑到洋房子打麻将。我洗完了衣服,他给了我三升米,还给了一刀老腊肉,叫我拿回去过大年。那刀腊肉好肥哟,煮熟了的,割得方正,好大一块儿,害得我吃了,过年连汤圆也不想吃,好可恶哟'。"

"蓝毛"'扑哧'一笑:"你说的类似龙门阵,我也听过,版本不一,有的更好笑。"

根远说:"还是听你讲。"

"蓝毛"说:"运动一搞,关在屋子里学习,照本宣科地念文件……后来,不晓得是哪一天,队友小娟给我透露了一个消息,'文工队要解散,人员具体安排不知,但大原则定了,没进入正式编制的队员,哪儿来哪儿去。'这消息把绝大多数人惊呆了。

"我也呆了。团里20来号人,那几个从文化馆、川戏团来的老一点儿的同志,他们能回原单位,毫发无损。我是六四级初中毕业生,没单位可回,沮丧极了,有一种失落感,上台时的风光消失殆尽,打回原形,何以见那些读了好学校的同学?那段日子,真不知怎么过的。"

听到这里,根远不禁问:"'蓝毛',你又怎么分到了浦陵厂的?"

"蓝毛"愣了一下,随即又露出一口雪牙,打个抿笑,说:"这个过程相当好笑。是这样的,正当我焦眉愁眼的时候,事情有了转机。

"有一天,馆里来了一群人,他们由文化馆馆长陪同,先把馆里上上下下走了一圈,然后又到办公室会谈,最后到队里和我们见了个面,只是见了个面,没问什么也没指示什么。而领导只是单边向他们介绍我们,他们的身份一点儿没透露,神秘得很。

"没过两天,队里有几个女生的神态举止变得诡秘、暧昧。我去问,她们支支吾吾。她们肯定得到了内部消息,有了调动走向,怕泄露出来会伤害到自己。

"我悄悄问小娟,她不明说,只尴尬地回答,'隔两天,你就晓得底细,纸包不住火'。她见我伤感的样子,又说,'你怕啥子,你多才多艺,何必担心'。后一句话说得特别真诚。

"我说,'谢谢'。索性不参加学习,把我的那台扬琴拆了个七零八落,清除尘垢,还新换了几个零件。然后'叮叮咚咚',一会儿弹《高山流水》,一会儿奏《十面埋伏》……"

"蓝毛"见沈根远认真在听,就说:"不是吹,我不但会拉小提琴、弹钢琴,扬琴也弹得好,而且会修乐器、调乐器。有的乐器部件,还是自己做的,在当时,很少有人达得到我那种水平。

"'一切小道消息都是正式消息的前奏'。区里的批复下到馆里,馆里及时召集文工队全体人马开会。宣传部一个副部长到会。结果是文工队撤销,人员安排的原则是哪儿来哪儿去。

"馆长老侯念了一串名单,内中竟有我'蓝毛'的名字。之后说,'以上念到名字的同志留下来,散会'。队里一下炸开了马蜂窝……

"馆长等其他人走远,才对留下的人说了几句话,挺要紧的只有一句,'你们的工作分配,区里另有安排,回家等正式通知,通知很快就到,不要外出'。

"'神神秘秘！'走出办公室，就有几个人嘀咕。我心里也在嘀咕，留下来开会的七八个人，除了自己是男的，怎么全是女的？工作安排到底在什么单位？安都安排了，为啥不明白宣布？这个老侯馆长，谨慎有余，不愧是个'老太极'。

"'蓝毛，等一下！'小娟撵上来，一看左右没人，轻声对我说，'这回是浦陵厂要人，前一阵子他们到队里来过，来的目的就是挑人。你才高八斗，会被挑中！'

我说，'感谢你的赏识，你早得到了内部消息？'

"'当然，我是谁。'漂亮妞扭摆了一下杨柳腰，胸部挺得忒高。"

听到这里，沈根远对"蓝毛"说："你运气好，好得出奇，我晓得你们文工队还有几个高手，运气远不及你。""蓝毛"有点儿诧异，对根远说："你还消息灵通哩，是有这么回事儿。"

根远说："歇马离北碚城不过十来公里，那几个音乐高手的情况，我们歇马人也只是知其然，不知其所以然。"

"蓝毛"脸上有了一种复杂的表情，根远很难猜透，羡慕、嫉妒、怜悯、庆幸？好像哪样都有哪样又都不是，他猜不透。他终于忍不住了，去问"蓝毛"。

"蓝毛"的脸色明朗起来，说了分配情况。

原来，文工团遣散人员，"蓝毛"同小娟等一伙漂亮妞到了浦陵厂，有几个会乐器的哥们儿分到了川戏团，有的回家待业……

"蓝毛"忽然笑起来，说："最初到浦陵厂时，我还以为是全靠自己的本事进厂的，来了几个月才知道不是那么回事儿。"

"蓝毛"说："小娟后来告诉我，是老馆长发的话，他对浦陵厂带队的人说,'你们选文艺骨干,尽选女的,队里小伙儿这么多,让我们怎么安置?必须搭配一两个男的!'浦陵厂带队的人听了不愿意。老馆长甩出一句,'隔二天,澄江仪表厂的还要来,专门到文工队看人,他们厂大,指标肯定多些'。浦陵厂带队的人对老馆长说,'搭一个男的是可以的,不过,有一个要求,我们招的这个男职工,要会修乐器调乐器'。老馆长推荐了我……"

"蓝毛"一气说了一个钟头,酒喝光了,菜也凉了。他去付账,被根远一掌推开,说:"今天卖大鲇鱼挣了十多块,我请客。"

"蓝毛"告辞了。

根远只喝了三两酒,"蓝毛"刚才的话使他有点儿亢奋,索性不赶车了,走路回家,那条古代修的石板路,一叩一响,恰好宜于他思考。走出两里路,根远又失落了起来,城里人的事儿,再说是乐友的,和我这个农民又有什么相干。又走了三里路,他的心像旗子一样摇荡,"蓝毛"进了浦陵厂,端起了"国营饭碗",可他为何还潜存着一种隐忧……

第三章

怎么说，杨士英也算歇马场的"老土地"了。他家世代居住在场口的老黄葛树下，附近有好几家茶馆。他老汉儿杨山南是个老铁匠，打铁的空闲，爱上茶馆喝茶、听评书，评书没得听了，就与街坊老友聊天下象棋。铁匠的喉咙大，说话比他打大锤、拉风箱的声音还响。他读过几天旧学，大概只读完《三字经》《增广贤文》，言语中不时冒出点儿"养不教，父之过"，以及"穷居闹市无人问，富在深山有远亲"之类。他爱与人较真，老茶友明老师明明在讲《三国志》，他却以《三国演义》来对辩，绝不肯服输。所以，老街坊们赠他一个绰号——"牙巴"，意思是他认死理，脾气犟，牙口一下就咬住不放。这绰号叫了几十年，他的大名"杨山南"反倒没有几个人晓得，恭敬点儿的人喊他"铁匠"。

杨士英小时候性子野，到处乱窜，还爱打架，在小伙伴中绰号"野猫儿"。他常随老汉儿杨铁匠到茶馆，喝"过路黄"，听老评书，小学读到四五年级就有"乃父之风"。于是,他老汉儿上升一级,成了"老牙巴",他稳稳当当获得了"小牙巴"之名。"野猫儿"这绰号也没啥人喊了。

铁匠老汉儿对杨士英教育严格,巴不得他进初中,读高中,然后考个好大学,让他五代相传的铁匠铺关门大吉。可杨士英名字虽取得好,读书却不大顺,小学优秀,一进中学,竟一头扎进了文学书堆,结果数学、俄语两大门功课偏了科,语文再好,文章写得花团锦簇,也与高中"拜拜"。

他初中毕业在家仅待了半年就工作了。这时候,他老汉儿已到乡镇上办的铁工厂工作,遇上招工,家属子弟优先,他进了铁工厂。

这个铁工厂名叫"农机厂",实际很小,它不生产什么工业产品,倒像个铁匠铺加农机修理铺,打锄头、镰刀,修理电机、打米机什么的。所以,远近的人都把它叫"铁工厂",骨子里认为,它只比铁匠铺高一篾块儿。

"老牙巴"虽然是个铁匠,但他多少有点儿文化,他进厂不打铁了,学会了修电机,还会钳工技术。杨士英一进厂,领导想安排他去打铁,杨铁匠死活不干,与厂长老朱对吵了一顿。后来,杨铁匠掏腰包请朱厂长喝了一顿酒,还找明老师出面,邀来了公社书记。朱厂长是明老师的学生,公社书记也是。喝完酒之后,"老牙巴"等明老师和书记走了,塞给朱厂长两瓶泸州老窖。第三天,朱厂长同意改调杨士英去学修理电机,原来,他接到了公社书记的电话。

"老牙巴"不让儿子跟自己学,叫他给厂里的"汤眼镜"当徒弟,原来,"汤眼镜"才是修电机的高手,还懂理论。

"老牙巴"对儿子说:"'汤眼镜'不是藏龙就是卧虎,他前两年才从凉山转回来，曾经在一个大型石棉矿机修理厂工作，技术高得很，他修理电机，不拆机盖，一听就晓得毛病出在哪里。就是脾气怪，唉，他时运不济，你跟随他，要把他当老师对待，就是当老子对待，我也没话说。"

他老汉儿的话，以前，杨士英是不大肯听的，这回听了诺诺连声，攀上了这个好工种，又跟着好师傅，撞了大运。

"汤眼镜"见领导分了一个徒弟给他，没说好也不说歹，把杨士英看了两眼，用钢笔在一张图纸背后随意画了一会儿，把图纸递给杨士英："给你半个小时，你做一下。"

杨士英接过来，一看，是三道题：一道诗词题、一道数学题、一道物理题。他找了一个角落，把一个木箱当课桌，用圆珠笔做了起来。

文学题是："黄金榜上，偶失龙头望……才子词人，自是白衣卿相……作者是谁？""宋代柳永。"杨士英一挥而就。接下来做物理，读中学时他是物理科代表，这题没难住他。

最后才做数学题，这是一道应用题，相当有难度。杨士英认真审题，看了三遍才落笔，一会儿做好了，又检查了一遍，交给"汤眼镜"说："汤老师，我做完了，做没做对，你下錾子。"

"汤眼镜"飞快溜了一遍，说："嗯，都做对了，听说你娃儿数学不行，这回怎么做对了，蒙的？"

杨士英摸摸眼睛角，说："读初中那阵，我迷恋文学，数学偏了科，但是这几个月我想报考高中，在屋头努了一把力。"

"汤眼镜"推了推眼镜架："啊，是这样，看来厂长昨天跟我说的是酒话，不晓得你的水深水浅。"

"汤眼镜"又扶了扶镜框，正形地说："'小牙巴'，听说你娃儿喜欢唐诗宋词,我今天特地摆了你一道。以后,莫在我面前谈啥子文学,唐诗宋词,当不了饭吃!你以后好生跟我耍铁砣砣。"

"好好,要得!"杨士英心里窃喜,"汤眼镜"给了我一个下马威,被我化解了,这是个好兆头,看来他基本认可我了。

"老牙巴"听说了这过程,就对儿子说:"'汤眼镜'是打起灯笼火把也难找的好师傅,好生跟他学,在他面前要装木,莫和他展'牙巴劲儿'哟。""小牙巴"听了,直咂吧嘴巴。

没有电机修理时,"汤眼镜"并不教杨士英,而是支派他去跟他老汉儿学钳工,去练锯、练锉、练榔头,说是:"钳工这玩意儿,你老汉儿比我强,让他给你筑基。"有电机修的时候,"汤眼镜"教他挺耐心、仔细,而且步骤分明。要他先观摩,多看少问。看了五六次之后,"汤眼镜"才捧了两本书和两本笔记给他,叫他回家看,要做笔记,凡在书上、图上没看懂的,第二天来问他。

杨士英认真地照师傅的盼咐做了。以后修电机时,汤师傅便边做边讲,有的动作反复讲,讲到徒弟听懂为止。三个月后,"汤眼镜"才叫徒弟自己动手修电机,他指导。半年后,叫徒弟独立下判断,叫他看坏了的电机毛病出在哪里……

凡是外出修电机的时候,"汤眼镜"就会大声武气地喊:"杨士英,过来跟我背工具包,动作麻利点儿,斯文屌屌的,要得个锤子。"

每次听到师傅这么一喊,杨士英通身舒泰,每个毛孔都蓄满了爽劲儿。他心里明镜似的,师傅惊刺刺的吼声是做给外人看的,是幌子,让那些嫉妒他的人找个心理平衡,狭隘地认为:杨士英这个"小牙巴",虽然摊上个好工种,却不过是给他师傅背包提袋的"小瘪三"。

其实,到外面去修电机爽着呢,有好吃好喝的不说,还有外快可捞。癞子跟着月亮走,多少借些光,他这徒弟靠着技术高明的师傅,得了些外快,不过,他多半用来买书了,买的多半是文学书。也怪,"汤眼镜"见了居然不管,见了新书,还翻上几十页,甚至久借不归。

杨士英回家,和他老汉儿摆谈:"这回出去修电机,转了两个厂,我得到十块钱外快,是张'大团结',新崭崭的。"

老汉儿骂他:"狗日的只晓得挣小钱! 汤师傅不是爱钱之人,带你娃儿出去,是想让你娃儿多掌握电机类型,多学技术! 记到起,多长双眼睛。"

杨士英还嘴,老汉儿放低声量:"我问你,你看到的最大的电机有多大?"

杨士英愣了一下,回答道:"大的大得很,怕有半吨重,啊,我晓得了,这类电机搬不走,多是进口的,在我们厂里绝对看不到。""小牙巴"郑重其事地对"老牙巴"说:"向毛主席保证,以后,我跟师傅外出,不卖眼睛也不卖耳朵,还要多动手、多记笔记。"至于还要不要"大团结",他没说。

红岩厂在歇马落户的时候,杨士英调到供销科工作,说是供销科,只有一间六平方米的小屋,里面安了两张桌子,一张桌子是"老采购"老宋的,一张搬来没两天,是杨士英的。此外,便是两条板凳。供销科没安电话,无须多余的桌子。门口没牌,门边墙壁上有红漆写的三个字:供销科。这还是杨士英来这里的第一天写的,仿宋体,看上去还算规整,颜色醒目。

科里没设科长,老宋对外也只称"供销",连"员"也没加上。铁工厂总共才 39 个人,书记、厂长、工会、财会、生产、库房、后勤,再有就是供销,统共加在一起也有八个部门,一个部门即使只安排一两个人,也有人满为患之嫌,因此,大多身兼数职,书记兼劳工还兼工会主席。办公室有限,也是书记、厂长共处一室,厂里唯一的电话也安在那屋。

供销科安了两个人,是厂里的重大决定,因为红岩厂、浦陵厂这些三线建设的国营厂迁来,厂领导意识到歇马的工业格局不久会有大提升,铁工厂会有大的发展。供销这个部门,目前厂里没产品,谈不上销,但生产用原燃材料及外协加工的任务,落在供销科头上。

老宋勤快,但文化程度不高,交际不够灵活。办公会上,大家都一致看好杨士英,决定调他到供销科。

杨士英本人愿意,他老汉儿不乐意,厂长找明老师做他的思想工作,他才勉强同意。私下,他却跟儿子说:"供销这种跑腿的事儿,你不想干了,就早点儿撤退,这年头,有手艺才是'硬火'。"

到供销科没几天,杨士英就觉得没事儿干,就朝师傅车间跑。"汤眼镜"问:"你坐办公室了,还跑来干什么?"杨士英说:"无聊,老宋啥都不跟我说,天天在外面跑,我一个人坐冷板凳,无聊透了。"

"汤眼镜"说:"你跟了我这么久,还依然是个傻儿,老宋不教你,办公室里那些报表、入库单、领料单、采购单,你不晓得看啊,它们就是你的老师。看了之后还要多跑库房。"

杨士英一听,马上说:"师傅,我懂了。"转身就走。

"汤眼镜"吼他:"你慌个屁!回去还要看书,这本《五金手册》,你拿回去读透,读个溜溜熟!记到起,不懂的来问我,老子还要考你。"

杨士英接过书,感激地望了师傅一眼。

铁工厂主要搞加工，拿进拿出的东西不多。利用这大把时间，杨士英把自己关在小屋里，足足看了两个多月的材料和书，读熟后又跑库房，抱着材料账本指认实物。觉得心里有了三分底气。

老宋隔三岔五回来，见他埋进纸片和书本中，不说什么，走近翻了两页转过身就走了。杨士英猜想：老宋在笑我。

不久，厂里接了一单活儿，帮一个单位修一个电动机，那机器是个老古董，德国货，有一个零件要加工。"汤眼镜"报了两个规格的锉刀，老宋跑了两次，两次买回来的锉刀都锉不动那零件。

朱厂长急得大骂老宋一顿。忽然想到杨士英，朝他大叫："杨士英，你过来，天天看书有屁用，这里有两把锉刀要买，你把规格型号看清楚，千方百计把锉刀买回来。"

杨士英看了单子，先跑库房。库管员张姨说："'小牙巴'，你去找'汤眼镜'噻，这玩意儿只有他懂。"

他找到师傅，"汤眼镜"说："晓得你今天要来找我。"说罢，悄悄递给他一张便条，还小声交代了几句。

午饭后，杨士英根据纸条的指示，从歇马赶车到了青木关，仪表总厂在这里设了三个分厂。师傅的条子写明要他到16厂去找机修组的陆大海师傅。杨士英在场口汽车站问了地址，就朝青木关关口走去，走了七八里路，来到缙云山半山腰，看见一片醒目的厂房，到了。

门卫看了他的介绍信，给他指了路。他没直接到供销科，而是先到机修组，一进机修房，里面有三四个人，全是男的。

杨士英就用普通话问："请问，谁是陆大海师傅？"一个小伙子指着工作台旁坐着的一个中年师傅说："他是。"

杨士英便走近他："陆师傅，我师傅叫我来找你，哦，我是歇马铁工厂的，我师傅叫汤志长。"

陆师傅听了便说："你是'汤眼镜'的徒弟？你师傅叫你来做什么？"陆师傅说的是普通话，带有上海口音。

杨士英掏出大前门，向陆师傅敬了一支，又向其他的人散了烟，这才向陆师傅说明来意。

陆师傅说："这事儿好办，这东西别的厂没有，我们厂里多，走，我引你到供销科。"

到了供销科，一个年轻人正坐在桌前埋头看报，陆师傅向他"嗯嗯"两声，他才抬头，问："大陆，干啥？"

陆师傅把杨士英一指："小革，这是我好朋友的徒弟，歇马农机厂的，向我们厂求援，调拨几把德制锉刀。"

杨士英把香烟和介绍信一同递到他桌上。这个小革没看介绍信，而是盯着杨士英，两人同时叫了起来："'野猫儿'！""'妃子'！"

两人聊了两句。杨士英对陆师傅说："大海师傅，谢谢了，革非智是我初中同桌，您有事儿就先回去。"陆师傅说："同学好办事儿，我回车间了，你回去见了你师傅，代我问个好。"

抽烟，喝茶，聊天。革非智特别兴奋，话语滔滔，聊的尽是初中的那些事儿，杨士英也聊。

革非智去数女生中的"风流人物"，评点三班的"花魁""曾荷花"："脸很白，脸的线条精致，身段不错，走起路像清风摆柳条。"他忽然像根恢复弹力的弹簧，话锋弹向一班的"贾孔雀"："个子高挑，丰乳肥臀的，喜欢跳舞，性格张扬得很，她居然敢跳孔雀舞，可是体量大了，在展示她最亮丽的羽毛的同时,肥屁股也亮高了。不安逸她的男生说她在'翘母猪屁股'。"

杨士英说:"你有印象没有,还有一个'小葡萄',校宣传队的,好像比我们高两级,舞跳得特别好,她的脸像白玉葡萄,身材柔韧,在台上举手投足,像风中的葡萄串,舞姿特别勾魂!我现在一闭上眼睛,脑海里就会出现她那曼妙的舞姿。"

革非智笑了,说:"你这种感觉我也有,梦也在做,不过不会像你那样作诗。"他向杨士英逐一打听班上好多女同学的近况,问的都是长得乖的。凡知道的,杨士英都尽可能仔细地回答,他晓得眼前这同学"思春"了,一脸的红豆豆。

革非智说:"'野猫儿',你娃儿不晓得,16厂建到这个母鸡都不下蛋的山旮旯,厂里的女工少,又都名花有主。我平时想打眼睛牙祭都难,偶尔见到些村姑,个个像冬瓜,上下两头都一样粗……这儿哪有你在歇马安逸哟,天天在桥头打望,双凤桥中学放学的时候,美女如云。"

杨士英笑嘻了,说:"'妃子',你娃儿读初三那阵,女同学走近你身边,望了你一眼,你脸要红半天,现在见了我聊这些,人长性长,有进步。哎呀!"他故意去看墙上的钟,"快打四点了,我还要赶回厂,快给我办手续。"

革非智说:"下回早点儿来,我请你喝酒!"马上给他办了手续,陪他到财会室,然后到库房。库房离他办公室有两三百米远,革非智坚持要陪他去。

途中经过好几个车间,透过门窗,杨士英看到一排排车床,各种型号都有,全是新的,没有用过。心里羡慕死了!

他们铁工厂只有一台"135"的小车床,厂里金贵得很,除了车工和汤师傅,任何人不准摸。他到厂里将近两年,只摸过两回,还是在他师傅维修车床的时候,当时,那个长辫子车工站在旁边,像"防特防盗"一样紧盯着……

他忍不住问革非智:"老同学,你们厂里肥啊,闲置这么多高级车床,像是从没有用过。"

革非智说:"岂止车床,铣床、磨床、冲床、刨床,好多设备都闲着,莫要大惊小怪,告诉你,这叫三线建设,这叫战略储备。"

领到锉刀,杨士英向革非智告别,叮嘱他:"下回过歇马桥头,车子刹一脚,我家还在那棵大黄葛树下,来耍!"

回到歇马,已经黄昏。杨士英在饭桌上跟他老汉儿摆了到 16 厂的见闻。杨铁匠说:"三线建设国营厂就是好哇,不过,可惜了那些好设备,要是我们厂里有几台,'车磨铣刨冲',好多业务都可以接,有你师傅掌火,保证接得下来。"

杨士英也感叹不已。忽然想起一件事儿,他问:"老汉儿,16 厂机修车间有个陆大海,和我师傅很熟,这次去调拨锉刀,是汤师傅叫我去找他的。"

老汉儿说:"他俩岂止是熟,有两重关系:一重,陆师傅在青木关及附近乡镇的小企业小厂搞'外水',他做不下来的活,必找你师傅出马搞定;二重,他俩是同乡。"

"啊,"杨士英惊呼,"怎么可能,我听陆大海讲话,好重的上海口音!分明是个上海人。我师傅是重庆人,天南海北的,他俩怎么会是同乡?"

老汉儿得意起来,说道:"你娃儿不晓得,陆师傅不用'验明正身',

他是个地地道道的上海人,我们打过多次交道。你师傅呢,是在重庆南岸出生的,他父母原先在上海做生意,得罪了日本人,'九一八'以后到的重庆。你师傅面相看起来老,其实才34岁。他13岁时,随父母回的上海。"

杨士英说:"我不信,师傅从来没向我讲过,你怎么晓得的?"一见儿子急了,老汉儿正经地答道:"我怎么晓得的?他也没向我讲过,但是,我听明老师零零碎碎讲过,他俩无话不谈。听到起,今晚我俩摆的,别向外传。"

杨士英说:"我又不傻,我早晓得我师傅有故事,'伤心人别有怀抱,不足与外人道矣'。"

厂里开始重视杨士英,许多材料、工具、外协事务都叫他去办,还让他担任物资计划、物资报表的工作。

汤师傅则专门嘱咐他:"厂子现在太小,如果红岩厂、浦陵厂、工模具厂这些厂生产正规了,我们厂会跟着成长壮大。你现在要不得,有空,多到歇马地区的各个厂转转,利用各种关系广交朋友,以后凭这人脉,你搞供销才顺利。"

杨士英一脸困惑,问师傅:"交朋友要讲实力、财力,我们弹丸小厂,出差报销又少,我凭什么交朋友?"

师傅伸出食指戳了一下徒弟的眉心:"你娃儿憨,凭你的优势噻,你娃儿懂传统诗词,还会写新诗。你娃儿跟了我这么久,我的象棋不孬,你可以到外面去下,当然,你还得认真打打谱。至于钱,不可能花钱请人吃饭,烟钱是必需的,厂里能报则报,还可以找你老汉儿支持一点儿,他又不小气。实在不够,我搞'外水'时带你出去几回,把你吹成是师傅,烟钱不是有了吗?"

杨士英蹦了起来:"不许反悔,说话算数,明天,借我一点儿钱买烟,我串门去。不说文友、棋友,只说坐办公室的熟人,我'小牙巴'能念一串出来。"

第二天早上,汤师傅给杨士英送了一条大前门来,啥都没说就转身离开了供销科。杨士英也没说啥,心里在想:这哪是香烟啊,分明是军令状。他把烟拆散,放了两包在黄挎包中,其余的塞进办公桌抽屉,一锁,把挎包搭上左肩,右手"哐啷"一声,关门出去了。

杨士英在歇马跑了两天,算是给他的朋友们打了个招呼。他决定到北碚、澄江、水土、三胜、东阳这些仪表厂里转一转,这几个地方他有小学的、初中的同学。去了却没多大感觉:有的同学外出学习未归,有的见了面,表面客气,谈话间却有意无意透露出身在仪表厂的优越感。

一天下午,杨士英从东阳石子山过河,刚踏完石梯,在正码头月台坝边遇见了小学同学梁柱。梁柱小学时和杨士英同桌,他外号叫"羊子",常遭人欺负,杨士英不止一次帮他打抱不平,他见了杨士英异常亲热,马上邀请杨士英到他家里。喝了一杯茶,聊了一会儿,杨士英告辞。

梁柱说:"'野猫儿',我在区农机站上班,就在水岚垭下路口,有空到北碚,欢迎来耍。"

杨士英说:"农机厂、农机站,农在一家,'羊子',我肯定要来耍。"

隔了两个月,厂里修一台农机,差几个零件,任务布置给老宋,他跑了几天没结果。朱厂长叫杨士英设法买到。

杨士英就直奔区农机站找"羊子"。那地方离五路口近,杨士英很容易就找到了。一去,"羊子"正在和一个中年人下棋,杨士英站在"羊子"身后悄悄观战,中年人棋高一着,"羊子"失了一大子,杨士英咳了一声,"羊子"转头一看,马上说:"卢站长,我救星来了,让他来帮我下,可不可以?"

卢站长说:"可以,既然来的是救星,定是高手,缺一子,看他如何挽回败局。"他手一伸,说,"请。"

杨士英向卢站长一笑就坐下了。他静静地看着棋盘,看了三分钟才动棋子——杨士英其实是在装木,他早看出了名堂,五步之内可扭转败局。果然下到第五步,他以一匹马吃掉对方一个卒,马被卢站长的马灭了。这时卢站长有一马与一卒,他全士、相。卢站长说:"平了!""羊子"笑了。

"羊子"给卢站长说:"老卢,这是我的老同学杨世英,外号'野猫儿'。"卢站长说:"'野猫儿',杨世英?我晓得了,歇马铁工厂的,才子哟,杨铁匠的儿,'汤眼镜'的徒弟。"

杨世英惊异了:"卢站长,你啷个对我这么熟?"卢站长说:"上回区里派员到你们厂查台账、翻报表、看库房,去的那几个,都是我的熟人,喂,下回我到铁工厂,记到起,到餐厅办招待要点火爆肚头。"两人对视一眼,然后哈哈大笑。

老卢问:"杨士英,你来农机站,不光是来下棋的吧?刚才那盘棋,如果我和'汤眼镜'下,凭他的水磨工夫,我可能输,我看你的棋比你师傅只高不低,急急求和了事儿,你娃儿心头一定有事儿,有事儿就说。"

杨士英笑起来:"老卢老江湖,啥事儿一眼观尽,我来找'羊子',真有事儿。"说罢,他把请购单摸出来递给老卢。

老卢看了单子说:"这几样配件,站里没货,不过我晓得哪儿有。

'羊子',你跑一趟风动厂。""羊子"接过单子,去推自行车。老卢说:"'羊子',啷个说,动下脑筋哈。""羊子"说:"我晓得!"

"羊子"走后,老卢和杨士英聊天,从"汤眼镜"聊到明老师,杨士英吃了一惊,问道:"老卢,你认识明老师?"

老卢说:"早就认识,你喊他明老师,我叫他明健夫。20世纪50年代我在武胜工作,驻成都工作站,《星星》第一期,登过我一首小诗《打破碗碗花》,后来我调回北碚认识了明健夫,他也在《星星》第一期发了诗。"

杨士英说:"老卢,我也该喊你老师。"老卢说:"不敢不敢,道德文章,"老卢伸出大拇指说,"你明老师是这个!"

铃声响起,"羊子"骑着自行车回来了,把一包零件也带了回来……

第四章

成裕被饮食服务公司分到野猫岩工矿贸易商店时,心里怪冒火,认为自己是从"米箩篼"贬到"糠箩篼"。他工作的这个餐厅并没有设在野猫岩红岩厂家属区,而是设在红岩厂大门内。餐厅是平房,面积不大,可以安十来张桌子,陈设也普普通通,墙上没有画,贴了几块立幅标语,"必须把粮食抓紧"之类。走进去,会觉得它像小厂职工食堂还多一些。成裕原来在城里一个中等规模的餐厅当厨师,"这儿和那儿完全不能相比,简而陋之!"他进去看了第一眼,就发出如此感慨。

成裕在灶上掌勺。国营餐厅培养出来的厨师,虽然只持二级证书,他炒的川菜绝对正宗,色香味俱全。灾荒年才过去两三年,肉类须凭票供应,工矿贸易商店为三线建设服务,供应餐饮的肉基本上是得到保障的,凭票的几乎全是猪肉,鸡鸭鱼蛋之类则不存在凭票供应。酒也敞开供应,白酒不乏茅台、五粮液、泸州老窖,还有永川老白干、水土绿豆烧。

啤酒则只有一种,牌子叫"山城"。偶有青岛产的葡萄酒供应。只是酒不出堂。

中午和黄昏,饭馆人多,是成裕最忙的时候。客人点的菜单,被服务员送到灶头,负责墩子的厨工老陶下刀如飞,及时备料供应他炒制。洗锅、涮锅、倒油、炒菜、兑入佐料、加配菜俏头、翻炒、起锅,整套动作,成裕一气呵成,有一种行云流水般的韵味。然而只是重复,一次又一次地重复。以致轮到他们吃饭时,再美味的菜摆在面前,别人吃得津津有味,成裕夹菜的动作像蜻蜓点水,筷子和菜只挨了那么一点点。同桌的人不会笑他,也不会劝他,因为他们晓得,油烟子已经把他熏饱了。

晚上,没有逛的地方,住处离歇马场有三里多路,走路来回有三四公里。可等他们走到了歇马场,却不见灯红酒绿。这等乡场,一过中午,赶场的人一散,街上就没什么人了。何况晚上街上的灯盏不亮,居民待在家中,从门窗里透出的灯光也是朦朦胧胧的。

待在寝室中,娱乐只有那么两项,不是打扑克,就是聚在一起聊天。屋子窄,四个高低铺对着安放,中间留个"二人巷",两张桌子一摆,就只留了个"一人巷"。这样也好,各坐各的床,脸对脸聊天,声音清清亮亮。

打扑克的时候多,玩法单一,不是打百分就是争上游,如果打同花顺一类,会被视为赌博。打百分或者上游,输了就在脸上贴纸条,倒霉蛋输多了,把一张脸弄得像布告墙。

领导查到了,也不会怪罪,他高兴了也参加进来,不约而同地,大家的牌都饿狼般向他扑去……

成裕觉得孤独。他文化程度不高,初中毕业,可他喜欢文学,尤其喜欢诗歌,无论旧体诗词或者新诗,他都醉心。以前在北碚城的时候,有几个兴趣相投的朋友,隔三岔五地聚在一起,谈谈文学聊聊诗。有谁写了一首自我感觉不错的诗,夜深了,也会不管不顾地去敲朋友的门,把朋友叫到大梧桐树下,旁若无人地朗诵:

啊,
朝天门像船头,
解放碑立起桅杆;
无数的鱼儿涌向大船,
那四面八方涌来的游人
……

成裕多读少写,他常常是那个半夜被叫醒的人,听朋友在第一时间念诗给他听,他觉得这是一种幸福。可是,一调到野猫岩,这种幸福感没有了。有一天,他到白鹤林工矿贸易餐厅去看师兄,师兄介绍他认识了杨士英。

上溯至二三十年前,晏阳初在白鹤林建立了中国乡村建设学院,中苏友好协会办的《中苏文化》也设在学院附近,一批大师级的文人学士在这里行走:晏阳初、瞿菊农、孙伏园、王昆仑、翦伯赞、侯外庐、吕振羽……后来,乡建学院并入西南师范学院和西南农学院,乡建学院留在白鹤林的地儿则建成了中国农业科学院柑桔研究所。20世纪60年代,柑研所里有一批年轻职工,热衷于音乐、文学。成裕的师兄当大厨的馆子,成了他们聚会的地方。那师兄一听他们聊文学,像听评书一样把耳朵贴过去,听了几回,觉得他们似乎有些水平,他对文学的沉迷不及成裕，就把信息传递给师弟……

成裕赶过去，很快就融入其中。他的加入等于他师兄一道加入，他自然受到了欢迎，这年头儿，食比天高，遇上个喜欢文学的厨师，等于餐桌上平添了几份佳肴。

白鹤林是杨士英不时光顾的地儿，这个文学圈子，他有几个熟人，他的小学、中学同学中，柑研所的子弟有一串。

成裕去的那天，恰好见到一个瘦长的小伙子正在念诗，念的是一首词，那小伙念得很投入。可是，在场的七八个人听后各自表情不一。小伙念完，把稿子递给大家传看。传到成裕手中，他一看，心里一动，便仔细看下去：

浣溪沙·嘉陵岸头

苇畔渔烟罩白沙，归帆影弄夕阳斜，暮云入水化绮花。

携酒寻芳游野岸，投波问汛惜春华，寄番心事到海涯。

石桥于六五年仲春草于歇马

"不错，言浅情挚，两阕内容递进得有章法，有层次感，有古诗词的味道，意境也出来了的，传达的是真感情。"

成裕看了三遍，零零散散在心里评价。他看的时候，周围有个人评议这个石桥的词，说写散了，浮光掠影的，缺乏意境……

成裕悄悄观察石桥，石桥在倾听，并在本子上做记录，脸上云淡风轻，看不出心里想法。他想这个石桥有点儿意思，卓尔不群，无所谓的脸色怕是装出来的，我都看得出来他的词不俗，真实水平绝对在在座的所有人之上。他觉得这人交得，但毕竟是初次见面，相互介绍都没有。想了想，他要过稿子，掏出钢笔把这首词誊写了下来，然后把稿回传给石桥，石桥对他回笑了一下。

"石桥"是杨士英的笔名，写旧体诗词时用的，写新诗时则署名"春帆"。他到白鹤林参加这个文学圈子的聚会，是柑研所的同学晓得他的水平，撺掇他参加的。前两次，他拿来念的是新诗，得到的评议有褒有贬，贬多于褒。他不服气，他看过他们写的诗。他这次带旧体诗词来，是想试试他们的水深水浅。得到这个评价，他有点儿失望……但这次来，居然有人抄他的词，他委实有点儿意外，甚至是窃喜，圈子里有人抄，证明这首词不错，至少触动了人家心中的某根弦。杨士英对自己的旧体诗词有点儿自信，因为他有一个好老师，潜心学了七八年，平常不露白而已。

杨士英的旧体诗词是明老师教的。他十岁那年秋天，刚念四年级，一个星期六晚上，他老汉儿杨铁匠手提两瓶好酒，带他到明老师家里。一去，老汉儿就叫道："士英，你去听收音机，明老师才搞到了一个红灯牌，能收到好多台。"杨士英欢喜地去听收音机了。

两个大人走到屋外，谈着事情，轻言轻语，不知聊些什么，那样子很投入。一会儿，两人去喝茶，摆出象棋下。他俩下到第三局，杨士英过来观战。三局下完，杨铁匠输了两盘，平了一盘，他口里"叽里咕噜"，还想继续下。

明老师说："杨铁匠，莫展'牙巴劲儿'了，你今天平那一局，不是我让给你的。你进步了，论水平，也差不多赶得上你儿子了。""大牙巴"便不说话了,他平的这一局,是他儿子支的招。

回家路上,杨铁匠对儿子说:"从下个星期天起,你到明老师那里学语文,先做作业,他会辅导你。做完作业写一个作文,他会给你改。这两件事情做完,随便你啷个耍,听收音机、打弹枪,随便你。"

杨士英说:"真的?"杨铁匠说:"当然是真的,你上午去,我给你五角钱,回不回家吃饭,也由你决定。去不去?明老师是北碚最好的老师,脾气又好,打起灯笼火把也难找……"

杨士英说:"老汉儿,这么啰唆干啥子,我早就想去了,莫说别样,明老师家的书好多,现在又有红灯收音机,我去!"

这一去,就从没断过。小学的时候,明老师叫杨士英背了很多唐诗宋词;直到初一,才给他讲古文和诗词;初二,才讲散文和新诗。

不知为什么,明老师从不教他如何写诗,杨士英是自己摸索着写的。有一天,他写了一首"好诗",带去给明老师看,明老师密圈胖点,改了一个多钟头,才给他一一讲解……

讲得"小牙巴"不再展劲、服服帖帖后,明老师告诉他:"我给你讲诗、改诗这件事儿,千万不能给外人说,我啥都不怕,就怕麻烦。"

同样的叮嘱,他爹也再三交代过。后来,他才晓得明老师在"反右运动"中差点儿"戴帽",要不是有大领导保他,说他抗过日、当过地下党,他早"裁水"了。

杨士英遵从汤师傅的吩咐,厂里没事儿的时候,就到歇马的三线厂甚至青木关的仪表厂去转悠。

一天上午,杨士英到红岩厂供销科去分拨材料,看到一个人坐在一张办公桌前写写画画。这是个20多岁的壮小伙。杨士英觉得这人好熟,观察了两分钟,认出这人是他三姨妈的幺儿,他该喊老表,名字记得模糊,但他晓得这个老表的外号。

就叫他:"'皮球',你怎么在这里?当兵退役了?"

这人抬头一看,马上喊道:"'小牙巴',你啷个来了,没念书了?"两人聊了起来。

"皮球"大名吴应杰,他当了六年兵,在部队管仓库,复员后调到红岩厂供销科。他了解到"小牙巴"在铁工厂当采购,就说:"以后厂里缺什么材料,尽管来找我,亲戚嘛,越走才越亲。"

中午,杨士英请吴老表到饭馆吃饭。正吃着喝着,成裕端了一盘鱼香肉丝递到杨士英面前说:"杨士英,我们又见面了,我在这餐厅当厨师,这份菜是我炒的,你们尝尝,这菜不用结账,我打过招呼了。"忽然,从厨房伸出一个脑袋喊:"成师傅,成裕!"他赶紧走回厨房……

事后两天,杨士英来找成裕,一来二去,两人竟成了好朋友。杨士英和他老表吴应杰也越来越亲热。

这天,杨士英刚回办公室,泡好一搪瓷盅山城沱茶,正在吹水面上的浮沫,就听到室外有人喊:"杨士英!接电话,快点儿,有人找你!"他把搪瓷盅往办公桌上一放,开水荡出来了一滩也不管它,小跑般向厂长办公室疾步走去。

厂里就这一部电话,厂长用、书记用,生产科、供销科、车间……都在用。有一天,杨铁匠跑迟了一步,没接上电话,气得大骂:"鸡毛小厂,一部电话,个大个人都在用,都用玉了,像个谁都可以踩的大脚鞋!"

他的话丑,但这个"用玉了"的"玉"字,让"小牙巴"杨士英听了好舒服。是啊,一块儿毛石头,数不清的人手又数不清次数地去摸它,它不像玉一样润滑才怪。只是电话比不得玉石，被用玉了要出毛病。

这电话噪音很大，每次响铃的时候好像比别人的电话时间短……杨士英人高腿长，在最后半秒接上了电话。

电话那头传来的是一个熟悉的声音。当他问："你是谁？"回答的声音很清脆，像女生的声音："'小牙巴'，听不出来了啊，我是全凯程！"

"'美人'！"杨士英声音扬高，"'美人'，是你啊，听说你到西安仪表厂去了，一两年没见，想死你了，你现在在哪儿？"这一通电话通了十几二十分钟，书记站在他旁边，红眉毛绿眼睛地把他盯到。

他放下电话后，朱厂长从书记身后拱出来，对他说："杨士英，回去跟你老汉儿商量一下，在你屋头安个电话，这样，你爷俩可以大展'牙巴劲儿'，想展好久就好久。"

书记也紧撑上来责问："喂，杨士英，和'美人'通话，还通这么久，啷个回事儿？"

杨士英看了书记一眼，回答说："和'美人'通话嘛，想通多久就通多久。"说罢，不管书记的反映，马上飞逃开了。他晓得，等不了五分钟，他和"美人"通话通了很久的龙门阵会传遍铁工厂每个角落，连厕所中也会有人议论。

果然，吃晚饭时，他老汉儿问："士英，今天有个'美人'找你？"杨铁匠话中有话。

杨士英扑哧一笑："啥子'美人'哟，是全凯程，他从西安回来了，分在小磨滩工模具厂，分在那儿的还有好几个同学，叫我去耍。凯程是我的'血旺兄弟'，你认得的。"老爹"哦"了一声，就叫儿子和他喝两杯。

全凯程和杨士英同校不同年级，他比杨士英要高一级。人长得像女生一样秀气,说话的声音也像女生,唱歌也柔美如女生,"美人"这个绰号不胫而走。

他和杨士英攀上交情有段故事:一天晚上放学,杨士英刚走出校门,就看见几个十五六岁的野小子围着一个男生打,那男生奋力还击,把书包像链锤一样使用,但无济于事。对方人多,他不时挨上一锤,鼻血都流出来了。一些男生女生站得远远的,没一人帮他。

杨士英见了,把书包塞给身旁的女同学,箭一般冲出去,拳打脚踢,顷刻之间就把几个野小子打得七零八落。不知谁喊了两声:"野猫儿,野猫儿!"这几个人听了马上四散,飞快溜了。

杨士英向女同学讨回了书包,刚挎上肩,则才挨打的那个男生走到他身边说:"'小牙巴',我们一道回家。"两人边走边聊。

杨士英问:"你喊我'小牙巴',你的外号叫啥子?""美人。"他不好意思地回答。

"哦,这名字我听说过,"杨士英打量一下他说,"你好像比我高一级,在今年迎春演出会上,你唱过一首歌,《谁不说俺家乡好》,好听极了,比女生唱得还好。"

"美人"柔声答道:"我喜欢唱歌,我听说你诗写得好,没想到你打架也那么厉害,好像学过武功,跟谁学的?"

杨士英说:"学过,皮毛而已,我爹杨铁匠会武功。"他还想说:"明老师教过我,他比我爹厉害得多!"他忍住了没说,明老师要他保密。杨士英把"美人"护送回家,多走了300多米路。

"美人"和杨士英越走越近,常到杨士英家蹭饭。杨铁匠头两回没在意,"美人"去蹭第三顿饭时,铁匠问:"小伙子,你是街上哪家的娃儿?"

"美人"说:"全二胡家的,我老汉儿以前开过茶馆。"杨铁匠的眼光柔和起来,拍了他一下:"长这么大了!像你妈一样秀气。你爹全二胡,我熟,他从前当过地下党的交通员,可惜,去世得早,你以后多来,我家当你家!"从此,"美人"和杨士英形影不离……

隔了几天,杨士英到小磨滩工模具厂找"美人",夜晚独自走路回家,觉得好远好累。躺在床上盘算:小磨滩到歇马场五六里,歇马到大石盘七八里,到大磨滩五六里……红岩厂、转速厂、光学厂离歇马看似不远,也有三四里,如果算来回路程……现在我当供销员了,调拨材料、外协加工、联系业务,另加采购、送货,拿进送出的,还要四处搞关系,光凭两条脚来回奔波,累得够呛。

快走到老石桥时,一个强烈的念头拱出来:我该搞辆自行车!自行车好俏,商店没卖的,公社干部中都只有几辆,红岩厂、仪表厂有的人也不多……怎么买得到?而且价钱贵!在上海,永久和凤凰要卖150块钱一辆。

想了半夜,第二天早上起来盘算自己这两年存的钱,居然有一百零几块,心里窃喜,老汉儿存得钱远比我多,到时候打他的"秋风",这是正事儿,按他的脾气一定会支持。

早上起床,出门经过街角,买了一碗豆浆、两根油条随便填饱肚子。然后走到厂里给朱厂长说了一声:"我到红岩厂供销科去一趟,我老表找我有事儿。"

朱厂长一听,就说:"你到红岩厂供销科找老表,买包好烟去,回来我给你报销。对了,见了你老表问问,想办法分两把铜焊条,厂里急需。""行!"杨士英回答得脆生生的。

吴应杰正坐在办公桌前享用早餐,见了杨士英进来,不无惊奇地问:"哪儿河水发了,这么早冲进了厂?吃了没有,没吃一块用!"

杨士英夸张地说:"早吃过了,吃了五根油条!老表,上班时间在办公室吃早饭,你好跩哟。"

吴应杰这"皮球"一拍就蹦,说:"我跩?你看到办公室有人上班没有?没有人影吧,我是第一个来的,厂里来了工作组搞'四清',人心惶惶,又没正式投产,哪个肯待在办公室?我们科长和科里的'老板凳',这会儿正在野猫岩种自留地。"

杨士英故意和他展"牙巴劲儿",逗他一逗,说:"你们科那些'老板凳',都成家立业了,老婆孩子刚从无锡迁来,种种菜园子正常,你羡慕他们,早点儿给我娶表嫂噻。"

快26岁了,还没耍女朋友,这是吴应杰的软肋,他一口喝光牛奶,说:"少说这些,想眼馋我啊,说,这么早来找我干啥子?"

杨士英把他想买自行车的打算说了一番。吴应杰沉思了一会儿,说:"上海生产永久、凤凰,全国人民都向他们伸手要。科里的无锡人、上海人说这两种自行车在上海也很紧俏,列为专项供应,只有邮电局、公安、部队、政府部门的才限量供应,你想买有难度。我们厂里有自行车的也不多,全厂3000多人,恐怕才几十辆,至多100辆。"

杨士英听了如冰水淋头,一下子蔫了,坐在椅子上一言不发。

吴应杰"扑哧"一笑,说:"'小牙巴',平常光晓得展'牙巴劲儿',遇事儿就怂了?其实……"吴应杰故意顿了一下,"办法还是有的……"

"什么办法?"角色倒换,杨士英这回蹦起来变成了"皮球"。

"办法是这样的,我先在科里打听一下,到几个车间也去打听,看看谁有办法弄到新车。"吴应杰有条有理地说,"如果买新车不可能,就弄一辆半新旧的永久或凤凰,我曾经听说,红岩厂有好几个师傅在迁厂之前,听说四川山高路陡,不能骑自行车,就没带自行车来。又听说现在他们正设法买新车。我想,如果价钱出得合适,人家愿意出手。"

杨士英顿时笑得合不拢嘴,把表哥表扬了一番,说:"你的主意太好了,行!有新车就买新的,如果不行,买二手自行车也行!价钱不是问题,由你定夺,只要你能帮我买到车,赚我几条烟钱,我也会说'谢谢你'。老表,买了怎么运回来呢?"

吴应杰说:"这不难,红岩厂在无锡设得有留守处,把自行车拆散后装箱,写明供销科我收,混同其他箱子一起发运回来。"

杨士英说:"这样我就放心了,老表,你劳苦功高,我帮你洗碗!"

吴应杰骂道:"爬哟!我自己晓得收,你帮我洗碗,我那大姨爹杨铁匠知道了,不把我当毛铁打才怪!"

吴应杰把牛奶杯子和碟子向桌子角一推,说:"拿烟来抽,你今天肯定揣了好烟来的。"

杨士英笑嘻嘻地递过烟,说:"这包牡丹是厂长喊我买的,他无事儿不起早,叫我到你这儿调拨五把铜焊条,这东西很俏,要指标,到处都没买到。"

吴应杰应声道:"'大哥莫说二哥',你和你厂长差不多,会打算盘。"说罢,他便去翻账册,"哦,找到了,库存的铜焊条多得很,一支也没人领过。"吴应杰找出一张调拨单,填完大笔一挥:"调你五把,你自己到财务室结账。"

杨士英接过单子,搔搔头皮:"今天没带转账支票来,隔两天再来。"

吴应杰笑了："你娃儿名堂多，下回带张支票来，要结的账恐怕不只铜焊条了。"忽然叹口气，说："你进错了庙门，只得到处当'讨口子'。算了，东西你先拿回去，我给库房打个电话。"他拨道电话，给库管员强调这是支持歇马地方工业的……

杨士英出了供销科，领了焊条，一看太阳还没当空，就跑到红岩厂餐厅找成裕，聊到十一点半。吃了午饭回家，睡到三点多才到厂里去。

朱厂长听了汇报说："喊你买两把铜焊条，你买了五把，这回用不了，铜焊条贵，库存积压资金。"

杨士英说："厂长，铜焊条是贵，但也很俏，要凭指标供应，我们把它利用起来搞串换，物调物，哪儿会积压？"

朱厂长一拍脑壳，说："还是你脑壳灵，依你的办！来，把买烟的发票拿给我签。"杨士英想：下回再办这种事儿，我买两包烟。

隔了五天，"美人"打电话叫杨士英到他厂里去。杨士英接了电话就直奔小磨滩。原来，"美人"喊他去，是老同学明同过20岁生日，他刚被提拔当了模具车间的班长。明同和杨士英读书时是"血旺兄弟"，啥叫"血旺"，就是血凝在一起，有啥子难事儿一起扛；打抱不平的时候，两兄弟并肩一起上。

一通酒喝下来，杨士英第二天上班晚了一个钟头。朱厂长跑到供销科来问罪："你娃儿跩啊，接了'美人'的电话就拔脚飞跑，还晓不晓得啥子叫劳动纪律？"

杨士英说："厂长，啥子美人不美人的，'美人'叫全凯程，是个男的，我同学！"他把全凯程的情况一说，朱厂长的语气变柔和了："原来全凯程是全二胡的幺儿，看来我犯了主观错误，杨士英，向你道个歉。"

杨士英说："道歉没必要，出厂没给领导打招呼，我错在先。不过，朱厂长，我到小磨滩也有另一层原因，我一个同学分在工模具厂，是技术尖子，工模具厂的磨具加工、热处理，在全市都是顶尖的，这些关系，说不定以后用得着。"

朱厂长拍了一下杨士英的肩膀："你小子机灵得怪，会看五六步棋，难怪明老师常把你当幺儿夸！"朱厂长笑眯眯地走了。

杨士英望着他的背影犯疑：明老师把我当幺儿，啥意思？

一个星期后，区里到歇马铁工厂搞专项检查，查看供销科的台账和各项报表，同时检查库房。几个"考校官"看了很满意，连声说规矩、清爽。

他们的头儿对朱厂长说："杨士英做的台账和报表，水平超过了几百人的大厂。"厂长不知是惊讶还是高兴，张大眼睛把杨士英看了又看。

中午请检查组的人吃饭，饭馆是红岩餐厅，点了几个菜。成裕从厨房出来，热情地跟杨士英打招呼。杨士英向他介绍同桌的客人后，吩咐成裕炒一份火爆双脆。这个菜一上桌，大受欢迎，客人评价："脆、嫩、鲜、香，厨艺水平绝不亚于缙云餐厅！"

两杯酒下肚，朱厂长问："杨士英，你一天到晚不是看书，就是东逛西跑，做台账报表、管理库房的水平怎么练出来的？"

杨士英说："看书不是白看，跑也不是乱跑，我到红岩厂供销科向老表请教，到青木关仪表厂供销科跟'妃子'学习。"

"啥子妃子？"客人顿时产生了兴趣。朱厂长把"美人""妃子"的事情绘声绘色地讲了一通，还学"美人"打电话的声音，满桌的客人听了哈哈大笑。

从此，无论杨士英外出做什么事，朱厂长再也不管。

第五章

　　厂里搞"社教"了,铁工厂是个小合作社,39个职工,来的不是工作队,而是两个人的宣讲组。把人集中到大车间,由两个人分别念文件。第一次,下面的人听得认真,场上安静。第二次、第三次,就有人思想开小差了,嗡嗡声不断……

　　断断续续学了一星期,文件终于念完了,宣讲组被欢送走了。朱厂长说:"运动参加了,上级下达的生产任务更要完成,当官的当官,搬砖的搬砖,我们自己打自己的铁砣砣。"大家各就各位,忙开了。

　　厂里接到了一批业务,是为光学厂加工生产一批小零件,是小冲床冲压件。

　　朱厂长召开全厂职工大会后,特意留下杨士英,说:"这批零件,光学厂本来可以在外地生产的,交给我们生产,这是光学厂的领导为了支持地方工业,特意提供给我们的一个机会。这次加工小零件,如果质量达到标准,以后光学厂还会陆续把类似的加工业务给我们厂,那样我们厂就不愁业务了。问题是加工它们需要五吨的冲床,而我们厂没有!你把任何事儿都丢下,现在只做一件事儿,到外面去寻找五吨冲床,那些三线建设的国营厂是你去的重点,冲床设备,只有他们才有!你自己'莽起去跑,削尖脑壳去钻'。"

听到朱厂长的指示,杨士英心情分外沉重。

冲床这类液压设备,国内生产厂家不多,需要指标,由上级分配供应,只有国营厂才可能得到指标。歇马铁工厂是个公社主管、区里分管的合作社,小集体企业,不可能得到指标。

杨士英听说通过关系可以搞到二手冲床,但那种二手货,买来用不用得,他无法判断。自己不懂冲床,连冲床的品种、型号也两眼黑。况且,在联系过程中,开销不少……可这事儿有关厂里几十号人的饭碗,厂领导把它当硬任务派给了自己!推掉?可能吗?

他弱弱地问:"厂长,搞冲床花销大哟,啷个报销,每天只补助四角钱,进了大厂,怕连春耕烟也撒不起。"

朱厂长笑起来:"你这个'小牙巴',会打小算盘,这回实报实销,而且,搞回来有奖。现在我给你开几张介绍信,你再到财会领室100块钱。"杨士英听了,晓得推不脱了,转身就走。

他昏昏沉沉走到车间,见了汤师傅,还没开口,师傅就递给他一本书,一看,是关于冲床、机床一类的。汤师傅对他说:"派你去搞冲床,是我向厂部建议的,都到这个时候啦,你不出面,丢我的脸。"说完便盯着他。

杨士英忽然硬气起来,对汤师傅说:"我现在就回家看书,今天晚上预选出几个厂,明天早晨出发。"

晚上,老汉儿杨铁匠回来,递给他20块钱,说:"这点钱补贴你,争取把冲床搞回来。"

第二天清晨,杨士英背起挎包出门,从歇马乘车到北碚,然后乘车到牛角沱,再转车到观音桥,直奔长安厂而去。

长安厂是个大兵工厂,里面有些什么设备他不知,但他晓得这里有冲床。他走到堡垒似的门口,警卫问他找谁。他说:"我找12车间的邹名山,他是我的同学。"

警卫问清了他的名字、工作单位,说:"你在门外等着,一会儿叫你。"警卫便进警卫室拨打电话。

杨士英想:没想到进长安厂这么麻烦,早晓得我拿介绍信出来。又一想:这种介绍信,对长安厂这种大厂管不管用?万一他不理呢……

正在浮想,警卫从房里探出头对他说:"你在原地等候,你同学马上出来。"杨士英马上掏出一包云烟,准备撒给那警卫。警卫手一摆,表示他不抽,但眼光柔和了,向树荫处一指,说:"站那边凉快。"

警卫说邹名山马上出来,"马上"是多久?杨士英想起自己的好多熟人说的"马上",有的起码是半个钟头以上,有的"马上"半天……28分钟后,邹名山出现在杨士英的面前。

一见杨士英,邹名山亲热极了,问:"好久来的?几年不见了,你的个儿又长高了,让我惭愧爹妈没给我下足料。"

杨士英说:"说些啥子!你个儿矮,质量高。"他打量邹名山,禁不住说:"你不说惭愧,我还不会注意,我长高了,你长矮了,比读书那阵还矮,全身都是圆的,脸像西瓜,身子像冬瓜。"

邹名山一拳擂过来,说:"走!到我家去,我结婚了。"杨士英惊异了:"记得你只比我大一岁,才满21岁,就婚了?"

"婚了婚了,一婚就发胖,我老婆姓丁,她是水土沱的,今天休假在家,她常笑我矮,你去和她并肩站,代表我比比高矮。"

经过菜市场,邹名山买了一条鱼,还买了一斤肉以及蔬菜。

进门。邹名山的老婆小丁正和四五个年轻姑娘聊天。她个高、衣服新,而且漂亮。杨士英一眼就辨认出来了,用眼睛瞟邹名山,他眨眼。房间布置是新的,一个通间,很小,几个人一坐,就似乎占了一半。小丁见老公引了一个男人回来,望了来人一眼,再盯老公。邹名山说:"小丁,这是我的同学!""哦"了一声,她起身去泡茶。

杨士英悄悄打量她,脸有一种古典美,身材凸凹有致,看上去比邹名山略高。一小会儿,她端着两杯茶过来了。

邹名山正准备向小丁隆重介绍杨士英,一个姑娘走近她附耳说话,她马上把茶香袅袅的茶杯放下,对邹名山说:"小山子,我们有事儿要到解放碑去,中午不回来。"她向杨士英一瞥,说:"对不起啊。"挺直身板以"凌波微步"走过杨士英身边。

邹名山望着她的背影说:"她比我小一岁,家庭条件好,只有让着她呗。来!她们走了清静。"他见杨士英在打量他们的房间,就说:"我才出徒,虽然当了生产组长,还入了党,但是不够分房资格,这间房有18个平方米,还是厂里破格分给我的。"

杨士英开口说:"不错哟,我差几个月才当一级工,工资不如你,房子呢,居无片瓦,老婆还不晓得是哪个老亲娘帮我喂起的,你比我幸福多了。"

有一茬没一茬地聊到11点过。杨士英终于向邹名山说明了来意。

邹名山听了,眉毛胡子皱在一起,沉默了半晌,才一板一眼地说:"老同学,这事儿帮不了忙,我们厂什么机械设备都有,你要买的小冲床也不缺,长江厂更多。但是,我告诉你,我们是兵工厂,直属五机部,管得特别厉害,牵涉到保密条例。军工机器设备决不外流,小冲床这类常规设备也不会外流,除非用废了,才让废品收购站妥善回收。"

杨士英见邹名山一脸认真,脸色因说话微微发红,知道他讲的是大实话,无可厚非,可心里还是失落。忽然觉得坐不下去了,看看墙上的钟,就说:"走,我们一同到外面去吃饭。"

邹名山说:"到外面吃饭馆,你提出的,意味着你买单,那哪行!你那么远来,必须由我做东,就在家里吃!"

杨士英一看鱼和肉,就说:"客随主便,看看你这成家男人手艺如何。"他随邹名山来到公用的厨房,邻居还没下班。邹名山做菜动作麻利,杨士英陪他聊天,散散漫漫,尽聊同学少年的往事,没一句提到冲床。

菜上桌了,颜色一般般,但味道不错。杨士英对邹名山说:"不错,看来嫂夫人天天在督促你练厨艺。"

邹名山说:"当然,成家了,把菜炒好,就等于把太太服侍好。"之后,邹名山似乎有意识地把话转到杨士英的厂买冲床的事儿,说:"这回你的忙没帮成,实在抱歉,我师傅是八级钳工,和重庆许多地方厂熟,我托他打听,有了结果再及时告诉你。"

杨士英说:"你托你师傅帮忙打听机器?太好了,我充满期待,有结果一定要告诉我。"

告辞的时候,邹名山说:"选个时间再来耍,今天你和我家小丁还没比成高低哩。"

杨士英心里在说:比过高低了,你太太主动和我比的,当你太太挺胸走过我身边的那一刻,我懂得你的愧疚了。嘴上却装得很干脆:"和美女比高低,当然来!"

杨士英转了几道车,回北碚的时候,到歇马的末班车刚开出五分钟。他只得找个小面馆吃了两碗面,然后步行回去,走了十来公里,回到家已过晚上十点多了。

门开了条缝,他老汉儿杨铁匠坐在院子里等他,烟锅的红光一闪一闪。杨士英装着若无其事,向老汉儿点点头,进屋放下挎包就到厨房冲凉。出来时老汉儿已进屋,给他泡好了一杯酽沱茶。

听杨士英说了去长安厂的经过,老汉儿说:"一锄头挖下去就淘个古井、挖个金娃娃,哪有那么容易!事实上,厂长、书记和我都出去几趟了,北碚、澄江、青木关也去过,都没有结果。我们相信结果会出现你身上,明天继续。"

杨士英睡了,哪里睡得着,问题出在哪儿?是事先的设想有误?是对厂家不熟悉,跑的地方不对?可能是,也可能不是。自己才刚刚开始跑,一切结论只产生于调查研究的结尾,而不是它的开头,只有继续摸排才可能有结果……他迷迷糊糊睡着了。

杨士英把寻找的重点放在歇马地区,红岩厂、浦陵厂、转速厂、设备厂、工模具厂、通信兵校办厂……一个星期起早食黑地跑下来,一点儿结果也没有。每天夜深回家,老爹都在院子里等他,他感到温暖,这种等待就是支持,平平淡淡,像小棉袄一样暖和合身。

夜半睡着,他梦见革非智,那个妖气的"妃子",把一包合金车刀提起来,像炸弹一样一枚一枚向他掷过来。摸排个鬼!"妃子",我怎么把你忘了!虽然老汉儿说厂里已去过青木关那三个仪表厂,但是一把钥匙开一把锁,老汉儿他们提起猪脑壳,可能没找准庙门。杨士英思考了半天,还是决定去青木关。

一大早,杨士英起床赶向青木关。见了"妃子"革非智,把事情一说。"妃子"把手一摊,说:"你们厂有人来过,可是这种冲床我们厂没有,附近的两个兄弟厂也没有,对不起,我不能让公鸡下蛋。"

杨士英一点儿也不恼,笑嘻嘻地对他说:"'妃子',没有就没有,就当我今天是来耍的。来,抽烟!"两人便吞云吐雾,好在供销科空空荡荡,没人出来管这两个烟哥。

革非智又开始聊女生那些事儿了,他脸上的红豆豆坟起,一聊豆豆就胀大泛光。

杨士英忽然说:"'妃子',上个星期我到长安厂,见到了老同学邹名山,还见到了他老婆。他结婚了,老婆好漂亮,那样貌和身材如果放在我们学校中,绝对是校花,连歇马场也寻不出两个来。"

"妃子"听了像打了鸡血,缠着杨士英谈她。杨士英绘声绘色地讲了经过,还模仿了她挺胸走过他身边的动作。

革非智说:"是不是哟,'小山子',一个矮冬瓜,能有那种艳福?编,编来醒瞌睡。喂,说得这么金灿灿,你大老远跑到江北,莫非是去闻她的胭脂味?"

"才不是咧,我去找邹名山,叫他娃儿帮我搞冲床。没搞到,还受了他一顿教育,他现在当了个生产组长,又是党员,还有美女入怀,谈起保密条例,一条一条的,头头是道。"

杨士英故意这样讲,无非想激"妃子"的将。"妃子"果然亢奋起来,对杨士英说:"长安厂有啥了不起,当个小组长,这官芝麻大,未入流。杨士英,我想办法给你搞台小冲床,气一气他。只有一个条件,冲床搞到了,你约我一同去长安厂,嘿嘿,让我也和他老婆比比高矮。"

聊到 11 点,杨士英叫"妃子"喊上陆大海,一同去青木关吃了一顿,他付了账,要了发票。

分手时,"妃子"拍胸口:"'小牙巴',我隔两天给你打电话!"

"好!我这两天守在厂里等你的电话,千万莫水我哟。"杨士英用指头捅了一下"妃子"的胸口。

第三天上午,刚上班,杨士英接到了革非智的电话。"妃子"说:"机器打听到了,但这台冲床有状况,你赶紧找个内行,在歇马桥头等我,我从厂里开个车过来,接你们一同去看,不见不散!"

铁工厂电话质量不佳,杨士英听了一遍又"喂喂"地问,才基本弄明白。他向朱厂长汇报,朱厂长兴奋地说:"我和你一起去!"

杨士英望了望他说:"我想叫汤师傅也一起去。"朱厂长一拍脑袋:"我高兴昏了,竟忘了你师傅,赶快去叫他!"三人赶到场口石桥头,等候革非智过来。两根烟抽完,一辆解放牌汽车开过来了,车一刹,停在了石桥边。

从驾驶室下来了一人,是革非智!几个人迎了上去,杨士英忙向他介绍汤师傅和朱厂长。革非智叫杨士英上驾驶室。杨士英望了望朱厂长,对革非智说:"我和厂长坐上头,让汤师傅上驾驶室,路上好和你聊聊冲床。"

"好！"朱厂长马上和杨士英一同向车厢爬去。

车开到北碚城郊又转向温泉方向开去。到了地儿，才知道是澄江仪表厂。杨士英晓得这个厂和"妃子"的厂属于同一个仪表系统，彼此互通有无。

革非智轻车熟路，他把杨士英三人带到了供销科，一个中年科长叫"龙科"的接待了他们。

杨士英把中华烟一撒，就聊开了。龙科聊了一会儿，又打电话叫来设备科的老赵，互相又聊。

歇马铁工厂出面和老赵聊的是汤师傅，当他得知这台五吨的小冲床是新进的机械，因运送途中汽车失火，被火烧过，所以运回厂里，就一直放着未使用，也没报废。

汤师傅提出要亲眼看看机器，设备科的老赵说："可以。"革非智对杨士英说："你们跟着老赵去看，我就待在这儿，和龙科吹牛，回来时叫我。"

到了库房，那台被火烧过的小冲床被闲置在角落，灰尘扑扑，焦灼的痕迹、油污混杂斑驳。汤师傅围着它细细查看，上上下下，一会儿用手摸，一会用指头弹。陪同的老赵似乎不耐烦了，就说："你们看，我回科里办点事儿，隔会儿看完了叫我。"

他走了。汤师傅左盯右看，确定仓库内只剩自己人了，便从工具挎包中抽出一把铲刀，小心翼翼地铲削冲床要害部位，一会儿，他的脸色开朗起来。收好了铲刀，对朱厂长和杨士英说："机器没受损，火焰只是燎了表面，硬度如新，无甚大碍，买回去稍加清理就可以投入使用，可以买，完全可以买！"朱厂长高兴地说："我们马上去办手续！"

冲床运回了厂。朱厂长很干脆,兑现了他的许诺,杨士英报账顺利,还得到了奖励——25块钱,差不多是他一个月的工资了。

他把20块钱还给他老汉儿。杨铁匠说:"这钱我收下,我帮你存起来,你在外面出差,连一块表也没有,好不方便,明年,设法给你买一块手表。"

杨士英说:"谢谢老汉儿,我早就想买块手表了。不过,我最想买的是'洋马儿',走路太恼火了。"听他老汉儿说到手表,杨士英立刻就想到自行车,不知老表弄到没有,前几天到红岩厂供销科,没见到他的影儿,这"皮球"蹦到哪儿去了?

又过了三天,刚好是星期天,歇马赶场,街上、马路边、解放台空坝,到处挤满了人。一个人就是一个摊子,卖蔬菜的、卖水果的、卖鸡鸭蛋的……摊子摆得到处都是。

最醒目的是草帽摊子,堆在地上像个小山包。杨士英在草帽摊拱来拱去,他想挑选一种像博士帽那种十八圈小草帽,出太阳可遮太阳,流汗的时候可把它当扇子来摇。正看中一个路边摊上的草帽,刚讲好价,背后有人拍他,回头一看,是表哥"皮球"吴应杰,他手里正扶着一辆自行车。

吴应杰把车铃按了几响,对他说:"上车!"杨士英赶紧付了钱,把草帽往头上一戴,两只手向后座一按,轻盈地上了车。车动了,不是驶向红岩厂,而是驶向方向相反的石桥,那儿的大黄葛树旁是杨士英的家。

到了院子门口,吴应杰大喊:"大姨爹,大姨爹,快开门!"没人开门,杨士英跳下后座,走过去把院门一推,门"吱呀"一声开了,原来是虚掩着的。

杨士英向表哥解释:"这是我老汉儿的手法,表明他外出,今天是星期天,他十有八九是到茶馆会老朋友去了。"

吴应杰说:"他不在也好,你老汉儿凶,爱把我当毛铁打。"他指着自行车说:"你想要的宝贝到了,就是这辆!"

杨士英把草帽一摘,认真打量那车:标牌上是凤凰,看上去是一辆二手车,主人保养得很好,架上的铬颜色未显脱落……漂亮。

他问:"多少钱?"吴应杰说:"原来说好的,80块,车主人加了五块,一共85。""行!我一会儿和你到场上取钱。"

吴应杰说:"你莫忙哟,听我解释。车主人向我交过底,这车不是凤凰原装的,而是由他朋友改装的,三角车架和齿轮链条是从英国菲利浦牌自行车上拆下来的,车架用的是英国锰钢,齿轮是英国优质钢,笼头、轮胎是国产的,后座是改装的,承重力强。轮胎虽然是国产的,但是这是新换的上海货,所以加了五块钱。我骑了三天了,好用,高手改的,感觉比原装凤凰还好!怎么样,你要不要?不要,我买了。"

杨士英一愣。吴应杰说:"哎,不好意思,我妈听我这么一说,把我骂得狗血淋头,今天只好送车上门。"

杨士英说:"算你有良心,只是我担心,万一哪天我和老表同时爱上一个漂亮姑娘,我先好上的,你又来抢,啷个办才好哟。"

吴应杰说:"如果真有那么一天,我绝对不让你,漂亮妞和自行车不是一个概念!"

整整一个星期,杨士英骑着这匹"洋马儿"四处奔跑,歇马地盘跑遍,又跑向北碚、澄江、黄葛树,连青木关也骑去过。

杨士英的20岁生日才过了一个多月,白鹤林的广柑树刚挂上青色小果时,"文革"忽然开始了。歇马虽然是个小镇,又处在公路边,但是,那股飓风也刮到了这儿。初期是"破四旧,立四新"。

最先出来"扫荡四旧"的,是些学生模样的人,后来街道上的积极分子也参加了。"五类分子"的家,首先被抄,翻箱倒柜,把古书、旧书、外文书统统收缴,有的干脆点起一把火,当街烧得火旺烟浓。后来,一些"急先锋"又把矛头指向个体工商户,那些个体经营的小店不少是灾荒年过后经政府允许才刚刚恢复的,现在又被当作"封资修的尾巴"来割。

黄葛树小桥角有个七八平方米的巴掌小店,被张老二租来做黄糕、白糕卖,他的手艺是祖传的,做的黄糕、白糕又甜又糯,好卖得很,歇马的人把它当早点。逢上赶场天,赶场的人还要买些提回家。每逢赶场天,张老二的"鸡毛店"里,石磨磨浆的声音要响到半夜才歇。这被视为"资本主义复辟",他的成分是贫农,人家在这点上整不倒他,就在他小店的门柱上贴了一副对联:

黄糕白糕,黄白皆非好颜色
挣金赚银,金银都是昧心钱

吓得老实的张老二关门大吉。

黄糕店对面的茶馆还开着,茶客都是这家店的老主顾,对此自然议论纷纷,但声音很小。因为茶馆郑老板不断出面提醒他们:"祸从口出,莫谈国事。"

张石匠及"牛阴阳"悄悄问明老师:"粑粑店那副对联写得如何?"

明老师叩响盖碗:"看样子,写的人也读过几天书。那对联嘛,平仄……"他没讲下去了。张石匠不懂平仄,问了一声:"啥子叫瓶子?"

明老师起身离开了。

没过两天,这家老茶馆也被贴了一副对联:

几间东倒西歪屋
一群贪玩爱耍人

对联一贴,茶客像兔子一样跑了。当天,全镇所有的茶馆全关了。没过两天,歇马公社更名为"红岩公社",茶馆街的名字变成了"反修路",许多商店的名字也改了,"四新""立新""东风""新宇""向阳"这些店名充斥大街小巷……

红岩厂、浦陵厂这些三线建设的厂,什么都是新的,厂房新、家属楼新,按说没什么四旧可破,可是无锡人或上海人,女的喜欢穿小裤管,瘦瘦的裤腿框得紧紧的,以显示秀腿之美。当然还喜欢将头发梳成"梭梭头"。重庆人作为内地人,把这两样当"洋牌"。

他们缩在歇马,作为三线建设者,被视为造福当地的人,还没受到什么冲击。可是,有的江南女子一进重庆城,竟被当街剪破小裤管,狼狈不堪地逃回野猫岩。顷刻之间,红岩厂的女人们穿上了工装或深色衣服,昔日时尚的衣衫,被锁进了箱底。"梭梭头"也不剪了,让它蓄长。

杨铁匠夜里悄悄溜到明老师家里,给明老师传递消息,因为明老师这阵儿天天窝在家里,像耗儿怕见猫。当明老师听到缙云山、北温泉,不管庙子还是石刻园这些文物风景区,石刻的罗汉、泥塑的菩萨都遭打得稀巴烂……他竟眼泪哗哗。

杨铁匠抽了几支闷烟,说:"老明,你头上有顶隐形帽儿,我看你得躲一下,这场运动史无前例。"明老师说:"到处都在搞运动,能往哪儿躲?"杨铁匠把嘴巴靠近他耳朵……第二天清早,明老师锁门走了。

铁工厂因为业务好,冲床分三班倒,工人都没时间上街,厂里没受到什么影响。

杨士英天天上街,到处看稀奇,当的是看客。当报上登的那些文章出来时,他就去请教过明老师。明老师要求他当看客,开会不发言,别人要他发言,少说。另外埋头工作,不参加文学圈子的活动。运动升级了,杨士英又去问明老师,可明老师没影儿了。他回家问:"明老师到哪儿去了?"他老汉儿说:"你明老师远走高飞了,其他的莫问。"

远走高飞,好招!于是杨士英开始担心汤师傅。他跟杨铁匠说:"老汉儿,你在车间时,多和汤师傅待在一起,用你的老资格和大手锤保护汤师傅!"

老汉儿听了哈哈大笑:"我儿长大了,你心疼你师傅,我更器重他,他是厂里的台柱子,不能倒!放心,朱厂长安排我天天和你师傅待在一起。"

九月的最后一天,巴山秋老虎没那么凶了,黄昏的太阳变得橘红,风从中梁山垭口吹来,带来一缕凉意。

沈根远赶场回家,快走到斑竹岩时,忽然听到"咚咚咚"几声响,他分辨出这声音发自他家的橙子林,赶紧撑过去看。走近悬岩转角,看见那棵老橙子树下,一高一矮两个小伙子正在拾掉在地上的橙子,不用说,橙子是他俩弄下来的。他停下了步子。

那橙子是白心橙,最早也该是下月底才成熟,这橙子树是他爷爷栽下的,五六十年的老树了,提前个把月摘下来吃,味道也不错。在这月份,村里的调皮崽儿是不会去偷摘橙子的,这两个小伙居然来摘,也不避个人,有点儿意思。

沈根远看见两个小伙子把几个橙子收拢在一堆,一人拿起一只,用衣裳角揩了一揩,凑近就啃。"吧嗒",两个橙子被他们甩掉了,似不甘心,又捧起来。

沈根远快步走过去,看见他俩又去啃橙子,便指着橙子,用"椒盐普通话"对他们说:"两个小兄弟,橙子不是这么吃的。"

"怎么吃?快告诉我们!"这口音分明是北方人。

沈根远心里一动,他赶场时听见过"大串联"的事儿,就回答道:"要剥去果皮。"

他们迅速掏出小刀,在橙皮子上划了几道,毫无章法地剥皮,把绿皮皮乱扔到地下。剥出一片雪白,也不问问沈根远,两人又几乎同时一见白瓤就开啃。矮个儿惊爪爪地叫唤:"哇,苦的!"高个儿也说:"苦的,还有一股麻味!"

他们望着沈根远。沈根远用"川普"对他们说:"别慌,先剥去白瓤,再……"他们于是剥去白瓤,看到圆圆的一圈橙肉,张嘴就啃。

高个儿小伙儿说:"我尝到橙子的味道了,甜的,啊,又是苦的。"矮个儿说:"我也尝到味儿了,怎么吃不到果肉。"他俩迫不及待,大概是饥不择食,竟不听沈根远刚才说的步骤,又胡乱去啃。

沈根远心里好笑,又觉得看不下去了,就说:"你们在北方,吃过广柑、红橘没有?"矮个儿说:"吃过橘子,像红灯笼一样火红的橘子。"

沈根远说:"吃橙子跟吃橘子差不多,只不过橙子大,需要把整个的果肉掰开,分成一瓣一瓣的,再吃。"

也不知道他俩听懂没有,他们分开橙子,分下单瓣,一口咬下去。又嚷开了:"嗯嗯,甜味道浓些了,但还是有点儿苦。"

看见他们没把单瓣的皮子分开,沈根远又去提醒他们。他俩听懂了便分开壳衣,这下吃到肉瓣了。"好吃,好吃!"两人异口同声地说,可是,他们又把肉和籽一起吞了下去……

这种事儿,沈根远小时候也做过,大人看见了就说:"籽籽吞下去,明年你肚子里就会长出一棵小橙子树来。"想想都好笑,这情景却被两个大小伙儿复原了。

他们各吃完两个橙子,向沈根远问:"叔叔,到附近城镇的路怎么走?"沈根远问:"你们从哪里来的?"矮个儿朝中梁山指了指:"从那边,我们参观完了烈士墓、白公馆、渣滓洞,从那座山往这边走的……"

沈根远问:"你们准备到哪里去?"高个儿小伙说:"不知道。"矮个儿小伙说:"只要是通汽车的镇子就行。"

沈根远指了指东北方向,对他俩说:"朝那个方向,沿这条石板路走500米,就会看到一条乡村小公路,沿着这条公路再走五华里,就会看到大公路,走到大公路口,就能赶上公交车。如果在小公路上问大公路,你们就说到野猫岩。"

他俩听了沈根远的讲解,矮个儿向他点点头,也不知是感谢还是表示听懂了。他们走远了,沈根远还一直望着他们,怕他们走错了路,等看不见他们了才向自己的院子走去。

这个近乎笑话的故事传开了,从歇马传到了城里。后来好事者整理"文革"野史,把两个北方小伙儿偷吃沈根远的橙子后到野猫岩乘车,当成"红卫兵"第一次"串联"徒步到歇马的例子。

第六章

　　杨士英从此就开始躲,他躲,无非是钓野鱼,到处找朋友耍……

　　市里的区里的宣传队到红岩厂里演出,或者厂里放露天电影,歇马街上的人以及离红岩厂周围近20里地的农民都会跑来看,人山人海。

　　来自江南水乡的无锡人,常在台上表演,吴侬软语的江南女子们身装旗袍,怀抱琵琶,边弹边唱,唱的并非越剧,而是毛主席诗词"我失骄杨君失柳",唱出的调子软软,句句清越,几乎人人听得懂。还有就是红岩厂的乐队,都是西洋乐器,鼓、号、黑管之类,一上台,演奏《义勇军进行曲》《国际歌》,气势磅礴。演奏的西洋音乐,虽然乐曲名字难以记住,但那种响遏行云、风雨雷电合鸣的阵势令人难忘。

　　每次听说红岩厂有演出,浦陵厂的"蓝毛"、柑研所的"可可"以及斑竹岩的沈根远就互传消息,歇马爱好音乐的几十号人都赶来观看,看一次,兴奋好久。

杨士英也会约他在小磨滩的同学全凯程来看。他也会打电话给青木关的革非智："喂喂，'妃子'，红岩厂今天晚上有市里的演出队来演出，我约了'美人'来看，你来不来？水平很高哟，全歇马的漂亮姑娘都来了，机会难得，莫要错过哟！"

革非智说："我肯定来！"他来了，不是来他一个，来的起码是一车人。杨士英约人，每次都比吴应杰和成裕慢，因为他们总是在第一时间把演出消息告诉给他，他只是个二传手。

当初，无锡人撤回无锡，厂里只留了一部分精壮劳力。歇马清静下来之后，无锡人又开始回来，他们在歇马建厂，在这里拿工资，还需在歇马领粮票、肉票，江南虽好，他们无钱、无粮、无副食供应，也不可能长年累月地待下去，还得回厂里"抓革命促生产"。但是，因为种种原因，生产还是没进入正常运行轨道。

杨士英所在的铁工厂作为业务大头的冲床加工业务停了，上家都停产了，下家能为他们加工什么？好在厂里人不多，还有来自乡下的业务，打打锄头、镰刀、修理电机、脱粒机、打米机，还用得着他们。虽然没捧"洋瓷碗"，捧的是个"土钵钵"，饭还是有的吃。

杨铁匠天天待在厂里，因为"汤眼镜"汤师傅没有走，也无处可走，杨铁匠要保护着他。后来成立了"革委会"，杨铁匠当了主任，朱厂长、袁书记是副主任，但是他们不大管事儿了，事儿也少，只隔三岔五到办公室来。

杨士英的事儿更少了，杨铁匠说："现在厂里事情少，有事儿我和你师傅顶着，你多去陪陪明老师。"

明老师自从"破四旧"茶馆关了那天开始，就待在家里不上街。当有人想把他当靶子时,杨铁匠假借出差,把明老师护送到江津四面山的望乡台瀑布下,杨铁匠的小师弟住在那里,方圆十里,没有几家山民,而他们也都是小师弟的同姓亲戚。

明老师在那里读《资治通鉴》,闲了就到小河钓鱼,优哉游哉。杨士英得到老汉儿允许,悄悄去看过明老师两次,每次都带书去。他这次去也带了书,同时给明老师带了吃的。

见面自然话多。明老师说:"莫看四面山是野山野水,吃的并不缺,尤其是山溪里的清水鱼,我这些时间在这里享的口福,比我一辈子吃的还要多。你晓得我喜欢喝茶,原来在家只喝绿茶,在茶馆只喝沱茶。这山里产的绿茶,品质高得很,而且是用泉水烧开水来泡,我怕哪天回去,喝不惯歇马的茶。"

杨士英想接明老师回歇马,他不干,说:"看看再说,到时候我自己回来。"

沈根远当农民,没城里人、厂里人那种烦恼,他住的斑竹岩,不过是个小村子。沈根远天天打鱼,打上几条鱼,到野猫岩、大石盘、小磨滩卖,他发现无锡人、上海人爱吃团鱼,而且卖得起价钱……

梁滩河墩子坎一带小河边到处是乱石,还有一片沙滩,团鱼躺在乱石头中的土穴里,土穴一头高一头低,低的地方与河相通。团鱼时不时跑到沙滩上晒太阳,一动不动,远远看去像块儿灰色石头。

沈根远常在梁滩河用弓箭射团鱼,效率不高,和团鱼距离远了很难射中。想走近去射,团鱼会飞快逃到水中,躲在洞穴中去。这时,他就用一根钢钩去掏,可土穴深了又有乱石挡着,也很难逮到团鱼。

这一天清晨,沈根远到梁滩河墩子坎去打团鱼,刚到那里,听见不远处有人说话,定睛一看,看见浦陵厂的申师傅和一个人在沙滩那边说话。他赶紧走过去,和申师傅打招呼。申师傅掏出一包牡丹烟,先撒给根远,接着撒给那人,撒烟后才做介绍。

这人看上去已40多岁,穿着普通的团领汗衫,相貌也普通,小平头、蒜头鼻,眼神却很凌厉。申师傅对沈根远说:"这是我的老领导老唐,他听说梁滩河团鱼多,就专程从市里赶来找我带他来这儿。这地儿我来过一两次,不熟,沈根远,你是'土地公公',给他指指哪儿团鱼多。"

申师傅说话时,老领导老唐一直眼带微笑地看着沈根远。沈根远看老唐客客气气的,没一点儿干部的架子,好感陡然而生,他把知道的情况抖出。

沈根远抬头望望天空,对他俩说:"时间还早,等太阳照到沙滩,沙滩晒热了,团鱼才会陆陆续续地爬到沙滩上。"几个人离开沙滩,坐在石坎上抽烟聊天。

沈根远问:"老申,听说你们浦陵厂搞派别,你是哪一派?"

老申笑起来:"我哪派都不是!"他用夹生歇马话说了五个字,"我是耍耍派。""哦,"沈根远说,"逍遥派嗦,安逸!"

老申用手一指老唐:"和他一样,当了逍遥派,才可能有闲来打团鱼。"老申问沈根远:"你呢?"

沈根远说:"我天天不是挖月亮锄,就是打鱼捞虾,我和你一样也是逍遥派。"说这话时,他心里嘀咕:乡里头的逍遥派,是逍遥,但是不像你们耍起也照常开工资。

太阳照在沙滩上,好一阵子,沈根远准备走过去。老唐止住他,说:"别忙,等太阳再晒一下,我们再抽一支烟。"他摸出一包中华,撒给老申和沈根远,自己也点上了一支。

太阳热了,沙滩明晃晃。两个小黑点儿爬上沙滩,越来越明显。

老唐开始打开他带的一个长布袋,从里面取出一根鱼竿,竿上有个车盘,他伸手一抻,鱼竿变长了,从三尺多变长到五六尺。沈根远第一次看见这种鱼竿,是车竿,还可以伸缩。

沈根远再看车盘上的线,满满当当,起码百把米,而且很粗,起码是十磅的尼龙线。又看坠锡,像一块儿香蕉糖那么粗。鱼钩呢,是好几个大钩,拴得奇妙,互相拴得很近,形成一饼,很像三爪抓。"三爪抓!"他嚷出声来。

老唐笑嘻了,说:"你说对了,这就是三爪抓!不是古代飞盗用的飞抓,是我老家湖南抓团鱼的爪钩。"

团鱼陆陆续续爬上沙滩,东一只,西一只,星星般散布在沙滩,大大小小,不下二十只。沈根远根据经验判断,这起码是三四窝团鱼。他决定今天不射团鱼了,专门看老唐用什么招数打团鱼。他和老申对看一眼,跟随在老唐后面,不是紧紧跟着,而是掉后三丈远——老唐向他俩打过招呼。

老唐轻轻走到这一群团鱼的左边,距团鱼五六十米远。只见他两手持竿,左手在下,右手在上,身子微斜,猛一发劲儿,坠锡带着三爪抓飞快地射向沙滩,坠锡落在那群团鱼最边缘的一只团鱼的背壳前面。

老唐把车盘绞动,飞爪便钩到了那只团鱼,他迅速收线,那只团鱼很快就被凌空拖到了面前。几个钩胡乱地钩住了它的腹部和裙边。老唐把它一脚踩住——取下鱼钩,然后把它塞进一只麻布粮袋。这只团鱼的背壳黄中泛青,大碗般大,沈根远估计它有两斤,是沙滩上的中等团鱼。

由于老唐抓的是最外边的一只，那些团鱼没有知觉，他又如法炮制，始终只抓最外头那一只。他每发一竿，都精准地把坠锡投放在团鱼前面，一拉一个准。他一气打了五只，每打到一只就塞进粮袋，团鱼在粮袋里挣扎，爪子乱抓。

沈根远去帮忙，帮老唐取钩，把团鱼塞进粮袋。当老唐打到第九只团鱼时，沈根远一提麻布粮袋，它已经塞装一小半，一提，相当沉重了，估计有二三十斤。老唐飞抓回来的团鱼，最大的一只像小草帽大，小的像中号饭碗，累计起来就相当重了。老唐走过来掂了掂口袋，说："今天过瘾，好久没打到这么多的团鱼了。"

他对老申说："小申，你来试一下。"老申拿着鱼竿，鼓劲儿发竿，坠锡一下落在沙上，一看，离目标还有十米远。"我劲儿小了。"他对老唐笑笑。

老唐把头转向沈根远一点，他早看出沈根远跃跃欲试。沈根远也不客气，从老申手中接过车竿，瞄了瞄，双手一抖，锡坠呼呼，但它落在一只大团鱼前面相当远的地方。他赶忙收车盘，想让爪钩靠近那只大团鱼。团鱼大了也成精，不知是听见了响动，还是看见了腾起沙尘，大团鱼一下窜动起来，它一窜动，其他的团鱼也跟着窜动，一小会儿，团鱼全爬到水中……

老唐对沈根远说："你第一次用爪钩打团鱼，还不错，力气足，眼力够好，比我第一次不知强到哪里去了。以后再打，我想至多三四回，你就能打到团鱼。"

沈根远马上说："唐老师，你下回还来不来？我给你取团鱼，扛口袋，当然，也想跟你学打团鱼。"

老唐哈哈笑起来,他并没直接回答"我收你当徒弟",而是对老申说:"小申,又有人想当我的徒弟了。"

老申和老唐回浦陵厂,这里不通公路,沈根远就替老唐扛那只装团鱼的口袋,东西这么重,走小路到浦陵厂不下十里路,他建议走到小湾赶公交车。老申说:"行!"于是走小路到小湾,沈根远等到他俩上了车才走路回家。

之后,他们三人又约在一起打了两次团鱼。每次,都是老申骑自行车到沈根远住的斑竹岩,沈根远在家就直接约,如他没在就给他妈讲。

老申这人很有意思,每次到沈根远家都要带点儿礼信,比如两块儿肥皂,两条毛巾或两双劳保手套之类。沈根远想推辞,老申说:"这是厂里发的劳保用品,我两口子都在厂里,月月都发,厂里却没正常开工,东西多了用不了。"

沈根远一到浦陵厂卖鱼,就带十来个鸭蛋或二三十个红苕给老申,算是回礼,心理上求得不亏欠。

第二次打团鱼,老唐小有收获。第三次,老唐打了二三十只团鱼,竟装了两麻袋,沈根远砍了一根硬头黄竹竿做扁担,帮他挑。团鱼在麻袋里躁动,他越担越重,越担心里越慌……

老唐又来时,他就多了一个心眼,有的团鱼窝子,他不会给老唐说。不是担心老唐抢了他的地盘,而是这种打法太霸道,爪钩一抓一个准,野生团鱼哪里长得赢!

除了沈根远在学这种打法外,梁滩河上好几个爱打鱼的人瞧见了老唐打团鱼,也开始制作这种竿和爪钩,学这种方法……团鱼稀少了,团鱼群上沙滩晒太阳的场面也看不到了……

老唐后来就没来了。

红岩厂1965年建厂时,计划从1966年起,每年生产200台船用内燃机,结果产量远没达到。几千人都成了"逍遥派"。歇马的粮食产量虽然没有达到亩产800斤,可是蔬菜、水果、鸡鸭禽蛋增产,这个地区的几千名三线建设厂的职工和家属要吃、要喝、要用,给农民提供了市场。

沈根远花木生产停留在口头上,他种的一二十盆兰草藏在后阳沟,悄悄发芽、长叶、开花,无人问津。老申30岁生日时,他送了一盆兰草给老申,那是他从缙云山挖来的两株野兰草,花朵白中沁绿,色泽淡雅,他养了三年,发了六支花箭。老申收到礼物十分高兴,说这兰草放在他家乡,也算好品种了,当以上等宜兴紫砂钵来养。

沈根远作为强劳力,在生产队出工一天可挣十分,价值人民币二角八分,队上不大管他,他打鱼的时间超过了种地。鱼比以前好卖,价格也有上涨,但是,梁滩河的鱼虾却少多了。何以少了?打鱼的人多了。这时,生产队的堰塘喂鱼的不多,即使喂的有鱼,也无非是白鲢、草鱼、鲤鱼和鲫鱼,管理不用心,鱼的长势不好。来钓的人也不少,都是形形色色的关系户,公社的、大队的、供销社的⋯⋯

溪河的鱼也渐渐少了。沈根远一个月有半个月在河边,沿着上游梁滩河的蹬子坎、八字桥、李家桥、二道桥、土包子到大磨滩,再向下游龙凤溪的长滩、黑沱、白沙井、螺蛳滩、老鲤滩、白极滩⋯⋯上上下下打鱼。打的鱼在北碚卖得少,多数时间在歇马场、红岩厂、石碑口、小磨滩、大石盘一带卖。

梁滩河的水是从缙云山、中梁山汇流而来的山泉水,沿途工厂没正经生产,水没有被污染,是条清水河。河里的鱼味道好,自然好卖。

沈根远卖鱼之后,坐在茶馆的时间总在11点以前,喝一个多钟头的醪糟茶,再吃一碗豆花一份烧白,还喝二两永川老白干,日子倒也悠闲。

沈根远发现三线建设厂的人也和他一样悠闲。在梁滩河、龙凤溪这三四十里水域,打鱼捞虾的人越来越多,北碚城里的、歇马场上的、野猫岩的、青木关的、小磨滩的、大石盘的,各路人马都聚到这条小河来。他们不是吃饱了饭来赏风景,而是奔鱼而来。

沈根远撒网打鱼,打了一个地方,就另换一处打,他体力好,地方熟,就像一只三脚猫一样,走上许多路去打鱼,打着鱼才匆匆走去市场。

他打鱼的时候起得很早,沿河上下,走到九点半钟,这一时段,看到的是最热闹的场面。有少数人他认得,他们是他的买主,有的人样貌熟喊不出名字,他经常看见他们钓鱼。大多数人他陌生,而从他们谈笑之间,他听出他们是外省人,无锡人、上海人相当的多。

他们三五成群,蹲守在石岸、泥地、沙滩、树下、竹林边,穿着蓝工装,戴着麦草帽,用竹竿钓鱼,专心者少,边钓边聊或者说笑的多。一钓到鱼就大呼小叫,一人钓到鱼,几个人一齐奔过来。有的人不胜羡慕,对起鱼的人说:"你今天开张开得好,钓了一条大鱼。"

沈根远一看,"大鱼"只有四五寸长,还是加尾巴一起算的。这时,沈根远总是有尿胀的感觉,总是一路小跑,跑到一处高坎,把尿像箭一样飙到河里。然后离他们远点儿,走到他自小熟悉的鱼窝子打鱼。

有时,他打到鱼了不想再打了,就座到一个荫凉的高处抽烟,看那些人钓鱼。他看到少数独钓者总是选择地势险的地方去钓鱼,看了半天也不见他钓着。沈根远想这人是个隐者,还是别有怀抱的人?心在不鱼,而在一种思考上。

他看见沙滩边有一伙人用薄纱布做的网子去捕捞虾子,一网下去再捞上来,扯去乱草,居然能捞到几只虾。这是马虾,一两寸长,嘴巴似薄刀片,头上长须,两只大脚,十只小脚,尾巴很写意,像舵。这种虾子好吃,生吃味道也很好,壳内的肉是透明的。梁滩河这种虾不少,如果他们继续捞下去,回家时能捞上一瓷盘。

沈根远打过虾,他知道哪些地方哪个季节好打,有的地方水急,从嘉陵江游上来的虾上不去,就从水凼边的斜坡向上爬,爬上去像蚂蚁一样排成一字形,爬过陡坡进入上游溪水中。

沈根远用一种叫"虾扒"的竹笼去舀,每一笼下去都小有收获,运气好的时候,一舀一个满……至于岸上爬的那些虾,他并不去捉,捉得那么干净,是想让虾子绝种吗?向上溯游的虾,那是去产卵。

无锡人靠着太湖,太湖产银鱼也产马虾,这条小河没有银鱼,有马虾。无锡人喜欢捕虾,爱吃虾子,好似胜过其他,他们捞虾自是内行。也许,梁滩河水清亮,水的干净程度超过了下游的太湖,这儿的虾好吃。

沈根远小时候读过鲁迅的文章,在这个老辈江南人的笔下,虾是孩子爱钓的,虾是水中世界的呆子,不用鱼钩只要有饵也能钓到。现在这些成年的无锡人,跑来钓虾是为了满足童心吗?也许,钓虾是他们驱除失落的一种良法,何况,虾是上等的盘中餐。

沈根远不止听一两个无锡人说过:"虾子有弹性,吃了壮阳补阴……"对男女都有好处的虾子,对三线建设的贡献不小,这一点,在野猫岩那些成群地跑来跑去的小孩那儿可以找到证明。

梁滩河有乱石滩和长长的泥岸,每块儿石头、每个泥洞都可能潜藏着螃蟹。江南的大闸蟹是河水、湖水、半咸水滋养出来的,江南人爱吃,不但吃出滋味也吃出品位来。但梁滩河的蟹不能和大闸蟹比,个头、味道没法比,然而也是蟹,捉它是一种趣味,也当是一种美味。

无锡人常到附近溪河捉蟹。三四口人来到小河边,两个大人、一两个小孩儿,他们搬石头、掏泥洞,捉到一只,又捉到一只,在他们的喊声中,笆笼渐渐被蟹塞得丰满。

茶客们都不大捉蟹,一个在野猫岩商店上班的"眼镜"对此议论说:"这捉蟹的是一家人,他们回去,餐桌上将会出现一盘色泽淡红的蟹。如果你在溪畔碰见一个年轻小伙来捉蟹,多半只有两种可能:一种是他是毛脚女婿,捉蟹是执行丈母娘的命令;另一种是在寝室打牌打输了,对他的惩罚就是叫他捉蟹回去给室友们打牙祭。"

沈根远插嘴:"不见得,我打鱼的时候看见一群姑娘小伙搬螃蟹,就上前问他们是哪儿的,他们回答我是知青。"几个茶客应声说:"红岩厂的知青,好多都是去了十天半月就回来了,不全是溜回,有些知青是大队生产队派出来搞物资的。""牛阴阳"笑了几声说:"提一桶柴油回队上也算立功。"

田里塘里的田螺,歇马的村民是不吃的,觉得腥臭,偶然吃它,弄出来肉嚼不烂,像吃老母猪的皮。当地人摸到了就丢在田坎上晒死,至多捡回去捣烂喂鸡鸭。

村中这几年的田里塘里常有无锡人光顾,他们四处捉田螺,捉回去用江南的手法烹调,据说也是一种美味。后来,村里人学精了,捉田螺到歇马场野猫岩去卖,每次去都卖得脱,但卖价不高,至多是鱼价的一半。买主儿砍价,一句话到位:"你们丢在田坎上喂鸡鸭的东西,能卖好高的价？"

后来，沈根远看出田螺的价值，从朋友那儿拿到螺种，把一小块儿自留地挖成水田，养了一些。那是一种优质田螺，个儿大，产的卵红艳艳的，卖的价格高，不仅在歇马卖而且卖到歌乐山，人家把它当一道江湖风味美食。

从前，歇马的冬水田里，一到冬天就会蓄满水，深可没膝，水草蕴藻长了不少。冬水田有鱼，鱼是农民养的，不能随意捉。而田里有蚌，歇马人喊作"蚌壳"的，大的蚌壳大过巴掌。无锡人来的时候，冬水田少了蚌也少了螺。

不知是哪一个无锡人，一头扎进梁滩河，在河底泥中摸起大蚌，最大的双手才能捧住。消息传开，三三两两的无锡人、上海人都到梁滩河里去捞蚌。

在北碚人眼中，蚌壳不好吃，泥味重，腥臭，肉是绵的，很大一个蚌壳，可以吃的肉只大拇指那么大一砣。而且弄它当菜很费油……可江南人吃得有滋有味，他们烹调得法，似是祖传绝活，歇马人至今没有学会。

还有鱼鳅黄鳝，北碚人吃，但这两样东西，在当地人眼中极贱，农民犁田时逮住它，有时逮回去喂猫，不耐烦时把它向田坎上使劲一甩，连笆笼也懒得放。鱼鳅黄鳝，在市场卖价比鱼价低上一半，在北碚城里每斤三四角钱。无锡人、上海人一来，这两样东西价格上涨。后来，本地厨师的手艺高了，将它们精做，尤其是黄鳝，可以做出好多个花色，许多菜名令人眼花缭乱。

烹调名堂一多，无锡人也到川人开的馆子点黄鳝菜了，不再为些微的麻辣味大呼小叫了。而那些渐渐长大的江南后裔,会向妈妈抱怨:"姆妈,你弄的黄鳝不是甜味太重,就是酸酸的,没得麻辣鳝片舒服!"那些无锡男与北碚女结合的家庭,也这般冲突或融汇着……

除了溪河,歇马的两座山也成了江南人的山阴道。他们到缙云山、中梁山遛山,赏风景、采野莓、挖竹笋、采蘑菇,甚至跑到山上采中草药、挖兰草。

有些小伙子打鸟,他们从上海买来气枪,那玩意儿准头好,稍加练习就打得准,而且射程比弹弓远。到山上游玩的人,一看见一群人手持气枪在树林、竹林乱窜,一口就能说出:"无锡人打鸟来了。"

有人在山中挖到了兰草,有人挖到了千年长不高的乌柿、红籽或者杜鹃、罗汉松,再挖些假山石,带回家做桩头盆景。好的盆景,把它带回无锡老家。

一些北碚人、歇马人视为野草的野菜,也被江南人视为时鲜佳品,而他们视作好菜的野菜以及调味方法,也被一些当地人接受。马兰头、紫云英、鹅儿肠、奶浆草、鱼腥菜,可以同上一桌,你夹我夹,"味有同嗜焉",这种味的融合,按明老师的说法,是一种"文化的交流融合"。

明老师从四面山回到白鹤林,这时茶馆早开了。他在茶馆里不晓得听了好多这种龙门阵,人家摆谈,他当听客。回家写在日记中,不厌其烦。谈吃不犯忌,他记得顺遂。

时光永是按自己的轨道流逝的。从 1965 年到 1973 年,红岩厂军管会换了七茬人。生产原材料缺乏。1969 年"知识青年上山下乡"……精明的无锡人、上海人虽是"逍遥派",他们也开筑力所能及的"内功"。

红岩厂从 1965 年建厂时就办了子弟校。1971 年办初中班,1973

年办高中班,逐步形成了小学部、初中部、高中部 20 多个班级,有学生 1200 人。

红岩厂子弟校的学生,除红岩厂子弟外,附近的机械工业部第三设计院、重庆光学厂、转速仪表厂、试验设备厂也有部分子弟到这里上学。红岩厂子弟校的高中毕业生,绝大部分做了红岩厂的新工人。

能进红岩厂当工人可是一件露脸的事儿。而能到红岩子弟校读书则是阶梯。许多厂外的人想方设法都来读这学校。

厂里派了得力的同志来抓学校教育,校领导和老师都算得上是精兵强将。有的老师是从科室调来的技术人员,他们没什么教学经验,但很快就和教育接上了轨……不但抓教学,也抓体育,成立的一支少年足球队远近驰名,在市里比赛中多次名列前茅。

缙云山风光秀丽,除了峰峦之美,还因为山林蓊郁。古树多,被岭南国画大师陈树人称为"川东小峨眉"。

歇马公社、林业站成立了森林防火指挥部,辖区内的红岩厂、浦陵厂、6905 厂、设备厂、光学厂等十多家单位都成立了救火队,这些队伍加起来足足有数百人,几乎个个是年轻精壮的基干民兵。公社书记、歇马镇的武装部部长专门分管森林防火。

红岩厂也由武装部部长挂帅,组织了一支森林救火队,一部分人是厂救火队队员,一部分是青壮工人,经常训练,有时还上缙云山拉练。他们装备齐全,服装统一,又训练得有章法。歇马场武装部部长见了,心念一动,分期分批组织另外的十几支救火队到红岩厂观摩学习。

这些救火队观摩回去的第一件事儿就是添置统一的服装和装备,然后是加强训练……

结果训练派上了大用场。有一次小湾靠近虎头山的山林发生山火，火光浓烟就是命令，十几支救火队接到命令，马上赶往火场。这四五百人龙精虎猛，平常只在工厂平坝操练，一到了山林，看见火光浓烟有些"兴奋"。

十几个领队汇在一起，他们都是消防队员，在山民的引领下，察看地形、火情后，略做商量，各自散开队形分片扑救山火。幸好，着火的林子不大，风势也不大，四五百人一齐动作，扑灭了山火。

火刚扑灭，北碚公安赶到了现场，他们推断这是人为纵火，便走访摸排，结果放火的人是一个疯子——从外地流浪到这片山，不知道他怎么弄到一只野鸡，捡了柴火烤来吃，连鸡毛也没扯……

没过几个月，炎夏的太阳逞威，在小湾背后的缙云山山林，突然燃起了一股火——火头是从邻境翠峰森林燃过来的。这支四五百人的救火队又赶赴火场。这次出动了车辆20辆、使用了灭火器近50个、灭火弹150个。经过奋力扑救，他们扑灭了大火。邻境山林遭烧了700多亩，而歇马山林过火面积仅几十亩。

救火队受到了上级表彰。红岩厂党委也召集全厂职工开会，表彰了救火队员。书记在会上说："缙云山在明末清初被大火烧过，烧得惨烈，几乎把全山的树木烧光。剩下的树极其稀少，后来成了参天大树，我见过白云寺前的一棵马尾松，号称缙云山的松树王，高28米，两三个人牵手才能合抱。这场大火来势猛烈，被你们扑灭了，立了大功，国家要感谢你们，我们也要感谢你们，缙云山是我们的家园！"

毛主席号召"深挖洞、广积粮、不称霸"。其中这个"深挖洞"与三线建设有关，战备车间修在山洞。红岩厂不靠山，但地底是岩石，厂领导决定打防空洞。

无锡地处太湖之滨,临湖,湖岸有小山,但毕竟是杭嘉湖平原,打洞机会不多。红岩人便组织职工到重庆江北大石坝军工厂参观防空洞,这个防空洞深挖于地下,巷道纵横交织,有会议室、电影厅……这些江南人看得眼花缭乱,也看得心潮澎湃,他们说重庆人能挖的洞,我们无锡人也能挖!

红岩厂掀起了挖地下隧洞的热潮。

明老师知道了这件事儿,在当天的日记中写道:无锡人犹如太湖蛟龙,钻进了野猫岩的地下腹心……

第七章

"气候"正常了。歇马街上那些茶馆像雨后的蘑菇冒了出来,老茶哥一个不少,新茶哥一个接一个加入进来。那个大黄葛树下的茶馆,依然是"几间东倒西歪屋",不过,来喝茶聊天下棋的茶客,却是些"南腔北调人"。

茶馆满街飘香,枝迎南北鸟,叶送往来风,前几年贴标语的人,也走进来当了新茶哥。数量不少的外省人——也来喝茶下棋,店里爆满时,老板竟把茶桌摆到了街沿。

杨士英有一天去晚了,店里无座,老板给他在外面摆了一张桌。喝着盖碗茶,望见屋内的新茶哥吹牛吹得口沫飞溅,不禁想到这些人当年给茶馆贴的对联。茶哥的话题很杂,聊来聊去,聊到了歇马的女娃儿,所有的茶客都参与了进来……

歇马的女孩同北碚乃至重庆的女孩一样,相貌、身材,是第一流的。

这所谓的第一流,不是一州一府的范围,而是全国性的,那种清纯、雅致、娟秀,叫人只看一眼就记在心底。

何以如此,有人总结,一是青山绿水使然,山增其健美,水润其面容,而歇马及清江北碚的女孩之美,还有历史文化背景。抗战时期,天南海北的许多精英聚在巴渝,北碚成了"小陪都"。大学有许多所,如:国立复旦大学、国立江苏医学院、国立歌剧学校、国立戏剧专科学校、中央测量学校、国立重庆师范学校、国立国术体育师专、国立教育学院电化教育专修科、勉仁文学院、中国乡村建设学院等大中专院校,这些院校的师生,美貌者不计其数。

其中,歇马除了拥有中国乡村建设学院,还有监察院、立法院、司法院等一大批单位,俊男美女出入其间。他们的生活方式,在文化教育、衣着打扮以及娱乐、饮食等方面,影响了歇马人,直接提升了歇马人的综合素质,这种文化内涵或多或少是会影响到歇马人的精神品质的,甚至对相貌身材产生潜在影响。此外,当这批抗战时期的精英人士返乡之后,他们中的少部分人留了下来,有的一家全留下来,单身的成了歇马人的女婿或媳妇儿,优秀因子得到了传承。这些子女成人,再向更广阔的空间延展。还有一些非婚生子女,他们没随父母走,而留在这方水土……

杨士英去白鹤林看望明老师时,把这些议论讲给他听。明老师听了,笑了一会儿,认真地说:"颇有见地。我是'下江人'兼歇马人,对这件事儿有发言权。"

明老师问:"你注意到没有,都是些什么人在这么议论?"杨士英挠挠头:"好几个年轻人在聊重庆的女孩,你一句,我一句的,我想想,啊,讲得最精彩的好像是个无锡小伙儿,年龄比我大几岁,穿对襟,蓄长发,耳边还留了鬓发。"

明老师说:"我晓得是谁了,'江南探花'。"杨士英问:"他是谁?"明老师盯了他两眼,说:"杨士英,谈女娃儿那些事儿,你莫去插嘴。"杨士英知道,如果明老师直呼自己的姓名,啥事儿莫问也莫声辩。他"嗯嗯"两声。

无锡人、上海人、云南人、河南人……这些三线建设的参与者,他们中的年轻人,来到歇马几年,不知不觉成了大龄男女。无须说,在工厂中,男职工多于女职工,阳盛阴衰的现象,在红岩厂、浦陵厂、仪表厂这种与钢铁打交道的工厂中,尤其突出。那些大龄男青年在自己厂中寻找配偶没什么机会,开始将寻偶的目光射向歇马或北碚的美女。

按经济地位,美女分作两种,一种是"自带饭票"的,比如在厂里工作的,在供销社、银行、粮站、百货商店、学校、卫生院之类单位上班的,她们有工资,就意味自己有个饭碗。二是"不带饭票"的,指那些社会上待业的女孩,那时没有自谋职业之说,一切商店、企业都是国营或集体的,供销社开个理发店,女理发师也是职工。"文革"中许多年没有招过工,一些女孩学校毕业后没有工作,另外还有一些办病退的女知青返城……她们的岁数一待就大了。

还有就是乡下姑娘,哪怕特别漂亮,她们也不是"下江人"的选择,无锡人和上海人极少有人找乡下姑娘的。这些乡下姑娘,如果真漂亮、能干,在厂里工作的本地人或老光棍们有可能找上她们,但他们也往往只是找附近农村的女孩儿,她们地方近,收入也不错,住房容易解决。

"自带饭票"的漂亮妞,一般不主动去追"下江人","下江人"要去追她们才行。而且，追她们的"下江人"要有一定的地位，年龄也要相当，或者仪表堂堂，或者有一技之长，才能博取芳心。"不带饭票"的姑娘，往往主动追求"下江人"，如果她够漂亮，是能够让他们动心的。

　　漂亮的本地姑娘们都去找无锡人、上海人了，那些有职有业的本地小伙儿心里愤愤不平：这儿是自己的领地，岂容外地人入侵。不时有本地小伙儿嘀咕："好萝卜都让猪拱了，肥水不流外人田！"血气方刚的小伙儿们气岔了。于是，"美女争夺战"在"下江人"与本地小伙儿之间展开了……

　　"蓝毛"进浦陵厂好几年了，是北碚文工队唯一进到三线厂工作的男队员，他已20多岁，正是怀春年龄。"蓝毛"心目中已有意中人，他心仪的对象是同厂的北碚姑娘阿娟，那女生比他小两岁，论其相貌、身材以及才艺，都被公认为厂花。刚进厂几个月，阿娟对"蓝毛"就有好感。"蓝毛"一心学艺，年纪轻，只对阿娟有好感而没表白。进浦陵厂好几年了，工厂没正经开工，人生如梦，有花须惜春，"蓝毛"满脑子花花想法，鼓起勇气向阿娟求爱，她的态度却暧昧起来了。

　　作为众所瞩目的厂花，阿娟被好多人追，城里一个老首长的儿子看上她，被她拒绝。因为她对"蓝毛"怀有一种好感。她说不清这种好感有多强烈，有多深刻，只是当有人向她介绍男朋友时，她就会情不自禁地把那人拿过来和"蓝毛"相比。

　　她被一个姓仇的技术员看上了，那小伙的整体素质超过了"蓝毛"，而他的身世非同小可，他外公是厅级干部，父亲有海外背景，讲到帮衬工夫，那种体贴入微的做派，远非"蓝毛"可比。阿娟渐渐向他靠拢……

　　这种端倪，在"蓝毛"进厂一年后就显露出来，难怪"蓝毛"见到沈根远时，就透露出了一种无奈，甚至失落。

"蓝毛"把心用在改造乐器——扬琴之上。他内心喜爱的乐器是钢琴，那是幼儿学。进文工队，队上没钢琴，他就把对钢琴的挚爱转移到扬琴上。扬琴弹到层次上，他心犹不足，便花大把时间改造扬琴，自己做零件，以增加扬琴的表现张力。他做手工活手艺不错，一到浦陵厂，看到厂里设备齐全，材料丰富，有的师傅手艺高超，不由产生了拜师学艺的想法。

厂里生产不正常，钳工房却时时有杂活。"蓝毛"仔细观察，钳工房的章师傅手艺精湛，一打听，章师傅以前在德国人的厂里干过。他观察到章师傅人很孤僻，不大轻易接近人，但他有两个软肋，抽烟、喝酒厉害，可他家有"河东狮子"，对他的零用钱管得厉害。"蓝毛"想接近他学好钳工手艺，可他与"蓝毛"不说话，只埋头做活儿。

一个星期天，"蓝毛"独自待在寝室弹奏他刚调试好的扬琴，琴声如诉，竟带有一种山泉泻落悬岩的意味。他弹累了，点了一支香烟抽，烟气弥漫小屋，他赶紧打开窗子，站在窗口抽烟。

"小蓝，小蓝！刚才是你在弹琴啊？""蓝毛"一望，二楼窗下站着一个40来岁的女人，穿一身浅色衣服，手里提着一个盛满蔬菜的竹篮子。

"蓝毛"一怔，他认出这是章师傅的老婆，看样子刚从市场买菜回来。他忙探头伸出窗外，甜甜地回了她一声："章师母，是我在弹扬琴，您买菜回来了？"说罢，他"咚咚"跑下了楼。

这个章师母还站在原地，她见"蓝毛"不到三十秒就跑下来，似乎有点儿吃惊，说："小蓝，只听说你是从文工队到厂里的，还不知道你精通乐器。呃，除了扬琴，你还会哪些乐器？"

她打听乐器干啥,莫非她感兴趣?"蓝毛"说:"我母亲当过音乐教师,我从小跟她学,各种乐器都会一点儿。"

"钢琴会吗?"她急问。"会!""蓝毛"说,"我母亲以前在大学当音乐教师,父亲留过学,也懂乐器。"

章师母说:"嗯,是这样。看来你家世不错,好人家的子女。我家有一架钢琴,德国货,从上海运来歇马时,音质变了,运输途中出毛病啦,你会不会调?"

"蓝毛"答道:"章师母,德国钢琴我接触不多,但可以试一试。""蓝毛"以前接触的几乎都是德国钢琴,他这样回答,是这位章师母据说是个母狮子,又第一次接触,话不能说满。万一没调修好,想通过她接近章师傅反而添堵。

到了章家,一进门,看见两个十来岁的小姑娘趴在桌前写毛笔字,两个小姑娘相貌长得一模一样。她俩一看"蓝毛"跟着她妈进屋,喊了一声:"叔叔,你好。"

"蓝毛"点点头。他见过这两个小姑娘,知道她俩是双胞胎,没想到她们这么讲礼貌,有家教,不禁望了她妈妈一眼。

章师母叫靳怡敏,是厂里的财会人员,平常一副高深莫测的样子,此时表现出的却是另一种态度。

她放下篮子,走到墙角把一个灯芯绒布罩一掀,露出的是一架钢琴,一尘不染。

不待她请,"蓝毛"走过去,在方凳坐下,伸出双手,轻轻放在琴键上,静静地坐了几十秒,然后弹了一曲清婉的曲子,弹后又把同样的曲子再弹了一遍。接着弹了一段雄浑的曲子,才开口说:"章师母,你家里有扳手、螺丝刀一类的工具没有？"章师母说："有,我帮你找来。"

在母女三人的注视下，"蓝毛"熟练地拆、调、安装，一个小时不到，他对章师母说："这钢琴没大毛病，可能是在运输过程中受了震，有些零件松了，我已基本调好。等一会儿，我再试弹。"

"蓝毛"洗了手后，开始弹奏《少女的祈祷》片段，这首波兰钢琴曲，结构简洁，在单纯中显出深挚、伤感、柔美，他估计章师母弹过。又弹了一曲小约翰·施特劳斯的《蓝色多瑙河》。

章师母静静地听他弹完，对"蓝毛"说："没想到你弹得这么好，流畅至极，指尖有力度还有感情，你弹的《少女的祈祷》，我两个宝贝喜欢弹。那首《蓝色多瑙河》，我也爱弹。不错，我一听，就知道你把钢琴调好了，谢谢！"

"蓝毛"说："我好久没弹了，弹得一般吧，这琴是德国名牌，德国人的东西精确到家，这次调只能说是及格。可惜工具差了，如果有合适的工具，调的效果更好。"

"蓝毛"起身把钢琴合上，他转身注视那两个小姑娘，她俩已撒开习字墨卷，你推我拥地去争那根钢琴前的方凳子。

"蓝毛"一看手表，对章师母说："我回寝室去了，今天我也在调我的扬琴，还没达到理想的效果，我回去干活了。"

章师母不太好意思地致歉："本想留你吃午饭，你有事儿就去忙吧，你和我们当家的一个车间，改天我叫他请你到我家吃饭。"

"蓝毛"说："好！我想听你家那一对小宝贝弹琴。"

"欢迎之至，我也想向你请教。"章师母的语气一下子变得异常客气。

当天晚上,章师傅就登门拜访"蓝毛",客气话反反复复地说。看来,他是真的来感谢"蓝毛",他那一大串话中反复提到的不是他老婆,而是他的两个女儿……章师傅临走时说:"小蓝,我已经看了出来,你想学好钳工技术,没问题,我教你!我15岁起就跟德国师傅学钳工,学了十几年,手艺在上海滩也数得着。"

在仇技术员被提拔为技术科代科长的第二个星期天,仇科就带着阿娟到上海结婚去了。走得无声无息,但消息长了翅膀。

阿娟的闺蜜小瑛跑来找"蓝毛","咚咚咚"敲了半天门,"蓝毛"才出来开门,她气恼地说:"'蓝毛',阿娟到上海结婚去了,竟没给我透半点儿风声,她给你讲过没有?"

"蓝毛"想说:"我和她之间连火花也没撞出来,她结婚这么大的事儿,我怎会知道?"想了想,一句话也不说。

小瑛见他这样,瞪了"蓝毛"一眼,"哼"了一声,转身就走了。平时,她见了"蓝毛",像一只温柔的小猫。

一个多月后,阿娟和仇科从上海回到浦陵,向全厂的熟人撒糖,糖很高级,除了"大白兔",还有巧克力。

小瑛找到"蓝毛",把一个彩色小纸匣递给他,说:"这是阿娟特地托我带给你的。"她没说其他的话就离开了。

她一走,"蓝毛"打开小纸匣,里面有十多块巧克力糖,还有一盒软包装的中华香烟。"蓝毛"仔细一看,这包软中华和外面商场卖的不同,烟盒似乎要长一点儿。特供烟?他心里念头一闪,打开来取出一支,果然比市面上的软中华长一点儿,管它的,抽!没抽两口,觉得呛,便丢出了窗外。又去剥糖,他机械地嚼着糖,苦。

晚上,"蓝毛"跑到章师傅家做不速之客,他把巧克力送给双胞胎小姐妹,把特供软中华送给章师傅,然后去弹钢琴。一气弹了好几首,弹的尽是节奏与情绪大起大落的曲子,让章夫人和她两个宝贝女儿听得如痴如醉,也让章师傅听得莫名其妙。

夜深了,"蓝毛"把琴键一把拂过,用手指把纷乱的头发一梳,说:"好了,舒服,我回寝室睡觉了。"

"蓝毛"这间寝室里本来住了六个人,他经常弹奏扬琴,同住的那几个技校毕业生听不懂。他们听久了腻了,又见他蛮认真的,没为难他,但不久都搬走了,反正厂里有的是寝室。

"蓝毛"一人独居一室,四野寂然,只有一阵一阵的虫声此起彼伏。他躺在床上,闭着双眼却总睡不着,脑海里全是阿娟的倩影,一会儿她如蝶舞,绕花飞行,狂扇翅膀,把花瓣打得七零八落。一会儿又变作鲤鱼穿波迅游,溅起一滩水花。一直折腾到半夜,他筋疲力尽了,闭着眼睛一声一声地喊:"阿娟,阿娟……"像数绵羊一样催眠自己,不知喊了多少声,数了多少只羊,才坠入梦乡。

正当"蓝毛"辗转于床的时候,成裕和杨士英正在红岩厂那灯光朦胧、寂无一人的厂区水泥路上漫行。他俩中有一人也在深受恋爱无望的折磨。这人不是英俊潇洒的杨士英,而是矮而笃实的成裕。他向杨士英倾倒着心中苦水。

成裕的年龄比杨士英大些,已26岁了,生肖已过两轮多,丘比特的箭射中了他。不过,这个小娃子白长了一双翅膀,他在冥冥中上天入地地飞来飞去,按说应该洞悉人间,明察秋毫,他却在射中成裕的同时,也让另一个男子中了箭矢,他俩爱的是同一个女人。成裕爱上的是他们工矿贸易公司的一个女同事,她很漂亮,而且时尚,父母是供销社的职工,穿的却不是北碚的,而是上海时装。

成裕一手好厨艺,人又多才多艺,善良慷慨,最初,她刚来工矿贸易公司当百货售货员时,在众多的男同事中,一眼相中了成裕。那时,还有几个女孩也相中了成裕,暗恋而已。这个漂亮姑娘知道之后,有意识接近成裕,找到一个时机,大胆地向他表白了爱慕的心意。

成裕说:"我接受了她的表白,我俩的感情迅速升温……"

杨士英说:"好啊,迅速升温,你和她行了周公之礼了。"

"不是,不是,"成裕声辩道,"我当时是昏的,她还算理智,在最后的一瞬,她一把推开了我。我们两人平静下来,她向我信誓旦旦,保证把她最宝贵的箱匣留给我来开启。"

成裕对杨士英说到这儿,念了她当时念给他的一句诗:"没有人摘过的花最香。"成裕念这句话的声音是抖颤的,他似乎觉得这诗是她写给他的。

听到这儿,杨士英对成裕伤感的原因已明白十之六七。这个漂亮妞,杨士英在不同场合见过她好几回,因为知道她和成裕是同事,所以留心她的言行。发觉她对地位高的、家世好的年轻人巧言令色,说的话语里泄透出心机,对他这种小厂工人不大理睬。

有一回,在一个朋友的酒席上,有人聊到古代一个破镜重圆的爱情故事,一个叫"二哥"的朋友说成是《杜十娘怒沉百宝箱》。漂亮姑娘插嘴说:"二哥,你记错了,是《蒋兴哥重会珍珠衫》。"二哥说:"你记错了。"漂亮姑娘说:"我会记错?我看的是我爷爷留下来的,一个字都没删的老版本。"

这个古代小说轶事出自《喻世明言》,老版无删节。新旧两种版本杨士英都看过。顿时想:这书她看过,看的书也太杂了,于是感觉她有点儿复杂。

看看成裕一脸的伤痛,杨士英想和他谈自己对漂亮姑娘的真实想法,他开不了口,同时觉得自己无能。

接下来的事儿印证了杨士英先前的判断。成裕说:"她竟然和一个商丘人好了,前两天,悄悄办了结婚证,没在单位办也没在歇马办,而是坐上火车回郑州去了。"

"商丘人?哪一个?"成裕回答杨士英:"那人你认识,商丘人牛尔,会武艺,有一回还和你切磋过。"

杨士英惊奇起来:"是他横刀夺爱,我没想到,牛尔这娃儿不是和你很好吗?"

成裕一下子变得尴尬起来,说:"我俩是很好,他教我沧州拳,我教他炒川菜,哪晓得他跑出来剎了一脚。"

杨士英拂了拂乱头发,问:"成哥,刚才听你讲了那么多,好像你和漂亮妞好得到了谈婚论嫁的地步,突生变故,你想过没有,问题出在哪里。"

成裕默不作声,和杨士英在荷塘边站立着。忽然,成裕说:"大约是三个月前,我和漂亮妞到缙云山白云竹海去,在歇马场口遇见了牛尔,他一听说我们上缙云山,也想一同去,于是我们三人结伴上了山。在楠竹林罗,遇到一条绿颜色的蛇,漂亮妞吓得逃跑,崴了脚,我去背她,背她的力气我有,可她个儿不低,我背她行走蹒跚。牛尔便主动过来背他。他比我高,力气足,脚步自然轻快。走了一阵,我因背她脱力,被牛尔拉下了。从那以后,我反而见不到牛尔的面了,而漂亮妞也难得见到……"

"对!"成裕高声嚷,"我敢肯定,从那回以后,他俩好上了。"

杨士英说:"一个巴掌拍球不响,成裕,你莫怄气,要追责任,恐怕主要出在你那个漂亮妞身上。"

成裕问:"这话怎么讲?"杨士英把他以前对她的观察讲了,对成裕说:"漂亮妞是个攀高枝的人,爱慕虚荣、富有心机,她和你接触,很可能出于虚荣心。你哥子不孬,你们单位有好几个妞追你,漂亮妞追你是想在她们面前出风头。你不是高枝大树,她最终会甩你。不信,你明天去了解牛尔的背景,如果他是商丘乡下出来的人,怎么会到郑州去结婚?说不定他已经调回去了!"

成裕沉默了好一晌,对杨士英说:"你说得头头是道,我明天去找熟人打听,你也帮我打听打听。"

第二天早上,杨士英借口到红岩供销科调拨模具钢,他找到老表吴应杰,把成裕的事儿简略说了。

吴应杰的"皮球"脾气一下就冲胀了,说:"你在办公室等我,我出去一趟,牛尔混球账!和好朋友抢女朋友,明刀明枪地干呗!争赢了是你的,争不赢也不输面子,要什么阴谋诡计!"

过了一会儿,吴应杰气咻咻地跑回办公室,杨士英把茶杯递到他手上。他喝了几口茶,看看办公室没其他人,才说:"'小牙巴',你有先见之明,我跑了几个地方,弄清楚了,牛尔果然调回郑州去了,调了一个比红岩厂更好的单位。他要得最好的一个朋友告诉我,牛尔的舅舅调到郑州当大官了。我看那漂亮妞,图的是金钱权位,牛尔她哪天看不上了,干脆嫁给牛尔的舅舅。"

成裕掌勺的餐厅离供销科不远,杨士英走到餐厅时,成裕没来,他就坐在角落里的空桌前等。快十点时,成裕才匆匆进来。"嗨!"杨士英向他喊了一声,他抬眼望见了,就向士英走了过去。

两人一咬耳朵,原来,成裕也打听到了牛尔的消息,和杨士英打听到的相差无几。杨士英注意到,成裕的口气已比昨夜舒缓多了。

不等杨士英开口劝,成裕说:"士英,我想通了,她既然是水性杨花之人,攀高枝儿是早晚的事儿,和她分手,晚分不如早分。牛尔果真算得上高枝,我比不了,她攀上了就由她去吧,但愿这高枝不是高衙内。"

杨士英听了拍拍成裕的肩膀,说:"看来你真的是把这包袱放下了,不然你不会担心她。"

和成裕分手后,杨士英想:成裕太善良了,真是一个性情中人,以后多找他耍,失恋的痛苦一时难以愈合,我得帮他慢慢疗伤。同时告诫自己:单位孬了,千万要不得女朋友。

那天,成裕到梁滩河一个叫"土包子"的竹林边钓鱼,沈根远遇见他,他认得成裕,聊了几句,给他指了一个鱼多的地方便走了。

根远背着大笆笼到浦陵厂卖鱼。鱼刚刚卖完,他就碰见"蓝毛"和一个年轻姑娘走了过来。两人手牵手,挨得很近。"蓝毛"看见根远,跟姑娘说了一声,把手一松,朝根远走近。

两人寒暄。根远急问:"那个女的是你女朋友?""蓝毛"笑吟吟地说:"是!大学生,上海人。"根远还想再问详细些,女人向"蓝毛"传声:"阿蓝,过来,你看这菌子好新鲜!""蓝毛"向根远一笑,立马赶了过去。

根远点燃一支烟,看着他们走远……

铁工厂的加工活儿要死不活的,外加工任务全没了,加工农具那些活儿,几个人就能应付。杨铁匠和厂革委的两个头儿一商量,决定把厂里的人分作两班,每一班轮流上一个星期。办公室的人也轮流值班,但是规定,轮到休息的人员不能走远了,只能待在歇马附近,随叫随到,谁违反就扣掉谁当月工资。

消息一宣布,全厂皆大欢喜。"汤眼镜"说:"杨铁匠,这个决定好,我也可以出去转转了,你有事儿,就提前告诉我。"

杨士英说:"老汉儿,我也到处转转,像汤师傅那样,有事儿你每天回家告诉我,这样,什么事儿也误不了。"

第二天早上,杨士英戴上草帽、水壶、鱼竿到梁滩河钓鱼。走啊走,来到了八字桥,桥边有个深水凼,是个鲫鱼窝子。他上个月到这儿钓鱼,钓了半笆笼鲫鱼,回家兴奋了两星期,这回去看看还有没有那样的好运气。

到了那儿一看,一个中年汉子在桥边那个水凼撒渔网。他嘀咕:"来晚了,钓个锤子鱼!"他也不恼,站在那汉子旁边,离他两丈远,点上一支香烟,看他撒网。

那汉子背着他撒网,动作好熟练,双手一扬,网张得开开的,"刷"一声落在水中。汉子慢慢收拢网向岸面水面拖,网全提上来了,网上有鱼儿蹦跶,鳞光闪烁。汉子开始从网上取鱼了,他的手灵巧,似乎有一种灵性,刚才还活蹦乱跳的鱼一挨到他的手就变得安静了。

他取一条,杨士英就记一个数。他从网上取下了两条一斤多重的鲤鱼和一些鲫鱼、鲹子,见到小鲫鱼就丢到河里。

等汉子把鱼全塞进大笆笼后,杨士英走上前递给他一支香烟,说:

"大哥,抽烟。"那汉子笑眯眯的,一只水湿的手在身上揩了两下,接过香烟说:"我没火。"

杨士英叼了一支烟在嘴上,还没点呢,马上把打火机凑近他,等他吸燃后才自个儿点上。两人便站在桥边抽烟。

趁这个机会,杨士英观察那汉子,穿一件蓝布中山装,包里鼓鼓囊囊的,头发油黑,蓄的是分头,眉毛粗黑齐整,两眼很亮,像中国漆,鼻梁高高的,嘴唇厚实,牙齿洁白。心想:这人相貌不俗,有男子汉气概。杨士英不由地靠近他,和他比了一下个儿,他比自己矮了半个头。

汉子烟抽到一半,对杨士英说:"小哥,看你相貌好熟,我见过你。"杨士英问:"你见过我?在哪儿?"

"一次在老茶馆,你和明老师下象棋;一次我到铁工厂打锄头,也见过你,你好像和杨铁匠很熟。"

听了汉子的回答,杨士英笑了起来:"我和杨铁匠很熟,这是当然,他是我老汉儿。"说罢,他伸出手,"我叫杨士英,也在铁工厂工作。"

汉子握过杨士英的手,说:"我叫沈根远,梁滩河斑竹岩的。"手一握,两人便聊起来……回家的时候,杨士英的笆笼沉甸甸的。

杨士英回家的时候才三点。沈根远把他引到一个鲫鱼窝子,让他钓了好多鱼,然后邀他到自己家,把一些大鲫鱼塞进他的笆笼,放到水盆养着。时近正午,沈根远煮了一刀腊肉,然后做了一道红烧鲤鱼……两人交谈了两个小时,吹到本乡本土,不少人相互认识。杨士英的第一感觉没错,这人不俗。

杨铁匠下午回家的时候,看见洗衣盆里那么多鲫鱼,就问儿子:"你今天钓鱼手气怎么这么好?钓这么多,还有好多老斑鲫壳,真是破天荒的大收获。"

杨士英手抠眼屎，睡意蒙眬，说："是斑竹岩的一个朋友沈根远帮忙钓的。"他把经过给自己老汉儿讲了一遍。

杨铁匠当即问了沈根远的长相，之后一言不发。弯腰选了一些疲了的鲫鱼，捞起来，到厨房弄夜饭。杨士英有点儿纳闷，老汉儿一听沈根远、斑竹岩就有点儿失态，这不符合他的性格，其中一定有故事。

饭后，杨铁匠自个儿点燃一支工字牌雪茄，抽了一阵闷烟，才对杨士英说："斑竹岩那地方我熟，你说的那个沈根远我也认识，沈根远的老汉儿沈大脚我也很熟……"铁匠的话匣打开了，里面烟气蒸腾。

"抗战那会儿，晏阳初的乡村建设学院设在白鹤林，晏先生开放，他学院那些教授公开在课堂讲马列主义。歇马的抗日气氛很浓，中共地下组织也在歇马活动频繁。

"那时，乡建学院向农民宣传及传授科学种田的方法，北碚地下党也在农民中开展活动。沈根远的老汉儿沈大脚是积极分子，他家相当于上中农，老沈不但种田内行，种果树种蔬菜也内行，老沈算得上地下党的外围人员。

"那个时候，我开铁匠铺，又爱上茶馆，和老沈很熟。后来他被打成'投机倒把分子'，其实他不过是卖鱼、卖菜、卖粮而已。老沈家被抄了，银圆抄出半箩筐，没收了……留下沈根远和他妈相依为命，根远成分高，婆娘讨不到，他今年40多岁了，还是光棍一条。"

杨士英说："我和他初次接触，觉得他虽然是个农民，读过几天旧学，上学只读到高小，但他有见识，谈吐不俗。会打鱼、种田、种果树、种菜，还会养鱼、养猪，甚至种兰草。最让我想不到的是他二胡拉得不错，和北碚的一些音乐高手是朋友。"

杨铁匠说:"你说的这些我全认可,你可以和他交朋友。我总觉得我欠他老汉儿的,以前,有坏人告发我是地下党,一些乡丁来抓我,我逃跑了,跑到斑竹岩老沈家躲了两个多月,老沈天天好酒好菜招待我。灾荒年月,老沈打到大鱼到歇马赶场,路过铁匠铺,不由分说地甩一条甩给我。你和沈根远交朋友,莫说你帮他忙,说不定他先帮你。"杨士英说:"随缘。"

从此,一来二往,杨士英和沈根远成了朋友。杨士英知道了他的岁数,叫他叔,他坚决不肯,说:"还是兄弟相称好,我爹和你爹是兄弟,你喊我叔叔,乱了辈分!再说啦,喊我大哥,我也觉得脸上有光。"

有一次,杨士英从光学厂办事儿回家,刚走到石碑口就看见沈根远,他手里提了两条红尾大鲤鱼,对杨士英说:"朋友给我介绍了一个女的,叫我今天去见见面。"

杨士英打量沈根远,见他头发梳得光光的,蓝中山装、蓝裤,脚上穿了一双新解放鞋。就夸他:"你今天像个新郎官。"

沈根远说:"兄弟,今天真是豌豆滚屁眼,遇了圆了,既然碰见你,相亲的事儿,我虚怯,你陪我去,帮我壮壮胆。"

杨士英说:"好,一同去,只是希望人家莫把人认错了。"

沈根远说:"哪儿会认错,你是城里人,我是乡下人,她也是,我俩同去,她一看就知道。"

一路上,杨士英心里嘀咕:半下午了,太阳快落山了,相啥子亲?相亲要讲吉时,我虽没研究,但知道相亲是在早晨,绝不会超过中午。我想一定是媒婆在撺掇,图沈大哥的银子。

到了相亲那家。低矮的三间平瓦房,墙却是土墙,墙壁开了半寸宽的裂缝,窗子很小,竖立的木条子像牛肋巴。

堂屋坐了两个女人,一个五十多岁,一个三十来岁。她们穿着很随意,年轻妇人衣背上还有白色的盐霜,像是刚从坡上掰了苞谷回来。杨士英心中念头一闪:这模样哪像相亲?

老妇人站起来招呼沈根远,他忙把手上的两条鲤鱼递给她。她对年轻妇人说:"王双,你打点儿水帮我喂起。"她递过鱼,问杨士英:"这位兄弟是谁?好斯文。"

不等沈根远介绍,杨士英对她说:"我是他的好朋友,刚才在石碑口遇圆碰上了。"

王双去喂鱼,回来后,相亲开始了。

王双不说话,头压得低低的。老妇人对沈根远说:"我今天上街找'牛阴阳'看了你们俩的生辰八字,有夫妻相,中年运转,老运尤其走得。兄弟啊,我这侄女不大会说话,她想说的想问的,由我来说。"

接下来,老妇人问了一串话:"你们队的工分值多少钱?你打鱼一个月能挣多少钱?喂猪没有?喂了几头?你家的银圆遭挖完没有?"

提到最后,问:"你老娘和你一起住,全由你负担吗?我家侄女不愿意到斑竹岩住,她家的房子东倒西歪,她的意思是由你先拿钱出来修……"

她问一个问题,沈根远回答一个,答得老老实实。当她问到你老娘和你一起住,全由你负担吗?沈根远答道:"我当然要负担我老娘!"

老妇人说:"你如果和我侄女结了婚,可以让你姐姐接你娘到她家住噻。"沈根远听了不开腔。

愣了一会儿,沈根远问:"新修三间土墙屋,要多少钱?"

"1500元,一块不能少,少了修不了!"老妇人的口气不容商量。

这时,年轻妇人迅速抬头瞟了沈根远一眼,见杨士英望着她,她的眼光迅速逃开。老妇人见沈根远开始不搭话,就另外念叨一些别的问题。

忽然,沈根远掏出十块钱,丢在老妇人面前,拉住杨士英的手,说声:"走!"两人便离开了。

路上,沈根远说:"我晓得今天相亲是稀篮打水一场空,下午来之前,有人告诉过我,这女人的老公在劳改。她姨妈,就是这个媒婆,撺掇她离婚嫁人,今天一看她这样,分明是不愿意。兄弟,我又不傻,老媒婆提了这么多问题,只有最后一个是真的,她想搞我的钱,这样宽窄的三间土墙屋,包给别人打,打干算尽,至多七八百元可以搞定,她一开口就是1500块,还一块都不能少。"

杨士英笑起来,说:"我今天一句多余的话也没说,知道你心里有数。不过,这样的相亲,我亲眼看见的还是第一次,开眼界了。"

第八章

前两年,"上山下乡"运动开始,歇马的学生们开始下乡当"知识青年",离家几百公里去接受贫下中农再教育。歇马是北碚的粮仓之一,距重庆市区不远,又通公路,这儿也是广阔天地,一些知青投亲靠友来到歇马。他们的家一般不超过歇马五六十公里。

有的本地知青离下乡的地儿只有五六百米,家本来就在歇马街上,前门面朝街,后面是庄稼地果子林,早上扛一把锄头,手里捏根油条,油条还没吃完,就走到了劳动的地头。

杨士英站在他家院子后门,站在橙子树下抽烟,烟子飘到的地方就是农民的田地。苞谷长高的季节,看见几个除草的街上知青,动作硬拙拙的。

他就吆喝:"'黄狗''黑娃',干累了没有?累了过来喝水,暖水瓶放在洗衣槽边边的!"那边有人应声:"'小牙巴',茶泡好没得?老子一哈儿过来！"

杨士英拖声袅袅朝苞谷林喊："哈儿，哈儿过来！老子上班去了！"他放下搪瓷大盅，笑着离开了。

工矿贸易公司强大了起来，越来越引人注目。吸引人的最大魅力是它的百货。工矿贸易公司因为是为三线建设服务的，上面分拨的物资多，进货渠道更广，经销的那些俏百货主要是来自苏州、无锡、南京一带和日用工业兴旺发达的上海。一提上海货，人们的眼睛就会放光。许多百货产品凭票供应，而除了地方配发的之外，大的厂矿企业还自制票证，只有厂里内部职工有份，场镇居民、乡下农民只能望洋兴叹。

凭票供应的东西多得数不清。毛线、棉毛衫裤、线衣、毛呢、毛巾被、线毯、浴巾、睡衣凭号票供应，毛巾、袜子、汗衫、背心、枕芯、枕套、风雨衣、蚊帐布、人造棉布、麻布也凭票供应。

人造纤维织品的黏胶的白布、华达呢、凡立丁、东方呢、富春纺等以及尼龙袜、腈纶袜、运动衫、背心，以及号称三合一的涤棉布、腈纶混纺，这些陆续问世的新品种虽然没凭票供应，但市面供货数量很少，花色品种不行。

歇马与北碚比起来是个小地方，但野猫岩工矿贸易公司供应的百货，花色品种之多、质量之好，也令北碚城里人羡慕。令北碚人羡慕的，不只是纺织品，牙膏、香皂、擦脸油、运动鞋之类，也让他们啧啧称羡。当时，北碚设了不少的工矿贸易公司，有两个地方北碚人常去扫货，那就是野猫岩与三花石，野猫岩的红岩厂规模大，它的工矿贸易公司的规模也大于三花石的。

野猫岩新到了一批上海毛线，花色众多，琳琅满目。消息传开，一浪一浪的人涌向野猫岩,这些人自然以妇女为主,她们从北碚城区,从歇马的街上、白鹤林、大磨滩、大石盘,从邻近的兴隆场、土场、凤凰桥、青木关、陈家桥乃至璧山的大路、七塘、八塘、临江赶来,涌到野猫岩商店,把手上的票全用光。买到好花色毛线的女人脸泛彩光,把毛线捧在手里,去欣然领受别人羡慕的眼光。

一个只买到单一花色的青年男子一脸失落,他从几十里外赶来,买毛线是想编织两件毛线衣,当新婚的衣衫……

同行的伙伴对他说:"这毛线花色不错,颜色鲜,质量好,你看,毛线闪光。再说,你也有点儿傻,野猫岩的靓货多得起摞摞,你手头还有钱,去买盒擦脸的百雀羚,再去买块儿有装饰的上海镜子,你家小芳也同样高兴。"买毛线的小伙马上把毛线向同伴手中一塞,撒开双脚向野猫岩一溜小跑……

那一阵子,麇集在茶馆里的"串串儿"们勤快极了,也兴奋得不得了,他们以低价从各处收来的票证卖了个好价钱。这些做票证买卖的"串串儿",跑野猫岩商店的时间与坐茶馆的时间一样多。野猫岩的店里进了什么货,哪些俏货凭票购买,他们了如指掌,然后到北碚城或者赶溜溜场,用粮票、油票或者现金串换那些号票,从中赚取差额。

这是一个公开的秘密,存在意味着现实的合理,除非"运动"来了,平常没人去管。向他们购买票证的,除了居民、农民,还有干部、职工、教师,其中,采购员也不少。

歇马及其周边农民的手里也有不少号票。无锡人、上海人回老家探亲、出差或者借厂里在江浙发运材料回厂,捎带的东西自然不少。他们的号票、工业券、供应券之类自然有多余的,全换了鸡鸭蛋鱼……

"喂喂,杨士英,你钻到哪个神仙洞快活去了?"革非智给杨士英打电话,火气十足,"我昨天打了两道电话你都不接!"杨士英说:"我没在厂里,到野猫岩去了,啷个接?"

革非智在电话那头笑出了声:"你到野猫岩去了,好嚜,是不是去商店?是啊,我正好有事儿找你。"

革非智在电话里给杨士英下达了一个任务,他说:"我的一个表妹听说野猫岩商店到了一批质量很高的华达呢,她想给她爸爸买,可到了野猫岩没买到,托我找你开个后门,务必买到哟。"

杨士英回答说:"你的命令,当然执行,如果这批货没了,就保证下一批帮你买到。喂,你好久钻出来个表妹?"电话那头传出一声笑,搁了。

出门刚掏出一根烟,还没点燃火,电话铃又响了。杨士英只好回办公室。"喂,喂,杨士英吗?"这声音很嗲,仿佛来得很遥远。"我是杨士英,你是哪位?"

"我是'美人',怎么连我的声音也听不出来了!"杨士英声音变得比"美人"还柔:"'美人'啊,好久不见,找我啥事儿?"

"美人"的声音又嗲了起来:"听说野猫岩到了一批质量很好的腈纶混纺,我想给我女朋友扯一段,三米五,钱有,就是号票没了。你是歇马这一亩三分地的'老土地',有名的'小牙巴',金牙一口,搞几张号票手到擒来。"

"行!"刚说了这一个字,电话断了。说"行!"是因为杨士英常到老茶馆转悠,不止一次为朋友们串换号票,"串串儿"们熟悉他。他本来还有话想跟"美人"说:"把票搞给你,货好俏,你未必能买到。"后来一想

"美人"是好朋友,他耍了女朋友是天大的好事儿,搞到票后想办法给他买好再交给他。

我1946年生的,"美人"1945年出生的,"美人"比我大一岁多,没想到这个平素见了女孩都会脸红的角色,快要结婚了。结婚,有点儿搞笑,这年头什么也没有,买笼帐子、买对枕头也要票,新婚之夜,两口子住在爹妈匀出来的小屋子里,墙是粉壁的,薄,有缝……

杨士英一想到这里,就觉得这年头还是当单身汉舒服。杨士英个儿已长到一米八二,在一大群人中,他常常是"珠穆朗玛峰"。他和他老汉儿杨铁匠站在一起时,高矮悬殊。

杨士英相貌堂堂,浓眉、星眼、高鼻梁、厚嘴唇,经常骑个自行车东奔西走,还练拳习武、打篮球。身材偏瘦,但肌肉结实。至于为人处世,放在一群中年人中,也算得上人情练达。至于文才,他读的书写的新诗旧词,足以在北碚立足,这一优点,被他的"小牙巴"名声所掩。他与不熟的人说话,只说土话,甚至土得掉渣,不会出口成章,引用什么唐诗宋词,而是把巴蜀歇后语、民间言子顺手拈来,去应对别人的斯文言辞。他在装木,隐藏文采,这是明老师教导他的。只有在自己的笔记上,他才写下那些文采飞扬、言挚意切的文字。

杨士英人才不错,歇马一些姑娘追求他,他总是谢绝,对她们说:"我才十几岁,还没长醒,再等几年才耍朋友。"让人家哭笑不得,多这样搞弄几次,女孩们认为他清高,是异人。

明老师问过杨士英:"你那些同学、年纪相仿的朋友都接二连三地耍朋友或者结婚了,你呢?"

他反问:"明老师,你多大时结的婚?"明老师回答:"31岁。"杨士英问："31岁结婚,好像年龄大了点儿哟。"

明老师说："还不是为了革命工作。"杨士英马上回答："对了嘛,为了革命工作,我也31岁结婚,向你学习,榜样的力量是无穷的。"

奇怪的是,杨士英的老汉儿从不催他,只是时不时地问儿子："你要女朋友了没有?"听儿子说"没耍朋友",他好像如释重负,对儿子说:"你25岁了,这个年纪放在以前,早该当爹了,现在国家提倡晚婚,你晚点儿耍朋友好,你看单位上那些结了婚的,天天忙得团团转,钱也紧巴巴的。"

杨士英说："老汉儿,我又不是盲人,我们这种单位,同是二级工,比红岩、浦陵厂的工资低好长一截,'美人'在仪表厂,比我工资多得多。我们厂那几个结了婚的师兄,娶的堂客没一个自带饭票,不是街上耍起的就是知青!一年半载的新婚期间,还算逍遥,隔两年拖娃带崽,那就惨了。"

他见老爹一脸沉思,就说："老爹,你放心,隔两年,我给你带一个好媳妇儿回家!"

杨士英不想随随便便耍女朋友,日子就这样优哉游哉地过着。

那天,已过中午,杨士英在街上小饭馆吃了饭,一碗豆花饭,一份炒猪肝,二两高粱酒,舒服,他慢悠悠地回家。老远就看见一个人坐在黄葛树下,用十八圈子草帽扇脑袋,不知是扇凉还是赶蚊子。走近一看,原来是沈根远。

沈根远也看清了杨士英,两人走近了。杨士英问："好久来的?等久了哈。"沈根远说："等了一阵了,我11点就卖完了鱼。""进屋说!"杨士英开了锁,把门推开。

沈根远赶紧跑到厨房,打了一盆水出来,把笆笼向盆里一倒扣,倒出了十几条老斑鲫鱼,鱼儿入水,有点儿呆,没隔到一分钟,就蹦跳起来。"还活起的。"沈根远舒了一口气。

杨士英问:"根远,吃午饭没有,没吃,我给你下鸡蛋面。"

根远说:"不用,我刚才吃了半斤大饼,吃得伸颈伸颈的,泡一盅盅茶喝可以。"杨士英赶紧去泡茶。

两人喝着茶,随意聊。忽然,杨士英想到沈根远很少甚至几乎不上自己家来,今天他来一定有事儿。便开口直截了当地问:"根远,今天你找我一定有事儿,有事儿就说。"

根远笑了一下:"今天来,真有事儿,不是等你,我早回斑竹岩了。是这样的,我表妹投亲靠友,在我们生产队当知青,她一个女娃儿,上坡劳动,开先挣三分五,现在挣到五分。我们队一个全劳力一天挣十分,去年年终结算,十分才值二角七分。

"我表妹的老汉儿是北碚的老裁缝,裁衣服、打衣服,我表妹是'幼儿学',手艺拜得客。有这手艺,远比挖月亮锄强好多倍,她想在队上当裁缝,问题是买不到缝纫机。这东西紧俏,有钱有工业票,但没过硬的路子,想了很多方儿也没弄到。我拜托浦陵厂的朋友,也没办法弄到,脑壳都抠烂了,只有找你。"

杨士英说:"你表妹我见过,好像叫韦才芝,胖嘟嘟的,看上去很本分,没想到她是缝纫高手。她想买什么牌子的缝纫机?"

沈根远说:"韦才芝的老汉儿以前开裁缝铺,用的是无敌牌,这牌子现在已改名字叫蝴蝶牌,啊,是上海生产的,名牌。"

杨士英笑了一下,说:"我听明白了,这种蝴蝶牌你表妹用熟了的,她想买的就是蝴蝶,不是蜜蜂。"

沈根远没听懂杨士英的幽默,急着说:"我表妹说,她买蝴蝶牌,主要是因为她屋老汉儿会修。"

杨士英的"牙巴劲儿"又使出来了:"她老汉儿会修,我怎么会不懂,我搞了这么多年钳工,到处帮人修电动机,岂有不懂之理。算啦,我两兄弟啥子都好说,我去想办法,你准备好钞票、工业券。至多后天给你回话。"

沈根远说:"你给我回话,我家不是办公室,没电话。后天,还是这个时间我来找你。"出门时,沈根远向杨士英连拱了三次手,连声说:"拜托了哟!"

章军正在车场洗车,见到杨士英来了,有点儿惊讶。他到石碑口转速仪表厂当卡车司机好几年了,和眼前这个叫杨士英小伙子只直接接触过两次,他记得很清楚,甚至记得他的外号叫"小牙巴"。

印象最深的一次是帮歇马铁工厂拉钢材。这小伙子拿着一封介绍信到转速厂供销科,请求支援一种叫"铬钨锰"的合金钢材,要的数量不多,但那种铬钨锰是计划物资,厂里也不多,只是厂里生产不正常,铬钨锰钢放在库房几年也没用。这小子不知受了哪位高人指点,先跑了一趟库房,眨眼之间就和女库管员攀上了交情,把这种特殊钢库存摸透。

他找到汪科长,汪科长晃了一眼介绍信,说:"这种铬钨锰合金钢,我们厂进货有限,是生产急用物资,而且是计划内物资,我们也紧俏。再说了,总厂有规定,不能外拨。对不起,你还是到别的厂再想想法。"

章军当时在场,晓得他们汪科长这人是个铁公鸡,啄别人的米可以,拔自己的毛不行,心想这小伙儿今天没戏。

哪知小伙子一脸恭敬地听完了汪科长的说白,指着那张介绍信头子空白上的一行小字说:"汪科长,我去了川仪总厂供销处,李处长批了,同意调拨。你看,这是不是李处长的亲笔签字。"

汪科长赶紧戴上老花镜看了一下批示,他说:"总厂都批了,我同意调拨,支援地方经济发展,我们也有义务。不过,这种特殊钢好像没有库存了。"

杨士英说:"库存还有,我刚才去过库房,铬钨锰的库存量是……"

汪科长盯了杨士英一眼,笑了一笑:"还有库存嗦,可以支援,小伙子,你们厂需要多少?"杨士英说:"不多,两根整的棒料就行了。""那好!"汪科长拔笔就批。

杨士英见势摸出一包云烟,开始撒香烟,在场的男人都撒一支,汪科长接了,杨士英赶紧给他点烟。大家抽上烟,空气缓和。

杨士英说:"汪科长,谢谢了,我刚才去了一趟光学厂生产科,他们支持我们厂,特地把一批零件的加工业务,从外地厂手里转给我们。他们柴科长说,'转速厂汪科长敬业,外冷内热,你去找他,肯定会支持你的!'我老表吴应杰在红岩厂供销科工作,他也跟我说,'歇马的三线厂都有支援地方经济发展的义务和责任,红岩厂还把提高歇马的粮食产量列入了工作目标……'"

汪科长听了,又把杨士英盯了一下,马上喊道:"章师傅,小杨调拨的特殊钢重,又是长棒料,你开车帮忙送一送!"

后来,好奇的章军从吴应杰口里晓得了杨士英的情况,尤其是他的外号——"小牙巴"。

第二次接触,有点儿戏剧性。那是上个月的一个星期天,章军的二女儿到野猫岩商店买棉毛衫裤,她11岁,刚从乡下老家转到歇马读书。她从家里走到野猫岩,路不远。她从眼花缭乱的商品中挑到了自己喜欢的东西,棉毛衫裤、手巾、笔记本,高兴地回了家。离开商店刚刚踏上一段石板路,几个小流氓向她拥过去,调戏她,其中一个还动手抢她的东西。她急了,一边挣扎一边怒骂,路上有几个人,但没人上前帮她。

这时,跑过来一个高个儿小伙,朝几个小流氓喊:"小杂痞,清光白日,敢抢人嗉,快爬!"几个杂痞马上朝他围了上去,有两个摸出了三角刮刀,朝他刺去。他向左边打了一拳,右边扫了一脚,电光石火的瞬间,两个杂痞倒地,"散!"一个声音起,倒地的人捡起刀,一窝蜂逃跑了。

高个儿小伙没走,他问了一下,护送着小姑娘回家。刚到石碑口,章军迎过来,小姑娘朝他跑过去,正当女儿向父亲讲述经过时,高个儿青年已经离开了。章军望清楚了他的相貌,是"小牙巴"。当晚,他去找"小牙巴"致谢,"小牙巴"出差了……

章军没想到杨士英会到厂里来找他。他忙放下洗车胶水管,招呼杨士英靠好自行车,到车房喝茶、抽烟。

章军又谈到星期天杨士英救了女儿的事儿,向他道谢。杨士英说:"小事情,谢啥子,练武之人,路见不平,拔刀相助,本来就是本分。"

章军说:"当时有那么多人在场,别人当看客,明哲保身,只有你出面相救,证明你这小兄弟正直、善良、有担当。你和我年轻时脾气一样,我告诉你,我19岁时,去抗美援朝参加志愿军,当了两年侦察员,我也习武。"

杨士英说:"你也习武,还到过朝鲜当志愿军,那你是前辈了!"两人越说越近。

晃眼就到了中午，章军说："今天老婆娃儿没在家，我们到厂外面馆子去吃！"杨士英推着自行车，跟着章军向石碑口饭馆走去。这家馆子也是工矿贸易公司的，规模较小而已。章军点了两荤一素，菜味道不错。章军说："本该陪你喝酒，我下午要出车不能喝酒，你多吃菜。"

饱足之后，一看手表，已经一点过了，章军送杨士英到石碑口。本应转身走人的，杨士英忽然开口问："章师傅，你开车，人头熟，有没有搞到上海蝴蝶牌缝纫机的路子？"

章军愣了一下："蝴蝶牌，上海产的缝纫机？"

杨士英说："就是那玩意儿！"他把沈根远拜托的事儿说了，说："我跑了好几天都没办法，今天到青木关去了一趟，回来经过石碑口，突然想到你在仪表厂开车，说不定有办法，就冒冒失失地来找你了。"

章军听了，沉默了半分钟，说："我想想办法，你留个电话给我。"杨士英写了一个电话号码给他，说："这电话是厂长办公室的，我经常不在厂里，我老汉儿杨铁匠是厂长，如果是他接的电话，你托他转就可以了。"

章军笑起来："搞了半天，杨铁匠是你老爹，我认识。"

从石碑口出来，杨士英又骑自行车到野猫岩，去找贸易商店一个叫"凉粉"的朋友，这人路子广，上上下下都熟，还结交了不少红岩厂、仪表厂的江南人。

"凉粉"说："蝴蝶牌缝纫机的大名如雷贯耳，红岩厂的家长帮知青买的多，这东西比哪样都紧俏，野猫岩商店一次也没有进过这牌子的货。如果进了货，哪怕进了五台，我削尖脑壳也会帮你弄一台。"

这一招太极拳打得高明，杨士英又赶到红岩厂，找到成裕，他也说了和"凉粉"几乎相同的话。成裕是个老实人,他这一说,杨士英才晓得"凉粉"并非在敷衍自己。

餐厅离红岩厂供销科不远,他硬着头皮去找老表吴应杰。办公室中只有吴应杰在。杨士英见了就打趣他老表:"每回来都只见你坐冷板凳,看来选留守科长非你莫属。"

吴应杰冷哼一声:"当留守科长也不错,比你'小牙巴'到处夯起嘴巴求爹爹告奶奶强!说嘛,今天找我啥子事儿?"杨士英把蝴蝶牌的事儿又说了一遍。

吴应杰说:"沈根远这人我晓得,人不错,我去设法打听,不过,话先说到前头,不敢保证弄得到,这玩意很难搞。最重要的原因是粥少僧多,上海的知青散布全国,女知青也多得是,乡头那些干部也眼馋这东西。"

杨士英听了有点儿失落。

厂里派杨士英到合川联系一项业务,他去了两天。第三天早上赶车,车子一路走走停停,这辆公交是个"板板车",开动起来,除了喇叭不响,周身都在响。道路也险,要过两道嘉陵江山峡。

他回到家,已过12点了,老汉儿把饭菜端上桌,跟他说:"转速厂那个章司机,给你打了两道电话,昨天一道今天又打了一道,说有事儿找你。"

杨士英听了猛地夹了许多菜盖在饭上面,埋头刨饭,风卷残云,把嘴巴一抹,说:"老汉儿,我到石碑口去一趟。"

开了自行车锁,一骑上去又下来:"老汉儿,支援我两块钱,买烟!"接了钱一看,是张五块的,说声:"老汉儿,谢了啊!"转眼就飙远了。

骑在车上,心里想:这个"杨大牙巴",今天还大方吔,要两块给五块,那,我下回要五块,这中间肯定有内容。对,老汉儿在装木,肯定从电话里获悉沈根远为表妹买蝴蝶牌的事儿了。

到了石碑口,章军没告诉他好消息,他四处打听,蝴蝶牌缝纫机依然无着落。不过,章军给他带来了希望。章军给他讲了他当了15年兵,却开了13年车,其中给副军长开了10年小车。

章军说到副军长,眼睛闪光,说:"今天找你来,就是找你帮我写封信,我说,你写就行,信要写得直白、真实,莫要斯文吊吊的。"章军把一本横格本和笔递给杨士英。

杨士英挠挠一头乱发,说:"我先记录下来,再顺一下,你看了觉得要得,再抄下来。"

"行,我说。"也许给军长开车久了,此时的老兵章军口授信文,竟有些大将口授电文的风度,他语速不快不慢,杨士英记的速度比他稍快,这就留下了一个思考空间,他竟有了一种文从字顺的感觉。

老首长,你好:

我从部队转业已经四年了,仪表厂属于三线建设单位,条件不错。歇马这个地方也不错,厂里正在整顿,生产基本进入正轨。我开解放牌,有实事儿干,过得紧张、充实。

有一件事儿向老首长汇报,我全家已从乡下迁到歇马,厂里分了房,有三个孩子,大女儿已经大了,小女儿正上小学,男崽儿读幼儿园,大班。我爱人现在是城市户口,在厂劳动服务公司工作。大女儿是农村户口,没工作,也没地种。她有粗浅的裁缝手艺,想买一台上海蝴蝶牌缝纫机，靠它谋生，可惜买了大半年，也没买到。

老首长，我常常做梦，都梦到在青藏高原开车，好想念你啊。永远是你的兵。

祝健康、成功！

章军

1973年3月10日

杨士英把记录递给章军，他看了一遍，又看了一遍，对杨士英说："好，你的字流畅，好看，反应也快，我们厂里的大学生也赶不上你，我想表达的意思，你全弄押展了。最后加这一句'永远是你的兵'，特别巴实。"

章军拍拍杨士英的肩膀，说道："不抄了，这么干净，简洁准确，我直接寄给老首长，我们朝夕相处了十年，我这点儿心思，他看了懂得起的。好了，我们去寄信，相信老首长很快会帮我解决难题。"

石碑口有信箱，章军在小卖部买了邮票和信封，从口袋中摸出一张小纸条，按那上面的地址抄，写下收信人的姓名时，杨士英看了大吃一惊，章军的老首长曾执掌一个军，无人不知。他想：沈根远托的事儿，十有八九落实了。

早上起来，杨铁匠感到周身僵硬，走到院子里想打拳，手脚不听使唤。他开了一张中药单子，叫杨士英到斜街中药铺去抓。杨士英接过钱和药单，看了一下单子，什么生麻黄、炒杏仁、生石膏、生甘草、炒苍术、茯苓、滑石、蝉蜕……晓得老汉儿是照老单子抄的，尽是些治感冒的中药。

杨士英骑上自行车驶上街,其实,他家离那家中药铺路程不远,走路去也用不了几分钟,可是时间早了,中药铺还没开门。他想,还是把肚子填饱,再到厂里说一声,然后才去抓药。这样打几个转,骑车才方便。

混到7点55分,杨士英才从厂里骑车到斜街,骑拢那儿,药铺刚开门,老"抓抓匠"邹老头正在用鸡毛掸子掸药缸,他一见杨士英,就打趣他:"'小牙巴',牙巴上火了啊,牙痛不是病……"

杨士英把药单子递给他,他一看:"哎哟喂,是'老牙巴'抄我的方子,他也是个傻儿,这张单子我给他开了几十年,他照单不误抓了几十年。"邹师傅问了杨士英,了解了他爹的症状。说:"你老汉儿的病无大碍,我帮他再加一味药,有的改改剂量。"

杨士英说:"你是老中医,听你的。"

邹师傅从前开过中药铺,而且是五代相传下来的中医,"土改"评成分时,他有铺子、田地,成分评得高。他医术高,依旧在中药店工作,不过,由老资格中医师改作抓药的"抓抓匠"了。

抓了药,他对杨士英说:"叫你老汉儿注意点儿,暮春早晨的风硬性得很。"杨士英说声:"谢谢!"骑上车向家里驶去。

下坡,街上辅的石板跳动厉害,他一手掌笼头,一手提着三副中药,骑得相当慢。刚骑到一个包子铺旁边,从小巷里拱出一辆自行车,车后座搭了好大一堆草帽配件,这车速度很快,一下向杨士英的车闯来。杨士英迅速向边上闪,轮子在街沿石条上腾了一下,车翻了!杨士英在车倒时跳开了,但手里的三包中药掉在地上了。

他鬼冒火,想骂那个冒失鬼。一看,从巷子冲出来的车也倒了,那些草帽顶子、草帽边条散了一地,一个男人坐在地上大骂。等他站起来,望见杨士英,杨士英也同时在望他,两人就住声了。原来两人认识。

"是你嗦,'小牙巴'!""是你嗦,'大喇叭'。"杨士英问:"'大喇叭',伤到没有?"他摇摇头,急着去扶正车子,收拾地下散落的物件。杨士英赶紧过去帮他。

一会儿,收拾好了,"大喇叭"骑上车,说:"'小牙巴',你啷个骑的车子嘛?让我这么狼狈。"说完便匆匆骑走了。

杨士英望着他远去,心里嘀咕:你这个"大喇叭",声音还是这么冲,我骑斜坡,速度不快,还是正路!你从小巷子横冲出来,速度这么快,还载了这么大堆的物件,你理亏还怨我。

说归说,场面还得自己收拾,杨士英扶正自行车,把药包捡起来,一看,只有一个药包的纸破了,但没漏。还好!这个老"抓抓匠",捆包包的手艺抵得上捆扎工了。

"大喇叭"和"小牙巴"是校友。杨士英读初三的时候,是团支委。那时,"大喇叭"穆廷柱读高二,是校团委副书记。有一回学校演节目,内容是宣传爱国卫生运动的,穆廷柱上台演了一个居民委员,手拿着大喇叭上街发布通知,演得活灵活现,从此得了"大喇叭"的美名。他没考上大学,回歇马当农民,因为有文化,在大队当团支书,又经常手持大喇叭,声震田野……杨士英和他没什么亲密交往,只是偶然碰到了寒暄几句。但两个人性格爱好不同,交往的程度只能用"客气"二字来形容。

杨铁匠吃了儿子抓回的中药,第二天就好了,他听儿子说邹师傅改了药方,又戴上老花镜找出本本把单子抄了一遍,把单子锁进抽屉。他又赶到厂里上班了。

当天晚上,杨铁匠弄好了饭,杨士英没回来,他就坐在院子里等,等到七点多钟,杨士英才骑车回来,风尘仆仆,车轮上粘了一些泥巴,天晓得他今天骑了多远。

杨铁匠赶紧招呼他吃饭,饭菜比往常丰富,杨士英也没问,只是埋头吃饭,像饿坏了的狼。杨铁匠索性放下筷子,不声不响地看儿子吃饭。

饭后,两人抽烟。杨铁匠说:"幺儿,今天我得了一个好消息,今年大学又要招工农兵大学生,实行'群众推荐、领导批准、学校复审'相结合的办法,我们公社有五个推荐名额,明老师和我认为你有条件去。我和厂领导班子商量了,厂里已向公社报了推荐名额,只推你一个。"

杨士英不出声。杨铁匠说:"其实,去年公社就有推荐名额,铁工厂挤不进圈,老汉儿努了力争取,手杆不够长。"

"晓得!"杨士英"扑哧"一笑,"你这消息我早就知道了,昨天要不是给你抓药,我早骑车出去了。今天我跑了红岩厂、浦陵厂、工模具厂、转速厂、光学厂、还跑到了青木关川仪16厂。"

杨铁匠问:"你跑那么多的厂干啥子?"杨士英答道:"报信噻,给我要得好的同学、朋友报信,叫他们也活动活动,争取推荐读大学噻。"

杨铁匠说:"这回推荐读大学难度大,恐怕你今天白跑了。"杨士英说:"管他的,努力总比不努力好,至少,复习功课时会多读一些书。"

杨铁匠听了抿笑,轻轻摇晃脑袋,轻声说:"士英,你现在把心静下来,这两三个月,把功课温习一下,拿不准的,去问明老师。"杨士英说:"我也是这样打算的。"

六月里的一天,杨士英来到厂里,看到厂里的青工聚在一团,好像有人在哭。他挤进人堆去看究竟,原来是和他同时进厂的师弟"黑子"

在抹眼泪。"黑子"是锻工,平常话少,肯钻技术,又肯帮忙,他和杨士英亲近。杨士英问"黑子":"你哭啥子?"他不说,只是埋头"嘤嘤"地哭着。

他同车间的张姐把杨士英拉到一边,对他说:"'黑子'最近交了一个女朋友,是小学的代课老师,很漂亮,被野猫岩的一个叫'三少'的看上了,这个'三少'是个红岩厂的青工,家里有势力,蛮横得很,结交了些恶人。他天天去调戏'黑子'的女朋友,'黑子'去和他讲理,被打了一顿。那家伙继续去,今天早上放出话,叫'黑子'今黑了七点钟到老黄葛树茶馆见面,做最后了断,意思很醒豁,要'黑子'把女朋友让给他,否则对他不客气。"

杨士英听了火冒三丈,走过去把"黑子"拉了起来,对准他耳朵说:"'黑子',你怕个锤子,你雄起!老子给你扎起,今晚上,我陪你去!"杨士英出面了,在场的师兄、师姐都吼:"我们都给你扎起。"

老黄葛树下的老茶馆,初夏季节黄昏时分,本是客多的时候,可只坐了二三十个年轻人,除了两三个面相斯文的外,全是横眉怒眼的凶相。这伙人正是"三少"和他请来助阵的人。原来"三少"一到茶馆,就甩了几张大钞在桌子上,喊道:"老板,今晚茶馆我全包了,清场!"老茶客一看这阵仗,不等老板发话,全溜了,也不溜远,都站在几丈之外。

铁工厂的十几个人一去,刚走近茶馆外面的坝子,"三少"老远见到"黑子"就吼:"'黑子',快过来!今晚我俩做个了断,单挑!谁打赢了,那妞就归谁!""黑子"躲在杨士英身后不敢出声。

一踏进茶馆,杨士英就说:"清平世界,朗朗乾坤,男欢女爱,要讲自愿,谁的拳头大,别人的女朋友就归谁,天下哪有这个理?是不是我看上你妹子,我和你单挑,我打赢了你妹儿就归我?"

"三少"恼了,一看杨士英人高马大,英气逼人,就大声说:"'蛮子',上!"一个铁塔般高大的小子蹿了过来。

杨士英忙向空处闪,"蛮子"这娃儿不讲理数,一拳塞了过来。杨士英侧身躲过,谁知他又踢飞脚,杨士英一跳就让开了。"蛮子"一拳紧似一拳,杨士英便开始绕圈子,"蛮子"便追着他打。杨士英越走越快,身形飘忽,像在太极图上沿圈,忽然停了下来,含笑望着对手。

"蛮子"老打不着,一看杨士英停下,便直冲冲打出一个"黑虎掏心"拳,这招狠毒,打实了对方轻则重伤,重则毙命。

只见杨士英不躲不避,等"蛮子"的拳头离他胸口三寸远时,他右手一张,电光火石之间,仿佛中了一拳,但他张开的右手一下紧握"蛮子"的拳头,飞快向上一抬。只听"咔嚓"一声,分明是骨头断裂的声音,"哎哟!"发出惨叫的不是杨士英,他已退后三步静立:"谁还上?欢迎!"

"三少"的人蠢蠢欲动,杨士英忽然两臂左右抖动,眼光凌厉,杀气飙出。

"退下!"一个声音响了起来。

一个30来岁的人从椅子上站了起来,他身穿富春纺对襟,个儿不高,蓄长头发,还蓄着鬓胡,外表文气。他面带三分笑,操着一口江南腔的普通话对杨士英说:"这位兄弟,刚才是你承让了,只显出一半的本事,有仁者之风。听好多朋友说,你是歇马的'秀才',武比过了,我们两人之间来一场文比,意下如何?"

杨士英笑而无语,武比、文比,为一个妞,好笑。"三少"旁边又一个面相斯文的人发话了:"'秀才',还是歇马的,在我们'江南探花'面前,不值一提。"

杨士英听见"江南探花"四个字,不禁打量了"鬓胡"一下,就说:"'江南探花',名头好响亮,好像听说过。你提文比,不妨一比,仁兄大人,怎么比?"

出来帮腔的斯文人说:"对对子。""好!"杨士英做了一个"礼让三先"的手势,"你出上联,我答。"

"江南探花"提问:"苟利国家生死以。"

杨士英应答:"岂因祸福避趋之。"

提问:"雪消门外三山绿。"

应答:"花发江边二月晴。"

提问:"琴瑟琵琶,八大王,一般头角。"

应答:"魑魅魍魉,四小鬼,各怀心肠。"

提问:"香稻啄馀鹦鹉粒。"

应答:"碧梧栖老凤凰枝。"

……

两人对对联,由"江南探花"提出上联,那些联有的庄严、有的清新、有的谐趣、有的冷僻,都是事先精心挑选的。

杨士英应答下联,答下联者必须对上下联都很熟,才能流畅地答出,而杨士英答得很顺畅,和风细雨,一脸陶然,好似很享受。

忽然,"江南探花"把手一拱,说:"兄才果然敏捷,不过,刚才对的这些都是传统的对联,不如现场作对联,相互切磋。谁人出上联呢?""江南探花"好似自言自语。

帮腔的斯文人又出面说了:"我来出上联!"随口吟出,"歇马镇歇马,马歇人尤歇。"

杨士英点燃一支烟,抽了一口,忽然望见茶碗里的水波似粼光闪烁,心里蓦然一动,他叼着烟走了六步,吟出:"游鱼滩游鱼,鱼游石不游。"

杨士英一念完,众人望望他,同时也望望"江南探花"。

出上联的斯文人吼了起来:"不讲平仄,狗屁不通!""江南探花"开口对他说:"'莫秀才',你满嘴金牙巴,尽开黄腔,住嘴!"

"江南探花"站起来,拱起双手,对杨士英说:"此对甚妙,你不仅懂格律,而且熟悉入声字,现场应对,才思敏捷,佩服,佩服,后会有期!"说完喊,"'三少',我们走!"

他们走了,杨士英虚汗直冒。心里在说:武比一般般,文比凶险。那个"江南探花"也非浪得虚名。

复习到了七月初,但是不知怎么的,摸底测量之后没有正式考试。杨士英虽然上了推荐名单,最终结果公布,上大学的没有他,一细查,全是有背景的人,有的岁数很大,有的在1966年时,才读小学六年级……

杨士英情绪低落,明老师和他老汉儿劝了他一番。他把自己关在家里,一碗白酒一灌,抓起毛笔写了一通:"黄金榜上,偶失龙头望……才子词人,自是白衣卿相……"喝醉了一躺,躺到第二天,跑到厂里上班了。

他想透彻没有?没有,不过,他不想折磨自己。心中不服,就在工作上干点儿名堂出来。在厂里没待到一个月,却没多少事儿干,无聊得在车间"打百分"。

汤师傅看见了,把他拉在一边,黑起脸训了他一顿,对他说:"既然国家已经开始招收工农兵大学生,明年应该还要招,我相信上面会拿出一个合理的招生办法出来的,我相信上大学会考试,择优录取。你现在必须复习功课,莫浪费青春,不懂的我教你。"

杨士英又拿起了书本。他先复习语文、历史、地理,然后把重点放在数学上,最后才复习政治。

第二年,杨士英过了群众推荐、领导批准两关,可他还是名落孙山,杨士英把他的"小牙巴"咬得"咔咔"直响。

杨铁匠得到了消息,脸青面黑,按他的脾气,要跑到公社或者到北碚找当官的质问,可他沉默不语,只是找来明老师劝慰儿子。

明老师那天也有些古怪,说的话中古语多得要命,谈到《聊斋·司文郎》,让杨士英听得云山雾罩。

杨士英把自己关在家里,足足待了三天。很快便放下了包袱。

"大喇叭"穆廷柱找上了门,跟他说:"我今年跟你一样,过了前两关,还是落榜了。我打听清楚了,今年考上的,水平都比我俩孬,有几个是投亲靠友的知青,父母现在都在当官,那几个知青你下队去打听,就晓得他们在生产队没上什么班。还有一个工人,他老汉儿是革委会的。你怄什么怄,你比我处境好,又比我年轻,有的是机会。"

"大喇叭"的话在理,让杨士英稍微心安。三个月后,他到北碚大学校办工厂去联系业务。和一个老同学泉海聊天,泉海问:"听说你被推荐上工农兵大学都没上成,是真的?""真的,现在还有失落感。"杨士英老实地回答。

泉海笑了起来:"你怄个锤子,那些工农兵大学生,好的好得很,是一直坚持自学了的才俊之士。有许多连从前的小学生也不如。这些人来当这种工农兵大学生,老师难教,就低不就高,先把他们当初中生教,然后才酌增难度。你这种水平进来读,我看是浪费时间!你现在的工作单位虽然一般般,然而采购这岗位不错,比我当工人强。不如在家自学……"

这话如醍醐灌顶,杨士英下定决心自学,他把目标锁定在文学上。在这方面,明老师是好老师,他本来就是最好的大学老师。

但这次落榜的原因,像一团迷雾罩在心里,难以驱散。直到有一天,章军给他透了一个底,章军有一天出车到永川,遇上两个歇马公社的干部搭车,他俩在驾驶室闲聊,聊到这次工农兵大学生。一个人提到杨士英各方面都不错,可政审时,有人说杨士英在茶馆聚众斗殴,而且是和三线厂的人打……当场被公安员顶了回去,公安员说"三少"一贯惹是生非,经常上派出所,茶馆事件是"三少"挑起的,杨士英为工友出头,伸张的是正义。但是,另一个干部说,有人说杨士英父母有历史问题,政审没过关。

章军的话像一枚重磅炸弹,把杨士英炸晕了。"父母有历史问题?这怎么可能!我妈很早就过世了,老爹杨铁匠以前是地下党,新中国成立后当铁匠,现在当厂长,他要真有政治历史问题,早被'打倒'好多回了。除非,除非我不是杨铁匠和我妈亲生的!"

杨士英被这想法弄懵了,但这是唯一合理的解释。脑海中浮现出许多疑问,小时候曾经几次听街上大人说过他是捡的娃儿,那时他太小,回家去问老汉儿。他几句话一诓,说:"幺儿,你是老汉儿亲生的。"自己就信了。可是,他后来觉得自己和杨铁匠以及妈妈照片上的样貌有天壤之别,没一点儿相同的地方……

杨士英匆匆跑回了家。天黑了,院子角落摆着一张小方桌,桌子上摆满了好吃的菜,还有一炉香烛,角落里摆着一只旧脸盆。杨铁匠见儿子回来了,忙招呼他:"今天是你妈的忌日,来,把香烛点燃,敬她一敬。"

杨士英赶紧放下挎包,走近旧脸盆,虔诚地去祭奠母亲,点香、燃烛、烧纸钱,听着老汉儿向香火自语喃喃。杨士英想向老汉儿追根问底的勇气全散了。

他追问自己,你去问自己的亲生父母,问清楚了又如何?你会憎恨、离弃养你护你爱你、延绵了20多年的铁匠父亲吗?不能!那样我等同于禽兽、忘恩负义……结果他什么也没问,默默地陪着老汉儿喝酒。

蝴蝶牌缝纫机买到了,章军开车把缝纫机送到斑竹岩,杨士英和沈根远随车。车开到斑竹岩附近山坡小路,沈根远用绳子把机器箱子套好,把它背到斑竹岩。杨士英想送他,他说:"这点儿东西不重,你随车转去。"

杨士英上了章军的驾驶室。章军说:"沈根远的表妹韦才芝我见过了,裁缝手艺不错,人也爽快,我老婆和她谈得拢,已拜她为师,这台机器买得有意思,它属于两个裁缝。"

笑了一会儿,杨士英问:"章师傅,蝴蝶牌俏得要命,你怎么买到的?"

章军说:"那封信起了作用,昨天老首长派车把缝纫机送到了我家里。"说罢,他专心开车。

杨士英跑回厂,在厂长办公室去翻《重庆日报》,看到一条消息:市里一批主要领导昨天到红岩厂视察,其中有章军的首长……杨士英笑了几声转身走了,把在旁边喝茶的杨铁匠搞愣了,望着儿子背影说:"这娃儿,不晓得又在搞什么名堂!"

第九章

这一年过得真快,转眼就到春天了。从红岩厂传出消息,明年将会全面恢复生产。从1965年到现在,厂里船用内燃机生产得很少,红岩人心里不好受,决心打个翻身仗。工人们纷纷回来,人齐了心齐了,几千职工又将野猫岩挤得热热闹闹。工矿贸易公司的生意红火。红岩厂的家属们回来了,其中,一部分人是红岩厂的子弟,他们多半是以病残知青的名义从乡下回来的。厂里为他们成立了劳动服务公司。

歇马其他的三线建设厂,也红红火火开工了,像红岩厂一样,他们的家属及子弟也成立了大大小小的劳动服务公司。很快,劳动服务公司人满为患。歇马街上也回来了不少知青,修筑襄渝铁路的民工们也回来了,公社和辖区内的厂矿协商,于是又开始筹建一些街道小厂,吸纳待业闲散人员。

铁工厂也进了几十个人,本来厂小接纳不了这么多的人员,从人骤增到六七十人,工资都难保证按月发放,幸好承接了一项新业务。

到外搞冲床、车床、生产用原燃材料的任务,当仁不让地落在供销科。杨士英每天忙得两头黑,天不亮出去,天黑了回来,有一茬没一茬的,连自学的事儿也给拉下了。

厂里供销科还是只有老宋和杨士英,虽然没设科长,实际上是杨士英在负责,不讲拿进拿出这种事务性工作,和库房的工作联系、报表、开会这类内务活,也是杨士英在干,只不过他工作能力强,淡泊名利,干了事儿不计较、不张扬,他和老宋两人互不干涉内政。现在活儿一多,特别是报表多,老宋叫嚷起来,厂里给供销科增派了一个叫萧瑛的年轻女孩,是下乡在梁滩河的知青,主要负责内务。厂里给供销科装了一台电话,杨士英对装电话这事儿特别高兴,连夸铁匠老汉儿英明。

从外面调来了一个郑书记,他爹杨铁匠当了厂长,也和他一样忙,爷俩待在一起吃顿饭的时间都少了。

厂里需要添置冲床、车床,这是紧俏的计划内设备,公社及北碚工业局都没法解决。

杨铁匠把供销科的三个人集中在一起开会,老宋似乎闻出一点儿味,躲了几天不回厂。那天他到厂里领工资,被杨铁匠叫住了。

杨铁匠把杨士英、老宋、萧瑛叫到一起,把搞车床冲床提到"关系厂里前途命运"的高度,下了"限期至少搞回两台车床、一台冲床"的死命令,否则供销科换人。另外,不管老宋、小杨,哪个搞回了车床,谁功劳大,就定谁当科长。

刚开完后,老宋一言不发地走了。萧瑛和杨士英留在办公室聊天,她忽然谈到厂里来的这批知青,不少都有背景,谁的父母在红岩,谁的大姨……杨士英心里怦然一动。当天晚上,就和老汉儿聊那些知青,重心放在细挖深挖他们的社会关系……

第二天,杨士英以厂团支部书记的身份,通知知青在下午五点半下班之前开个短会。会很短,30多个知青聚在大车间,杨士英讲了几句场面话,叫大家互做介绍。介绍完了,他宣布:"这个星期天,所有的知青集体到桃花山开展联欢活动,中午聚餐费由厂里报销,每人必须准备一个文艺节目,8点钟在厂门口集合。"这个会只开了20分钟,每个人都表示愿意参加。

萧瑛显出了她的机灵,她并没有带头叫好,但是她身边那几个姑娘小伙儿在带头叫好。杨士英看在眼里,认为:小萧适合搞供销,以后找个机会把团支书让给她当。

翌晨八点钟,小青年们来得整整齐齐,个个换了装,虽是青蓝二色占了主体,但是没一件补疤衣服。来游山的人把箱底的好衣服找出来了,细看那些衣服也显出各自家庭的厚实与否以及个人习惯,各有不同,华达呢和布衣服毕竟不能相比。杨士英告诫自己莫以衣冠看人。

萧瑛脖子上挂了个相机,杨士英过去细看,居然是德国蔡斯。清点人数,应到32人,实到38人,原来,有人把自己的男朋友、女朋友也叫来了。萧瑛把人数报给杨士英,他大声说:"今天我们队伍中多来了几个朋友,我代表团支部向他们表示欢迎!"

到了桃花山,杨士英把人带进了一个大院子,这是他朋友巴山家的院子,地盘相当大,巴山出来欢迎,他早就把椅子、凳子摆了一地,还摆出些花生、瓜子、炒胡豆。休息了一会儿,杨士英招呼大家全坐下,直截了当请大家表演节目。

第一个出场的是萧瑛,以空地为台,她上去唱了一首《五彩云霞空中飘》,唱得字正腔圆,大家叫好,杨士英也吃了一惊。萧瑛刚唱完,有人起哄,叫:"杨书记,唱一个!"全场的人都立即附和。

杨士英说:"我唱歌是'左喉咙',我给大家打一套拳。"不等大家同意就径直打了起来。这是一套内家拳,攻防皆备,杨士英打得虎虎生风,既有劲道也熟练如行云流水。大家看愣了,他一打完,一片叫好声。

轮到其他人表演了,却迟迟不见动静。萧瑛的好朋友小红忽然问:"杨士英,我们准备了合唱,算不算参加了表演?"杨士英不经思索地回答:"算。"

"轰!"的一声,除了他以外,所有的人都离开了凳子,全站在空坝,排了三排,放声合唱"五星红旗迎风飘扬……"

杨士英笑了起来:原来他们早就想好了对付我的办法,虽然偷工减料,却不违规。合唱、小合唱、大合唱,他们居然大合唱,让我上了当还打不出喷嚏。

后面一定有个高人在出谋划策,是萧瑛?小红?再一想,他们上山是想来耍的,有的还带了朋友来,何必计较,早点儿结束算了。不过,今天上山的意图还得明确。既然是萧瑛在摇鹅毛扇,就让她出面。

杨士英站起来,对她喊道:"萧瑛!趁今天人齐,你把前天杨厂长关于发动大家搞冲床、车床、原材料的事儿,给大伙儿说说!"

萧瑛站了起来,朝杨士英眨眼睛,似乎在问:"前天是厂长向供销科下达的任务,怎么一下转到大家头上来了?"

杨士英说:"萧瑛,今天来的人藏龙卧虎,即使本人不是精英,他们身后站的也是精英。"

萧瑛一下子明白了,马上绘声绘色地传达了一遍,对象当然转成了在场的所有人。她的话有一种煽动性,让大家认为这是一次立功、显示本事的机会,这种机会10年难遇,20年难遇。

萧瑛至多讲了三四分钟,产生的效果可圈可点。

当杨士英宣布:"现在自由活动,可以游山、可以打牌、可以耍朋友,随心所欲。"大伙儿"轰"的一下散开了。

杨士英则和巴山下象棋,漫不经心地下,不时喝两口盖碗茶。他连赢了两局,对巴山说:"'巴子',你这院子安逸,安逸就安逸在你这碗茶上,喝了脑壳灵动容易赢棋。"

巴山说:"'小牙巴',去去去,赢了就赢了,卖啥子'牙巴劲儿',不过,我种的这种茶安逸。中午,我还给你们准备了安逸的饭菜,有麂子肉、老腊肉、山蘑菇、楠竹笋、嫩蕨苔、泉水豆花。"

中午这顿饭菜,让大家吃得特别舒服。小红说:"杨士英,我代表所有人提个建议,以后多搞几回这种活动。"

杨士英说:"可以,如果搞到了冲床、车床,我立马兑现,掏我自己的工资请客!"

下山的时候,杨士英的本子上记了好几个人的名字,他们都是和冲床、车床沾关系的人。萧瑛也递给他一张纸条,上面也有几个人的名字、工作单位,有的还有电话。

杨士英对萧瑛说:"我看隔不了几天,你不当供销科长就当团支书,我心甘情愿让贤。"她红着脸跑开了。

杨士英跟老汉儿汇报了情况。杨铁匠说:"你现在把其他工作暂时放在一边,专心致志通过这些关系找冲床、车床,必要时叫上我和汤师傅一起去,该下錾子的马上定板落实。当然,你那两个老关系,长安厂邹什么山的和青木关革非智那儿也莫遗漏。现在的形势和前几年有些变化,搞生产才是正事儿,不然,这么多职工和知青凭啥子吃饭……"

杨士英到财会处领了足够的出差费,给留守办公室的萧瑛交代了一番,就外出了。每天早出晚归,不到半个月,他找到货源,搞到了一台新车床、一台旧车床和两台半新旧的冲床,并且调拨到了一些材料。旧的车床、冲床,他请汤师傅认证过。

这批床子陆续运回厂,每次汽车一到,全厂的人像打了鸡血一样,都来下货。

杨士英瘦了一圈。厂里给了他100块钱奖金,这是很大的数目了,他没有归己,而是叫萧瑛把出了力的那些小师弟、小师妹们召集到一起,到野猫岩餐厅吃了一顿。

他估计老汉儿要在大会上表扬他,就提前给他说:"莫光表扬我一个,还要表扬所有提供线索的人。"但是,他老汉儿没提那一句"谁搞到了车床、冲床,就提拔谁当供销科科长"。杨士英没在意,反正他在科里说了算。

老汉儿有先见之明:杨士英到长安厂搞到一台旧车床、一台半新旧的冲床,是找的邹名山,这时,他已当了车间主任,今非昔比,用了支援知青办企业的名义,但不算移花接木。

革非智那儿,他搞到了一台新车床和一批生产用原材料……革非智说:"你这是贼不走空,听说你们厂来了一批知青妹儿,有漂亮的,给兄弟我留一个哟。"

杨士英说:"你娃儿'磨子上睡大觉——想转了',听说你已经找到了女朋友,还想讨小,看你娃儿耳朵练了功没有。"

这几台床子,都是杨士英找章军拉回来的,不然到外面找车,找一个月也搞不定。还有一个比较恼火的问题,一下子进几台床子还要购进材料,需要一大笔资金,厂里哪有那么多钱?又是萧瑛给杨士英支着儿,杨士英把情况告诉他老汉儿,他老汉儿去找了小红,她男朋友的叔叔在银行当主要领导,设法给他们转弯抹角地贷了款……

厂里业务忙起来了。供销科的内务又由萧瑛顶着,杨士英比以前显得相对闲,天天往外跑,倒不是整天泡茶馆,他常和一些老朋友谈文学吹历史。这几年,他读了明老师给他开出的许多经典书。《史记》《汉书》《资治通鉴》《新唐书》《宋史》《明史》他感兴趣,以他的阅读水平,基本上读得懂,通读了两三遍。读《庄子》《老子》,则是在明老师的指导下读的。至于唐诗、宋词、元曲,他自己读,读得很熟,和人讲话,张口就来。外人津津乐道的《古文观止》,他只浏览过一遍就不翻了,倒是熟读了《古代散文选》,这是针对青年人编的,他喜欢。还按明老师的要求,读了两本文学史和辩证唯物主义方面的书。他和朋友谈诗论文,久了也觉得没多大意思,但他空了还是去参加聚会,在那儿,一是可以听到些信息,二是可以借到一些好书。

有一天,汤师傅把他叫住,没有训他,而是对他说:"杨士英,你现在很跩啊,才子之名在歇马练出来了。我告诉你,文学当不了饭吃!你搞的是供销,现在厂里的机器、工具、材料越来越多,样样都涉及英文,你学的那几个字母不管用了,《五金手册》里的那点儿普及知识也不够用了。你天天在外面,闲逛的时间有多少,你自己清楚,自己抓紧时间学英语。还是那句老话,不懂的,来问我。"

杨士英最虚怯"汤眼镜",忙应声答应。他心里感到奇怪,上个星期明老师也说过类似的话,他没在乎,回答明老师说:"你又不是学工的,厂里的事儿你未必懂。"意思是:"你莫管我。"这回老汤又来训我,两人怕是串通好了的。

又过了一个星期,杨士英到北碚图书馆去看了半天报纸,还和老卢下了半天象棋。老卢给他聊了一通形势。他觉得汤师傅有远见,于是跑到母校,在老师那儿到处收罗,俄语书他不要,只弄了几本不成套的英语课本。

给汤师傅一说,汤师傅说:"这就对了嘛,学英语贵在坚持,也贵在循序渐进,你每天坚持学习一课,要读也要做作业,我要检查哟。"

他不愁英语老师,汤师傅教他,明老师也教他。

转眼到了1976年春节。杨士英和萧瑛接触快两年了,他对她有了一点儿意思,她对他好像也有一点儿意思,但两人始终保持着一种若即若离的关系,谁也没有表白,也没时间表白。杨士英三天两头不在厂里,萧瑛家在沙坪坝,每个星期天都要回去。

有一天,杨铁匠问儿子:"萧瑛这女孩不错,你对她有感觉没有?"

杨士英说:"我对她印象不错,人漂亮,也聪明能干,可她是干部子弟,还比我小好几岁,我怕没那福分。"他心里还有话咽着:我亲生老汉儿是谁我都不清楚,他有"政治历史问题"……

见儿子忽然沉默,杨铁匠不再追问。春节过了没隔几天,厂里宣布提拔萧瑛当供销科长兼任团支书。有趣的是,这事是由郑书记宣布的。消息传开,全厂沸腾,科里老宋几天不来上班,明显表示不满。

杨士英听了宣布,马上恭贺萧瑛说:"你进步了,当了科长要照顾我哟,我表个态,百分百支持你工作,绝不拉稀摆带。"

杨士英兴之所至,想的是:科长、团支书由萧瑛当合适,她适合全面主持,现在科里要管越来越兴旺的库房,报表多、会议也多,这些她应付自如。她当了科长,自己只管拿进拿出,自由活动的时间、空间还要大些。因此他真诚地祝贺萧瑛。

萧瑛望着杨士英,说:"杨士英,你的预言准了,我果然当了科长。相信你的祝贺是发自内心的,我们友好相处,以前怎么干的现在还怎么干。不过,我也真诚地告诉你,我在歇马,只是一个过客。"

过客,路过的客?歇马这凼凼小了,萧瑛虽是女子,却是潜龙,终会飞腾。杨士英没追问,他听懂了萧瑛话里的含义。他也觉得自己是个歇马的过客,在小厂窝着,但努力着,等待一个机会。

半年之后,打倒"四人帮"的消息传遍了九州。北碚人拥上街头欢庆云开日出。红岩厂的乐队乘着卡车,从厂里驶向歇马,鼓号声响遏行云。开上了北碚街头,把红岩的声音撒向大街小巷。北碚人静立街头目送乐队远去,人们议论纷纷,中心句只有一行:"红岩人将甩开膀子大干了!"

红岩乐队从北碚返回到歇马双凤桥头时,鼓乐又掀天揭地响起。杨士英心潮澎湃,他想起当年红岩车队的长龙驶过歇马场的震撼场景,他听见大雁抖动翅膀的声音……

人们兴奋了一阵子,又很快恢复了平静,至少对铁工厂这批小厂的工人来说,敲钟上班,盖章拿工资,没什么两样。

过了几个月,供销科的两张桌子上,多了些书本,明眼人一看便知,这是高中的课本,语文、数学、政治之类。一张桌子是萧科长的,书摞得老高；一张桌子是杨士英的，书堆得不高，散乱，但比萧瑛的多出了几本英语课本。

进入1977年，萧瑛常从沙坪坝带回一些信息，主要是关于北京的以及高校准备恢复高考的。这类消息，她除了告诉闺蜜小红，另外只告诉了杨士英。

杨士英被她鼓舞，原来他偷偷学习英语，现在他把书本带到了科里。外人看了奇怪，他振振有词："我看外文机械书，必须学英语。"

每当两人关门学习时，杨士英总是给萧瑛当老师，他比她基础好得多，萧瑛却比他刻苦。杨士英忌惮自己父亲遗留的"政治历史问题"，学得比她随意。

10月10日，萧瑛从城里回来，见到杨士英，悄悄告诉了他一个消息：中央已经决定恢复高考，学生经过考试，择优录取入大学。"真的？这消息你从哪里得来的？可不可靠？"杨士英语无伦次地问了几个问题。

萧瑛瞪了他一眼，说："我姨妈从北京给我妈打的电话，消息绝对准确，绝不是小道消息，隔两天报纸、电台会公布。喂，你现在从我面前消失，装病不来上班，在床上躺两天，两天后再来质问我！"

杨士英说："我信，我现在马上消失！"

杨士英骑上自行车，先给离他最近的穆廷柱报信，又骑车赶到浦陵厂给"蓝毛"报信，骑转歇马后又赶去小磨滩给"美人"报信。他报一次信都说一句："千万千万要保密哟。"

骑到小磨滩报了信后，他忽然想：给不给革非智报个信？转念一想这小子上个星期打电话来说他准备春节结婚，他不会报考的。算了，骑两个钟头"洋马儿"给他报信,肯定白忙活。

过石碑口时,杨士英去拜望章军,先骑去车房,那个叫"廖罐"的电工说:"章师傅回家了。"于是杨士英又骑向章军家,见到了章军,忍不住心中激动,又把消息说了一遍。

章军说:"那,你好生准备,争取一炮打中。"杨士英说:"我准备了好几年了!"接着把他先前两次报考"工农兵大学生"的经过讲给他听。

10月12日,杨士英还在梦中,杨铁匠把他喊醒,他不想起来,老汉儿吼道:"在广播高考!"他一掀铺盖就起来了,广播已过,只有听下一轮播报了。

洗脸刷牙后,杨士英赶到街上去吃豆浆油条。有的食客在谈论高考的事儿,但他们讲的不准,他听得糊涂。忽然,街上的广播响了起来,杨士英侧起耳朵听了个清楚,急忙赶到厂里去。他想:这消息萧瑛不知道听到没有。

一到供销科,萧瑛就两眼放光地盯着他,好像问:"'小牙巴',我的消息准不准?"只见杨士英向她低头拱手一拜:"你的消息准确,佩服!"

萧瑛说:"现在我们两个马上赶车到北碚教育局招生办公室去,打听一下具体事宜,另外买些复习资料。"

"好!"杨士英随萧瑛一起到了北碚教育局。招生办那儿早堆了一大群和他俩年龄相仿的人,都在问他俩想问的事情。杨士英听明白了,马上挤上前去要了两份资料,他问教育局的干部:"有复习资料没有?"得到的回答是:"早发光了,你若要,下周早点儿来买,来晚了买不买得到,很难说。"

杨士英和萧瑛出了教育局,萧瑛说:"考试日期定在12月10日,时间好紧,从今日开始算起,差两天才够两个月。你和我考文科还好,只考政治、语文、数学、历史、地理。"

杨士英说:"我复习了历史、地理、英语、政治也看了的,读了辩证唯物主义和历史唯物主义。"

萧瑛说:"知识哪有白学的,你这回赚了,我们回去,政治和历史、地理自己看书,专攻语文、数学,我觉得语文问题不大,重点该放在数学上,这方面你要辅导我。"

杨士英说:"照你说的办,但是复习资料是个问题。"萧瑛一笑:"这有何难,北碚我不熟,我马上赶车回沙坪坝,那儿都是我的熟人,我去抱它一摞回来!"杨士英说:"走!我们到车站,你到沙坪坝,我回歇马。"

回到歇马,杨士英又骑着"洋马儿"飞跑,哪晓得"蓝毛"、全凯程……这几个原来说要考大学说得"飞叉叉"的人,竟都是一个腔调,不是说底子薄了,就是说工都工作了,读大学好像划不着……气得他骑起"洋马儿"飞跑……

萧瑛把资料拿了回来,只有薄薄的两册,杨士英翻过后说:"这两本资料,我抽两天时间把它翻完,找出重点难点,再结合中学教材来有针对性地复习,光看资料肯定不行。"

萧瑛说:"我妈也是这样说的,我先把语文看起,你去看数学'备课'。"杨士英说:"好,这两个月复习阶段,你这个当供销科长的,应该去向厂领导争取复习时间。"

萧瑛笑了起来:"你老爹难道不是厂领导?"杨士英说:"我当然要给他提要求,算了,去跟郑书记说。"

两人一说,郑书记说:"原则上同意你们的要求,上班时间你们就待在办公室里面复习,厂里的急事儿,你们也要及时妥善处理,不然不好向没有报考的职工们交代。"萧瑛看看杨士英,说:"行,从今天开始!"

晚上,杨士英在家里复习数学,他自从参加工作后,一直跟着"汤眼镜"学数学,学以致用,不是按数学课本学的而已。他看完复习资料,觉得一点儿都不难,只是考虑到还要辅导萧瑛,就列出了重点复习部分。把单子拿给汤师傅看,他只说了两个字:"可以。"

八点多钟,他正在台灯下做一道几何题,有人敲门,杨铁匠去开,引进来的人是老表吴应杰。

吴应杰身后还有两个年轻姑娘。吴应杰老远就吼:"小老表,还在挑灯夜战嗦,我来给你当学生,你收不收哟?"

杨士杰知道他的招,就应声而笑:"可以,今天晚上就教你英语,鹦哥泥稀,剥了壳壳吃米米。"杨士英和吴应杰曾经开过玩笑,两个人都说自己懂"三国英文",吴应杰把英语读成"鹦哥泥稀",说是好记;杨士英则给老表读了一句"剥了壳壳吃米米",说这是英语单词,指花生米。

杨士英问:"吴应杰,这么晚了,你来家里有什么事儿?"这是明知故问,杨士英一看到表哥后面那两个女孩儿就明白了大半。

吴应杰正形起来:"我又不考大学,我水平太差,有自知之明。但是,"他指着那两个女孩说:"她们是我科长、副科长的千金。她俩'文革'中读到高二,今年要考大学,想报文科。'文革'中读的书,基础差了些,想请老师辅导,找到我,我只有来找你这个'秀才'。"

杨士英说:"红岩厂里有那么多的大学生,啷个你不找他们?"

吴应杰有点儿生气,说:"你啷个晓得我没找,补习数学找的是厂里的工程师。政治、历史、地理有人帮助补习。补语文尤其是作文,问了好多人，大家众口一词地反问我，'你晓得歇马的秀才是谁？是你表弟！'你晓不晓得，我们厂牛皮哄哄的第一才子'江南探花'，谁都看不上眼，唯独对你伸大拇指，我不找你找谁！"

杨士英晓得推不脱了，就说："站着干啥子，坐下来慢慢说。喂，两个小同学，也坐下来。"气氛一下缓和了下来。

杨士英从抽屉里拿出一个本子，对两个姑娘说："你们写下自己的姓名，以前读的哪个学校、补习语文和作文过程中遇到了哪些困难，有没有补习计划，逐条写下来。"她俩接过本子。

杨士英和表哥闲聊，一会儿过去收本子，一看两个人只写了一两行。就冷冷地说："怎么搞的，才写这么一点儿？"圆脸女孩小声说："刚才我们没听清楚。"

杨士英忽然用普通话柔声说："对不起，我是个直性子人，以后，我讲的话，你们凡没听清楚或者没想明白的，就直接问我，问到懂了为止。我不喜欢有事儿藏着掖着、只晓得打肚皮官司的人。"

"老师，我懂了！"圆脸女孩说。"老师，你那句'打肚皮官司'讲得好生动！"瘦脸女孩说。

杨士英笑了："看来这回你俩听懂了，我以后用普通话和你们对话，算了，不用笔答了，我们直接对话。"于是，杨士英把刚才要求她俩写的内容逐一问了一遍，她们逐一回答，他用笔记录了下来。

之后，他又问："你们领到招生办统一发的语文复习资料没有？有以前的高中语文课本没有？"

圆脸女孩说："资料有，和你桌子上那本一样，以前高中的语文书，一本也没有。"杨士英听了想了一会儿，说："书我有，你俩白天互相轮换着看,晚上,你们把书再拿来。另外,我也是考生,也要复习,白天还要待在办公室,这样好了,一、三、五的晚上,从七点半到十点整,你们到我家里来。此外,星期天也可以来半天,但是星期天上午不要来,我要睡懒觉,午饭以后再来,我不睡午觉。关于学习,用少量时间把语文过一道。估计你们的作文差,我重点给你们补作文,具体情况,教的时候再说。听清楚了没有?"

两个女孩异口同声地回答:"听清楚了!"

杨士英说:"听清楚了就好,我最后声明一句,我们是互帮互学,我教你们,不收钱,也不收礼物,这话不说第二遍。"两女孩听了直点头。

九点过了,吴应杰起身告别,带着两个女孩出去了,杨士英去送他们。在街口,两个女孩走了。吴应杰向杨士英做了个鬼脸,说:"你娃儿厉害,这两个小鬼,这阵儿在你面前好乖,他老爸拿她们一点儿办法也没有。"两个女孩的姓名,杨士英又问了一道,在心里默念了两道:裘真真、赵松苗。

第二天,星期一早晨,杨士英到了厂里,故意皱着眉头向萧瑛把裘真真、赵松苗的事儿一说,以为她不是惊奇就是同情。

谁知萧瑛听了一笑,说:"你的'秀才'之名传得远嘛,歇马地区都传遍了。其实,我早就晓得你这'秀才',惊奇啥子?我落户大磨滩,听白鹤林文学圈子的人说过你。她们拜你为师,我也参加进来,一、三、五晚上也来你家,你不欢迎也得欢迎,谁叫我当你的科长。"

杨士英说:"你来我家,不合适吧。"剩下的话,他说不下去了,因他是故作谦虚,又不习惯装假。

萧瑛紧追不放:"怎么样?看你嘴角翘起挂油瓶的样儿,不欢迎啊？"杨士英忙说："欢迎，欢迎，热烈欢迎。"

萧瑛说："虚情假意，言语这么夸张，就差手里举一把鲜花了。"取笑之后，他们各据一桌开始复习。

晚上，杨士英和老汉儿刚吃过饭，老汉儿出门了，给儿子腾出清闲。

门响了，杨士英去开门，进来的是萧瑛，她把小红也喊来了，小红也想考大学，肯定是萧瑛撺掇的。杨士英忙喊她们坐，他赶紧跑到里屋，腾了一张桌子搬出来，之后，又拿出了一盏钳工台灯安在上面。他想三个女人一台戏，今晚家里一下子要来四个女孩，需要两张桌子，早做准备早安生。

一会儿，圆脸裘真真、瘦脸赵松苗两女孩一起来了，见到萧瑛、小红，居然不诧，向她俩齐喊一声："姐姐好！"

萧瑛回以一笑，然后问杨士英："你表哥科长的女儿？"杨士英点头。

杨士英看看表，说："复习了，你们两人坐一桌，我坐藤椅那儿。先看前五篇课文，正文之外，后面的提问和作业也要看，把不懂的记下，看完后问我。"很快，他们各就各位，各自埋头看起来。

五篇课文，萧瑛最先看完，她轻轻走向杨士英，正想问，杨士英看了看表，心中默记：25分钟。他用手在嘴边做了一个嘘声动作，也不讲话，递了一个纸条给她，上面写了一个作文题目，写了几个点子，还写了一行字："你先做这个作文，等她们看完了，一齐讲。"

萧瑛看了后马上回去做作文，作文题目是杨士英拟的："梁滩河之夏"。萧瑛就落户在梁滩河畔，一看题目，笑逐颜开：这小子是做了我的背景功课的。

又过了20分钟，小红和两个女孩儿走到了杨士英面前。他把三个人的笔记迅速浏览了一遍,用眼角余光一瞥:萧瑛还在写作文,就走近瞟了一眼。过来对她们三个说:"你们休息五分钟,再看三课,细心一点儿,尤其注意课文后面的提问。"

他在看课文时,时不时去观察四个女生,心里不时在想下一步怎么教。今晚,对症下药,她们的文化程度各有不同,究竟如何,要摸清楚,糟糕的是时间不够用,只有见招拆招。

45分钟过去,萧瑛的作文写好了,三个女孩的课文也读完了。杨士英收了萧瑛的作文,对她说:"这作文明天再说。"高声说道:"现在九点过十分,大家休息十分钟。"

一支烟抽完后,杨士英开始评讲了,把萧瑛的笔记作重点来讲,她的笔记显出的水平明显比其他三个女孩高出许多。杨士英轻描淡写地说了萧瑛笔记的优点,缺点则条分缕析。然后再评谈最差的,圆脸女孩裘真真的水平最差,杨士英评她的评得很细。评了之后,对她们说:"你们的笔记相当于作业,这点儿时间不够,把本子留下来,我再看一道,下次上课再把改好的本子交给你们。你们呢,最好先找齐语文书,另外准备两个本子,明天、后天两个白天,一天看五篇课文,有不懂的,记在新本子上,下次上课交给我。这样,我们通读课文的速度就会大大加快,就可以省出时间突击提高作文。听懂了没有,啊,我讲清楚没有?""听懂了,清楚!"四个人都在回答。

四个姑娘很快就混熟了,对杨士英的讲授也很快适应了。尤其是小红,平时她对杨士英是满不在乎的,现在对他恭敬了起来。

上班时,杨士英问萧瑛:"那两个小姑娘对我的讲课有啥看法没有?"萧瑛说:"肯定是说你好呗。不过,我发现歇马的三线厂中,报名参加高考的青年工人很少。我问裘真真、赵松苗,她们也说厂里的青工认为他们的工作不错,担心读了大学还不如现在,就无心报名。报名的基本上都是知青的家属子弟,像她俩这样找人辅导的,在野猫岩有很多。"

杨士英说:"我也觉察到了,你告诉我恢复高考消息那天,我骑自行车跑了好多厂,去给同学和朋友报信,大多数人不感兴趣,少数人犹豫不决。我俩这么积极,是因为单位不好,读大学是一条路径。"

萧瑛说:"知识改变命运,这句话没错,但可能要在几年之后才能应验。"

20天时间过去,高中课文通读了一遍,杨士英又根据复习资料,和课文对照,总结出一些难点要点,复写了四份,交给了她们,嘱咐她们自己复习。

开始讲作文了。第一讲,是把萧瑛的作文《梁滩河之夏》当范文来讲,他让萧瑛诵读了一遍后,从审题、立意、结构布局、开篇、中间、结尾,逐一分析,几个人听得安安静静。然后布置了一个作文题,叫作"歇马赶场天"。

小红一听,说:"这个题目非常简单,我经常赶场。"杨士英问她:"你怎么写?说来听听,具体地说。"小红说:"我写到市场上去逛噻,买鱼、买鸡鸭蛋。"

杨士英说:"你说的都没错,问题是题目叫'歇马赶场天',它包括两个重点,一是歇马这个地儿,二是赶场天。买鸡鸭蛋这类东西,哪个乡场都买得到,没抓到重点货物,这个重点是歇马的草帽——地方特色产品,抓住特色就等于抓住了重点。第二,你写自己去逛,可以,但意义不大,应该突出四野八乡的农民来歇马赶场的场面,其中卖草帽的农民又是重点。"

萧瑛看了小红一眼,她脸红筋涨的。萧瑛说:"我懂了,你想通过赶场天的场面来突出农民勤劳的形象。"杨士英说:"对!写好劳动者,立意就凸现出来了,为什么要主要写卖草帽的,你想哟,至多 800 字的文章,你写自己又写许多人逛,就散了噻。"

每次上作文课,杨士英都讲评上次作业,重点讲不足。讲新题目之后就叫她们四人当场写,写了把本子留下,留给他抽空改。第二次上课时评讲,布置作文当场写,又布置一个作文题,叫她们回家写,而且写在有方格子的本子上,字数控制在 800 字左右,不多写。

对野猫岩来的裘真真、赵松苗,他给她们讲新作文时,题目虽然是一样的,给她们讲得却有差别,以免雷同。这种方法,让她们尽量利用有限的时间多写几回作文。

到了临近考试的半个月,杨士英又拟出几个作文题目,让她们认真做,他认真改。给她们讲清楚:"这是'打碰子',语文也好,作文也罢,是需要积累的,时间太紧了,只有'打碰子'。"他拟的题目经过深思熟虑,考试时极可能撞大运。

杨士英还抽空拟了一个政治、历史、地理复习重点,提前一周分发给她们。

考试前三天,他们各复习各的。杨士英复习了两天。第三天,他骑着自行车到处逛,去大磨滩待了两个钟头,坐在岩下看瀑布,让自己轻松下来。

上了考场,左右一看,比自己年龄大的大有人在,心中不禁一乐:原来我以为我 30 岁了,坐在考场算最老的"板凳",和左邻右舍一比,我最多算中等。

上午考语文,浏览了一道,那些题都在复习范围之内,他乐了,顿时想起一段唐史:"太宗在洛,登端门,见新进士缀行而出。喜曰,'天下英雄入吾彀中矣!'"嗯,今天这些题也"入吾彀中"。于是杨士英从容不迫地依次序做题,答题尽量求准确,字写得流畅,他常练书法,自然快而工整,卷面清洁。

监考老师几次经过他身边,都要停一小会儿。

题做完了,开始做作文。题目是《我在这战斗的一年里》。他看了两遍题目,微微闭上眼想了三四分钟,才开始写。稍做第一段铺垫之后,他把写作重点放在他初次当采购员,什么也不懂,在老师傅的扶翼之下,花了大半年的时间,把一本《五金手册》背得滚瓜烂熟,而且一一弄明白,在苦斗一年之后,他成了合格的采购员……写到末一段,他写出了感情:

一个人假若能活一百岁,这一百岁就好像一百个台阶,我这战斗的一年,走过的只是一级台阶,还有九十九台阶要走。我将保持我行走第一步台阶时那种战斗姿态和意志,一步一步坚持走下去,终会走到光辉的顶点。

当杨士英写下最后的句号,一看表,还有 12 分钟,再一瞥前面的座位,不少人已经离去。他对自己说:"熬更守夜,就为了今天这一天,必须坐到最后一分钟。"他静静地检查卷子,直到终考铃响。

一下考场,杨士英骑上自行车向偏僻的地方走,走到一个无人的地方,摸出烟来抽,抽完烟再去找个小饭馆吃饭,然后骑车到清静地。这样做是避开熟人。

下午考数学,一看题,也复习过,有两道应用题,看似难,一回忆,他在当钳工时就做过,是汤师傅辅导他做的,用了两种方法,他印象很深。做完题,一看还有半个钟头,他又细心检查卷子,坐到了最后一分钟。

第二天考政治、历史、地理,杨士英也顺顺当当的。

终考铃响,一出考室,杨士英找到了自行车,骑着去找萧瑛、小红、圆脸、瘦脸。校园里到处是人,他以为很难找,刚骑到林荫道,就听到几个女声合成的大喊:"杨士英! 秀才!"原来,她们早就聚在那棵最大的香樟树下等着他。

五个人一汇合,有四个人急着对答案。杨士英耐心听完,说了一声:"回去好好耍,静候录取通知。"他好开心:根据她们的描述,她们语文的基础、阅读部分,都复习到了位。作文题目,都在他打的"碇子"之内,而这几个学生融会贯通,做了适当增删。

没过多久,萧瑛、小红跑到招生办查了成绩,五人考试成绩排列:杨士英排第一、萧瑛第二、瘦脸裘真真第三、小红第四、圆脸赵松苗第五。杨士英比萧瑛多了49.5分,排列第五的赵松苗比录取线多出了39分。

等啊等,录取通知开始发放了。第一个收到的是萧瑛,她被人民大学录取了。通知寄到厂里那一天,她没在,回家几天了。杨士英为她高兴,他猜想,她早知结果了。裘真真、赵松苗也被南京、苏州的大学录取了,小红收到重庆一家大学的通知书。唯独杨士英落榜了。

当萧瑛的录取通知寄到厂里时,杨铁匠看出儿子神态不对,就派他到成都出差,给他交代了几项任务,意思是拖他十几二十天。杨士英只在成都待了15天就回歇马了,他回来那天,恰是赵松苗收到录取通知的第二天。

他回到家,给杨铁匠带回了牦牛肉干,神情颇为轻松。

杨铁匠心里纳闷:这个小野猫儿难道还不晓得录取结果?不大可能,那他为何又这么淡然?

儿子开口了,第一句话就直奔主题:"老汉儿,我晓得结果了,我的四个学生考上了,我考第一,却落榜了,非战之罪。我下回再考,相信这世间有公理存在。"

他见老汉儿一头雾水,就和他谈到夜深。杨士英说:"我到成都住的是省轻工招待所,前天晚上,我接到萧瑛的电话,她告诉我她们四个人全考上了,说这是我的功劳,证明了我的实力。她通过长辈从内部打听到,我这回落榜跟以前原因一样,是政审没过关。这使我大惑不解,十分郁闷,老汉儿,你成分不是很好吗?落实到儿子头上,怎么会与政审不合格沾上关系?"

杨铁匠把头埋得低低的,点燃的叶子烟也被他用手捏熄了。

杨士英说:"萧瑛和我打了一个多钟头的电话,她说你心中肯定有秘密,也许还不到可以跟我说的时候,叫我莫逼你。我也想通了。萧瑛说,马上又要进行第二次高考,明年七月份考试,九月份入学,离七月份只有五个月了,萧瑛叫我重新拾起信心,准备参加明年高考,凭我的实力,应该考得上好大学。萧瑛有一句话给我树立了信心,'要相信社会越来越进步,高考也会越来越公平'。"

第二次高考除了考政治、语文、数学、历史、地理外,英语成绩也列入了参考成绩。杨士英请教了明老师、汤师傅,他说他不考文科、考理科,理科不考历史、地理,考物理、化学。

汤师傅说:"那你把重点放在复习物理、化学上。"杨士英说:"不是复习,是学习,高中的物理、化学我没学过。"

汤师傅说:"啥子哟,虚了?你当了这么多年工人和采购,《五金手册》《金相学》这类书,你摸都摸玉了,那里面哪样不沾物理、化学?不信,你找高中的物理书、化学书来看!还是那句话,不懂来问我!"

杨士英听了就往外跑。几个钟头之后,他带回了全套高中的《物理》《化学》,递给汤师傅说:"'汤眼镜',汤师傅,你说对了!"他把一颗香蕉糖塞进师傅嘴里,飞快溜了。

杨士英列了一个复习计划,投入了紧张而又有次序的复习之中……

杨铁匠也没闲着,他找到明老师谈心,明老师早就在教杨士英英语,对他各科的水平一清二楚。然而,杨士英这次居然又落榜……

没隔几天,杨士英又骑起自行车在歇马飞跑,好像什么也没发生过。有一天,他办了事儿到红岩厂餐厅吃饭。成裕说:"我给你介绍一个朋友,我们红岩厂的第一才子。"

见面时,那人走到杨士英面前,还没伸手说话,杨士英先伸手和他相握:"你好,'江南探花'!"

"江南探花"冲成裕一笑,说:"成裕,无须你介绍了,我们早已认识,更是神交已久。"成裕听后走了,当杨士英与"江南探花"互相敬酒时,成裕又端了两盘菜来。

两人聊古典诗词。忽然,"江南探花"聊起高考那些事儿,他说,杨士英听,只听不说。"江南探花"说了一通,拍了一下杨士英的肩膀,对他说:"你的实际水平不比北大的毕业生差!"

杨士英说:"小码头秀才,哪能和北大毕业生比,这谬赞使我脸红。"

突然有人在门口喊:"'江南探花',你过来!"他站起来,按了一下杨士英的肩膀:"我就是北大毕业生,而且是1965年毕业的。"他朝杨士英一笑,飘然走了……

杨士英在工作空闲,又把精力投入到复习中。在这时,"江南探花"向他介绍了自己的好友吴明,吴明在白鹤林柑研所工作,英语倍儿棒。杨士英和吴明见了面。几次交往下来,他们惺惺相惜,成了朋友。吴明听说杨士英要参加高考,说自己婚结早了,不然不会放过这个机会。吴明说:"英语有什么困难,找我。你好生复习好生考,当帮我上考场。"

过年的时候,杨士英骑上自行车到白鹤林,他不是到工贸餐厅谈诗论文,而是到柑桔研究所找吴明借两本英语书。没找着吴明,他同事说吴明到贵州支农去了,帮山民们种柑橘树,这个年在山里过。

他知道明老师外出还没回来,还是跑到他家门口静静地站了十几分钟。心里有种失落感,要找的两个人没影儿。柑橘林中传来鸟叫,他不由自主地走了过去。

早晨的阳光下,广柑林蒙着一层雾气,树影绰约。几只鸟儿躲在树丛唱歌,他听出一串叫声啭了五六个拐,这是画眉,它们相互在斗歌喉。杨士英听迷了。

心里一舒坦,骑车回家。一到家就读英语,读着读着走了调儿,画眉惹的。

大年初二,"蓝毛"到了杨士英家,跑来不单是蹭饭,也是请杨士英帮忙找一截做扬琴零件的材料。

两人喝酒聊天,杨士英已晓得"蓝毛"不参加高考,就说别的:"听说浦陵厂分了一批人来,有女生没有?"

"蓝毛"笑得呵呵的:"浦陵厂是进了三四十个青工,清一色的雀雀儿,来的都是五一技校、一机校、二机校的学生,在技校学过三年,有的基础不错,车、钳、刨、铣,一样都会点儿。不过,这些小伙儿有点儿冲。"

杨士英说:"'蓝毛',切莫小看人,这几个学校培养的机械人才,'硬火',理论与实践相结合有一套。我晓得五一技校是半工半读学校,教育部里挂了号的,办得有工厂,老师中有很多高手。"

"蓝毛"笑了起来:"我又不是白痴,那些技校生中,我也有朋友,还交了两个小提琴拉得好的,隔三岔五一起奏乐,不信?你去问沈根远。时间晚了,我赶车到北碚去了。"

这天,杨士英回家已经天黑了。吃完饭,老汉儿杨铁匠撒烟给他。抽了几口,老汉儿说:"杨士英,给你说个事儿,我把你的岁数改小了。"说罢,老汉儿把户口簿递给他。

"1948年8月22日,老汉儿,啷个回事儿?"杨士英看了户口簿嚷出了声。老汉儿轻声给他讲了一番话。杨士英说:"晓得了,小了将近两岁,可以应付高考年龄限制,还更好给老汉儿找媳妇。"他哈哈笑个不停。

第十章

  轮船驶近朝天门码头。艾宗逸这一路漫长的旅途上所有的疲倦全像江雾一样散开了,闯入眼帘的景物是山城半岛尖峰的小山,山左是浊黄汹涌的长江,山右是清澈的嘉陵江……他马上想起英国著名作家毛姆关于山城重庆的一段文字:

  这是一座灰色、阴暗的城市,笼罩在雾霭中间,因为它坐落在崖石上面。这里有两条江汇合,所以它每边都被水冲洗。但是有一边是被混浊的急流冲刷。崖石像古代单层甲板大帆船的船头,这船似乎为一个奇怪的非自然的生命所拥有,竭尽全力地颤抖;它好像永远在一点上向喧腾的江流中稳步前进。崎岖的山脉把这城市团团围住……

  这段文字,是毛姆在20世纪20年代初游重庆写的,端的是把重庆剪影朝天门浓缩得像麻辣火锅，一入眼，便入心，令人读了之后一辈子也忘不了。

艾宗逸在北碚复旦大学读书时熟读过它的英文版，印象深刻，30多年前初见朝天门时，便认为毛姆的笔太传神了。这次再一次重新登上朝天门"船首"，他依然躁动。匆匆从栈桥跨上斜插入云的一溜青石梯，一路把石板踏得"咚咚"响，手里那口皮箱随着起落的步子也晃摇得有板有眼。

临下船前，艾宗逸向船上的员工打听过，重庆开向北碚的客运轮船已经过点了，明天清晨才有船。不过，牛角沱有客运汽车，经沙坪坝到北碚。

艾宗逸一看表，已两点过，想了想，就先到小什字，走进一家银行，那里有他的一位当副行长的朋友。可寻到朋友的办公室，才知道他到外地出差了。这在艾宗逸意料之中，他本意是借势打几个电话，想找找他在重庆的同学及朋友，可是，得到的只有三个字："人不在。"呃，这些家伙跟自己一样，现在可是"香饽饽"，都是些忙人。

在城里待了两三个钟头，只游了市中心那一圈，特地到解放碑看了看。艾宗逸提着皮箱，皮箱不大，也不算重，可提着它逛街总觉得不是味儿。逛到心心西餐厅，叫了一杯咖啡，慢慢地喝，梳理满脑子纷乱的思绪。之后，走到"老四川"餐馆，买了一包卤牛肉，随后赶车到牛角沱，找了一家中等价位的旅馆，要了一个小单间，进屋放下箱子和那包牛肉。

喝了茶，艾宗逸向服务员打听了一番，服务员是个年轻姑娘，见他个儿高高的，面部俊朗，言语文雅，又身穿西式猎装，像是从大地方来的干部,便语气柔柔,把买车票的地点、乘车的路线介绍得详之又详。

他又重返解放碑,经过国泰大剧院时,一看门脸,依稀如昨,只是海报稀疏,名也改叫"和平电影院"了。心中顿时一阵激灵,这里他从前来过好几次,是和爱人一起来的,可是"燕子楼空,佳人已杳,空锁楼中燕……"他遂去街角买了一瓶茅台回牛角沱旅馆。锁门后,喝酒、吃肉,然后蒙头大睡……

胡乱住了一夜。第二天,天还没大亮,艾宗逸就赶到牛角沱车站乘车。上车观察周围的乘客,从穿着及言谈上,他发现大多数乘客都像机关干部或大学的老师学生。他还发觉许多人都在悄悄打量自己,眼神都很惊异。看看身上的服装,大异于中山服,心里一笑:遭别人紧盯,是这套上海衣服惹的祸。料子上乘,式样新潮,走遍解放碑也是独一件。索性闭上双眼……到了北碚城才清醒,虽然到了目的地,心里却有点儿歉然,想看看画片中的老鹰嘴、白庙子,却睡过了头。

到了终点站。艾宗逸下车一看表,居然已是中午了。这趟车从牛角沱发车,要经过中梁山脚嘉陵江畔,坡陡,路窄,上坡下坡,路拐多。路况不好车况不太好,"崩崩崩崩",一路油烟,走走停停的,中途,他恍恍惚惚闭着眼,觉得堵了车……不过50公里左右的路程,竟走了将近四个小时,差不多是由水路到北碚的时间。

转车到歇马场。车过岔路口不远,透过车窗,艾宗逸看见了阡陌交通、水田如镜的月亮田。刚把窗子推开一些,又看见公路一侧小山半腰那座梁实秋住过的雅舍,车子一晃而过。艾宗逸回头一望,发现那几棵梨树还在,一树的雪白。心里"哦"了一下,他向进城路口那幢尖顶洋瓦玻璃的洋房子招了招手,自个儿在心里说:蓝缨,我回来了!

到了歇马。乍看之下,这一带景况无大变化,房屋与以前相差无几,只是树长粗了。艾宗逸走向一个副食品店,先买了两包中华香烟,然后向那中年售货员问了问,得知了铁工厂的位置,便提着箱子朝那儿走去。

这次重返北碚歇马,对艾宗逸如生命般重要。

26年前,艾宗逸回过北碚……

1941年,他19岁,考入复旦大学读书,念的是外语系,念了两年,又转入商科。他多才多艺,人又沉稳,后来参加了共产党,是复旦大学党支部委员。大三上学期,艾宗逸被敌人盯上了,中共南方局将他及时由华蓥秘道转移到达州,后来到了延安,在对外联络部门当外语译员。一次,他回重庆执行一次秘密任务,悄悄和女友蓝缨待了两天……新中国成立初期,他被调到西北军政大学组织部当副处长。1952年春,一纸调令,艾宗逸被调往上海市委组织部,这次调动,他升成了正处长。他报到手续刚刚完成,就急急请假回了北碚。

那天,艾宗逸到上海市委组织部报到时,接待他的是副部长老钟,老钟眼神似有棱角,和宗逸谈公事语速不急不缓,隐隐透出一股官威。

公事一了,老钟却口气一变:"艾宗逸同志,你的大名我早就知道,你的同学燕飞同志经常向我提起,说你很了不起,复旦大学的才子,延安抗大的名教头,还是茶仙、酒仙,哦哦,象棋也下得老辣。"

艾宗逸惊奇了:"燕飞?这小子也在市委组织部工作?"老钟一笑:"他在市委宣传部,也当上处长了,他家在我隔壁,是我的棋友、茶友。当然喽,我俩有茅台酒喝的时候,又是酒友。"

艾宗逸一听,心里一震,马上站起来,婉言向钟部长告辞,说:"我改天请你喝一瓶茅台,再乘兴下它几盘棋。"一听到燕飞,他马上就想到了一个人,顿时心里急不可耐。出了门口,才向钟部长抱了抱拳,他从老钟的口音中听出来这位部长是川东人,拱拳为敬,也是和他开开小玩笑。

燕飞是艾宗逸的复旦同学,也是地下党同志,和艾宗逸同一支部,而且是无话不谈的朋友,好得像同穿一条裤子。艾宗逸从复旦大学撤至延安时,他仍留在北碚。艾宗逸急着要见燕飞,不仅仅是什么叙旧,而是向他打听一个自己心中最重要的人。

市委宣传部就在邻楼,艾宗逸很快就找到燕飞,一阵不无夸张的见面仪式后,燕飞告诉了艾宗逸一个梦寐以求的消息,是关于他爱人蓝缨的。

艾宗逸问:"蓝缨失踪,我在1951年才知道,得到的信息很简略,略得云山雾罩,你知道是怎么一回事儿?"

燕飞说了一番,他说:"蓝缨曾留下了一个小婴儿,是个男孩儿,寄养在北碚一个农民家里。1950年初,还有人见到过那个小男孩儿,长得很可爱。"

燕飞说到这里时又比又画,指着艾宗逸说:"他的样貌嘛,额头、眼睛和鼻梁特别像你,嘴唇、下巴和颈子又像他妈,熟人一看,就晓得他就是你的孩子。"

顿时,艾宗逸的心思如高天云絮一阵乱翻:蓝缨有孩子了,我怎么不晓得?燕飞这么一说,小男孩儿那么像我,应该是真的!忙追问:"见到小男孩儿的那人是谁?我认识吗?他现在在哪里?"

燕飞告诉艾宗逸:"那人你认识,复旦女同学夏雨常,和蓝缨同系同班的,闺密一样的朋友,她俩形影不离,你和蓝缨约会,哪回不是她扛大刀当掩护,你应该熟的。据说她在新中国成立后留在北碚工作,具体在哪个单位,我就不清楚了。"

浮想联翩。燕飞说当年蓝缨从夏坝过河到北碚买书时突然失踪,她的同学寻找了许久,生不见人,死不见尸,从此不见踪迹……蓝缨的孩子极有可能是他艾宗逸的孩子,极大的可能是他秘密回到北碚那一次,和蓝缨到北泉相会,她怀孕了,他回了延安一点儿也不知道……燕飞的话给了他一个可以基本确定的证据。

蓝缨或死或失踪,令艾宗逸沉痛不已,年近30岁仍然单身,虽然他是"钻石王老五",追他的女孩儿足有一个加强排。蓝缨杳杳,现在,儿子是他最大的挂牵,他发誓,在没弄清蓝缨以及儿子的下落之前,决不娶妻。他到上海市委组织部报到后的第三天,就向领导请了假,赶赴北碚。

乘船到重庆,乘车翻越歌乐山,经过青木关歇马场到了北碚城,住在三峡公寓。这一夜,艾宗逸睡得极不安稳,睡在床上像睡在涨洪水天的木舟中,思绪摇来晃去,眼前一会儿出现他和蓝缨坐在上坝桑林中窃窃私语的情景;一会儿,他和蓝缨在西山坪大松树下拉二胡;一会儿,他和蓝缨演话剧、编辑墙报;一会儿又同宿北温泉数帆楼……艾宗逸和蓝缨不但是复旦同学,还是战友以及恋人,这三种身份聚于一体,思念刻骨铭心。

艾宗逸早上起来,洗漱之后,换了一身半新旧的军装,赶到正码头。走到石梯坎,看见卖米糕的摊子,广柑大的米糕装在竹筐中,热气中透出缕缕米香。艾宗逸马上买了两个白糖糕,闻了闻,又买了两个黄糖糕,感觉味道跟从前一样,吃进嘴软糯沁甜。

来到码头上一看,到夏旦大学的过河船依然是木船,柳条船儿不大,两边船舷边安排有板条座位,舱中有木条长凳,一船可载20来个人。等了一会儿,船上的人满了,老船工收跳板,拔木桩锚,然后竹篙一撑,船离岸了。

艾宗逸向老船工递过一支烟,老船工接过来一看:"哦,大前门,好烟!"马上把烟卡在耳朵上,对艾宗逸说:"看你这样儿,是到夏坝的,你以前是大学生,我不知道你的名字,但你的面相我熟得很,晓得你泳游得好,桡片也划得溜熟。"

艾宗逸冲老船工一笑,他认得这老把式,等他回舵舱后,看左舷已有人操桨,就把袖子一挽,走过右边船舷把套木桨把的绳套一松,熟练地划起桨来,嘴里还"嘿哟嗬哟嘿"地哼个不停。

船靠岸了,别过老船工,艾宗逸沿着石梯往上爬,法国梧桐树老远就伸出枝臂相招。他心里不由一紧,从前,他和蓝缨多次这样登上青石梯漫步梧桐荫中,而现在伊人已杳。

到了夏坝,学校风貌没大改变。艾宗逸找遍了每间教室、办公室和寝室,没见到一个工作人员。最后终于看见一个原来在复旦上班的杂工老夏。老夏见了艾宗逸很欢喜。

聊了一阵。老夏说:"复旦迁回上海后,夏坝又办了相辉学院,现在学校又搬走了,据说是全国性的院校合并。"

一语惊醒梦中人,艾宗逸拍了拍自己的脑袋,这情况早该知道的,昏了头了!夏坝荒芜了,艾宗逸到夏坝来打听蓝缨的消息,走错了,都怪自己思念心切,慌中添乱。他赶紧过河。

过河已近中午,艾宗逸来到那条临江的叫鱼市街的小巷,寻到他熟悉的河水豆花馆。选了个好座,叫了一份豆花、一份烧白,还要了一份粉蒸的渍水肥肠。跑堂倌动作麻利,一会儿,菜全上桌。

艾宗逸本不打算喝酒,筷子一动,豆花嫩白绵扎,烧白肥而不腻,而肥肠沁出异香,入口脆爽,便叫店倌送来二两装的一小瓶泸州老窖,喝了起来。边喝边寻思,觉得应该找到以前熟悉的同志了解情况。

下午,艾宗逸赶到北碚市政府,可是一问,市领导都是从山西来的部队转业干部,打听不到什么消息。他转悠到一棵黄葛树下,一气抽了两支烟,决定到北碚市委组织部去,他想:凭自己是上海市委组织部处长的资格,人家会看重的,至少不会被轻视。

接待他的是一位女干部,科长,几句话一讲,就知她也是从部队上下来的。她看了艾宗逸的证件,爽快地说:"艾处长,凭职务您是我领导了,需要我们帮什么忙,尽管开口。"

艾宗逸讲了来由,女科长一听就皱眉了,犹豫了一下才开口:"这个事儿啊,牵涉川东地下党的人员,那些干地下工作的同志现在还真不好找到知情的人。"

她叫艾宗逸在办公室等,她去查查档案。一会儿,她回来说:"档案室的同志下乡去了,艾处,你明天上午再来一次好不好?"

艾宗逸见她有难处,但没敷衍,连声说:"谢谢,我明天这时候来好了,几千里外跑出来,总得听个下文。"

翌日下午两点,艾宗逸又赶到北碚市委,接待他的是个老同志,很客气,口音是外省的,自称姓程名拭,看他的气质应是教师出身。艾宗逸听了不到五句话,就知这老兄是山西的,就和他套近乎,吹了一通山西,还字正腔圆地用山西话讲了一个关于醋的笑话。老程笑得眼睛眯了缝。但当艾宗逸把要查的人名单交给他,他马上摇头,说这几个人现在一个都没在北碚工作,北碚籍干部名单他倒背如流……

艾宗逸失落地走出北碚市委,在一棵梧桐树下的石棱上坐下,好一会儿才冷静下来。他来到中山路,然后又走向武昌路一带河街,希望能碰到一个熟人。可是逛到快中午了,连死老鼠也没见到半只,他这只瞎猫感觉肚子饿了,便向太宰村走去。

太宰村在到渡口石梯旁的小平坝,卖的牛肉蒸笼、羊肉蒸笼远近闻名,物美价廉。以前,艾宗逸常和同学一起到这里大快朵颐。才11点过,店堂中食客稀稀拉拉。

艾宗逸一进去就看见老板,向他吆喝了一声:"郝少白,端两个笼笼来,羊肉、牛肉各一个,老规矩,笼笼多加点儿芫荽,哦,再来二两绿豆烧。"

三四分钟后,一个牛肉笼笼、一个羊肉笼笼端上了桌,热气腾腾,辣香扑鼻。

饭后,艾宗逸觉得内急,便向就近的河边走去。刚尿完一泡尿,从一丛巴茅草后走出,一个声音在他耳朵后边响起,有人喊他的名字,怪熟的。转头一看,是复旦同学钟慧,她是蓝缨、夏雨常的密友,是复旦大学的三朵金花之一,也是地下党外围组织的中坚分子。

在巴茅草边这种地儿见到爱人的闺蜜,艾宗逸既尴尬又惊喜。他打量了她一下:钟慧原来那张娃娃脸好像变长了一点儿,身穿一件列宁装,衣裳倒新不旧的,不知洗过多少次了。

艾宗逸在心中拨拉,钟慧的处境一般。心里这么想,却不无诚恳地说:"这么巧,刚到老地方下馆子就遇见你了,吃饭没有?走,我请客,松鹤楼、对又来、小上海、耗儿洞、太宰村,随便你点。"

钟慧用手撩了撩遮脸的头发说:"不了,我早就来了,刚送一个孩子上船,回来就看见你。看你一人独饮,身边陪坐的既无狗友,也无狐朋,这不是你艾公子的风格,看来心事重重……莫说这么多,你是听见燕飞的传言才回来的吧?"

艾宗逸点头承认,问:"你送孩子上船?你的孩子?"

钟慧一笑:"看,心急了吧,不是我的孩子,也不是你的,我现在在幼儿园工作,算半个老师。"艾宗逸心里一凉,忙问究竟,问东问西……

原来钟慧的景况果然一般,她老公铁波是地下党的,曾潜伏军统,现在调至凉山某个劳改农场当普通管教干部……钟慧以前未正式加入党组织,1949年后,她被分配到街道幼儿园工作。

宗逸默默地听完她的诉说,说道:"慢慢来,要相信组织。对了,说了你的事儿,关于我的呢?"

宗慧带着歉意说:"祥林嫂,婆婆嘴,一开口就把自己的事儿念叨多了。"

"知不知道夏雨常的下落?"艾宗逸直端端地问。

钟慧撩了一下头发说:"夏雨常1949年就离开北碚了,她表现比我突出,被党组织发展吸收,但她离开北碚时很突然,走的时候连我也没告诉。蓝缨有孩子的事儿以及孩子的去向,夏雨常知根知底。我只知道蓝缨有孩子,可以负责任地告诉你,那男孩是你的骨血,这是蓝缨亲口告诉我和雨常的,她特别提了那次她和你在北温泉数帆楼住了两宿的事儿。"

复旦大学的学生,许多是"下江人",艾宗逸和蓝缨都是"下江人"。在重庆或北碚人的眼中,凡是从省外来的都是"下江人",按道理说,生活在三峡以下(宜昌)的长江中下游的人,可以称为"下江人"。但重庆人认为:不说四川话说普通话的,统统都是"下江人"。"下江人"来到重庆,在本地人眼中,是有钱人,尤其是大学生,是殷实人家出身的少爷千金。

在大学里,本地人出身的学生谈恋爱是偷偷摸摸的,这是本地风俗传统使然。而在"下江人"大学生中,谈情说爱大胆得多。艾宗逸和蓝缨虽是"下江人",由于是学生中的佼佼者,身份不同,两人的关系在场面上表现出的是温良恭俭让。那次到北温泉,超出任何视线,自然爱了个天地翻覆。

"哎呀,我得回幼儿园了!"钟慧的突然发声把艾宗逸从回忆中唤回现实。

钟慧说:"宗逸,你难得回北碚,明天上午我们再见,我工作那个幼儿园在操坝旁边。"

艾宗逸和钟慧分手之后,在梧桐树下徘徊,直到街灯亮了才回三峡旅馆。

第二天早上,艾宗逸7点钟起床,在老街耗儿洞面馆吃了一碗红烧面,在操坝走了一圈,回到旅馆,泡了一杯茶,准备喝到二开再去找钟慧。

茶还没喝两口,一个旅馆的女服务员领着一个女民警找上门来,女民警要求看艾宗逸的证件。看了后说:"首长,今天清晨,重庆市公安局收到上海市委组织部发的电报,市局又直接把电话打到我们朝阳派出所,托我们转告你电报内容,'部里有要事,速返'。我们查到你住三峡公寓,就一刻不停地赶来。"

艾宗逸说:"我能看看你的证件吗?""可以!"女民警马上递上了证件。艾宗逸看了证件,诚恳地对她说:"谢谢,我马上回去。"他向服务员打听了北碚回返重庆的班车,一看表,离开车时间还有三个小时,就委托服务员替他买一张车票,女服务员爽快地答应了。

艾宗逸在操场靠近老茶楼的隔壁,找到了钟慧。好几个小孩在哭,她正忙着,等她闲下来,他才过去和她说话。

艾宗逸问他孩子的具体情况,钟慧说:"详细情况,只有夏雨常知道,昨晚上我向几个朋友打听过,他们也不知夏雨常的下落。"

于是,艾宗逸郑重地请钟慧帮忙代办两件事:一是继续寻找夏雨常,二是想方设法帮他寻找孩子。钟慧答应了。两个小孩子忽然闹了起来,钟慧赶忙过去。

艾宗逸也赶了过去,附在她耳边说:"你的想法我知道,要相信组织,相信老同学,会有办法解决的。"钟慧点点头,扭过脸去。艾宗逸一看表,还有时间,大步流星地向邮电局走去……

26年过去了。

那天早晨,艾宗逸打开信箱,从里面取出一摞信,他一边喝牛奶,一边拆看,忽然看到一个信封上的落款地名是北碚歇马,他的心顿时怦怦直跳,拆信时手指不断哆嗦。"北碚",这名字日夜萦回在他梦里,歇马这地名,他知道,却与它没多大纠结,只是到乡村建设学院去过两三次,去拜访他和蓝缨的同乡,当天去当天回,来去匆匆,只到了白鹤林,连歇马的老街也没踏进去半步。歇马和我有何关系?一看信,他愣住了,看完信,他擦了三次湿润的眼镜。

信是一个叫明健夫的人写的。

宗逸：

  我不知应该称你先生,还是同志,姑且直接称呼你的名字,你的名字,有一种意味,用文字表述,颇觉有几分亲切。

  和你联系,不是为我,而是因为一个孩子,他可能和你有血缘关系。

  我是1940年加入党组织的,在歇马白鹤林中国乡村建设学院读书,毕业后留校任教。1949年后,我在北碚当大学教师,因历史原因,1953年后,在歇马乡村中学教书,直至病休,现已退休。

  1946年春,我在乡建学院教书时,一个进步学生钱敏芝在病逝之前,将一个几个月大的男婴托付给我。

  钱敏芝托付男婴时病重,说话已十分困难,她告诉我,这孩子是她的同乡好友夏宇裳(音)暂时寄养于她处的。夏宇裳是夏坝复旦的学生,她参加地下党组织,遭遇危险,所以将孩子托付给钱敏芝。可孩子不是夏宇裳的,她告诉钱敏芝,这孩子是她同学蓝瑛(音)的,蓝瑛已遭遇不测,被特务秘密沉江了。孩子的父亲姓艾,是复旦的地下党员,已撤到延安去了……

  我当时问,孩子有姓名没有,多大了,她断断续续地只说了几个字,我随即用笔记下了,艾施应,生于三月三日。之后,她陷入了昏迷,一个钟头后逝世。

  那时我是单身,且时有危险,故将男婴寄养在我的战友兼好友杨山南的家中,由他老婆抚养。他是乡村铁匠,又是歇马当地人,很安全。

杨铁匠和他老婆因故没生养,夫妻俩将孩子视为己出。

钱敏芝说的三月三日,不知是旧历、新历,杨山南老婆后来去报户口时,纸条掉了,'施应'被误为'士英',报户口时,出生月份报迟了几个月。这孩子跟杨山南姓,书名杨士英。士英的身世,我和杨山南夫妇从未向任何人泄露过,至今,也未向杨士英透露只言片语。

士英渐渐长大。我们多次打听蓝瑛、夏宇裳的信息,"文革"十年,尤其是后期,也未停止,均无所获。庆幸的是,1976年冬,我们从北碚的一位女同志那里知道了你的一些情况。这位女同志叫钟慧,她告诉了我你1952年回北碚寻找妻儿的情况,其中提到夏雨常以及蓝缨,引起了我的注意。至此,我才确切知道这两位女同志的真实姓名。

可钟慧知道的情况仅止于此。我当时拜托朋友向上海市委组织部的朋友打听你的下落,未得究竟。近一年来党和国家的情况好转,一些老同志已恢复了工作及名誉,故我们继续打听你……

杨士英现在在歇马铁工厂当供销员,很能干,强壮、聪明,求上进。他两次被厂里推荐报考工农兵大学生,都因政审不合格而落榜。去年第一次高考,他辅导的四个学生全考上本科,其中,有个女同事考上人民大学,成绩比他低了将近五十分,他却名落孙山,原因仍然是政审没过。我们百思不得其解。经多方打听,得到的结果可笑,有小人怀疑杨士英是钱敏芝与她表哥的私生子,(她表哥是国民政府司法行政部官员,1945年9月返南京)。甚至怀疑杨士英是我和钱敏芝的私生子……

今年杨士英第三次参加高考,今年考生年龄限制在三十岁内。他的户口年龄,经我和杨山南商量,为确保他能参加高考,故设法改小了两岁。即便如此,也只差五十来天满三十,这是他力争公平的最后机会,绝对不可放过!老天垂怜,我在前天打听到你的近况,提供消息的同志不知你的电话,故写信挂号快寄给你。

此事急矣,关诸士英前途,望速联系,切切!我家无电话,电话可打至歇马铁工厂杨山南(厂长),电话号码:67899。

即颂康安

明健夫

1977年3月10日子夜于白鹤林

艾宗逸把信读了一遍、两遍、三遍、四遍……我找到儿子了!他一把抓起桌子的青花盖碗,向空中一抛,一声响亮之后,他泪雨滂沱……

1952年,艾宗逸到北碚寻找妻子、儿子,忽然被上海市委紧急召回,因他久经考验,精通英语翻译,文笔出众,而且形象不错,组织上派他到朝鲜参加停战谈判。1953年春天,他到志愿军总部工作,直到1958年春天才回国。他向组织请求调回上海,组织同意了,被调任为上海市委组织部副部长。

宣布任命时,艾宗逸遇见老钟,他仍是副部长,只不过多了"常务"两个字。他还那么爽劲儿,约艾宗逸喝酒,喝得舌头打转时,他说:"宗逸,你的老同学燕飞当'右派'了,被下放到安徽,当了个中学教员……"

艾宗逸一愣,忙问:"燕飞被下放在哪里?"老钟打着酒嗝:"他转了几个地方,现在我也不便打听。"说罢摇头,"书生意气,说话太直,也不看对象……"

燕飞的脾气的确太直,在复旦读书时,敢与陈望道对辩。艾宗逸庆幸自己跨过了鸭绿江……

艾宗逸到任后尽量低调，一到部里，就像一只鸵鸟一样，把自己埋在工作里。几个月之后，他被部里派到几个大型企业去搞调研，在这过程中，他了解到许多实际情况。

没过几个月，庐山会议召开了。传达后，领导要求艾宗逸表态，他沉默不语，结果不言而喻，被下放到安徽大别山的一个林场。其实，他还被加上一条罪状：为一个政治状况可疑的复旦女同学鸣冤叫屈……后来，经组织甄别，他被调到一个江苏地级市的工业局当资料室副主任，那个室只有他一个人，让他专门翻译外文经济、科技资料。将近20年的光阴里，他学会了德语、日语，又把目光投向了经济领域，仗着外文底子厚实，写了许多笔记……他无数次打过到北碚寻找妻儿的念头，可现实不允许，想向朋友打听，又害怕连累他们。

终于熬到了1978年，他的问题得到落实，平反后被调到上海市，当了政策研究室副主任。一到任，他连更连夜与各地的战友联系……终于盼到了明健夫的信。

这次回到北碚赶到歇马……艾宗逸终于见到了杨山南，寒暄后问到杨士英，杨山南沉默了好久，才说："杨士英刚走，到北京去了，他去找他的同事萧瑛，她去年考上了人大。"

杨山南说："这是我接到你的电话后安排的，今年他要高考，不是我小气，我怕你们父子相见，情绪过头影响他高考。"

艾宗逸问："明健夫先生呢？"杨山南说："他是士英的老师，士英约他同去北京，因为他也想见萧瑛。"

艾宗逸不无遗憾地带着儿子的照片回去了。他向杨山南保证，尽快解决杨士英的政审问题……

不久，一个阳光灿烂的日子，上午九点多钟，两辆小车开到了歇马白鹤林。车上下了八九个人，三个上了年纪的干部，其他年轻的不是秘书、司机就是警卫。他们下车后没有继续前行，而是站在庭中小声说话。

稍后，一个中年干部快步走向中国柑桔研究所的办公室。他进门后，把介绍信递给一个正在织毛衣的年轻女干部。她一看介绍信，赶紧把毛线衣向藤椅上一丢，热情地说："市委组织部来的领导，请坐！"

她去倒开水，中年干部说："不用，我们来打听一个人，这个人叫明健夫。""明健夫？"她面露疑问，"柑橘所没这个人。"

中年干部提示："他以前是乡建学院的老师，老地下党干部，后来教中学，退休后住这儿。"

"啊，我知道了，这是明老师。领导，我马上给我们领导汇报，请问，是请他来，还是到他家里去？"

中年干部稍做思考，说："我们到他家里去，你赶紧去汇报。""好，你等一下。"一阵脚步声响起。

一会儿，一个面容清瘦的人走了进来，一见中年干部，马上喊道："哎呀，曾处长大驾光临，欢迎。"

曾处长马上和他握手，说："贾书记，一位老同志从上海来，他想见见住在你们所的明健夫老师，老同志想去他家拜访，你看……"

贾书记对女干部说："小玉，我们俩带路。"一行人在贾书记和小玉的带领下，很快到了明健夫家。这是一座靠近广柑林的平房，小玉向一道门指了指。

一位身着上海猎装的50多岁的老同志把手一摆，众人退后了四五步。他走上前去敲门，"咚咚咚"，敲了三声，门没开。他略略加了一点儿力度，"咚咚咚"，又叩了三响。

门开了，出来一位穿中式对襟的老者。敲门的老同志问："请问，您是明健夫同志吗？我是艾宗逸！"

老人说："我是，我是明健夫！宗逸兄，你来得好快，天上飞来的？"

"是的，"艾宗逸说，"老哥，上次来没见着，想你啊，归心如箭，我一接到你的电话，就飞来了。"两只手紧紧握在了一起。

随后，艾宗逸将曾处长贾书记叫到一旁，小声跟他们说了几句话，彼此握握手，艾宗逸就进屋去了，门随即关上了。

曾处长向贾书记讲了两句话，他们驱车走了，留下一辆小车、一个司机和一个警卫。

平房内，一间小屋书架林立，仿佛一座书林。两人在袅袅茶香中谈话，一会儿，艾宗逸站了起来，对明健夫说："我等不及了，我想马上见到士英，还有杨山南老哥。"

明健夫说："好，我们直接到厂里不妥，歇马地方太小，一去容易引起外人无端猜测，最好另选一个地方见面，他家清静。这儿没有电话，我们坐车先去杨家，然后我单独去厂里找他们。"

艾宗逸说："你的考虑妥当，走，我们出去！"

白鹤林距歇马场不到五里路，小车轻快，几分钟就开到了杨士英家。明健夫引导司机把小车开到大黄葛树下的院坝停下。

艾宗逸一看，说："碚青公路上这棵大黄葛树、这座石桥，我也经过不少次，忒熟的地儿，没想到和我如此有缘。"明健夫说："你们就在大树下等，我去去就来。"

明健夫走到铁工厂，先去杨山南办公室，他不在。赶忙走向供销科，杨士英正在做英语作业，这段时间，他正在向柑研所的一个朋友吴明学习英语。吴明的英语是自学的，搞科技翻译，水平竟比汤师傅还高出一等。

杨士英见到明老师，一脸惊讶："明老师，你望年望月上我这儿，有啥急事儿？"

明老师说："你老汉儿呢？怎不见人？"杨士英说："五分钟前他还在我这儿，我没烟了，估计是帮我买烟去了。"

杨士英从烟缸里挑出一根烟屁股，打燃火就抽。这时，杨铁匠走进屋，用手拂拂烟气："一会儿工夫都等不及，小烟鬼，把窗子打开。"明老师忙去开窗。

"老明，是你？"明老师轻声对杨铁匠说："故人来访，艾宗逸来了，在你家院坝边等你爷俩。"杨铁匠一愣，然后说："走嘛！"

明老师和杨铁匠爷俩向自家院子走去。杨士英听明老师说有故人拜访，就拔腿快走，想早点儿回去烧开水待客。他腿长脚快，很快就走到前面，他回头喊："老汉儿，明老师，走快点儿，你们今天啷个的，走得特别慢。"

到了院门前，看见几个人在大黄葛树下的小车旁闲聊，杨士英望了他们一眼，麻利地开了门。

艾宗逸听见院门响时，只见到一个高个小伙子的侧影，他的心仿佛一只垂挂枝头的果子，被一只手拍了一下，摇荡不已。

一会儿，明老师和杨铁匠走近了大黄葛树。艾宗逸迎上前来，明老师向他介绍说："这是杨山南同志，是杨士英的老汉儿。"艾宗逸抢先一步把手伸向杨山南。

杨铁匠说:"上次见过。"明老师叫起来:"杨铁匠,扭捏啥子,神兮恍兮的,快请客人进屋。"杨铁匠仿佛大梦方醒,忙说:"请!"伸头向屋里喊:"士英,杨士英,烧水泡茶!"

艾宗逸听了没立刻进屋,他走到司机和警卫面前说:"你们两个现在开车到北碚城去一趟,去买几样好吃的,小张,你记一下,松鹤楼的樟茶鸭子、兼善餐厅的小笼包、大宰村的酱牛肉、满园春的河水豆花、烧白,去帮我端回来。"说罢,他进屋去了。

明老师听见他的安排,心想:他点的那些菜,有的怕吃不到了。哦,这个艾宗逸,不想外人在场,就找个道道支开,不愧是个老地下党员,心思之细密行动之老辣,远远超过我。

杨士英烧的水还没开,又忙着去洗刷茶杯,他见明老师引了一位气度不凡的前辈进来,特地取出几个青花茶杯,用牙刷蘸上牙膏清理内壁,不一会儿,茶杯干干净净。恰好,前天沈根远送来一包绿茶,说这茶是江津一个朋友送给他的明前茶——黄泥塘毛尖,这两天喝,觉得味道很醇,微苦后有甜香。他便把茶叶分装杯中。一会儿水开了,一一冲泡,只冲了半杯水,逐一摆在明老师、客人和他老爹面前,自己那一杯也冲半杯,放在偏角处。然后提着壶去注满温水瓶,瓶满了,他才将壶中尚存的开水第二次掺杯,每掺满一杯,就盖上一盖。整套动作,杨士英做得行水流水,一丝不乱。

在杨士英掺茶续水时,艾宗逸的目光始终跟着他的动作走,油然得出一个结论:这是有教养的孩子,这像我的儿子!

然而,艾宗逸不能和杨士英相认,他在白鹤林对明健夫说:"有一个问题,我思考再三,即使能够百分百认定杨士英就是我的儿子,这次也不能对他说破。我和他是亲生父子关系,这种骤然来临的骨肉重逢,快乐或痛苦都无法断定,但无疑对他是一种猝然加之的刺激,他正在复习参加高考,这样产生的很可能是负面影响。此外,还要考虑杨山南的感情。因此,我们父子相认的事情放在他高考之后再说。在这件事情上,我、你、杨山南要相互配合演一出戏,在他面前,只表现出我们是地下党战友的关系,当然,由明兄主演,我和山南老哥配合。"

明老师刚才故意走慢些,趁机把艾宗逸的想法告诉了杨铁匠,他听了机械地点头。

明老师心中对艾宗逸的决定又一次鼓掌,一看杨铁匠这般激烈反映,忽然对他产生出一种怜悯,心想:如果不是考虑杨士英的前途,他宁愿"大牙巴""小牙巴"避开艾宗逸,不对,他打了自己一巴掌,这对艾宗逸、对蓝缨同样残酷。

几个大人喝着茶,亲亲热热地聊天。明老师特别活跃,总是抢话头:"宗逸兄,那次你们复旦学生会组织篮球队到白鹤林,和我们乡建校队比赛,你人高马大,技术出众,巧妙穿插,绕过我频频投篮,让我们校队大败。不过,我发挥出色,抢了你一个篮板球。"

艾宗逸说:"是啊是啊,我记得你们当时还组织了一个啦啦队,那些女生个个都漂亮。比赛后,其中一个女生跑上来向你脖子上套了一个花环。下面的女生使坏,异口同声地向她大吼,钱敏芝,加油!钱敏芝,加油!哈哈,我当时看见你脸都红了。"

明老师笑起来:"我想起来了,钱敏芝,我们乡建公认的校花,连杨铁匠看了也说,'这女娃儿好漂亮,像个观音'。杨铁匠,是不是?"

"是,是!"杨铁匠笑着回答。

明老师问:"宗逸兄,你有多高?"艾宗逸说:"不记得了。"

明老师对杨士英喊:"士英,你站过来,和他比一比。"杨士英马上站过来,艾宗逸站了起来,和他并排站在一起,两人一比,杨士英高出一根拇指。

杨士英笑眯了,说:"老前辈,我有一米八二,也爱打篮球。"艾宗逸把头发轻轻一拂:"我老了,长缩了,现在驰骋篮球场的,数你辈同学少年。"

"砰,砰,砰!"有人敲门。杨士英去开门,原来是司机和警卫,他们从北碚买回了两大包东西。警卫说:"首长,我们按图索骥,把北碚城的美食能买到的都买了。我还买了一个铝锅,装了一锅北碚豆花回来,还买了两瓶茅台酒。"

"好,好!"艾宗逸说,"明老师、杨铁匠,帮忙收拾收拾,把桌子摆规矩,我们喝他两盅!"

酒过三巡,菜过五味,那个黑脸警卫突然对艾宗逸发问:"首长,听说你到过延安,参加过抗美援朝,能不能讲点儿精彩的?"

艾宗逸望了望杨士英说:"我到延安没两年,当了英语翻译,又到抗大教书。1952 年,我到朝鲜,参加了谈判小组,后来到志愿军总部工作,一直到 1958 年才回国。"

司机问:"首长,你见到过彭德怀没有?"艾宗逸微微抿了一小口茅台,说:"酒喝过头了,同志哥,有些事儿嘛,还是等我清醒的时候问我。"

杨士英抿笑,向艾宗逸敬酒,艾宗逸一口喝了,说:"和我等高的人共饮,使我回到了青春年少……"

饭后,经明老师提议,艾宗逸、杨士英、杨山南、明健夫并排站在大黄葛树下一起合影,还在院子前合照了一张。艾宗逸同明老师、杨山南父子握手道别。

临走前,艾宗逸把明老师叫到一边,说:"随时电话联系。千万记住,第一要保密;第二,士英参加了考试,无论成绩出没出来,在他下考场的第一时间,给我打电话,意在必得;第三,你和山南兄有什么困难,尽管来找我。明老师,士英的事儿拜托了!"

明老师向他点点头。在杨士英、杨铁匠父子俩梦寐般的目光注视下,小车绝尘而去……

尽管艾宗逸表演得如此到位,言行如此本色,聪明绝顶的杨士英也在满心钦佩这位老前辈的同时,产生出一些疑惑:

明老师一贯低调,杨士英从未见过他在自己面前以及外人面前如此放浪形骸,他今天的表现内容丰富。自己老汉儿表现得那么被动,甚至木讷,老汉儿是个外向型的人,在艾宗逸面前的表现,恰和明老师相反,耐人寻味。艾宗逸在自己高考之前的复习阶段出现,是巧合吗?如果这是事出有因,那么,他为何而来,和自己身世有关?啊,细想他的相貌、身高以及气质,我和他……

杨士英想到这儿,不敢往下想了,可疑惑挥之不去。直到第二天午夜梦醒,他才放下包袱:考试第一,其他皆不足道,为这事儿扰乱内心宁静,会害了自己。最后的考试机会,我要珍惜。他终于入睡了。翌晨打套内家拳,精力充沛。

在写给艾宗逸的信中,明建夫对他自己受的那些折磨粗枝大叶地一笔带过……这封信杨士英当然没看到,但他晓得明老师的内心苦楚。

他曾经问过明老师,他不说,"老牙巴"杨铁匠也闭口不说。

第二天上午,杨士英到供销科拿书,还没走拢厂长办公室,就听见他老汉儿打电话,听到老汉儿提到艾宗逸,便停下脚步轻轻靠住墙壁。老汉儿的声音变小了,但杨士英听出他在和明老师通电话……

杨士英心血潮涌,马上骑车到白鹤林去见明老师,想了想,回家带了一包峨眉雪魔芋和一包竹叶青茶当礼品。明老师见了好欢喜,当即把茶叶包拆封,观色、闻香,然后泡了两杯茶。茶香袅袅,两人摆起了龙门阵。

踌躇再三,不好直接说艾宗逸,杨士英绕弯子,问起明老师当地下党的那些事儿,重点是关于个人的、在乡建时期的。

足足沉默了三分钟,明老师望了望杨士英,两道精光迸现,又迅疾消失,他问:"这些事儿,你老汉儿没给你讲过?"杨世英摇头。

"过去了,就让他过去吧!"明老师仿佛自言自语地说,"让精神的丝缕长久地牵扯已逝的过去的时光,又有什么意义呢?"

这话是什么意思?听起来文绉绉的,还有点儿拗口。

杨士英告别明老师,骑着自行车从白鹤林回家。边骑边想,突然想起明老师念叨的那句话他以前读过,是鲁迅的!一高兴双手脱把,自行车一下歪了。"扑通!"车与人一下子掉进了路边溪水里。

他掉进的是一个他多次钓过鱼的小水凼,溪水淹到他的胸口。杨士英站了起来,骂了两声,在浑水中小心地用脚去寻车。一会儿,脚上有了感觉,寻到了车,提放到岸上,推了几步,轮子转动,没事儿。一看周围没人,把单衣、单裤、内裤脱了个精光,摸出袋中的杂七杂八,把衣裤在水里荡了几荡,使劲拧干,晾在自行车架上,然后把光胴胴浸进水凶。一个脑袋两个鼻孔,无聊,他便去捉鱼,摸到石缝被螃蟹夹了一下。一条鱼也没捉到。

杨士英却兴奋了起来,爬上岸穿好衣裤。身上半干半湿的,两手两脚不得空,嘴巴也没闲着,一边骑车一边唱。唱的是他改编的歌,开头一句,末尾一句,总共只有两句:

莫要让精神的丝缕,

牵扯过去的时光,

莫要让精神的丝缕,

牵扯过去的时光,

……

他反复唱,一直唱到桥头大黄葛树下。一回家就复习,熬到夜深……

上了考场,波澜不惊。

考试一完,他大舒一口气,所有科目的题都在他的复习范围中。他下笔从容不迫,字迹工整,始终掌握着考试节奏,给自己留了20分钟时间检查,坐到最后30秒钟才交卷。对只作参考成绩的外语考试,他觉得简单,应答出色,打钩不费时间,有大把时间可用,他把花体字书写得颇有书法水平。

他发觉,这次每场考试,监考老师驻足在他身后的次数远远超过了上次。

回家,回家,他骑在自行车上唱着英文歌回家,那种舒畅感觉,好像自己变成了一条巨蛇,从山洞窜向草甸,"哗啦哗啦",在他身前奔窜,身畔的草訇然中分,仿佛大鱼身畔的浪花飞溅。

一回家,看到两个大人在等他。明老师问:"怎么样?"人在极度关心之至下的问询总是这样,字短少,简洁如电报。

杨士英说:"比上次好!"明老师问:"你怎么这样自信?"杨士英说:"监考老师停留在我身后的次数,远远比上次考试多。"

杨铁匠说:"考试完了,你不是想爬峨眉山吗?老汉儿给你300块,你手上那块儿老手表还给明老师,100块钱另买手表,另外200块让你跷起脚脚耍。"杨士英说:"要得,钱拿来!"

第二天上午,杨士英接到了一个电话,是萧瑛打来的,她问询他的考试情况……

杨士英没上峨眉山,爬青城山后游乐山。回来时,他得悉了考试分数:402分,这一年,高考录取线划定在275分。

他骑车到白鹤林去见明老师。明老师高兴极了,问:"士英,你准备报考哪个大学,什么专业?"

杨士英说:"要我选,我首选清华,北大主要是文科厉害。我的文科,得自你的真传,就写作而言,自认为不比大学老师差。你晓得的,我当了这么多年的供销,一直对经济感兴趣,我想读清华,学经济,国家百废待兴,重视经济发展是迟早的事儿。"

明老师拍掌,说:"士英,有志气!我没白教你这么多年。"心里在说:你小子也是我的儿。

当秋风的喇叭吹红梁滩河的高粱的时候,一张清华大学的录取通知书递到了杨铁匠的手中,他赶紧三步并作两步跑向供销科,刚搞供销半年多的女供销员柳正瑶说:"厂长,小杨师傅到野猫岩餐厅去了。"

杨铁匠借了一辆自行车向野猫岩奔去。餐厅里坐了好几桌人,成裕、沈根远、章军,"皮球""美人""妃子""蓝毛""黑子",甚至还有"江南探花"……四处散坐着。杨士英正在朗诵,在杨铁匠听来,儿子好像是在念一首诗:

歌乐山间一颗星儿闪闪

……

姗姗而来的是别人的春天

鸟啼花开是别人的今年

……

"江南探花"站起来拍手,大家也站起来拍手。"江南探花"说:"杨士英,嚼别人的馒头没味道,念一首你自己写的,催人奋进的诗!"众人高声应合。

杨士英说:"念我自己的诗我也不虚!"他开口就念:

红高粱逗笑了

梁滩河的秋天

我的马儿也笑了

我的马儿也是佻哒的呢

马蹄踏踏　马蹄踏踏

起落在野猫岩的胸脯上

吴应杰忽然看见了杨铁匠,他走过来,杨铁匠马上把清华大学的录取通知书递到他手上。他像"皮球"一样蹦到杨士英面前,使足劲儿高声宣布:"歇马才子杨士英,考起清华大学了!"

坐在几张桌子前的人全都站了起来,喊声、掌声、口哨声杂乱无章。杨士英背过脸去,这时,他的两只眼角滴出了两滴小小的泪……

第十一章

开着的窗口吹来的风依然是热烘烘的。"八月秋风渐渐凉,九月干死老青岗。"这句巴渝谚语形容的是重庆秋天的天气还像老虎一样凶。老人警告在外面乱跑的孩子说:"二十四个秋老虎,个个厉害,当心晒掉你一层皮。"

然而,只要吹的是秋风,渐渐凉终将会成为事实。

夜色已经深了,柳正瑶守到灯下看书,熬到两点时,风一下变凉了,可是,她的两个双眼皮变成两个小孩开始打架了。为学习而熬夜,她几乎天天如此。

柳正瑶是在萧瑛考上大学的第二个星期才调到铁工厂供销科工作的,杨士英复习那段时间废寝忘食的样子她看在眼里。这个个儿高挑的老供销,最初在她眼里是个谜,对任何人都随随便便,穿着随意,吊儿郎当,像个"街娃儿"。读书不知疲倦,从早读到晚,上厕所也捏本书去,像个书痴。业务滚瓜烂熟,能干高效,玩似的就把事情办得妥妥当当。在他手下干事儿,也像玩似的。他很少和她长篇大论,交代事情就那么三两句,他忙。但这个星期要办的事儿,他有具体安排,星期一到科里,他和她谈一次,叫她记录下来,压在办公桌玻璃板下;他的安排一项一项,每一项任务,都附有重点提示,她依照着办就行了,从没延误或出现差错。可遇见她搞不定的事儿,杨士英会直接喊她小名:"瑶瑶,过来一会儿。"花时间给她讲解其中的原因。

瑶瑶甚至产生了错觉,眼前这个没封科长的供销员,居然干了12年了,年轻的"老板凳",比厂里任何人更像厂长。她不由得佩服他,当杨士英考上清华大学后,他在瑶瑶心中的形象更加高大,变成了偶像。

萧瑛走后,供销科没科长了,厂长宣布由杨士英具体负责,抓好供销工作。过了不久,瑶瑶进了供销科,她进厂两年多了,先在车间当普工,后来经汤师傅提议,她当了质检员。

实际上,她这次调供销科,与杨士英有关系。杨士英向他老汉儿说:"我至多只有五个月的时间复习,科里缺人,我得顶着,同时要复习,今年高考加了几科!请厂里再选派一个供销员,公开选拔,杜绝开后门,来的人瘟了,浪费我的时间,直接影响我复习。"

杨铁匠听了后沉思一会儿说:"这回要硬起,绝不开后门!"

被推荐的名单有一长串,厂领导班子选来选去,各执己见。杨铁匠提了柳正瑶,理由有四:瑶瑶有文化,虽是初中毕业,已进厂两年多了,踏实肯干,而且能干。当了一年多质检员,工作有责任心,办事有条理。还有一点,萧瑛能力出众,一考上大学就走了,白培养了。瑶瑶是本乡本土的知青,不会走,锻炼出来会扎根本土。

这四条理由很硬,柳正瑶,几个厂领导都认可,投票表决,赞成的占了绝对多数。铁工厂隶属公社,一报上去,书记说:"柳正瑶不错,我同意厂里意见,你们不选她,说不定明年团委改选,我调她到公社。"

这些情况,瑶瑶当初不知道。杨士英走后,有知情的人忍不住把选拔过程告诉了瑶瑶。那人条分缕析,说在定板进人的那次会上,"大牙巴"杨铁匠说不出那么简洁到位的评语,那种话只有"小牙巴"这种高人才能说出来。

瑶瑶想了想,觉得他说得在理,细想,这的确很像杨士英的风格,那四条标准简直就是杨士英为她量身定制的。心里不由产生出一个想法:我文化水平太低了,不妨从现在起开始自学,杨士英家里书多,我可以从他爹杨厂长那里借来当教材。

她把想法给杨厂长一说,他立马同意,说:"士英走的时候说过,我家里的书,他都读得烂熟,有好学之人来借,尽可以借。我对他说,借的人多了,不是把书搞脏了吗?他笑起来,书的作用是什么?就是用来污染的,它越脏,证明看重它的人越多,这样就传播了它的价值。"

瑶瑶说:"我不会弄脏书,书是我的老师。"

一捧起书本,瑶瑶才知道好难。回乡五年多了,摸笔的时候少,摸锄把的时间多,干粗活单纯,读书是细活,要动脑筋,先前老师教的东西全回转给老师了。

忽然想到她回乡第一天挖土时,不到半天,双手打了好几个血泡,在坡上装英雄,回家一趴在床上就哭。

老爹骂:"哭啥子,我十二三岁就挖月亮锄,手上经常打血泡,这一关任何人都难免,多挖两天就好了!"

瑶瑶想:万事开头难,我挖土不会打血泡了,也只是闯过了第一关,读书这个关,我还得闯。要是有老师教我就好了,杨士英在就好了,可他不在!

忽然想起"黑子"。有一天"黑子"对她说:"杨士英肚儿头的货,是'汤眼镜'倒给他的。"对,汤师傅是他的老师,我请他当我的老师。何不先请杨厂长给我说说?

瑶瑶觉得自己去说好些。她一说,汤师傅答应了,他和柳正瑶聊了不到十五分钟。他对她没说别的,只说杨士英如何学修电机如何当的采购,讲得零零碎碎。她听得云里雾里。

末了,汤师傅问她:"杨士英那本《五金手册》还在不在?"瑶瑶说:"在,在他办公桌上。"汤师傅说:"当年杨士英把那本书读得倒背如流,而且读懂了的,称得上烂熟于心。你也读吧,你没得他聪明,但如果你能下得了一番功夫,说不定还会超过他。去把它放在你的桌子上,每天读它,读不懂的来问我。"

于是,瑶瑶到办公室,先做好本职工作,有空就读《五金手册》,一天读一点儿,回家才读课本。

读了一个月后,效果出来了,车间报来一份物资申请表,她逐一核对,居然发现两样东西没写对,与《五金手册》一核,发现型号写错了。她想了一想,没去找当事人而去找汤师傅。

他一看,说:"他错,你对,看吧,这是《五金手册》,不,是读书给你的回报。不过,你莫要沾沾自喜,除了读这本书,还要回家读课本,起码把初中的数学、物理、化学这几科走一遍,再读高中的。"

瑶瑶听了向汤师傅伸舌头:"还要读高中的?"汤师傅说:"是的,你读了才能进步,跟你说,杨士英也只读过初中。"

晚上回家读书,读到半夜。瑶瑶老妈柳三娘骂道:"白天上班认真些就行了,晚上读书又不算加班,读它干啥?谨防读成个瞎子,你快21岁了,该嫁人了,成了瞎子嫁不脱!"

瑶瑶不听她的,继续读。柳三爹出面说:"瑶瑶,你妈气疯了说疯话,莫管她。你在厂里掌管物资,按理说应该多读些书,你读书可以,莫读那么晚,都11点半了,你明天还要上班。"

瑶瑶说:"老爹,你说的我爱听,我把这篇读完就去睡。"灯熄了,瑶瑶躺下,可她睡不着。老妈的话像针一样刺中了她的软肋,该嫁人了!我该嫁人了吗?和我同龄的那些女同学,一半都结婚了,还有一半要了朋友,独孤一身的,似乎只剩我一个。在她们中间,还在摸书本的又有几个?

不对,刚才算的那些结了婚要了男朋友的同学,十有八九都是乡下的。有几个街上的女同学好像也在读书。她们为啥读书?"考进大学,知识改变命运。"这话是杨士英临走时说给我听的。意思也是暗示我报考大学?我行吗?我不能和他比,水平相差太大了!同样都是人,我比他小八九岁,又为什么不能和他比,又为何不能和有城市户口的同学比?她想得精疲力倦,终于睡着了……

"走自己的路,让别人去说吧。"这句话是谁说的,瑶瑶忘了,但她觉得有意思,记得很牢。第二天起床,她把这句话写在纸条上,想带到办公室,出门时又觉得不妥,就回屋把它压在书桌玻璃板下。她已下定决心,一定把自学这件事情坚持下去,无论考不考大学,都要充实自己。

她想,我的文化水平哪怕达到杨士英的一半,也足以受用终生了。

来到办公室,她做好清洁,走到伙食团把开水瓶灌满,然后回到办公室。昨天,北碚乡镇企业局发来一份生产用原燃材料报表,她做了一半,今天争取把它做完,准时上报。

正翻开材料账簿,噼里啪啦打算盘,"黑子"闯了进来。他进来就着急地说:"瑶瑶,小钻床的传动三角带断了,我去库房,库管员说,库里没货,车间上周就报给了供销科的。"

瑶瑶说:"这事儿已交给老宋去办了,可他这两天没到厂里来。这样,我去库房核实一下,再及时给厂长汇报,尽快解决。"

"黑子"说:"好嘛,尽快哟,不弄回来,我这个大班长巧妇难为无米之炊。"

果然,库房没三角带了,瑶瑶抄了它的规格型号,马上给杨厂长汇报。杨厂长沉吟了一下,问:"库房报的请购数量是多少?""十根!"瑶瑶一口答出。

厂长说:"老宋怎么搞的,出去几天按说该回来了!生产不能停,但是如果另外购买会造成积压。"

瑶瑶问:"以前发生这种情况,杨士英是怎么办的?"

杨厂长抿笑了一下,说:"照他看来这是小事儿,他不会汇报,马上跑野猫岩,或者到小磨滩、大石盘什么的,去找那些三线建设国营厂的供销科,向他们求援,调拨两根回来。这样做的好处是:一、及时解决了车间需要;二、不会造成积压;三、三线厂的材料质量好,比杂牌厂出的东西经久耐用。"

瑶瑶说:"我去找他们调拨。"杨厂长又笑了起来:"看来你进入采购的角色了,问题是杨士英有人脉,到那些厂像进自家屋,你有人脉吗?"

瑶瑶说:"人脉是靠活动积攒的,我不去活动,待在办公室,跛子端公,坐地使法,哪儿来的人脉?"

杨厂长说:"你嘴巴还可以嘛,再练几天,我们厂恐怕又要出一个'女牙巴'了。这样,助你一把力,我马上开个介绍信,你到财务领一张转账支票,赶到红岩厂供销科,去找一个叫吴应杰的。"

"吴应杰?他是不是杨士英的表哥?"瑶瑶兴奋地问。杨厂长说:"是,外号'皮球',你晓得他,我就不写条子了,你直接找他就行了,快去快回。"

瑶瑶看表,才8点三刻,就迈步向野猫岩走去,这段公路,平常不觉得远,走了20分钟才走到。

找到红岩厂供销科,里面有一个年轻姑娘坐在办公桌前看小说,一副痴迷的样子。瑶瑶悄悄退了出来,她一看这女的,打扮得像电影里的上海人一样时髦,不好相处。她想,反正吴应杰不在,我就在供销科门口等他。再说,杨厂长是老江湖,可能会给他打电话的。

站了一刻钟,太阳晒得她脸上流汗,她退到墙角阴影里,距离远了,只得把脖子伸得老长。一等,二等,三等,四等,一个钟头过去了,吴应杰还不见影儿。这是老天爷在考验我,瑶瑶把眼睛睁得更大了。

11点一刻的时候,吴应杰才一蹦一跳地出现了。瑶瑶赶紧朝他迎过去:"吴应杰!"她朝他喊了一声。吴应杰闻声站住了,问:"你是谁?"

瑶瑶一笑:"我是谁不重要,你很重要,你是'皮球',杨士英的老表。"

吴应杰见她当面喊他外号,刚想骂她,一听后面提到杨士英,马上打量瑶瑶,说:"我认出来了,你是杨士英科里新来的,叫啥呢,啊,'小辣椒'!"

瑶瑶顺水行舟:"我不是'小辣椒',我是柳正瑶,素洁冰清的瑶瑶。"两人聊了起来。

一听杨厂长叫她来调拨三角带,吴应杰正形起来:"快!11点20了,我们赶紧去办手续。"有吴应杰照应,办手续一路顺畅,瑶瑶在吴应杰的陪同下,到库房领到了两根三角皮带,转账支票红岩厂财务科没收,钱不足50块应该付现金。瑶瑶身上钱不够,吴应杰垫了十多块钱。瑶瑶连声向他道谢。

回厂的时候,瑶瑶觉得路特别漫长,她想:我应该设法买辆自行车了,以后这样的事儿肯定还多着呢,走路累,还提不了多少东西。

回到厂里,全厂的人都下班了,只有杨厂长还在等她,一见她就笑:"你好傻哟,在太阳坝足足等了两个多小时。"

瑶瑶奇怪地问:"你怎么晓得的?"杨厂长笑了,说:"吴应杰打电话告诉我的。"

瑶瑶追问:"我又没有告诉他我好久去的。"杨厂长说:"你在红岩厂傻等的时候,吴应杰一直和我聊天,我和他打赌,他说你很快就会打空手回来。我说你不会,你会傻等……别误会,我是在考验你。"

瑶瑶哭笑不得,她马上把东西向地下一掷,接着把发票和转账支票塞到他手里,说:"罚你,你把支票交还财会,同时去报账,钱是吴应杰垫的。"

当天晚上回家的时候,瑶瑶把想买自行车的事儿跟他爹柳三一说,她爹皱起了眉头,吧嗒了好一会儿叶子烟,掰起指头算账,说:"买自行车要二三十张工业票,茶馆有'串串'在卖。钱上也有问题,你带回来的工资,我和你妈没舍得用,全都存着,你大哥二哥来借,我都没给,总共才120块钱,买一辆凤凰牌自行车,要将近两百块,钱不够,差好大一截。"他顿了顿又说:"最好等到杀年猪的时候,我卖了猪再凑足钱,槽里那头猪不足130斤……"

瑶瑶说:"老爹,我不买了,以后有了钱再说这事儿。"接下来那几天,老宋依然没回厂,瑶瑶就在外面跑采购,搞外协……除了到北碚、大石盘、青木关可以搭乘公交车外,小的区间只得步行,累得够呛。"买自行车,买自行车!"她内心里老有个声音,像大山黑暗中发出的野兽嚎叫。

老宋回厂了,他向杨厂长汇报:他到江津出差,忽然生病了,在一个叫"龙门"的小镇旅馆睡了好多天,旅馆老板给他买药吃,他能够下床了才赶了回来。老宋的说法像一个沙眼太多的气球,气吹得过足容易爆。

杨厂长说:"江津又不是北极南极,你不能起床,未必不能托老板打个电话回厂?我问你,物资请购单上那些东西买回来没有?"老宋默不作声。

杨厂长说:"没买回来啊,生产都差点儿停了,你到江津出哪门子的差?到江津去是买米花糖,还是白酒?老宋,你是有十五六年经验的老采购了,以前杨士英在,你日子过得舒服,你还不觉得,还说东道西的!他走了,你就现相,莫说别的,你写个商品入库单,照葫芦画瓢儿都填得漏洞百出……自己回去想想。"

老宋一言不发走了,以前他有靠山,现在那靠山没了,他只得收敛……可他的能力差,越来越不适应厂里的生产了。

杨铁匠召开了一个会,厂长、副厂长、书记、副书记几个人聚在一起。杨铁匠讲了厂里的生产形势,通报了采购老宋的表现,为此提了三个建议:第一,厂里应该培养柳正瑶,让她迅速成长,独当一面。第二,供销再配备两名人员,这两人必须敬业、勤快、求上进。先进一名也可以,宁缺毋滥。人员可以内部选调,也可从外面招进来。还有,一旦两个人员配齐,调整老宋到后勤部门。

对老宋的调整,郑书记把最末一项提到第一项来谈,他说:"我完全同意调老宋到后勤,也算人尽其才。至于内部调人,我看没这必要,公社的返乡知青中,像柳正瑶这类优秀的年轻人很多,完全可以花上选花。柳正瑶嘛,近段时间表现突出,可堪重用,就是有人反映她上班时间爱看书,应该加以约束。"

他刚说完,丁副厂长接他的话茬:"我完全同意书记的意见。"

戴副书记说:"关于厂长、书记的发言,原则上我同意。不过,在柳正瑶上班看书这个传闻上,我声明一下,瑶瑶看的是《五金手册》,我是车间主任,知道这书是汤师傅推荐给她看的,是供销人员必看的业务书籍。"

杨厂长说:"这事儿我晓得,不议了。大家的意见基本一致,郑书记,我看可以表决。"

郑书记咳了一声,说:"可以,我建议正式写报告,及时上报公社。此外,萧瑛走后,供销科一直未设科长,现老宋已调走,柳正瑶可安排为副科长。"一致同意,大家达成了共识。

这个会的议题,是杨铁匠与儿子通话后,杨士英出的主意。他对厂里的正副书记、正副厂长的性格、派系了如指掌,列出了这几点。他对老汉儿说:"必获通过,最大的可能是柳正瑶当供销科副科长。她当正科长,应在两年之后,前提是她像现在这样努力上进。"会议的决议,证明了儿子的判断,杨铁匠感到,儿子在几千里外的那双聪慧的眼睛依然紧紧盯着铁工厂,更是时刻关注着自己。

他感觉儿子上了清华之后,更加成熟了,似乎更有一种大局观,他后面必有高人指教,这高人是他的清华老师,也极可能是艾宗逸。想到艾宗逸,一种难以言说的情感像雾气一样包围着他……

第二天,杨铁匠正在漫不经心地读报纸,柳正瑶走了进来,她左看右看,周围没人,才对他说:"杨厂长,谢谢你。"

杨铁匠说:"谢我什么?你听到了什么消息?"瑶瑶说:"郑书记已经告诉我了。"她低下头,晓得当了副科长,她似乎还挺不好意思。

杨铁匠说:"我晓得了,这个老郑,报告还没批,小消息倒先拱出来了。瑶瑶,好好干。对了,杨士英以前骑的那辆自行车,放在家里没用,闲着也是闲着。隔不了几天,你就会忙得雷翻火爆!你今天下了班,到我家里来把它骑走,当工作车。那可是一辆好车,汤师傅说,它比凤凰牌的还好。"

柳正瑶说:"这怎么可以,我晓得那辆车杨士英宝贵得很。"

杨铁匠说:"士英说,这是借给你骑,又不是送给你,你推啥子?你要是心里过不去,他放假回来的时候,还给他骑几天。他贪玩好耍,骑到大磨滩看瀑布,过把瘾又把车借给你。"

"好嘛。"柳正瑶鼻子酸酸的,赶紧走了。

两年时间很快过去了。这年春节,杨士英回家过年,他带回来一个姑娘,却不是萧瑛。那姑娘身材高挑,比萧瑛个儿高,长得也比萧瑛漂亮。她穿了一件军便服,透出一种英姿飒爽的美。

杨士英把她引回家,向老爹介绍:"老汉儿,这是袁晓梦。"马上又向她介绍:"这是我爸爸,我在家高兴的时候喊他老汉儿,和他斗嘴的时候喊他'老牙巴'。"

这个叫袁晓梦的姑娘打了个报笑,把手伸给杨铁匠,用四川话说:"老汉儿,你好。"她的手好嫩滑,杨铁匠一接触赶紧缩回了手。这老江湖,儿子只向他介绍姑娘的名字,没说他跟她啥子关系,心里就冷了半截。忽然又听见儿子这么介绍他这个当老爹的,一下子明白了,这是儿子在向他暗示,我俩关系非同一般,不然怎么毛躁得在一个陌生美女面前叫老爹外号。

袁晓梦笑着说:"士英,你对我说过你的外号叫'小牙巴',当时我不明白,现在知道了。"

她这几句话,让杨铁匠心中大锤小锤齐响,火花溅个老高。

杨铁匠让儿子招待客人,自己去烧开水洗茶杯。一会儿,屋里茶香氤氲。袁晓梦说:"这茶好香!"

杨铁匠对杨士英说:"这茶,是沈根远送的。"又拿出一个大橙子和十几个广柑,说,"这些也是沈根远送的,他估计你要回来。"

院门外有人"咚咚"敲门。杨士英抢先一步过去开了门。进来了一群人,"黑子"、成裕、"凉粉"、"江南探花",还有柑研所的吴明……除了"江南探花"年纪稍长,其他的几乎全是年轻小伙子。他们看见杨士英,一齐涌向他嘘寒问暖,握手捶肩。

当杨铁匠找出长椅子、矮板凳、木箱,安顿他们坐下去,他们才发觉藤椅上坐着一个陌生姑娘,屋里一下子变得异常安静,一个二个把眼光都射向她。她太美了,太有气质了,每个人的亢奋、惊奇都在脸上泄露无余。

杨士英走到她后面,靠着椅背向大家介绍:"这是袁晓梦,在北京301医院工作,她老家是川北的,这次回乡探亲,顺道和我一道回川。"

你看我,我看你,飞快交换着眼色,众人半信半疑。杨士英见了,向袁晓梦一一介绍在座的人。这个过程,袁晓梦眼含笑意,目光同步跟着杨士英的手势走。

杨士英问:"'黑子',你们怎么晓得我回来了?""黑子"说:"我弟弟看见一辆小车开到了你家院子路边,你和一个女的从车里出来,车子就向前开走了。他跑回来告诉了我。"

成裕插话说:"你们的小车到野猫岩刹了一脚,你和她到商店逛了几分钟,是不是哟?我们工矿贸易商场有人认出了你,就立马通知了我,我又通知了'江南探花''凉粉',没想一下子来了一群人。"

杨士英说:"两年没回歇马了,谢谢大家还记得我。"大家又聊了好一阵,"江南探花"看了看手表,提议告辞。杨士英、杨铁匠父子俩把他们送到公路边,杨士英拱拱手说:"隔两天再聚,寒假我还得过。"

众人走了,杨铁匠轻声问儿子:"今晚上,袁晓梦怎么安排?"

杨士英笑了笑:"老汉儿,她不住我们家,她回北碚住,有小车接她,车现在停在302部队,十点钟会开来,接她到部队招待所去住。"

杨铁匠好奇地问:"她那么年轻,看起来比你还小,怎么会有小车坐?"

杨士英解释道:"她父亲的老部下在警备区,小车是他派的。这两天我陪她到大磨滩、北温泉、缙云山、北碚公园、西师、西农、复旦大学旧址等各处走一走,小车这几天都由她支派。我每天晚上回家歇息。老汉儿,这事儿千万莫告诉任何人,明老师、汤师傅除外。"

没隔两天,杨士英和袁晓梦走了。成裕一伙子兄弟以及后来得到消息赶来的"妃子""美人""蓝毛",到了他家见不到人影,把他骂了一通。好在杨铁匠拿出杨士英带回的一套什锦工具送给了"蓝毛",给成裕、"江南探花"带了两本《古代散文选》,"妃子""美人"也得了好酒。每人还各送了一盒北京茯苓糕,才把他们的嘴巴封住了。此外,杨士英给沈根远、吴应杰各带回来了一根可收折的鱼竿,还有钩和线,他俩特别喜欢。

杨士英走时去看了明老师,当天晚上回来得很晚,他俩谈了什么,杨铁匠没问,他也无须问,肯定是谈艾宗逸。

汤师傅没在歇马过年,他是单身汉,到外地朋友那儿去了。杨士英盼咐老爸:"汤师傅回来,一定要把我这次拿回的一瓶好酒送给他,这酒是袁晓梦带回来的,是他老爸窖了多年的好酒。"

杨铁匠的直觉、众兄弟的感觉都没错,袁晓梦是杨士英的女朋友。他俩这次回歇马也好,回川北也好,都是一个借口,实际上想让两家老人看看,各自的媳妇、姑爷是个啥样。袁晓梦的爷爷家在达县,她回去几天,杨士英陪了几天,然后从延安、西安转回北京。他俩的关系,女方已确定。他俩去年就好上了,是袁晓梦主动追杨士英的。

袁晓梦的父亲是艾宗逸的老上级,艾宗逸到北京开会,去老首长家,把寻到了儿子的事儿一说,老首长和他夫人两眼放光,忙打听杨士英的情况。老首长听后当时也没说什么,只是嘱咐艾宗逸:"下周末,你带杨士英来我家。"艾宗逸说:"好!"

艾宗逸已告诉了老首长杨士英和他的父子关系，只是要求老首长在杨士英面前莫说这层关系。至今父子俩之间都没明确说破，艾宗逸准备在儿子毕业时才了此心结。在这一点上，他和明健夫看法一致，他们认定杨士英的性格清高，不愿意倚仗父辈余荫，而宁愿自己奋斗。

袁晓梦在家中是幺女，她上头有两个哥、两个姐。哥哥、姐姐都已结婚，但袁晓梦没把嫂嫂、姐夫看在眼中，这种门当户对的婚姻，她认为没什么意思。她有自傲的本钱，下乡当了两年知青，到部队当了两年兵，读了军医大学……追她的人很多，其中不乏高级干部子弟。她也接触了一些，没一个人能打动芳心。一拖再拖，27岁了，快成了老姑娘。后来，一个闺蜜向她介绍一个年轻人。闺蜜说："我曾经错过了他，你必须抓紧！"

这个闺蜜不是别人，正是萧瑛，她在人民大学读新闻系，读到大三了，迫于父母压力，她与一个家境很好看似不错的人确定了婚姻关系。生活了一段时间后方知自己爱的人是杨士英，不是眼前人。"此情可待成追忆，只是当时已惘然。"她和袁晓梦彻夜长谈，谈到杨士英，萧瑛长叹一声。

萧瑛在袁晓梦心中，是个罕见的才女，一向眼高，她如此在意一个人，让袁晓梦着实吃了一惊。她考虑了一下，反问："他真这么好？"

袁晓梦故意不相信，一见萧瑛急起来，就说："鞋合不合脚，只有自己的脚知道。莫急，你找一个机会，让我观察一下你心中的他。"

萧瑛打了她一下："他那双脚又没穿我这双鞋子，手都没碰一下！行，你客观观察，更能准确地量量他的尺码。"

于是，萧瑛找了一个杨士英参加清华社团活动的机会预先告知袁晓梦,杨士英在其中担当主要角色。

到了活动那天,杨士英在讲台上,袁晓梦在台下当看客。袁晓梦因参加一个手术,去晚了,一个不大的会场已挤得满满的,一些学生站在厅外,像站在茶馆外听评书似的。

袁晓梦挤进了一个好地儿,把鼻子贴近窗玻璃,看见一个人坐在主席台桌前,只能瞧见他脸部的侧面轮廓,他正投入地讲述,手势很少,声音不大,却中气充沛,传遍了厅内每一个角落,连站在外面的她也听得声声入耳。

他从容不迫地讲述,袁晓梦听了一会儿,才听清楚他在讲述中国当下经济现实状况与破局途径。他讲述中外经济发展的异同,着重讲差距,条分缕析,各种数据信手拈来,还不时辅以生动的比喻,不时抛出与话题相关的小笑话,让听众开口一笑。讲述破局的途径时,他用了简单的手势,屈一指曰其一,然后曰其二、其三,抛出主要论点,然后"A、B、C、D、E、F、G",层层递进,条理分明,富有逻辑,言辞朴素、准确,具有说服力,远比一般意义的演讲感染力强……他讲完后,会场爆发出经久不息的掌声。

袁晓梦爱学习,她所在的301医院,是全军总医院,不时有高端的学术研讨会、报告会举行,她只要不当值,每次都不会漏过。今天这个主讲者的讲述水平及风格,是她最欣赏的。望着那张侧面的脸,不禁猜想,他一定是个新锐的年轻教授。当一群青年男女涌向他时,她越发坚定了自己的判断。

听众陆陆续续走出大厅,袁晓梦走了进去。快走近主讲者时,一只手拍了她后背一下,转身一看,原来是萧瑛。她问:"你怎么现在才挤进来?"袁晓梦说:"对不起,刚才老妈命我去会一个朋友。"

萧瑛凑近她的头发一闻,说:"撒谎都不会,你来了多久了?"袁晓梦复述了刚才讲的内容,萧瑛说:"还好,那时,他刚刚开始讲。"

"他?"袁晓梦问,"是他吗?"萧瑛脸红了,向她点了一下头。袁晓梦说:"花容失色啊!"萧瑛忙拉着她的手,走向讲台前。

萧瑛小声对袁晓梦说:"刚才那个在台上讲经济问题的人,就是杨士英,我俩同在重庆的一个铁工厂供销科,当了三年同事。他比我晚考进大学,现在在清华读财经系,大二了,是这个经济论坛的新锐人物,各方面都突出,至少,是学生中的领军人物。"

"哇,这是向我推销产品,还是介绍情郎?"袁晓梦以前从来也没有见过萧瑛如此慎重地评论一个男生,就打趣她。可是,当袁晓梦走近那个男生,从正面观察了那个人的脸,"艾叔叔!"她不禁小声叫出声来。她悄悄瞟向萧瑛,萧瑛正在瞟那男生,他正向一群青年男女学生说着什么,她的话,他们没听见。

袁晓梦家里有两三张艾宗逸的照片,有他在长城与自己父母的合影,还有在朝鲜照的单身像。单身像中的艾叔叔高挑,剑眉、隆鼻、厚嘴唇,眼神无邪。眼前这个年轻人,和相片中的艾叔叔像极了,更有立体感。细看,这个年轻人更高一点儿,一米八几吧,他显得更精神,眼神清亮,精光四射,无邪之中闪露出一种无羁。袁晓梦静静地观察他,仿佛站立在夜露初起时分的月光下。

他看见了萧瑛,遂向那群同学说:"故人来了,今天就说到这儿。"

他向萧瑛走了过来,对她说:"萧科,打了几次电话给你,你也不接,以为你把老师我忘了,今天怎么来了?"

萧瑛说:"杨士英,虽然我读大三了,忙得喘气,听说你今天要在论坛指点江山,挥斥方遒,我这同学少年,怎可不来!"

萧瑛把身旁的袁晓梦一指,说:"杨士英,不但我来了,还带了一个大美女来。"她正准备介绍袁晓梦,袁晓梦早抢前一步把手递过去,说:"杨士英,认识你很高兴,我是袁晓梦。"两只手握在了一起。

萧瑛说:"士英,这是我的发小,当然啰,也是我的闺蜜,你们谈,我有事儿先走了。"

杨士英说:"我送送你。"萧瑛说:"不用。"她走到门口,一回望,袁晓梦已和杨士英交谈起来……

不久,艾宗逸把杨士英带到了老首长家,老首长在客厅接待他们。介绍完毕,刚刚坐下,茶还没喝到二开,首长秘书过来请艾宗逸接电话,他过去了,一会儿回来对老首长说:"单位有急事儿找我,电话竟打到老首长家里来了,军情火急,我先告辞了。"

艾宗逸向杨士英点点头,意思是:"你代我陪陪。"杨士英也以点头的方式表示可以。

杨士英望着他的背影心里在笑:不早不晚,电话就打到老首长家叫你,还催你离开,蹊跷。不过,这把戏我十年前就玩过了。

老首长和杨士英交谈起来,两个人都讲四川话,彼此明明白白,话题又漫无边际……很快,杨士英不拘束了,反觉这讲四川话的老头儿像在京城街头偶遇的乡党。

两人正谈得兴致陶然,门开了,一个姑娘推门进来,右手里拿着一串钥匙,左手吃力地把一摞书贴在胸前。进门就抱怨:"怎么不开门,手都敲红了。"沙发上的一老一少把头转向她,厨房那边也传出了动静。

"是你！杨士英?""袁晓梦,这是你家?"两个声音几乎同时响了起来。

杨士英立刻站起来,向袁晓梦走了过去,用两只手把那摞书接下,放在大沙发把手上。袁晓梦的眼光迷离,手里依然提着钥匙,她老爹忙叫她坐。

这时,一个穿围裙的老妇人从厨房里出来了,她问:"晓梦,今天怎么这么早就回来了?"杨士英用笑眼看向她,他明白这是袁晓梦的老妈。老妈又问女儿:"你俩认识?"女儿忙摇头,又飞快地点头。

老头儿笑了起来:"幺妹子,你点头是表示认识哟!""嗯嗯!"她不点头了,而是用声音明确地表示……

明老师仍住在白鹤林,却很少去坐茶馆,一个星期,有四天到北碚,到图书馆阅览室、红楼坐一坐,临走还到借书处借一本书回去。然后坐守白鹤林,在小屋看书、码字。

改革开放后,明老师坐茶馆的时间也多了起来,依然说话不多,一说话就说到了点子上。

有人在茶馆串换银圆、钢材,虽然是悄悄的,但哪里瞒得过明老师的眼睛,他充耳不闻,视若无睹。

茶馆郑老板胆小,向明老师悄悄诉说他的担心。明老师说:"担心啥子? 我也跟你说句悄悄话,国家的形势在变,而且越变越活,越变越好,银圆、钢材这些,政策很快就会放开……"

没过多久,明老师走了。他很久没在茶馆现身。有一天"黑子"到茶馆喝茶,"牛阴阳"向他打探。"黑子"说:"明老师回江南老家去了,'汤眼镜'也回'下江'了……"

第十二章

1980年川仪总厂生产的仪器填补了国内仪器仪表工业的空白,尽管川仪总厂不归北碚区管辖,但它将近20个分厂都设在北碚的土地上,和北碚的地方工业有着密不可分的关系,可以说仪表工业引领北碚发展,这项业绩标志着北碚已渐渐走出了"文革"的阴影,三线企业已从抓阶级斗争转向抓经济发展。

从建厂的1965年到1973年上半年,这8年中,红岩厂总共只生产了11台柴油发动机,下半年经过市里整顿,一下就生产了60台柴油发动机,但与当时每年计划生产200台柴油发动机的目标相差甚远。

川仪总厂的成果像进军喇叭,红岩人也把心思放在了生产上,红岩厂的生产也转入了正轨。1982年,红岩厂生产的6250Z型柴油发动机获国家优质产品银质奖。一年之后,红岩厂生产的500千瓦柴油发动机组参加西德、法国、日本等54个国家和地区的国际性招标，中标夺魁。生产数量一路飙升。

浦陵厂与嘉陵机器厂、红山铸造厂、6905厂、南川厂组成了"嘉陵牌摩托车经济联合体"，生产也蒸蒸日上……

重庆光学厂研制出我国第一台FTP-1型铁谱仪，获得了国家优质产品金奖。

足足有一个月，歇马的广播中都发出了震荡山川大地的声音："野猫岩的崛起，让歇马的工业生产展现出了新面貌！"

广播这么响起的时候，一支由板车组成的队伍走过了歇马场，每架板车上的麦草堆得像小山似的。这是澄江一个乡镇企业的板车队，车队经过公路两旁的草帽摊儿，草帽一堆堆的像起伏绵延的山。麦草队伍浩浩荡荡，草帽队伍浩浩荡荡……

这年，杨铁匠已经58岁了，他脸黑，头发却丝毫没白，腰板硬朗，走路"咚咚"像打铁。他儿子杨士英从上海给他托运回来的凤凰牌自行车，他装配好后，不是放在办公室前就是锁在院子内，上班下班靠走路。别人笑他有车不骑太抠门，他说："我这两条腿就是11号自行车。"

在外人面前，他不好意思说这是儿子送他的车，他舍不得骑。58岁了，他默算自己的年龄，厂长顶多干到60岁。只有两年了，自己只有打铁在行，这手艺放到大黄葛树下的小小铁匠铺，有用武之地，放在铁工厂，一点儿用处也没有——厂里早用汽锤打铁了。"守好最后一班岗"，是他的心愿。

早上，他上班，在办公室第一眼看到的人是供销科长柳正瑶。瑶瑶见他开门进办公室，走进去帮他扫地，他不愿意。她就帮他打开水，之后理顺桌上的报纸、杂乱文件。等他喝了一杯茶,才向他汇报工作。

这种亲密关系,有人好事儿,就说:"柳正瑶舔肥,会舔肥官升得快,才过两年,就由副科长升科长了。"有人附和道:"杨铁匠在厂里干不到两年了,他厂长那位置,说不定由柳正瑶来接班。"

"黑子"听见了,对他们说:"你们刚才这些话,不是屁话就是酸话,杨厂长老革命,你娃儿笔小了点儿,抹他不黑。人家瑶瑶当科长,是凭本事干出来的,你们吃什么醋。她对厂长好,是因为她是杨士英的徒弟。杨士英对她好,师傅走远了,她帮她师傅尽尽孝心,有啥不可以?以前你两个发这种瘪言,汤师傅听见了要骂、要罚,汤师傅走了,猫儿不在,耗儿要反朝?"

"黑子"现在是车间主任,快提拔为副厂长了,这几个人赶紧闭嘴。在情感上,"黑子"是杨士英的小弟,他把这事儿告诉了瑶瑶。

瑶瑶嘻嘻一笑:"谢了,'黑子'!"然后说:"我到供销科好几年了,在外面跑的时候比待在厂的时候多。江湖多风波,歪人痞人,啥没见过?厂里这点儿鸟言杂语,懒得去理它,干正事儿都干不完。我走了,到乡镇企业局去。"

铁工厂的规模已显出一种气象,人员已达到六七十人。办公室好建,建一排平房就可以应付了,按杨厂长的"艰苦奋斗说",叫作"因漏就捡",房子漏了就捡顺瓦,应付到天晴可以将就过。可是原有的厂房车间小了,如果重建大车间,资金少、原材料稀缺。可行的方案是另建一个中等大的车间,以解燃眉之急。

铁工厂作为乡镇小厂,钢材、木材、水泥,这三项主要建材没有国家分配指标,只得设法到处去搞。北碚乡镇企业局是铁工厂的上级业务主管,那里多少有指标,不过粥少僧多。

瑶瑶跑到局里专管材料的供销公司去。供销公司设在二楼,办公室不大,经理、办事员同处一室,桌子紧挨桌子,只有经理办公桌前有块儿空地。

瑶瑶每次去那里,总会想到这个地方像缙云山张家垭口的那座土地庙,石头造的龛子,里面只能容下土地公公一个人。供销公司经理就是土地公公,官虽小,管的是他们的材料,得把他当庙里的菩萨那样供着。

经理姓卢,是合川人。他已人过中年,平头、微须,那张国字脸写满沧桑,乍看去,他像久坐机关的一般公务员,把他放在下班的人流中,没人会注意到他。可当他一张嘴讲话,声线醇厚,语调不快不慢,业务娴熟,几句话就能答复别人的问题。

瑶瑶进去时,卢经理面前就围着五六个人,全都站着,一看他们的穿着和背的挎包,再听上只言片语,很快就会得出判断,他们是乡镇企业的人员,基本上都是供销科的。

瑶瑶看见这么多人围着卢经理,"三英,不,群英战吕布啊!"她看了看空座位,说,"你们不坐我坐。"到办公桌上抓了几张报纸,一屁股坐了下去。

别看人多,卢经理三下五除二打发了他们。他处理得很利落:人家要的东西,供销公司有的,他批一点儿,人家要三吨钢材,他至多批一吨。供销公司没有的物资,他说声:"这货没有,不过,某地某公司有,那关火的说话做得了数的科长姓……你去找找他们。"末了还补一句,"那个科长喜欢钓鱼,尤其是钓土鲫鱼。"那五六个人欢喜地走了。

瑶瑶及时走到桌前:"卢经理,我是歇马铁工厂的小柳,钢筋到了没有?水泥有现货没有?木材指标到了没有?"她一下提出了好几个问题,要求解决的材料都是修车间急需的。她出的是婆娘拳,乱而密,看似没有一点儿章法,可是管用,所要的原燃材料多少可以得到一些,至少得到其中一样。

卢经理笑眯眯地盯着她说:"我又不是不晓得,你是铁工厂的柳正瑶,上门打乱拳来了,好,其他的,一两也没得,钢筋到了一些,批给你,一吨。"

瑶瑶心里一阵欢喜,马上轻声说:"卢经理,我是'汤眼镜'的徒弟,杨士英是我师傅,他俩都给我讲过,你们是好朋友。"

卢经理望了瑶瑶一眼,拔笔就批。瑶瑶接过一看,居然是一吨半,一句话涨水半吨。瑶瑶抬出两个师傅,也是打的乱拳,她只是以前隐隐约约听过,卢经理以前当农机站长时,曾经请汤师傅和杨士英修过德国电机……

她小声对卢经理说:"我们那里的土堰塘也有大鲫鱼!"然后拔腿飞奔,急着去办其他手续,把货及时提运回厂,免得煮熟了的鸭子飞了。

又跑了20多天,钢筋、水泥、木材都基本解决了,瑶瑶人瘦了一圈。新车间很快投入修建,可是,唯独一样没有解决,车间窗户用的五毫米厚的平板玻璃没解决,整个北碚城没货,局供销公司也没货。铁工厂供销科这时的人员,连瑶瑶在内有三个人,三人都出去找这玻璃,一连找了六天也没找着。

瑶瑶没死心,星期一起了一个大早,她想到一个人,是杨士英的老同学,那个叫"妃子"的革非智。她赶第一班车到了青木关,在街上吃了稀饭咸菜,开始爬山到仪表16厂。到那地儿还不到八点。

她站在供销科办公室外傻等。八点半,才见"妃子"和两个女职工嘻嘻哈哈地走了过来。她迎上前去,如一只飞蛾扑向焰火。两个女的瞪了她两眼走了。

革非智看了她两眼,说:"你是杨士英的徒弟?""是的,我是瑶瑶,铁工厂供销科的。"

"你大清早跑到我们这山旮旯来,有啥事儿?"革非智边掏钥匙边问她。门开了,革非智请瑶瑶坐,她不坐,把厂里急需五毫米玻璃的事儿一说。

革非智说:"这事儿莫找我,我帮不了你,我们仓房的玻璃是三毫米的。"瑶瑶一下愣了,脸色一下变得惨白,那可怜样儿,只差流眼泪了。

革非智见状,挠了一下乱发,对她说:"死马当活马医,你师傅杨士英有个文朋友叫'锅儿','锅儿'要得好的一个同班同学叫叶润,这个叶润在川仪总厂供应科,你去找他试一试。记住,要提杨士英的名号,我估计叶润和杨士英也熟,他人很实诚。如果总厂有货,他会开给你,因为玻璃这玩意儿易碎,一进货就是一火车皮,如果总厂没有,他也会开条子让你到下面的分厂。"

瑶瑶对革非智千恩万谢。

离开16厂的山坳,瑶瑶一路在想:杨士英这个人有趣,走了这么久,人家还肯买他的账,都是实心帮忙,做人做到这份儿上也够了!他的长处,我够得学。

来到川仪总厂供应科,瑶瑶找到叶润,见他忙,就远远退后,等来找他的人走后才上前。

叶润听瑶瑶一说,还听到"杨士英"这三个字,马上查看账本,说:"总厂没货,三胜的川仪三厂有五毫米的玻璃,我开个调拨单,你明天去,最好带上支票找个车去拉,那儿偏僻,路烂得很,找个好司机去,有车去了,问题一道解决。"

最后,叶润才问杨士英的近况。瑶瑶把从杨厂长那儿听来的情况全告诉给他,尤其讲了杨士英初次带女朋友回家,那些兄弟伙看见她惊为天人……

叶润哈哈笑,忙说:"'小牙巴'比我们有福!"笑过了说:"三厂供销科的柴正鹏喜欢旧体诗词,和你师傅熟。"

听说三胜路况差,瑶瑶立即想到和杨士英关系特好的章军。她立即回歇马,杨厂长听了汇报,对她说:"你今晚务必落实汽车,我给你备好支票和介绍信,力争明天解决玻璃的问题。"

晚上7点,瑶瑶到章军家时,家里只有章师母在踩缝纫机,瑶瑶便陪她有一句没一句地与她闲聊。候到晚上8点,才见到章师傅。他听了二话没说,就带着瑶瑶到他们车队长家。

车队长同意章军明天去拉,但是他还是带着情绪对瑶瑶说:"姑娘,你面子大,今天这种事儿,不是章师傅带你来找我,厂长书记来我也不同意,因为打破了我的调车安排。"

回家时,章军把她送到石碑口,才走进饭馆吃面。瑶瑶回头望见了,不由想起车队长那句话,她想不是我的面子大,是我师傅的面子大。

第二天,瑶瑶随章军的车赶到三胜川仪三厂。见到柴正鹏,果然一听她师傅之名,对她热情惨了……

玻璃全拉回了厂,全厂的职工都出来下车。那场面让瑶瑶心里一热,付出了的,能得到回报就是一种幸福。她在心里小声喊:师傅,你听得见我的感激了吗?

杨厂长这时走了过来,对瑶瑶说:"你做了一件好事儿,全厂都出动了,这种场面,你师傅'小牙巴'也没遇见过。"

26岁了!瑶瑶成了老姑娘。家在缙云山麓,低山岗阜,小山夹峙或围绕平地,一条从山间发源的小溪潺潺地流过。这山清水秀的环境是宜出美女的。

瑶瑶眉清目秀,身材中等偏上,应该算得上美女。可她常年劳动,皮肤不算白,腿虽长而稍嫌健硕,腰虽细而欠灵动。但是如果算上她的办事能力、人际公关、知识结构等内在资质,她算得上智性美女。可惜的是,她差一张文凭。自学了几年,因为跑供销,在外时间多了,从早忙到晚,她回家累得只想早早睡觉,无法保证学习时间。被提拔为科长后,她基本没摸过课本了。乡镇领导几次想调她到政府部门,都因为学历问题被卡下。到了这个年龄,瑶瑶还是单身,父母急,她表面不急,内心也焦灼。

瑶瑶在选择男朋友时,爱把他们与师傅杨士英相比,比身高、相貌、气质以及文化,他们哪里比得过,仅文化一项,就把他们甩到河对门。

其实,她并没有对他师傅单相思,只是把他当作尺子罢了。等她没把杨士英这把尺子扯出来比量别人时,她已老大不小。在父母的催促下,她相过好几次亲,耍朋友只实质性地有过一次。

一次,瑶瑶的老表甄木匠到她家里打造一套家具,这是父亲为她买的材料。甄木匠的手艺已远近闻名,听说姨父为表妹预备家具,他和老婆叶栀子一道来,吃住在柳家。半个多月下来,带做带漆,一套时尚的家具打好了。在这段时间,栀子和瑶瑶成了好朋友。

瑶瑶跟栀子讲了自己的烦恼,表达了想成家的愿望。

栀子说:"傻妹儿,你老表到你家做家具,我为啥跟着来?甄木匠的妈和你妈要我来的目的就是劝你嫁个好人户。现在我俩真的成了情投意合的姊妹,我一定给你千挑万择,选个好男人当老公!莫说大富大贵,起码要和你匹配。"

果然,栀子给瑶瑶介绍了一个。这是一个细木匠,家里情况不错,有个老娘,身体健康,非常能干。还有一个姐姐,嫁到新疆去了。他叫申怡新,比瑶瑶大一岁,比瑶瑶高一点,长了一张娃娃脸,一笑一个酒窝,两只膀子尽是腱子肉,干起木匠活儿利索,手艺也好,好到能做雕花家具。他家在兴隆场,却很少在歇马做家具,常沿着梁滩河的一串场镇转,有时翻山到双碑、磁器口一带帮城里人做家具。

瑶瑶问栀子:"他文化怎么样?"栀子说:"他读过一年高中,能写会算。他和甄木匠是师兄弟,他是小师弟,在哥们中最聪明伶俐。"

瑶瑶家的家具做好那天,瑶瑶老爹办酒席答谢甄木匠夫妻,申木匠也来了。瑶瑶见到他,向栀子一瞥,栀子向她眨眼,申木匠来了,老爹在摆"鸿门宴"。

酒席上,瑶瑶观察申怡新,喝酒颇有节制,应答也得体,和甄木匠喝到酒酣耳热时,言语也清清爽爽,不时抛出个四言八句,用语相当准确。

瑶瑶对他有了初步印象,主动敬了他一杯。后来,他到歇马帮一户做生意的人家做家具,瑶瑶和他吃了两顿饭,印象更深了,觉得这人不错……

两个多月后,瑶瑶约栀子到申怡新家里去。栀子带路,走到他家院子,院门紧锁着。太阳大,栀子把瑶瑶带到离院子 30 多米远的一棵老橙子树下,这儿荫凉,看不见路,却斜对着院门。她俩以青石为凳,一边说悄悄话一边等申家的人回来。

等到 11 点半,远处小公路传来了说话声,这是两女一男在说话。栀子听见那个男人的声音,就站起来,瑶瑶也站了起来。正准备开步,忽然,栀子说:"莫忙走过去,听一听再说。"她的脸色凝重,分明是觉察到了什么。

大约两三分钟后,三个人走到了申家小院前,一个老太婆掏钥匙开院门锁,申怡新和一个年轻女人站在她身后,手里提着东西。门开了,老太婆抢先进去了。后面的两个人向里迈步时,那个年轻女人身子歪了一下,"哎哟!"她叫了起来,"申哥,我的脚崴了,抱我进去。""好嘞!"申怡新把东西提到院子里,然后返回来,用两只手臂把那女的往胸前一兜,口里喊着:"宝贝儿,到家了,乖些,怎么摆得像条红尾巴鱼?"

"吱呀"一声,院门关了。

栀子骂起来:"驴日的申怡新,你他娘的还花咧!上个月还跟老娘说你想和瑶瑶结婚,眨个眼睛的时间就变,把女人抱进了家。走,瑶瑶!我们去讨个说法。"

瑶瑶赶紧一把拽住了栀子,说:"表嫂,莫去了,那个女的我认得,是某供销社主任的千金,脾气大得很,是个朝天冲、望天戳!申怡新,孙子变的,他以为捧了个金碗进门,这个碗太重了,他一个小木匠捧不起。"

栀子觉得自己丢了份儿,还想蹦上门去。瑶瑶说:"算了,我和他又没定名分,连手都没拉过,没吃一点儿亏,你去找他说什么?万一他一口咬定,是你自作多情主动当媒人,你怎么反驳他?况且,表哥和他是师兄弟。走,我们什么也没看到,什么也没听到。"

这话好像击中了栀子的软肋,她便气咻咻地跟着瑶瑶走了。其实,瑶瑶在说这番话时,心中暗潮汹涌,在庆幸之余,又情不自禁地想到杨士英。

不用媒人介绍,瑶瑶找到了可心的人。

一日,她到一家叫白鹤林健力机修厂的社队企业小厂去搞外协,加工一个小零件,这活儿平时本是她科里的小郭干的,小郭生病住院,事情落到了瑶瑶身上。那家小厂在白鹤林,瑶瑶骑自行车,十来分钟就到了。小厂设在离公路20米远的一棵黄葛树旁边,厂房不大,一排平房,至多120平方米。

瑶瑶在公路上看见这厂丁丁小,她从来把质量视作生命,心里疑惑:如此鸡毛房似的小厂,厂牌子这么小,能生产什么高质量的东西?到了那儿,把自行车往黄葛树上一靠,锁好,就奔平房而去。

平房好几间屋,只有一个门开着,她一看屋里没人,就站在门边打量。十来平方米的小屋,办公桌、电话、生产进度表、北碚地图、沙发,地上的、桌上的、墙上的,一切都清清爽爽。唯一显得散乱的是桌上的报纸和翻开倒扣在桌上的书。

瑶瑶顿生好感,也不去问人了,她去推另几间屋门,把这几间屋瞧了个遍。最后到了车间,那儿没超过40平方米,主要设备只有一台车床、一台牛头刨、一台台钻、一台砂轮、一台截料机、一台焊机,还有一台钳工桌,但都摆得整整齐齐,不显杂乱。三个身穿工装的年轻工人,两男一女,正在专心做活儿。那女的正在截铜棒,旁边放着箩筐、磅秤。听见了响动回头一望,朝她笑了笑,又埋头干活。

瑶瑶又朝里层一间屋走过去,看见门上写了"库房重地"几个字,门上了锁。想了想,想笑,天下每间库房好像都写了这四个字,天字号大库房也写,耗儿洞般的库房也写,自己厂里库房也这样写上了。

突然,后面响起了脚步声,很快,刚才下料那位女工来开库房的门。原来,她担着一挑箩筐,准备把下好的铜料搬进库房。

瑶瑶哪会错过这机会,她没跟着女工进去,站在门外观察,发现这间库房比车间还大,里面的原材料堆码得整齐有序,该上架的都上了架,而且有标牌。地上也清清爽爽,材料、成品、半成品与原材料分开陈放。那女工放下铜料,在门口写字桌上的一本簿子上做了记录,便担着空箩筐出来了,转身锁上门,看样子,她是库管员。

瑶瑶紧赶几步跟着她走,和她搭话,问她:"老师,你们车间好像比库房还小?"女工望了望瑶瑶,眼睛里一道光一闪即逝。

她回答道:"目前我们厂车间是小了点儿,看了的人都像你这么问,老板到镇上申请批地去了,准备扩大生产用地,可手续多得要命!老板是搞技术出身的,疲于奔命,也理不清那团乱毛线。"

瑶瑶打量这女工,戴着布工作帽,穿着一身蓝工装,挺精明的,年纪似比自己大几岁。便问:"姐儿,这库房是你在管?"

女工一笑:"是我跟我们老板在管,厂小,除了库房的活儿,我还负责下料、发料、收半成品、成品。"

瑶瑶夸她:"姐儿,你好能干,把库房管理得像大厂的库房一样,规规矩矩。"

女工说:"我哪儿有这么能干,初中只读了两个半学期,是老板一脚一手教我的,好苦哟,光是那 24 个英语字母,豆芽脚脚,就花了两个多月才记住、写清白。"

瑶瑶向她做自我介绍:"我是歇马铁工厂供销科的,姓柳,叫柳正瑶。你们厂长回来,叫他及时打电话给我。"说罢,抄了一个电话号码给她。

女工接过纸条一看,说:"我晓得你是谁了,你们厂小郭跟我说过,你是她的领导。柳科长,你好,我是周永莲,红石桥的。"

瑶瑶和她聊了几句就走了。这个小厂给她留下了深刻印象,有些地方做得比铁工厂还好,规范之外,可以推测出这个厂长的水平,非常人可比。这个厂长,估计是个男的,年龄应该超过40岁,库管说是搞技术出身的,应该是国营厂出来的,懂技术、也懂管理,在他原先的厂里是车间主任或是科长。还有,按这个厂的规模,极可能是他个人搞的,挂靠的是社队企业而已。

浮想联翩,心里想早点儿见见这位厂长,一方面是搞定零件加工,另一方面可以和他谈一谈社队企业的现况与发展,他的见识一定在自己之上,说不定还会遇上一个像杨士英、汤师傅那样的师傅。想到这儿,顿生一种温暖的感觉,瑶瑶的脚步也迈得有了节奏。

瑶瑶向杨厂长汇报了到白鹤林的情况。杨厂长说:"这个厂是新冒出来的,已闯出了一点儿名声,估计是挂靠集体单位的私人企业,厂长肯定是个行家,别看现在小,芝麻似的,说不定过不了一年半载,它会长成个大西瓜。瑶瑶,你要加强和这家厂的关系。"

瑶瑶见厂长如此称道这家小厂,就把库管员的话复述了一遍。

杨厂长说:"这个厂长想批块儿地扩大车间,想法很好,但那手续很麻烦,不过现在的事儿,人熟就好办。我估计他出道不久,路子不熟,想找人帮忙,似乎没找对人,提起猪脑壳敬神,没找对庙门。这样,下次,你去那个厂见到厂长,再考察考察,如果觉得这家厂作为我们的协作厂合适,你可以向他透透风,批地手续的事儿,叫他来找我,跟他说,我有办法。"

瑶瑶回办公室时,一个念头从茶香中钻了出来:怪,这个厂长姓啥名谁,我去的时候忘了问。杨厂长既然派小郭去联系,他应该知道,居然听了我的汇报,也只字不提!莫非叫我去抱大西瓜……

沈根远结婚了,大石桥头的伍寡妇嫁给了他。为了把婚礼办得风光,让伍寡妇相信他沈根远没有说谎,沈根远骑着自行车到处送喜糖、发请帖,亲戚、朋友一个不缺。可有三个朋友他没请到,柑研所的"可可"病重在床,歇马桥头的杨士英已在北京工作,浦陵厂的"蓝毛"调走了。

沈根远来到铁工厂,送了一份请帖给杨铁匠,老杨收了。他对沈根远说:"杨士英来不了啦,你可以送一份请帖给柳正瑶,她是士英的徒弟,她来,等于杨士英来。"

沈根远说:"我认识瑶瑶,只是不好意思送请帖给她,她肯来?"杨铁匠说:"你把请帖给我,40多岁的人了,还这么扭捏!"

沈根远递出请帖,杨铁匠送了500块钱给他,他怎么也不肯要。

杨铁匠说:"你爹是我过命的朋友,这500块中,有200是我送的,200是杨士英送的,100是瑶瑶送的,你一并收到。现在给你,是怕我临时来不了,但至少瑶瑶会来。"

那天,沈根远办了二三十桌,斑竹村的老老少少、各村各地的亲戚朋友都聚在村中空坝。女方的亲友来了一些,远比根远的少。杨厂长没来成,他到北碚参加一个重要的会去了。

瑶瑶来了,对沈根远说她代表的是三个人,但是,她送了一个红包。

来的那些沈根远的朋友,吴应杰、成裕、章军师傅……瑶瑶认得,他们也是杨士英的朋友,除了章师傅之外,其他人也都比瑶瑶年龄大,都结婚了。瑶瑶知道杨士英已经结婚两年了……

在一群已婚的男人中,听他们肆意地聊结婚的话题,瑶瑶越发感到孤独,甚至心痛,在敬了沈根远三杯酒后,装作不胜酒力,迅速告退。

第三天上午,瑶瑶在办公室整理资料,电话铃响了,电话那头传来的是一个男子沙哑而富有磁性的声音:"供销科吗?我是白鹤林健力机修厂黎健,我找柳正瑶。"

瑶瑶说:"我就是,黎厂长,你回来了?你要过来?这样,我马上给杨厂长汇报,十分钟后给你回话。"

那男子自称黎健,瑶瑶马上断定他是厂长,"健力"二字不就是黎健颠倒过来的嘛。

昨天下午,杨厂长向厂里干部简要传达了北碚经济工作会议的精神,乡镇企业的发展如火如荼,产品质量却出现了许多问题。铁工厂生产的是大厂的配套产品,一定要保证质量,有外协加工的,一定要把好资质关,不好的厂要淘汰……

黎健这个电话打得真是时候!

杨厂长对瑶瑶说:"我这次到北碚开会,听到好几个厂长、书记谈到你刚才提到的黎健,这人是个人才,我们不能忽视,现在要和他搞好合作,烧好这口'冷灶'。"

瑶瑶听到"冷灶"两个字,好想笑,她在杨士英的一本书上看到过

"冷灶"的故事。讲的是明朝的严嵩在江西当游方算命师时，为一位被押解上京的官人算了一卦，算的是吉兆之卦，说这官人不久贵不可言。没想到那官人进京当了皇帝，派人到江西召严嵩进京。严嵩当时冒天大的危险为犯官算吉卦，因此得到了"泼天富贵"，就是烧的冷灶……

瑶瑶在这个故事的纸边空白看到杨士英的批注："冷灶，其实就是赌注。会逢其适，赌注兑现，得利多多矣。"瑶瑶当时没懂"会逢其适"这四个字，查了字典才弄懂，会心一笑："小牙巴"一定把这故事讲给了他爹"大牙巴"听。

杨厂长听了汇报，对瑶瑶说："我们现在就去白鹤林。"他马上打电话："黎健啊，是我，你等着莫走，我和瑶瑶马上来！"杨铁匠和瑶瑶各骑一辆自行车，十分钟后就到了健力厂。

见了面，黎健、杨厂长两个人都互相看着笑。黎健说："杨厂长，感谢您大驾光临，杨士英没走以前，我和'蓝毛'到过你家里，现在我们合作，也算有缘分。"

黎健说话时，瑶瑶悄悄地观察他，他竟和杨士英有几分相像，30来岁，只是个子矮一些，神情拘谨一些，没杨士英那种佻跶劲儿。她想这可能是搞技术的与搞供销的区别。

杨厂长出门方便去了，黎健走上前来和瑶瑶握手，说："柳科长，早听说过你，初次见面，我感到惊奇，没想到你这么年轻漂亮。"

瑶瑶摸了一把自己的脸，说："是吗？我怎么没一点儿感觉，反倒是我觉得你年轻，还潇洒。"

听她这么一说，黎健扭捏起来，学工的大概都这样。

瑶瑶忙改口："那天我到贵厂来，你不在，我乘机把车间和库房看了个遍,格局虽小,被你整治得极有章法。可以预计,你这雀儿虽小,总有一天会翅膀长硬,一飞冲天,变成大鹏鸟的。"

黎健听了,忙摇手说:"莫这么夸张,我听了脸都红了,螺蛳壳里做道场,愧不敢当。"

瑶瑶说:"我说的是对你们厂的真实观感,对了,你是不是想扩大厂房?划地困难,是不是因为手续难批?"

黎健说:"是有这打算,和生产队谈了划地的问题,生产队听说可以招几个人进厂,答应得很爽快。可是在镇上办手续时,这里受阻,那里遭责难,弄得我焦头烂额。"

瑶瑶说:"你啊,不知是在国营厂里待久了,还是被江湖的水呛了,无头苍蝇,只知乱窜。"她的嘴巴向正从门外走进来的杨厂长一努,轻声说:"你眼前这座土地菩萨,你不晓得拜拜?在歇马这地儿,没他办不了的事儿。"

黎健看看瑶瑶,见她一脸的诚挚,还带几分调皮,对她说了声"谢谢",马上迎上前去招呼杨厂长。

中午,黎健把杨厂长和瑶瑶约到白鹤林工矿贸易餐厅去。瑶瑶到了这店,一看店堂陈设依旧,就餐的人却不多。以前她随杨士英来过几次,这里食客盈门,三线厂的职工在这里猜拳划令,意气逼人,如今就餐的都是附近的农民,心里不由生出些感慨。

零件加工的合同签订了,杨厂长也答应为健力厂的划地疏通。黎健喜露于色,不顾杨厂长的意见,叫了一桌子菜,要了三瓶山城啤酒,不断向两位客人敬酒。

杨厂长说:"酒我可以喝,但须立一个规矩,这三瓶喝了就不再喝了,因为下午大家都有事儿。"黎健说:"我平时不喝酒,你们来了,我高兴,行,一人只喝一瓶。"

酒喝光了,菜剩了好多,黎健结了账,叫服务员帮他打包。瑶瑶也上前帮忙。

几个人回健力厂,餐厅到健力厂不过半里路。黎健提着两只塑料袋,边走边说,不知是说给杨厂长听,还是说给瑶瑶听。

他说:"我还是个单身汉,平常累了不想做饭的时候,就到白鹤林餐厅。如果菜没吃完就打包,下一顿热来吃,味道比自己弄的好,又节省了钱,打包就自然成了一种习惯。"

"我还是个单身汉",这话瑶瑶听了心里怦然一动,心里有个声音回应了一声:"我也是。"和黎健道别,杨厂长和瑶瑶各骑各的自行车回厂。回到厂,厂里还没上班。

瑶瑶回到办公室,心里乱乱的,禁不住问自己:我对他有意思了?不可能哟,早了点儿,还不知他心里的想法呢。看看再说吧,凡事儿要讲个"缘"字,任何缘分的缔结,都是双方的情投意合,一见钟情不大靠谱……

吴应杰的儿子上小学了,他跑步时摔伤了腿,住进了北碚中医院。杨厂长得到消息后,叫瑶瑶代表厂里,也代表他到医院慰问。

杨厂长说:"你去的时候要带慰问金,水果就莫提去了,送的人多,烂了可惜。这么多年来,吴应杰对我们铁工厂的支援有求必应,体现了大厂,当然也包括他对地方企业的扶助和支持。"

瑶瑶说:"送他两百块,就说厂里送了一百块,'小牙巴'送了一百块。"

杨厂长笑了:"这种送法好,公私兼顾。"说罢,从内衣口袋摸出一百块递给瑶瑶,说:"杨士英那一百块我出,公私要分明。"

瑶瑶到了中医院,提了一袋水果,把一个信封交给吴应杰,说:"这两百块慰问金,一百块是厂里送的,一百块是你表弟给你的。至于水果,我是丘二,只能这样表示。"

吴应杰接过信封,笑嘻了:"来了就不错了,我问你,我大姨爹派你来,说没说过'公私分明'?"

瑶瑶说:"他说过,不过,说过又怎样,没说过又怎样,对你,他是你姨爹;对我,他是厂长,他无论怎样说都有理。"

吴应杰说:"算了算了,怎么几天不见,你'牙巴劲儿'见长,脾气也见长。"瑶瑶一笑:"变得像一个'皮球'。"

两人谈起厂里的情况,刚谈几句,觉得病室不是谈话的地方,就到了外面走廊角。

吴应杰说:"我们厂实行厂长责任制了,厂长权利扩大了,对生产经营有好处。但是,对科室干部管理更严格了,随着厂长地位的巩固,他开始调整科室人员,说白了就是洗牌,他说换谁就换谁。我看啊,这种做法在短期内有效,时间长了就有反弹。厂里生产销售还可以,一肥遮百丑……"

瑶瑶担心地问:"你的情况怎么样?在不在撤换之列?"吴应杰一笑:"厂长是我哥们的叔叔,我现在当了副科长,科长比我年纪轻八岁,刚从市局下来的,才大学毕业没几天,业务和人缘远不及我。"

瑶瑶说:"那你还担心什么,好歹是副科长,按你说的,你们科长从市局下来,像是来镀金的,过渡下就升迁走了!这么一来,科长的位子该你来坐。"

吴应杰笑了："这样当然好,可事情哪儿有这么简单,厂里的干部调动频繁,像走马灯。科室也在调换,并的并,撤的撤,你今天是供销科的,明天可能到后勤。瑶瑶,我有时甚至羡慕你。"

这时,吴应杰的孩子在里面喊"爸爸",瑶瑶便告辞了。

吴应杰说的情况,瑶瑶知道一些,吴应杰今天说得这么直白,出乎她的意料,国营厂的干部们看起来调动频繁了……难怪吴应杰会羡慕自己。看来,以后我们这些乡镇小厂想去调拨物资会有困难了。

忽然又想:黎健那么能干,也从厂里出来了,会不会他和厂长不合榫?以后不妨问问他是怎么一回事儿。没对,说不定是他自己出来的,能力强的人,就像品种好的雀儿,工厂像只笼子,好雀儿翅膀长硬了就会远走高飞。瑶瑶想来想去,觉得自己这两年埋头拉车不看道,只晓得忙里忙外,学习少了。

黎健的厂房扩大了,厂房建成那天,他请了杨厂长和柳正瑶去。他们到那里一看,地盘比原来扩大了七八倍,机器设备也增加了,人员一下子增加到五十多人,部门设置合理,没有吃干饭的。麻雀虽小,肝胆俱全,一个小厂的雏形出来了。

杨厂长和柳正瑶看了没说话,他俩被震撼住了。

吃饭的时候,瑶瑶问了两个问题。问到建厂资金怎么解决的。黎健说:"是一个兵工厂做的担保,向银行贷了一笔款,我也自筹了一笔。"

他这么一答,瑶瑶问的第二个问题实际是第一个问题的延伸,她问:"今后的业务方向是什么?"

黎健说:"兵工厂搞军转民,他们生产摩托车,把其中一个配件的业务给了我,这是他们肯为我做银行贷款担保的原因。"

"啊,是这样啊!那我问你,你凭什么网到了这笔业务?"

"三个问了!"黎健笑得灿烂,露出了一口雪牙,对瑶瑶说,"很简单,一是我的能力,二是人脉,那个厂的副总工程师是我同学,同桌的哥们,他了解我如同了解他自己。"瑶瑶听后陷入了沉思。

回厂之后,杨厂长说:"黎健说的话,百分之八九十可以相信。唯独他说的同桌相信他那段话,我不相信,至少不全信。我看啊,他能分到摩托车零件加工业务这一杯羹没那么简单!这里面有利益输送,然后是利益共享。说白了,他同学把产品拿给黎健做,他赚了钱,他同学也会从中分得一份儿。"

瑶瑶说:"你说的这一层我也想到了,不然他不会从国营厂出来,这业务如果拿给我们做,他同学哪会得到利益?财务制度卡死了,即使我们做了,光是原材料我们也没法保证。还有最要命的技术、质量问题。这个黎健,深藏不露,是一条潜龙。"

杨厂长笑起来,对瑶瑶挤眉弄眼:"瑶瑶,我看黎健对你有意思,是很有意思,他向我试探过。"

瑶瑶怯怯地问:"啥意思?"

杨厂长说:"就是那个意思,你未嫁,他未娶,你懂的,需不需要我去牵红绳?"瑶瑶的脸一下子绯红……

一张窗户纸捅穿,后面的事儿就水到渠成了。半年以后,黎健和瑶瑶结婚了。

第十三章

杨铁匠从铁工厂退休的第二年，并非中秋也非春节，杨士英回歇马来了，小车开到小院边，鸣了几声喇叭。随他一同到家的，除了司机，还有一个蓄寸头的中年汉子。杨铁匠一看，这汉子沉凝如山，动作机警，眼睛亮得瘆人，像儿子的司机也像警卫。杨铁匠干过地下工作，他相信自己的眼光。他想问儿子，最终没问。

在汉子去解手时，他问儿子："士英，你现在在什么部门工作？如果保密级别高，你可以不说。"

杨士英一笑："老汉儿，你是老革命，有啥秘密说不得，我这次回来是搞调研的，主要是经济工作调研。因为想了解基层的实际情况，所以，搞得这么低调，当然，也显得神秘兮兮的。这位李奇同志是上级派给我的司机兼助手。"

杨士英放低声音:"外人问起我回来做什么,你可以说是查资料的。我们不在家里住,住五一研究所。嗯,我这次回家,晓梦没回来,她工作忙,还要照顾孩子,她和孩子一起照的照片,我给你带了几张回来。"

杨铁匠看着儿媳妇、孙子的合影,笑得合不拢嘴。

杨士英在清华毕业之后,就和艾宗逸相认了。艾宗逸是他的亲生父亲,他心里明白,自己当年还在母亲肚子里时,艾宗逸并不知道他的存在,一得到消息就来找他,后来吃了十几年的苦,至今仍然是孤身一人!和亲生父亲割断血缘关系是不可能的。他也明白自己能考上清华,和艾宗逸那次回白鹤林有极大关系,他做了工作。在父亲一栏,他现在可以填上"革命干部"了。更能催促他与艾宗逸父子相认的,还有袁晓梦,艾宗逸是她父亲的老部下,她依然把他喊作艾叔叔。

其实促成艾宗逸、杨士英父子相认的,还有一个重要因素,这几年,艾宗逸做了一件大事儿,为了弄清楚蓝缨的死亡原因,他锲而不舍地找到夏雨常和其他知情的同志,也查到敌特内档,人证、相关敌特口供都证明:蓝缨是为了掩护同志而被特务沉河杀害的,并非莫名其妙的"失踪"。

巧合的是:蓝缨当年舍生忘死掩护的同志,竟是她闺蜜钟慧的丈夫。真相大白,蓝缨是革命烈士。而钟慧的丈夫也因此洗脱嫌疑,但他已于20世纪50年代末病逝,不过钟慧的处境从此有了根本性改善。

杨士英在母亲政治面貌一栏,填下了"革命烈士"四个大字。

当时,明老师赶到北京和杨士英谈了半夜,杨士英泪流满面,他答应去认艾宗逸为父亲。父子见面,他提的要求,艾宗逸全答应,其中最重要的就是他不改名,还叫杨士英,杨铁匠杨山南是他父亲。杨士英认为自己有三个父亲：艾宗逸是生他的人，是他的亲生父亲；明老师和杨山南是他的养父，一个主要是精神上的，另一个则是生活上的。在内心深处，他这"小牙巴"和"大牙巴"杨铁匠水乳相融，密不可分。

晚饭后，杨士英离开老院子时，看见杨铁匠欲言又止的样子，心里一颤，说："老汉儿，我这次回重庆，可能要待两个月，但也说不准，一个电话就可能催我回去，我得把一分钟掰成两分钟用。这两个月，可能回家的时候很少。我的那些哥们，没时间见他们了，他们如果问起，你就说我工作忙，我会找个时间和他们聚聚的。了解基本情况后，前期调研告一段落，我会把北碚包括歇马的经济现状与发展途径，列入课题，那时，我就有时间回歇马了。到时候，我还要和你聊聊歇马的社队企业，你可以在这方面做些案头工作，尽可能给我准备一些真实材料和数据。"

杨铁匠说："行！我把准备材料和数据的事儿告诉柳正瑶，让她收集。"

杨士英笑了起来："这个想法好，其实，我早有这个意思。"忽然叹了一口气："要是明老师没回江南我就安逸了，明老师虽然退休后天天待在茶馆，看似云淡风轻，然而，风声雨声读书声 声声入耳；家事国事天下事，事事关心。他有一颗七窍玲珑心，还有一双洞察秋毫的火眼金睛。"

第二天中午，吴应杰就急匆匆跑到姨爹杨铁匠家，打听杨士英回来的情况。

杨铁匠说："应杰，杨士英这次回来是过路，给我带了几张照片回来，这个'小牙巴'，连点儿礼信也没给老汉儿买。"

吴应杰要照片看,杨铁匠就翻照相簿给他看,他看了直夸表弟媳妇儿漂亮。

铁匠姨爹听了开骂:"你这个'皮球',逮猫心肠一点儿没变,只夸表弟媳妇漂亮,表弟的儿子难道是歪瓜裂枣!"

吴应杰忙赔笑脸:"杨士英的儿比我那个冬瓜儿漂亮多了。"一边说一边往屋外溜。

下午,杨铁匠慢悠悠溜到了铁工厂,好多人都出来向他问好,有人直呼"杨铁匠",他答得脆生生的。从他退休那天起,他就告诉大家:"莫喊我厂长了,喊我杨铁匠,这名字干脆!"

杨铁匠一见瑶瑶就说:"我到厂里溜一圈,等一会儿到你办公室,把好茶给我泡上一杯。"

杨铁匠喊瑶瑶给他泡好茶,是因为瑶瑶嫁给黎健后,黎健厂里的生意红火,瑶瑶有钱了。她在铁匠退休后,当了副厂长,实际是常务副厂长,厂长由郑书记兼着。郑书记是杨铁匠的和气搭档,又和黎健关系不错,书记常让着她。

杨铁匠退休之后,泡茶馆的时候多了,但他在茶馆里喝的只是沱茶。瑶瑶买好茶送他,他不要。瑶瑶把茶提回办公室,锁进抽屉,每逢杨铁匠到厂里时,就拿出来泡给他喝。杨铁匠遍尝厂里的茶,一比较,瑶瑶的茶最好,这个老茶哥一进厂,想到的就是瑶瑶的茶。这个老江湖不仅是向瑶瑶讨一杯茶喝,他在证明给别人看:"我人走茶未凉"。

茶喝到二开,杨铁匠微闭着眼睛,不知是想心事儿还是在享受茶香。

瑶瑶问:"老厂长,听说我师傅回来了,怎么不见他的人影?"

杨铁匠睁开眼,说:"他只是过路顺便回了一趟家,说他忙得晕头转向,啥都没给老子买,你看,我喝口好茶都得到你这儿来。"

瑶瑶说:"我得到消息好高兴,跟我老公一说,他好想见见士英师傅,说他有许多政策性的问题想请教。"

杨铁匠心里一动,趁机说:"杨士英叫我给他找些资料和数据,其中也提到了你,黎健的健力厂这两年发展迅速,规模效益已经超过了铁工厂和好多厂,这不是个典型吗?"

他对瑶瑶说:"你师傅这次回来,让我给他找厂里的资料,尤其是数据确凿的资料,现在你当家,这事儿你帮我办好。"

瑶瑶说:"我下午就办,放心。还有,我叫黎健多找些。"

杨铁匠说:"莫忙哟,除了我们厂的资料,歇马地区有点儿典型性的社队企业的资料,你也可以收集一些,杨士英搞学问,搞政策研究,用得着。"

瑶瑶轻声说:"我晓得士英师傅已是财经问题研究专家,他的研究结果能起大作用。"

杨铁匠说:"这话莫在外头说,士英交代要低调,我刚说的事儿也要保密。"

瑶瑶说:"我懂,黎健消息灵通,比我更明白。老厂长,资料的事儿,我准备这么办,把歇马地区的社队企业分作几个类型,强势的、中等的、弱小的,从中筛选出几个典型来收集资料,这样可能对士英师傅有用。"

杨铁匠说:"强将手下无弱兵,你师傅没白教你,就这么干。有一点我得提醒你,在强档中,你老公的健力厂绝对是个典型,你整资料的时候,千万不要藏着掖着,更不能造假,总之越真实越好。"

瑶瑶说:"这是当然的,我宁可让老公吃亏,也不会让我师傅吃亏。老实说,我老公想见士英师傅,就是想提提存在的问题,也提提合理化建议。"

瑶瑶在送老厂长回家时的路上,再三叮嘱:"士英师傅下次回来,一定要通知我。"

当天晚上回家,瑶瑶把老厂长的话原原本本地告诉了老公。黎健听了,一个劲儿地抽烟,屋子里烟气弥漫。他走出屋子,站在月光下思索。瑶瑶也随着他出去,她不说话,只是静静地陪老公站着。

站了好一阵,黎健说:"你士英师傅这次回来,是来搞调研,我们国家近几年也意识到经济发展中存在的问题,不但是发现问题,更重要的是解决问题,开辟新的发展途径。我们厂可以算是个典型,没错,但只是社队企业的。其实应该放宽思路,现在每一个小厂后面,都可能站着一个大厂,甚至是超级大厂。你师傅调研的方向我不晓得,但我猜想他研究的是大格局,小厂和大厂的关系,民营企业和国有企业的关系,是这格局中不可或缺的部分。我们能力有限,不能收集那么多的资料,但可以从力所能及的方面做起,比如我熟悉浦陵厂的情况,可以收集嘛,我们收集的,未必没有官方提供的真实可信。"黎健喝了两口茶,说:"瑶瑶,杨厂长特地要健力厂的材料,我猜想是你师傅的主意。"

瑶瑶听到这里,抱着老公亲了一口,老公两手一揽,把她收入怀中……

一个星期后,已经是夜里十点钟了,有人敲院门,杨铁匠披衣去开门,进院的是吴应杰。他问:"大姨爹,士英回到歇马没有?"杨铁匠说:"没有啊,不信你去搜。"

吴应杰说:"我哪儿敢搜你的屋,是这样,昨天,我遇见了一件奇怪的事情,厂里来了三个干部,都是三四十岁的男的,听副厂长说是来搞调研的。他们在厂里待了三天,开了三四个座谈会,分别从厂级干部、中层干部、车间职工、劳动服务公司召集了一部分人开会。我是供销科副科长,也参加了一个会,上午下午,时间安排得紧凑,到会者都要求发言。方式是他们提问,我们答。轮到我时,他们提的问是红岩这种三线国营大厂,是如何提升地方企业的发展的。我开先懵了,不知怎么回答。有个中年干部提示,'你讲具体事例,比如你怎样帮助歇马铁工厂解决生产用原燃材料的'。帮铁工厂解决材料的事儿多啦,我正在想,另一个人提醒我,'比如铁工厂到红岩厂求助铜焊条……'顿时,我如梦方醒,一气讲了好几个例子,讲得有细节,很有现场感。

"下午,散会的时候,厂领导陪着那三个干部走出门,我们在走廊侧身相让。一个提问的干部上前和我握手,说你讲得很好嘛,事例生动。另一个提问的干部笑着说,'从部队下来的干部精神面貌不错,就像一只充足了气的皮球'。

"他们走远了,我还愣在原地没动,思来想去,他们好像挺熟悉我,他们的提示以及后头的话,都与杨士英有关系,我不得不猜想杨士英回来了。大姨爹,你想哟,铜焊条、'皮球',外人哪儿晓得!分明是杨士英这个'小牙巴'在开我的玩笑。"

杨铁匠听了,想笑没笑出声,他知道杨士英虽然没显身,那几个干部应该是他的同事。就说:"'皮球',你莫乱蹦,仔细想想,这是好事儿,还是坏事儿。""皮球"一蹦就起来:"是啊!"吴应杰飞快走了。

没过几天,瑶瑶和她老公也来了,他们夜深敲门,来访的目的与吴应杰一样。

瑶瑶问:"老厂长,我们收集的那些资料,你交给士英师傅没有?"这一问等于问:"我士英师傅回家没有?"

杨铁匠听了也不说什么,进屋拿出了一摞资料,对瑶瑶说:"你看,资料全在这儿,有些手写的,我正在做修改呢,错别字多,有的会议名称写错了。"

黎健说:"老厂长真是龙马精神,做事儿还是这么<u>一丝不苟</u>。老厂长,我和瑶瑶今夜来,是猜想杨士英回来了。因为今天有个浦陵厂的朋友来找我,说他们厂里来了三个中青年干部,来搞调研。他们全厂走了个遍,深入车间、库房、家属区,开了几个座谈会。我朋友是副厂长,陪同他们调研,他说了过程。我有个感觉,他们问的问题非常具有针对性,有好几个问题都和我们交给你的资料有关。比如我在资料中提到,在未来的经济发展中,民营小厂起的作用将会越来越大,只要产品对路,质量上档,技术和设备不断提升,小厂的格局会由小变大……小厂和大厂的关系,民营企业和国营企业的关系,是大经济发展格局中不可或缺的部分……"

见黎健说得这么认真,像上次应对吴应杰一样,杨铁匠又把他俩当毛铁敲打,说:"杨士英没回来,瑶瑶,到浦陵那几个干部,说不定是他的同事,平常可能坐在一起聊天、喝小酒,聊的话题可能就包括了黎健刚才讲的那些。杨士英也当过十多年采购,熟悉基层情况,大石盘那个浦陵厂,他骑自行车去,轮胎都磨玉了几回。我了解你们的心情,巴心不得他回来,你们好和他谈情况,谈心也行嘛。我向你们承诺,杨士英这个'小牙巴'回来,我揪着他耳朵拽也要拽到白鹤林。"

黎健哈哈笑开了。瑶瑶白了她老公一眼,说:"你啊,别疑神疑鬼,我师傅如果回歇马,老厂长一说,他肯定到白鹤林。"

走出杨家的院子,瑶瑶对老公说:"我在铁工厂也待了十来年了,今天晚上才晓得'大牙巴'也这么厉害,谈到儿子,绵里藏锋。"

等他们走了后,杨铁匠才觉得自己背心湿了一块儿。一夜辗转难眠。第二天,他一大早赶到邮电局,给明老师打电话,他是老哥们,有啥话不会瞒自己的。

杨铁匠遂把最近的事儿简略地讲给他听。明老师在电话那头迟疑了一两秒钟,说:"我告诉你艾宗逸的电话,是办公室的,你去问他,他忙,打他的电话要有耐心,特别要说出'歇马'这两个字。"

杨铁匠又打电话给艾宗逸,电话没通。下午他又去打,接电话的是一个女人的声音,问他:"您找谁?"杨铁匠自报了:"我是北碚歇马杨山南,我找艾宗逸同志。"

不到三秒钟,艾宗逸的声音传到耳朵里,声音很热情:"山南老哥,你好!听到你的声音,像打铁那样有劲儿,我好高兴,电话号码是明老师给你的吧,你打电话给我,必有事儿,请说!"

杨铁匠说后,艾宗逸说:"你是士英的老汉儿,还是老同志,可以告诉你,士英现在进步得很快,都是你教育得好哇,明健夫也功不可没。不知你老哥想过没过,他对歇马感情那么深,生于斯,长于斯,回来搞调研,他不出面,纯粹是从工作出发,一是想了解真实情况,二是避嫌,这表明他有大局观。"

杨铁匠连声说:"理解,理解!"

电话一打,杨铁匠走路的响动像汽锤打铁的声音。他觉得自己应该知足了,儿子成熟了,有大局观。自己接下来要做的事儿,是帮儿子多做解释工作。他掰起指头数算儿子在歇马的朋友,成裕结婚后调走了,"蓝毛"到南方去了,"江南探花"回江南了。还数得出的,无非是吴应杰、章军、沈根远、凯全、革非智,还有"黑子"、瑶瑶……他们已成家立业,各有各的事儿。杨士英回歇马,他们会闻声赶来,无非是叙叙旧,至多想请他帮帮小忙。也许有人想请他帮没原则的忙,但儿子不会做的,他从小就有原则。

两个月的时间在杨铁匠酸酸甜甜的盼望中过去了。

一个清晨,整六点,天尚未大亮,杨铁匠起床了,他开了院门,向大黄葛树下走去,这个地儿,是他一年365天练拳的老地方,杨士英在这里跟他练了20多年的内家拳。

杨铁匠看到树下已有两个人练拳,影影绰绰,招式是那么熟悉。他停住脚步静静地看,他已经认出,其中一个身影是儿子杨士英的,另一个身影似曾相识。

天光倏忽之间明晰起来,杨铁匠看清楚了,是那个司机在跟儿子学拳。虽是学习,那汉子一招一式充满劲道,杨士英比画一招,他学一招,速度仅比士英慢半拍,这动作只有同道能看出来,外人看,会觉得两人的动作差不多。

杨铁匠看了一会儿,心里不由叹道,中年汉子果真是个练家子,武功堪与自己相比,但他与士英比武功,不知孰高孰低,士英目前正当英年。

汉子果然了得,脑后仿佛长了眼睛,当他俩最后一个动作一收,他便飞快转过头来,朝杨铁匠含笑点头,杨士英也转过身来。

杨铁匠走近问:"士英,你俩经常在一起练拳吗?"士英说:"怎么可能，我来了，见你没起床，就在黄葛树下练拳。李奇同志认为我这套内家拳挺有特点，就过来学学。老汉儿，你老了，以前尽是五点半练拳。"

杨铁匠说："我哪里老了，六点钟起床，还不是你闹的，说两个月回来，时间过了也老不回，我心里悬吊吊的，半夜半夜地想。"

杨士英说："老汉儿莫怄，我今天专程回来陪你。"杨铁匠说："听你这话的意思，你过了今天就要走？"

这时，李奇上前插话："老爷子，士英同志是在百忙之中抽空回家的，本来今天市里领导请他……"

杨士英向他一摆手，李奇马上噤口不语。杨士英走到杨铁匠身边，递了一根香烟给他，给他点上火，说："老汉儿，你吃了烟，练一趟拳让我们观摩观摩。"

杨铁匠一下把烟捻灭："练拳不吃烟，好嘛，练了拳上街吃早点。"他一下比画开了。

半个钟头后，杨铁匠父子、李奇慢悠悠向老街走去。一辆小车慢慢地跟在他们后面开，距离五六十米。老街寂无人影，只有几家店铺透出灯光。

到了地方，还是少见人行。杨士英说："老街没变，粉壁青瓦石板路，老汉儿，那个黄糕铺，还有包子店还在不在？"

杨铁匠说："在，想吃啊。"杨士英说："童年的味道，北京吃不到，好想。"

到了黄糕店，老东家没在，他媳妇见了杨铁匠父子，惊奇地问："铁匠，公子回来了，几年不见，稀客，买点儿啥子？"

杨士英抢先说:"黄糖糕十个,白糖糕十个,带起走。"

他买了后,又向包子铺走,门口灶上的包子笼笼还没上大气,一个老师傅正在案板上忙活。他见了杨铁匠父子,点点头说:"喝早茶啊,早了点儿,吃了包子去正合适。"

铁匠父子抽着烟,李奇垂手站在他们几步远站着。烟还没抽完,老师傅端着一大摞包子笼来到灶前,掀开一笼的盖子,闻闻热气,就把几笼包子端下灶头,换上蒸笼后问:"铁匠,要几笼?"

杨士英说:"先上两笼,上三碗豆浆,吃了再说。"说罢,他到厨房取了两个盘子,把黄糕、白糕装盘。杨铁匠父子吃完糕后,再吃包子。李奇吃了一个白糕、一个黄糕,然后吃掉了一笼包子。杨士英见了,向老板喊:"再端四笼包子!"包子上桌后,杨士英向不远处的车子努嘴,李奇便夹了两笼包子,打包过去。

这时,杨铁匠才看到那车,脸上露出几丝惊奇,他问:"杨士英,这个李奇是你保镖?"杨士英笑起来:"老汉儿,你想得出,我这级别,怎会配保镖?告诉你,李奇是我副手,但他资格比我老。"杨铁匠说:"不好意思,老汉儿见他拳术那么好,又尊敬你,就想歪了。"

李奇回来后,杨士英说:"李奇,这笼包子归你,这种小包子,以前我一次吃三笼,到了北京就没这口福了,只能梦中流口水。"

李奇一笑,说:"我吃,今天也享享你少年时的口福,回去聊,让小子们眼馋。"

包子铺对面的老茶馆开了,已有两个六七十岁的老茶哥坐在里面喝茶。他们三个人走过去,一个老茶哥向杨士英叫起来:"'小牙巴',你回来了!听说你在北京工作,回来看铁匠老汉儿啊。"

杨士英朝他喊："'牛阴阳'，你这阵干啥子，还在日断神仙夜断鬼狐没有？""牛阴阳"说："'小牙巴'，你说笑了，现在挣钱都搞不赢，还算啥子卦。"

杨铁匠说："人家'牛阴阳'能掐会算，说目前形势好了，不搞钱是傻子，他和熟人开了一个织布厂，机器一响，黄金万两。"

"牛阴阳"哈哈一笑："见笑了，郑老板，铁匠他们的茶钱，我包了。"

茶端上桌了，一揭盖碗儿，好香！杨士英说："以前，只有和明老师一起来，郑老板才给我们上这样的好茶，真怀念明老师在歇马的日子。"

杨铁匠说："是啊，我都没福气享用这种茶！明老师到茶馆，当街一坐，茶客来了一潮又一潮，郑老板把他当招牌。"

忽然，杨士英想起了吴明，急问老爸："吴明到我家来过没有？"杨铁匠说："柑研所的吴明来过厂里几次，瑶瑶和他熟，他老婆是瑶瑶的同学，好像在红岩厂子弟校教书，书教得好得不得了。还有，他那个女儿，聪明得不得了。"

正说着，一个人匆匆走了过来，对杨士英小声说了几句。杨士英起身，把钱交给老板，然后说："走喽！"带头向汽车走去，上车后吩咐司机："回我家。"马达声在清晨的老街异外响亮，"牛阴阳"和茶馆老板跑出来看，直到汽车拐弯……

杨士英在车上对杨铁匠说："爸，对不起，我在歇马待不了一天了，马上就要走，有要事。"

杨铁匠说："我晓得留不住你娃儿，吃个黄糕都有人跟着，电话一来就得走人，你等我五分钟，我回趟屋取点儿东西给你。"

车停在石桥口。杨铁匠回到屋里拿出两个大牛皮纸信封，交给杨士英，说："这些是我收集的资料。你上次交代过的。其中，你徒弟瑶瑶收集的资料很有价值，你好生看看，也算对她有个交代，她现在是铁工厂的厂长。"

杨士英收了信封，把它送给李奇，对李奇说："等我两三分钟。"说罢朝大黄葛树后边跑去，那儿隐隐传来小河流水声。

李奇莫名其妙，正想拔步撵过去，被杨铁匠叫住了，说："这娃儿，几十年的德性没改，又向河里头撒尿了。"

杨士英回来了，张开双臂抱了抱杨铁匠，迅速松开，说："老汉儿，我走了！见到瑶瑶，帮我说声谢谢。"汽车鸣笛三声，朝北碚方向开去。

杨铁匠望着汽车说："啷个不走青木关？"又一想，他得回他住的地方，和他的团队会合。这一走，又不晓得哪天才能见得到面。

没隔几天，爷俩又联系了，不过，是在电话里。杨士英把电话打到五一所，五一所派车把老爷子接去听电话。

杨士英请老爷子转请柳正瑶夫妇收集歇马浦陵厂的情况，强调从建厂至现在，资料越原始、越详尽越好。

杨铁匠问："你这么急打电话给我，只为这么一件事儿？"

杨士英哈哈一笑，柔声说："老汉儿，瑶瑶老公的资料很好，我看了产生出新的想法，现在有人企图贬低三线建设的意义和影响，这不客观，不合乎辩证法。歇马浦陵厂是第一个迁入重庆的三线厂，它的建设模式具有典范意义。"

杨铁匠说："啥叫典范意义？我听不懂。"杨士英说："就是模子、样子，好比别人拿来一把弯刀，让你照着那刀的样子打。"

杨铁匠说："我听懂了，有人在茶馆里贬低三线建设，老子还跟他吵过。这事儿重要,老汉儿马上去办……"

数月后,黎健在一份重要刊物上看到一篇署名"施应"的文章,谈的是经济社会改革的多元化格局,里面有一些数据和观点是他和瑶瑶收集提供的。

施应在文章中单列了一段,沉着有力地论述了三线建设对当地社会经济带来的一系列促进作用,不仅如此,还阐明了三线建设对文化及社会风俗的正向影响……文章中,浦陵机器厂被提及三次,红岩厂被提到两次……

黎健兴犹未足,又看了两遍,把这刊物拿给瑶瑶看,瑶瑶也很激动。她的激动有双重意义,不但有老公那种"改善企业发展环境有望"的喜悦,也包含老师没忘记她的欢喜。

又过了几个月,国家的一系列政策出台,黎健的厂像长上了一双翅膀。野猫岩、大石盘、石碑口、小磨滩、青木关,凡瑶瑶知道的、走过的那些三线建设的厂,都出现了蓬勃向上的景象……

一天,章军忽然夜访杨铁匠,来了就问:"听说杨士英回来过?"一听说他回家没待到两小时就走了,脸上露出深深失望。

杨铁匠问:"小章,你这番模样,遇到什么难事儿了?"

章军说:"当初,我把老婆和三个娃儿接到厂里,大女儿已年满16岁,按政策规定,老婆和大女儿只能算农村户口,挂在附近的生产队。我二女儿今年想报考川仪技校,名额少,挤得打破脑壳,我在总厂那些朋友都是些老家伙,调的调、退休的退休,没退的也不管事儿,车夫现在不吃香……"

杨铁匠把手一挥,干脆地说:"我懂你说的了,这么多年,我们厂得了你不少帮助,你帮杨士英的忙也不少。可他远在天边,你恰恰忘了一个人,就是柳正瑶,她老公黎健现在办厂红火,肯定和你们总厂的人熟,你为何不找找瑶瑶?"

"哈哈,瑶瑶,我竟然忘了!"章军笑了起来,"我明天就去找她。"杨铁匠说:"我先给她通个气。"

第二天早上,章军还没出车,瑶瑶找他来了。把他叫在一边,问了他二女儿的名字、学校、成绩、年龄,边记录边问,着重核实了他女儿的名字。

之后,瑶瑶对他说:"章师傅,你女儿成绩还算不错,现在离考试还有两个多月,你在厂里找个学问好的人给她补习,巩固提高一下。我马上叫黎健去找他朋友,如果你二女儿考试成绩上了线,技校上得了。当然要是成绩没上线,我就不敢打包票。"

章军说:"这样好,我立即请人帮她补习,我对我女儿有信心,凭公平考进去,我理解。"

几个月后,章军打电话请杨铁匠和瑶瑶夫妇吃饭,说他女儿考上了。

杨铁匠说:"我祝贺你女儿考上了技校。但是吃饭就不必了,你请瑶瑶,她忙得很。"他言下之意:瑶瑶也不会去,帮章军是天经地义的,吃吃喝喝反倒把友情冲淡了。

杨铁匠和瑶瑶,现在请他们吃饭的人多了去,都谢绝了。瑶瑶说酒桌上生产大话、假话、屁话,即使是真话,听多了也腻人。

杨铁匠呢,人家请他吃饭,其实不是请他,是请他儿杨士英,以吃饭来套近乎,无非是想让他出面,请儿子帮什么忙。人老成精,他一上酒席,别人在谈话间一露出那层意思,他心里便会嘀咕:"麒麟皮下露出了马脚。"于是就用大杯与人喝酒,别人醉了谈不成事。他醉了事后不认账,或者装作喝醉了,醉了什么话也说不了,还有人扶送回家。这样多醉几次,竟没人来请他了。

到家来找他的人也有,凡是朋友请求帮助,有充足理由的,他也会伸出援手,但谢绝请吃送礼。杨士英隔几个月会给他寄钱,甚至寄药寄酒,他啥都不缺。

一天上午,歇马赶场天,场还没散,沈根远到他家来,提来了两条鲤鱼,一条送给杨铁匠,一条请他送给柳正瑶。他来的时候,有一个人正在和杨铁匠说事儿,他在旁边侧起耳朵听,那人托杨铁匠帮他找人说情。杨铁匠对他说:"你这业务大了,我接不下,我已经退休了,退休老头儿做不了这号生意。"杨铁匠把那人送出门,把他送的东西也全塞了回去。

沈根远见了,提起鱼转身就走。杨铁匠叫住了他,对他说:"你鬼鬼祟祟干啥子?给我提两条鱼来还要提回去!"

沈根远"嘿嘿嘿",话说不清楚。杨铁匠找来一个大盆子,舀满清水,把沈根远带来的鱼放进盆里。鱼开始游动起来,杨铁匠弯下腰去摸,鱼溅了他一脸的水。

他抹了一下脸,问:"沈根远,这么大两条红尾鲤鱼,我哪吃得了,我收下一条,说,还有一条送谁好呢?"

沈根远说:"送给柳正瑶。"

杨铁匠问:"送给瑶瑶?你今天为啥子给我提鱼来,我猜,是想请我给瑶瑶说情,帮你什么忙。"

沈根远把他那件半新不旧的中山服衣角扯了扯，说："事情是这样的，我屋头的有个儿子，今年19岁了，他初中毕业后在外头建筑工地当小工，现在想回家学技术。我又没啥门路，婆娘天天在屋头吵，吵得我家都不敢回。"

杨铁匠笑了："当把耳朵不好受，你找瑶瑶的意思，你不说我也晓得。走！我们一道到她家里去。"沈根远站起来就朝外面走，杨铁匠喝住他："喂，提一条鱼走，我们正好蹭她一顿。"

到了瑶瑶家，她正在弄中午饭，杨铁匠招呼沈根远坐下喝茶，他把鱼提到厨房，一边和瑶瑶讲话，一边剖鱼、烹鱼。吃饭时，黎健带着儿子回来了。一桌子菜，小孩的筷子夹得最勤的是红烧鲤鱼。

杨铁匠趣沈根远："你这条鱼，不是鱼，是及时雨。"

饭后，黎健从厨房出来，把沈根远叫到一边，问了一问，对他说："你明天把儿子带到白鹤林来，我见见他。"

沈根远走时，瑶瑶和杨铁匠一道送他。瑶瑶对他说："记着，厂在白鹤林路边，名叫健力机械厂。"

隔了两个星期，瑶瑶在厂里遇见杨铁匠，跟他说："沈根远介绍来的这个娃儿不错，虽然基础差了点儿，但他肯学，吃过苦的娃儿嘛。"

杨铁匠说："是啊，本乡本土的农家子弟，勤快的肯学技术的，你和黎健还要多收。他们学了技术，因为家在这儿，工作比外地来的工人安心。"

瑶瑶说："你现在提起这事儿，使我想起当年我进厂的周折，要不是你力荐，我现在还不晓得在哪里！你提的问题，其实，我几年前就思考过，但是我们铁工厂是镇企业，厂里没有人事权。黎健的厂就不同，他现在已脱离社队企业，纯属民营，他是老板，他看中的人，马上就可以收。相反，他看不中的，绝不收，你推荐的我推荐的，都可以不作数。这样就杜绝了庸才，减少了冗员。这一点，国营厂、集体厂做不到。"

杨铁匠说："就是，上头推荐个人来，哪怕他小学没毕业，还让他干车床，你也推不脱。当年，你士英师傅的才能当厂长也绰绰有余，最终连供销科长也没份儿。厂长有自主权的民营厂在用工制度方面比国营厂前进了一步。"

瑶瑶今天说了这么一通话，似乎有些出乎杨铁匠的意外。在他的印象中，瑶瑶做事儿泼辣，但出言谨慎。她是团干部出身，早就入了党，由供销科的一般科员升成副科长、科长，在他退休后当了常务副厂长，在书记退休后，有望升成正厂长。但铁工厂里的情况，杨铁匠再了解不过了，厂里的业务越来越少，设备旧、数量少，想更新，却资金困难，技术力量比以前还薄弱……这些问题就更加突出。以前有汤师傅在，凡有技术疑难他可解决。现在厂里人却越来越多，其中自然有相大的部分是开后门塞进来的，好的、孬的职工待在一起，好的工人没有积极性。后来虽然搞了奖金制度，可差距不大，没产生出激励效果。科室的精简没落到实处……铁工厂的前途岌岌可危，甚至发不出工资。瑶瑶啷个不急。

其实，杨铁匠此时还并不完全了解瑶瑶的心事。上星期五，镇领导悄悄和瑶瑶谈了话，准备把她调到另一个乡镇小厂当书记，看似由副升正，但是，瑶瑶了解那厂的厂长是个由乡镇煤矿转来的，不懂管理也不懂技术……她面对镇领导一言不发。

何去何从，忧虑积在心头，她这种镇管干部不在干部编制之列，下了什么也不是。柳正瑶如秋风中的柳条,正在摇……

星期天,瑶瑶回家看生病的老爹,回来时在桃花林遇见吴应杰。他一家三口正在桃花林照相,个个笑容比桃花灿烂。

吴应杰看见瑶瑶就喊:"瑶瑶,过来照一个,人面桃花相映红。"瑶瑶走过去了,她一身打扮比吴应杰老婆更漂亮,怕什么。

照了相后,吴应杰说:"瑶瑶,几个月不见了,今天中午我们吃个饭,这里桃花山庄的菜品不错,招引远近食客,我请客。"

瑶瑶望了望吴应杰,他一脸得意,这脸色后面一定有故事,他的脾气像"皮球"一拍就跳,今天中午不妨拍他一拍。就对他说:"好哇。"

他们来到桃花山庄,老板迎了出来,异常热情,把他们安排进一个清静的包间。吴应杰抓起菜牌,"唰唰"一挥,点了许多好菜。他又让瑶瑶点,瑶瑶说:"你和老板熟,想照顾他生意,你随便点,我请客。"

为了探听"皮球"的故事,瑶瑶频频向吴应杰敬酒,"女人自带三杯酒",瑶瑶有一次陪客人喝酒,两男一女,喝了三瓶,瑶瑶一口一杯,干了一瓶多,把两个男的灌趴下,她没一点事儿。吴应杰不知深浅,也想把瑶瑶灌醉。

瑶瑶和他碰了五次酒杯之后,她才警觉,不能把他灌醉了,那样怎么能套得出他的话。

于是放慢节奏,对他说奉承话:"吴科,你越活越潇洒了,星期天陪嫂夫人逛桃花林,还享受山珍海味,是升官了还是发财了?"

吴应杰抿了一口酒,说:"官嘛,由副科长升成科长,这半级管个甚,不过嘛,钱还是找了些。我在外头和朋友开了一个厂,厂不大,好赚钱,知道不,运气来了铁门也挡不住。"

瑶瑶问："你在厂里当官，在外头刨财，你们厂长、书记不管？刨了大钱有人嫉妒，你科里那些时髦科员也没人告密？"

吴应杰打个酒嗝，说："瑶瑶，你是傻儿，厂里要搞股份制，钱越多股份占得越多。我们科里那些时髦科员，她们成天不在厂里，我不管她们，她们告什么密？瑶瑶，你们铁工厂怎么样？我估计，你老公的厂早超过了铁工厂，干脆，出去干，又不违背政策……"

吴应杰的话有点儿过了，瑶瑶有点儿烦。便转移话题问吴应杰："你现在和我师傅有联系没有？"

吴应杰说："杨士英啊，'小牙巴'位子高升了，没什么联系，所有关于他的消息，都是从大姨爹那儿听到的。不过，最近我听到一个无锡的老车间主任说，他不久在惠山看到杨士英走访老工人，可能是在搞调研。"

瑶瑶说："确实吗？耳闻还是亲眼所见？老工人怎么认得杨士英？"

"皮球"一蹦就起来了："这还有假！老主任亲眼所见，还谈了话。老主任是热处理车间的，以前杨士英经常找他。"

师傅到惠山调研什么呢？是顺道拜访老朋友，还是关注三线建设工厂改制后老工人的生存状况？

瑶瑶回家给老公一说。黎健沉思了一会儿，突然说："你师傅到惠山调研，几种可能都存在，不过，据他的行事风格，你师傅这次调研，最有可能是以红岩厂为例，寻求老企业改制的一个破局途径。"

瑶瑶心中一颤，师傅还在关注歇马！她顿时脸上发烫了，她悄悄拂了一下脸，又悄悄地去看黎健……

第十四章

杨铁匠被杨士英接到北京去了。杨士英何时回来接他的,歇马场只有一个人知道。

那天瑶瑶接到了一个电话,一听,竟是杨厂长打来的。他说:"瑶瑶,我现在在飞机场,杨士英接我到北京,我好久能够回歇马不能确定。有一件事请你帮个忙,你帮我照看一下我的老院子,十天半个月去一回也行,院门的钥匙,我昨天塞到你抽屉里了。我在北京安顿好以后再给你打电话。对了,你忙不过来时,也可以找沈根远帮忙照看院子。"

瑶瑶说:"好嘞,家里的事儿你放心,你安顿下来后,一定要给我打电话,电话最好晚上八点打到我家里,那时我们都在。好了,代问师傅、师母好。"

放下电话,瑶瑶心里一阵失落,她以为老厂长一去恐怕不返回了,而自己的处境将孤立无援。可是在后一点上,她错了。

瑶瑶不想担任某厂的支部书记,镇里某主要领导提议将她停职。开会时,大多数人同意,正欲表决时,一位资格老的副镇长发言,他说:"柳正瑶业务能力颇强,她是杨士英、杨山南父子培养的业务尖子,调她担任一个小厂的书记,才非所用嘛。"那位主要领导瞪了他一眼。

一周后,瑶瑶才晓得,她没受处分是因为副镇长为她说了话。

这只是一个原因,她知道副镇长平时赏识她,但她不知道他是铁工厂郑书记好朋友的兄弟。郑书记还有两年退休,他不愿意看到能干的瑶瑶被调走,再委任一个不能干的人和自己搭档,把铁工厂弄成更烂的摊子,让他这两年不爽,因此,请副镇长出面……

瑶瑶依然当她的常务副厂长,心中却有着扬帆远航的波涛……

铁工厂的老宋从厂供销科调到后勤去后,一直低调,倒也相安无事儿。这几年,国家形势好转,形势发展很快,他以前当采购结识的一些老哥们纷纷从厂里出去,经商的经商,办企业的办企业,有的已经发了财。有朋友叫老宋从铁工厂出来帮他搞供销,他没去,心里想的是自己已经49岁了,跳槽出去,还是服侍人。

老宋见铁工厂每况愈下,就打报告停薪留职,但这时社队企业没这项政策,他就干脆退职,他回去没到任何一个朋友那里去,而是向生产队租了两亩荒地,办起了一个小厂,搞金属回收业务。其实这只是一个招牌而已,厂里实际的业务是加工铝锭,他到北碚和重庆其他区县的厂里,去收集那些铝边条、铝渣,用炉子熔炼后,铸成铝锭出售。这时,铝材还是计划内物资,销售情况不错,只是收集起来比较费力,去那些有使用铝材的厂子,挨家挨户联系,吃闭门羹的时间好多,因为有好多厂也把铝渣加工成铝锭。

一日,瑶瑶路过,站在厂门口的老宋见到她,把她邀到厂内参观。老宋从厂供销调到后勤,和瑶瑶有点儿关系,他邀请瑶瑶,不知是报复还是炫耀。厂里走了个遍,瑶瑶不发一言。

老宋指着码成堆的铝锭,忍不住问了她一句:"怎么样?"瑶瑶不语。这种生产方式实际是一种简单再生产,原材料要看上家的脸色,人家一不高兴或者转产,你这厂无米可炊。质量也成问题,好铝材与孬铝材合在一起熔炼,出来的是杂铝。许多工厂要的铝锭,质量要达"双A",杂质铝哪能达到那标准?还有就是环境污染……

这段时间,瑶瑶马不停蹄,到过排风扇厂、电镀厂、喷漆厂、铭牌厂、汽车修理厂、织布厂、皮鞋厂、光学元件厂、6905厂扶持的木工厂、摩托车配件厂……跑下来一比对,除了光学元件厂和摩配厂,其他的她都不感兴趣,认为它们容易被淘汰,或是容易污染环境。最终她看中了摩托车配件生产。黎健是生产摩托配件的,如果她出来办厂,也搞摩配件,摩托配件品种多如牛毛,比如摩托车发动机曲柄连杆总成,50－250型摩托车各系列就有65个品种。她如果选择,只能选择和老公的摩配件不相同的品种,才不至互相竞争,最好选择和老公的产品有关联的产品,可以联合生产,在相互支持中磨合,在技术和产能上获取更好的效益……

而目前,瑶瑶还没从厂里出来,只是有想法而已。目前厂里形势每况愈下,个人无力回天!她考虑到如果厂里垮了,她个人谋出路没啥问题,有些老同事年龄大、技术不行,加上心理承受能力弱,他们就会束手无策,几个安置费用完,连饭钱也可能难保。如果自己搞一个厂起来,至少可吸引一部分厂里职工,争取让他们维持到新政策出来。

瑶瑶抽了一个晚上,到郑书记家里去,去的时候提了两瓶好酒,她知道郑书记不好酒,但他老丈人贪杯。她提酒去,书记夫人有好脸色对她。果然,郑夫人见了酒,招待她很热情。

瑶瑶和郑书记谈到夜深,瑶瑶给郑书记讲了厂里的经济状况和业务状况,目前快揭不开锅了……瑶瑶分析,厂里的毛病积重难返,但眼下的难关必须渡过。

郑书记一听渡难关,忙问:"你有什么办法?"

瑶瑶说:"郑书记,我也不卖关子了,关键是厂里要抓好一个产品,独立产品我厂没法搞出来,一两个零件可以生产,比如摩配零件。这种加工细水长流,至少可解决工资问题。"

郑书记说:"别说那么原则,你有具体的想法没有?"

瑶瑶说:"有!我准备抽半个月时间外出寻找一两种产品,先跑遍歇马地区,然后到江北、沙坪坝、九龙坡去跑一跑,那里搞摩配的厂多,我老公也有一些关系可利用。"

郑书记听了笑逐颜开,心里思索:瑶瑶从来言出必行,她肯定会搞定产品订单回厂,那样,我这两三年可过舒服日子了,于是满口答应。随后两人对厂里事宜做了调整安排。

郑书记这人不坏,只是年纪大了,过于求稳。瑶瑶这次主动找他,主要是争取外出时间。具体地调研一下搞摩托车配件那些小厂,把他们的产品加工、交付、设备等情况尽量摸透彻,从中寻到上家,找出适合自己生产的产品。

她从黎健那儿了解到一些信息,知其然不知其所以然,类似隔靴搔痒,况且,她老公知道的只是局部情况。她打算这次出去给厂里搞定一两个产品,把它做出品牌效应,这样,她经验有了,人缘也有了。

和黎健一谈,他不同意,说:"你一个女人家,还出去疯跑啥子,儿子还在读幼儿园,需要你照顾。再说,你担心你们厂垮,垮了有啥关系,天垮下来有我这高个顶着,你穷操什么心,不准去。"

瑶瑶说:"郑书记答应我,我出去这一个月,厂里会派有经验的女职工帮我照顾儿子。"黎健的口气软了下来,还是甩下一句:"不准去!"

临出门时,瑶瑶改变原来的行动步骤,她决定直接到嘉陵摩托厂,不去建设厂,那里她没熟人,她老公有,但老公这态度,她去找老公的熟人可能没有结果。

瑶瑶去的嘉陵厂,那里她有关系。她有两个女同学嫁给了军人,军人又转业到了嘉陵厂。于是乘车到北碚,然后再坐车到双碑,总共才花了两个钟头。

瑶瑶一声叹息,总以为车子转来转去的,一旦脚踏实地,才知道歇马距离双碑才这么一点儿路程。以前从自己家走路到北碚城,也差不多要走这么多时间。"心里距离远啊!"这话一说出口,她又笑了,这句话是士英师傅以前说给她听的,没想到里面含着生活哲理。

看看表,才11点。她马上赶到路旁的一个香烟小店,用那儿的电话给同学打电话。

"谢琴啊,我是瑶瑶,柳正瑶!我到沙坪坝双碑了,在电影院旁的利民烟店给你打电话,你中午有空没有?"

电话那头传来熟悉的声音:"有空,有空,我给你介绍个朋友。"

瑶瑶说:"去你的,我想请你吃顿饭,山珍海味随你点!喂,把老公、娃儿一起带来。我问你,张爱兰还在你们厂没有,在啊,也叫她和老公一起来,我想看看她臭美了那么多年,东挑西选,选的是个白马王子还是破灯盏。好,不见不散,我守在烟摊儿。"

瑶瑶付了电话费,想了想,又买了两包软中华。烟摊女老板笑眯了,和她搭话:"妹儿,你刚才肯定是给闺蜜打电话,喜怒笑骂,搔得心里痒痒。"她从柜台内顺出一条板凳。瑶瑶接过来,坐在阴凉处,又买了一瓶天府可乐慢慢喝。

可乐还没喝完,"嘣嘣嘣……"一辆崭新的摩托开过来,在烟摊路边停下。骑手把头盔一揭,手一掀,一头长发飘起,她一手持头盔,一手抹长发,向烟摊走过来。

"张爱兰!""柳正瑶!"两个人互相走近,很快拥抱在一起。瑶瑶打量着张爱兰,穿的是时髦货,淡紫印花的乔其纱,衬得她风姿绰约。

瑶瑶细看她那张线条柔和的脸,叫了起来:"张爱兰,你上班时间还化了淡妆,嘴皮红得像樱桃,勾魂啊。你老公怎么没来?"

张爱兰说:"他一会儿来,秤不离砣,公不离婆,你老公怎么没来?我说瑶瑶,几年不见,你越长越水灵了,等一下见了我老公,规矩点儿。"

正说着,两辆嘉陵摩托开拢跟前,又响起了"哎呀"声。来的三个人是谢琴和她老公,还有一个男士。

谢琴穿着看似朴素,细看衣料上乘。她还是那么漂亮,比以前似乎多了一份沉稳。谢琴老公穿夹克衫,浓眉、圆眼、国字脸,瑶瑶早认得。另一个和谢琴老公年纪差不多的男士,瑶瑶一看就猜中了是谁。他西装革履的,从头到脚都是名牌,胸前戴了一根花哨的领带,分明是张爱兰调教出来的范儿。

张爱兰站在西装汉子旁边,挺胸说:"瑶瑶,不用我介绍了吧。"

谢琴说:"张爱兰,你跩啥子,赶紧把车安顿好,赶紧去餐厅,晚了没得座位,我家老公下午还有会。"张爱兰望了自己老公一眼,把老公一搡:"我们去存车。"

一会儿,由张爱兰带路,他们向一条街走去,瑶瑶和谢琴故意走在后面,两人是发小,从小学读到初中都同班,无话不说。谢琴家比瑶瑶家穷,瑶瑶的零花钱通常是两个人合用。

几百米远的路途中,瑶瑶从谢琴口中已基本知道她和张爱兰的近况。

他们去了一家名叫"好年华"的餐馆。瑶瑶说:"说好了的,今天我做东,谢琴、爱兰,你们俩点菜。"

谢琴说:"瑶瑶,你做东哟,搞错没有,我们才是这一亩三分地的主人。在学校时,你就是我们三个的头儿,现在你当了厂长,还是头儿,又是头一回来,该你点菜。"

瑶瑶说:"好嘛。"点了一个麻婆豆腐,这菜是名菜,价不贵,又好吃又下饭。张爱兰接过菜单,浏览一遍,把它交给谢琴,谢琴递给她老公。他划了一串,把菜单交给女服务员说:"上一瓶茅台,一扎花生浆。"

瑶瑶见菜已点,就从挎包里掏出两包软中华,向两男人一人丢一包。

菜上桌速度快,除了瑶瑶点的麻婆豆腐,还有鲍鱼、海蟹、清蒸鳜鱼、盐焗虾、辣子鸡、鱼香肉丝,还有几样菜,瑶瑶叫不出名字。

丰盛得出乎意料。瑶瑶的手不由捏了捏,可挎包离她五尺远,挎包里装了两千块钱。其中有五百块是在财会领的出差费,她领的时候,会计和出纳对她苦笑,出纳说:"抽屉里只剩下三百多块了。"

谢琴的眼睛好毒,不动声色地撞了她一手拐,说:"吃,我们几姊妹不喝酒,喝花生浆。"

谢琴老公说:"谢琴,怎么搞的,你老跟我说你这姐姐好能干、好漂亮,还说了一句她酒量好,怎么一下子又滴酒不沾了。这桌人,蒋小星可以喝,但张爱兰守着,他至多敢喝五钱酒,等于我一个人喝寡酒了。谢琴,给我一个机会,让我陪你瑶瑶姐喝两杯。"

谢琴不语。

瑶瑶对谢琴小声说:"我喝两瓶都不醉。"瑶瑶说罢小声问谢琴:"你老公的名字?"谢琴说:"你忘了?他叫刘彬,和爱兰老公蒋小星是战友。"

酒斟满了高脚玻璃杯,瑶瑶抢在刘彬之前举起了杯子:"刘哥,再次见面,敬你一杯,先干为敬。"她微微仰脖,一口把酒喝完,然后把杯子反扣。"痛快!"刘彬也干了一杯,蒋小星也紧随其后把酒干了。

感情深,一口闷;感情浅,舔一点。瑶瑶和刘彬、蒋小星喝到第四杯时,蒋小星脸红筋涨,被张爱兰喝住,不敢再喝。

谢琴默不作声,瑶瑶已跟她透底可喝两瓶,她老公有一斤白酒的量,眼下两三个人喝一瓶茅台,她担什么心,何况茅台喝了不上头。她想看看瑶瑶在酒席上的风采。

"来,喝!酒杯深浅情深浅;来,干杯!兄妹同饮,其利断金;喝,宁可人受罪,不可情受累!"喝到后面,刘彬的言语佻跶起来,谢琴瞟他,他也不管。

瑶瑶说:"刘哥,你当兵出身,是个爽快汉子,这杯酒喝光就打住,'五花马,千金裘,呼儿将出换美酒'这类话就不说了。"

刘彬看了看谢琴,说:"好,姐儿爽快,瓶中剩的酒,我俩一人一半。"蒋小星过来分酒,倒来斟去,分了个公平,两人碰杯干了个干干净净。接下来是吃饭,两个男人风卷残云。瑶瑶紧随其后。谢琴和张爱兰碗里的饭足足剩了一半。

谢琴说:"瑶瑶,我晓得你喝酒为啥这样,乡镇企业的干部苦啊。"

饭吃完,瑶瑶向女服务员要账单,女服务员说:"刘处长已经买单了。"瑶瑶说:"他付了,我怎么没看见?"谢琴笑了:"刘彬在厂里当外协处处长,经常在这里吃饭,你看见他点菜了噻,那就意味着他买单,他刚才借口去要打火机,趁机付了账。"

一个电话打来,刘彬、蒋小星、张爱兰向瑶瑶告辞,三人骑车回厂了。

谢琴载着瑶瑶去逛磁器口。磁器口是重庆的一座古镇,老街、深巷、古庙,紧傍嘉陵江,人文荟萃。瑶瑶只去过一次,还是五年前。

寄放好摩托车。因为是寒天,磁器口内游人不多,两人慢悠悠地走,说些读书时的事儿,自然谈到了各自的老公和孩子。最后才聊工作。

谢琴姊妹情深,急于了解瑶瑶在厂里的处境,瑶瑶见她主动问,心中很有些感动,就把她们铁工厂的情况以及她的打算,竹筒倒豆子般讲给谢琴听。

谢琴的眼睛湿润了,说:"如果当初我没走出歇马,现在也可能是那些拿不了工资的人中间的一个。莫说大厂、小厂了,只要产品没对,任何厂都经不起折腾。我们厂是军工厂,足够大吧,可后来没订单了,好几千人的单位停产,工资时发时停。近些年搞军转民,研发生产摩托车，一下就活了。"

谢琴了解瑶瑶惯有侠义之心，猜想她这次出来的目的就是想找她帮忙。谢琴说："瑶瑶，你我姊妹不打诳语，你说实话，你这次来找我，是不是想请我帮忙？"

瑶瑶没直接回答，对谢琴说："这次来沙坪坝，本来打算找你和张爱兰两个耍一下，好多年没见面，想啊。听说你们老公都转业了，结果一看你们的老公，蒋小星人如其名，虽然西装革履，却唯唯诺诺，一看就不是干大事儿的。你那老公刘彬，衣着朴素，处事低调。但一到酒桌上，豪气干云，大笔一画，画出一大桌我见都没见过的山珍海味。我出门只带了两千块钱，只有五百块是公款，心里慌得要命。你揉我一拐肘，我顿时明白有人买单了。"

谢琴说："老刘今天才喝了半瓶多，没你说的那样张扬。我看啊，你一半是逗我开心，一半是借人表己。"

瑶瑶说："不是借人表己，今天你在场压阵，你老公尚且如此。如果你不在场呢，你老公肯定千杯未醉！"

谢琴笑了，说："瑶瑶，我发现你出口成章，言辞花哨，你好久变成文学家了！"瑶瑶说："没那么夸张，平时喜欢看书而已，经常赴宴应酬，弱女子嘴上不滑溜要吃亏。"

"巧言令色！"谢琴说，"瑶瑶，你莫绕，今天到嘉陵厂，找我到底有啥事儿？"

瑶瑶说："啥都瞒不过你，我一下看出你老公已位居要路津，又一听他是外协处处长，心里那股高兴劲儿没法形容。记得读中学时，你一写高兴事儿那种作文，就爱写仿佛在茫茫沙漠中寻到了绿洲，我这次就是那种感觉。谢琴,我想请你帮忙,帮我,也帮歇马人!说白了,就是请你们老刘拿一两个摩托车配件给我们厂做,外协加工那种,他手中一大把单,漏一点儿给我们也够吃了。"

谢琴笑了起来:"瑶瑶,你恐怕在乡码头待久了,你没想到这事儿没有你说的那么轻巧!嘉陵厂是大厂,来的人形形色色,有后台的人多了去。我现在的工作单位在嘉陵厂劳动服务公司,没在正式编制,可以想见进厂之难。张爱兰也在劳动服务公司。刘彬在外协处当处长,有权不假。但他也有上级,他们处还有五个副处长,敲锣打糖,各管一行,这几个副处长各管各的档口,各负责各的外协厂家。刘彬负总责,在下錾子之前,定一两个产品有可能。但一旦定了加工点,要想调出产品给你们加工,等于虎口夺食。因此,要想帮助你们拿到合同订单,一是等机会,二是要和其他处长协调,在有的加工单位出了问题,比如质量出了问题时,才可能伸手进去。"

瑶瑶拍掌,说:"谢琴,我小看你了,你对官场情况之熟,对人际关系的理解超过了我。你说的话有理,的确,我想简单了!我老公黎健也是开摩配厂的,我平常大大咧咧,见他业务顺顺当当,也没多问、多了解。他也居然没和我讲这些筋筋脉脉,气不气人!"

谢琴说:"瑶瑶,你说的是反话。你老公不让你知道他为了业务到处打躬作揖,是不想你为他担心,为他伤心。"

说到这里,谢琴一看表:"哎呀,四点半了,我得回科里一趟,然后去幼儿园接儿子。瑶瑶,我给你出个主意,我今晚上和老公说说你的情况,我的话嘛,他还是要听。不过,你该做的工作还得做,回厂把你们厂里的设备、技术力量盘个底。还有资金,包括可筹资金,都要准备准备。

下星期六,下午两点半,我和刘彬回歇马,到你们厂看看,有着没着,我不敢打包票,至少让刘彬给你们出出主意。瑶瑶,他这个人,排场大的单位去得不少,我把你们厂的情况说了,因此,他表示到歇马看了厂不吃饭,就和我回一趟我老家。如果方便,第二天上午,找个能钓土鲫鱼的堰塘,有老斑鲫壳那种,让他过过钓鱼瘾,吃吃农家饭,这比吃大餐厅爽。"

瑶瑶说:"没问题!我等你两口子。"瑶瑶一下想到了沈根远。

这一趟双碑没白来,瑶瑶感觉自己确实在小地方待久了,眼界低了,连谢琴也不如。想了想,出都出来了,还是应该到江北去一趟,据说在刘家台一带,有些和他们铁工厂类似的乡镇厂也搞了摩配加工,可以去看看。靠亲历得到的第一手资料比耳朵听来的踏实。

从沙坪坝坐车到朝天门,已是灯火阑珊,坐在过江轮渡上,在满江闪摇的灯火中,瑶瑶看到了自己倚在栏边的倒影,粼粼的江水一会儿把她的身形拉长,一会儿缩短,不时变形。

瑶瑶没感到累,反而兴奋。下了船,踏到沙砾上,她才感觉到饥肠辘辘。一上河街,寻了个就餐人多的小饭馆,要了一荤、一素、一汤,连刨了两碗干饭。

吃了抹嘴,她心想:把中午桌上那些鳜鱼啊,盐焗虾啊搬来,我也能一扫而光。制锁二厂有个熟人,我现在还在江北嘴,路远着呢,而且夜深上门,做不速之客,给人家造成的麻烦大了,还是自己找旅馆吧。

瑶瑶在河街寻到一个旅馆,问值班服务员:"有小单间没有?"答:"有。"她住下了。借着微弱的灯光,她记了笔记之后才上床。

第二天早晨,瑶瑶往制锁二厂赶,不到8点,她赶到了制锁二厂门口,问值班员:"供销科的黎嘉敏到了没有?"值班员说:"她还没来。"

瑶瑶守在门口,7点58分,她没守几分钟,黎嘉敏到了,一见瑶瑶就喊姐,热情地引她到办公室。

黎嘉敏当知青时,在瑶瑶的生产队落户,那时,瑶瑶当大队团支书,不少照顾她。今天一见嘉敏这似乎没忘本的样子,她很高兴。两人迅速地做了办公室的清洁,小憩下来闲谈了一会儿。黎嘉敏脸上露出的神色分明表露她有事儿要办。

瑶瑶说:"嘉敏,长话短说,今天我来找你,只问一件事儿,你有熟人在搞摩配零件没有? 就是那种委托加工形式的?"

黎嘉敏想了想,说:"没有,我们刘家台是城乡接合部,搞社队企业的,起码在五里店、茅家山以外的地方,我们二轻企业和这些社队厂一点儿业务关系也没有。"

瑶瑶的心一下沉了下来:为什么会想到黎嘉敏熟悉社队企业呢? 嗯,我当时想到锁二厂的设备尽是些小冲床、小钻床上面去了。

她于是向黎嘉敏说:"能不能带我到你们车间看一看?"黎嘉敏看看手表,说:"走,现在就去,我还可以陪你一个小时,九点半还要去参加会议。"黎嘉敏带着瑶瑶看了几个主要车间,瑶瑶一路走一路问,不时把要点记在本子上。嘉敏有答必问,解释尽量深入浅出。

瑶瑶问:"你对车间怎么这样熟悉?"嘉敏答:"我在厂生产科当了几年统计员,老公是设备技术科的。"瑶瑶说:"难得。"

九点一刻,两人分手了。

瑶瑶走到大公路,赶上到牛角沱的公交车,从那里乘车回北碚。下午两点回到厂,瑶瑶和郑书记谈了两三个钟头。

第二天早晨,瑶瑶骑上摩托车,向斑竹林开去。她去得早,满以为可以遇见沈根远,到了院子,院门紧锁着。她也不急,把摩托车一锁,提着鱼竿朝一百米外的一口堰塘走去。她安安静静地钓鱼,晓得只要村子里有人看见陌生人钓鱼,认定这人不是偷钓的,便不会吼,而是给堰塘主人报信,要不了一会儿,主人会撵来。

心不在钓鱼,她把鱼线一抛,便细细观察这口塘:一亩多大小,长方形的,一面地势稍高,坎上种的是果树花木,一面是慈竹林,其他两面与田相邻,有阴有阳,塘角还有一片菖蒲。广柑树的影子、竹子的影子倒映在水面,影子不时被微风吹皱。"应该是个钓鱼的好地方。"她想。

刚将注意力聚于浮标,浮标下滑,瑶瑶一拉,手上的感觉是沉甸甸的。她不急不缓地拽鱼,把它向塘边拉,鱼亮水了,她把鱼向塘边拉近,把它提了上来。鱼在莠草上蹦跶,这是一条青色的鲫鱼,她认不出是不是土鲫鱼,用手按住一比量,差不多一卡长,恐怕有四五两吧,便小心地取下来丢进笆笼。

又甩竿下线时,一个30多岁的农村妇女走了过来,她笑嘻嘻地打量瑶瑶,问:"我们没见过,妹儿,你是北碚的还是沙坪坝的?"

瑶瑶心想:你叫我妹儿,你大还是我大?于是笑嘻嘻地说:"我不是北碚的,也不是沙坪坝的。"

这时,沈根远的声音传了过来:"她是歇马场的!"沈根远几步蹿了下来,指着瑶瑶说:"老婆,这是柳正瑶,歇马铁工厂的,厂长哟。"

根远问:"瑶瑶,好久来的?"瑶瑶说:"来了大约半个钟头了吧,你的门锁了的,我就自己下来钓鱼了。喂,根远!"瑶瑶把嘴向那妇女一努,"介绍一下,我不认识,金屋藏娇啊。"

根远说:"这是我老婆,叫伍艳枝。""伍胭脂?"瑶瑶没听明白。"不是,是伍艳枝,艳丽的花枝。"根远笑嘻嘻地解释。瑶瑶望望她:"啊,我晓得了,原来嫂嫂是梁滩河大石桥的。嫂嫂,今天来钓你两条鱼,莫怄气哈。"

伍艳枝笑了起来:"我怄啥子,没那么小气,你是大厂长,平常请都请不来。今天来到我们农家小户,是看得起我们。当家的,你天不亮就去打鱼,打着没有?"

沈根远说:"打到两条大鲤鱼,还有些大鲫鱼,你回去把大的鲤鱼喂起,中午弄来吃,鲫鱼嘛,提下来倒到塘里。"

瑶瑶望着伍艳枝的背影,把自己头一拍说:"根远,我的记性遭狗吃了,你结婚那天,我见过伍嫂,不过没认实在,那天她是新媳妇儿,一身新崭崭的,花枝招展!"

沈根远笑了起来:"贵人多忘事,伍艳枝也没得眼水,我也没得记性,搞忘了介绍,她儿子在健力厂。"

"沈根远,健力厂的事儿莫跟她提!"瑶瑶问,"你堰塘里养的是土鲫鱼还是洋鲫鱼?"根远说:"全是土鲫鱼!我从梁滩河里打的鲫鱼,大的拿去卖,小的鲫鱼,就是一两以下的土鲫鱼全丢到塘里。有时懒得赶场,打到的大鲫鱼也丢进去喂起。"

瑶瑶又追问:"你这口塘里大鲫鱼多不多,好不好钓?"

根远说:"多,至于好不好钓,要看钓鱼那天的天气和钓鱼人的手艺,一般来说,两天不喂食,鱼就好钓。"

瑶瑶听了沈根远这一番回答后,觉得这塘不错,请刘彬来这里钓鱼合适,就把星期六钓鱼的事儿一说,沈根远马上答应。

瑶瑶拿了100块钱给沈根远。他说:"招待朋友还要什么钱!"瑶瑶说了一堆理由,他才收下。

沈根远把钱放在内衣口袋后,说:"我家里有腊肉,柑橘枝熏的,安逸得很。另外,我这几天都去打鱼,把打到的大鲫壳丢进堰塘。还有,我原来打了好几个团鱼丢在塘里,还活着,大的有四五斤重,就看那远客有没有口吃福。""口吃福"这三个字,沈根远土音很重,瑶瑶听来像"口吃份儿",她觉得很舒服。

刘彬与谢琴如约来到了铁工厂。在郑书记、瑶瑶的陪同下看了车间,他看得还是比较仔细,一边看一边询问。瑶瑶回答得流利、简洁。

刘彬说:"瑶瑶,我原以为你是坐办公室的,啥子呢,像花瓶,会的只是端茶倒水,领导、客人来了上台面陪陪酒。今天发觉不是,你是行家,可惜生错了地方。你们厂的设备我看了,不用我回答,你就知道我的结论。当然啰,你们厂有几台车床及冲床、铇床还是不错的,如果好生加以利用,是能承接到业务的。职工的技术如何,到车间跑马遛花是无法看出来的。不过,歇马有那么多的三线厂,你们多少能得到他们的技术支持,再孬也有几成。"

刘彬的脸色严肃起来,他说:"我想问问你们厂里的资金情况,现有多少流动资金,应支应付有多少?有办法贷款没有?"

瑶瑶说:"这个问题请老郑说一下,他是厂长兼书记,是审批一支笔,管资金。"

郑书记从中山服口袋掏出小本子,照本宣科,第一,第二,第三,念了一遍。他中气不足,念得又没平仄,谢琴首先皱起了眉头。刘彬斜着眼睛不看任何人,一口一口吞吐着香烟。

瑶瑶做出一副认真倾听的样子,心里却像野猫在抓。郑书记念完了,似乎觉察到现场气氛不对,求救似的向瑶瑶望去。

瑶瑶说:"谢琴,我们歇马铁工厂的情况,就是这么个样子,基础差。好在还有几台像样的设备,如果有好的产品,那么厂里就有提升的希望。"

谢琴冰雪聪明,马上听懂了瑶瑶的意思,就对老公说:"刘彬,他们厂的设备还可以嘛,比一般的乡镇企业好,你可以出点儿可操作性的点子。"

刘彬斜着眼抽烟时,听到郑书记报出的流动资金只有两千多块,郑书记还强调贷款困难⋯⋯这使他心里发凉,设备少了嘛,只要有钱就可以添置,但是⋯⋯

听了谢琴的话,他心里嘀咕:他们有钱不晓得啷个用啊,还要你聒噪什么。他故作诚恳地说:"郑书记,我看了一圈,看来你们在资金筹措上还要加强,相应的添置设备,比如仿形铣之类,以免业务来了抓不住,错失机会。"

郑书记请刘彬夫妇吃饭,谢琴说:"谢了,我们回家看老人,他们等着我们的。"他俩骑摩托车走了。

郑书记对瑶瑶说:"今天好像效果不佳。"瑶瑶说:"我明天陪他们钓鱼,缓和一下,再请他们帮忙,不过,刘彬已经把点子递到了我们手头,厂里设备添置、技术改革的资金必须设法解决,否则一切都是空了吹。"

沈根远在瑶瑶来过后,又连续打了几天鱼,他向塘里陆续投了一两百条土鲫鱼。刘彬和谢琴来到堰塘,一看这地儿就喜欢上了。刘彬看中了一个地方,旁边有一片竹子,放条小凳子坐在阴凉处,抽烟、喝茶、钓鱼。谢琴和瑶瑶也各自坐在矮板凳上钓鱼,隔刘彬十来米远,两人哪是钓鱼,是随意地摆龙门阵。

不一会儿,起鱼了,是一条黄金肝色的老斑鲫壳。钓起鱼的却是谢琴,她笑嗨了。接着瑶瑶钓起了一条大鲫壳,鳞甲淡青如青花瓷。之后,她俩接二连三地起鱼。

刘彬坐不住了,他悄悄移动板凳向谢琴靠近,眼馋她那鱼窝子了。"姜是老的辣",在刘彬调整浮标之后,他一个劲儿地钓起了鱼,大鲤鱼、大鲫壳,反让两个美女围了过来,她俩干脆不钓鱼了,帮刘彬取鱼放鱼。

快到12点时,沈根远跑到路边吆喝:"吃饭了哟,吃了饭再钓!"谢琴和瑶瑶起身,一手端板凳一手提笆笼。谢琴叫刘彬走,刘彬提起水里的笆笼,笼里发出"泼渌渌"的声音,他说:"太安逸了!你们先回去,我再钓一条'收竿鱼'。"谢琴说:"快点儿哟,菜上桌了我们可不等。"

15分钟后,腊肉、豆花刚上桌,刘彬回来了,除了笆笼里面的鱼在乱蹦,还钓了一条鲇鱼,两斤多重,真是意外收获,收头结大瓜!沈根远接过笆笼,把它浸在接满水的石缸中。

吃饭了,刘彬夹了一块腊肉,连夸:"好香,好多年也没吃到这样香的腊肉了!"他把肉吃完,两眼盯着桌上。

正在这时,门外进来了一个中年男人,个儿高,相貌端端正正,手里提着一个牛皮包,满头是汗。

瑶瑶见了他,站了起来,朝他喊:"黎健,到这边来,挨着刘哥坐。"他刚坐下,瑶瑶向刘彬、谢琴介绍说:"这是我老公,黎健!"又对黎健说,"他俩是我给你说过的,刘彬、谢琴。"

黎健说:"刘哥,抱歉,正准备到斑竹岩,客户来了,事儿办好了急急赶来,还是误了点。"他打开皮包,取出两瓶酒,放在刘彬面前。

刘彬接过酒,把瓶儿转了一圈说:"黎健,你没来晚,来得正是时候。"两人聊了起来。刘彬说:"都市的灯红酒绿,哪里有在自然山水里喝酒、聊天安逸。"这一场酒,喝得韵味悠长……

第十五章

红岩厂搞资产经营责任制试点好几年了,厂长在企业中俨然处于中心位置。经过一番优化组合,精挑细选的一些人留在岗位上,多是经营好手及生产骨干、技术骨干。一些人另调,一些职工得了一笔钱,被买断了工龄,一些人停薪留职……这一榔头,敲下来有一千七八百人。许多无锡籍的工人携家带口回到了无锡老家惠山脚下。

野猫岩似乎失去了往昔的热闹。工矿贸易公司也在搞承包,公司有总承包人,各门店也层层承包,开始了竞争。

不仅红岩厂如此,一夜东风吹得百花开放,大石盘的浦陵厂、小磨滩、石碑口的仪表厂以及光学厂,都开始搞类似的改革。

离开的人中,有一部分人把厂里的这次优化组合当成了一次机会:有人利用技术特长和人脉,办起了小厂小公司,或者靠一技之长到民营厂以及其他股份制工厂打工,以争取更高的待遇和发展空间。其他留在厂里的人,有不少技术人员及技工,也利用业余空闲到民营企业赚钱,形式多种多样……

章军一家形成了四五种格局:章军依然在转速仪表厂当司机,他爱人桂淑在劳动服务公司当普工。大女儿嫁到附近农村,和她丈夫办起了一个粮食加工作坊;二女儿从仪表技校毕业后先当工人,后厂里减员,她与丈夫离厂,她丈夫是工程师,到一家民营企业打工,她则开了一家餐厅;幺儿章敏从红岩厂出来后,独自开了一个模具店。八仙过海,各显神通,这句话安在章军一家,再合适不过。

之所以出现这种多元化格局,一方面是形势所然,另一方面与章军的观念有关。他这老兵,整天开车在外,见多识广,打破大锅饭,引进竞争机制,这是当下潮流。守着经济发展困难的厂,不如凭借自己的勇气和智慧开出一条新路。孩子们要干什么,他不干涉,而是说:"条条大路通罗马,自己开车上道才走得远。"

章敏自小就长得像他父亲,面目清秀,身体笃实。当年红岩厂招收了一批青年职工,他们来自体校,或是省市体工队退役的足球运动员,组成了一支足球队,常常到外面参加比赛,赢得了不少奖旗奖杯。红岩厂子弟校成立了几支少年足球队,从三年级到初中,每个年级都有一支十多个人组成的足球队,甚至还有女足球队,由厂里足球队的尖子当教练,训练严格。累次参加少年足球赛,选拔足球尖子组成的校代表队,常常载誉而归。他们多次获得市区第一名,参加全国少儿足球比赛"贝贝杯""萌芽杯",均获得过第三名。

章敏在子弟校足球队表现突出,先踢左前锋,后踢中后卫,后来读川仪技校时仍然是足球尖子。再后来,章敏进他父亲工作的转速仪表厂当了钳工。

章敏刚进厂时,被分去当钳工。他老汉儿章军对他说:"钳工是厂里最好的活儿,许多人在争,你现在当了钳工了,要珍惜机会,好生学技术,要把你那颗野骡子的心收起。"

"车工紧,钳工松,吊儿郎当学电工。"章敏心里在嘀咕,但实际学得认真。

不知是师傅要夹他这个新毛驹,还是他老汉儿打了招呼,从此,他那个叫"酒罐"的师傅对他特别严厉。有一天,"酒罐"师傅拿了一副铬钨钢模具粗坯,叫章敏打磨光洁。那钢很硬,必须打磨三四道才能出光。

章敏小心打磨,经过粗磨、中磨、细磨,模具初坯端面已呈出镜面光。师傅走过来,恍眼看了模具一下,突然"酒罐"起波浪,抓起一块油石在上面乱划,顿时,光洁的模具镜面斑斑驳驳。师傅把模坯子一扔,又拿出一个粗坯,命令道:"章敏,你活儿糙,重来!"

章敏走到师傅跟前,挨得很近,好像在比高矮,他一米七五,师傅一米六五。他望了师傅一眼,拿起模坯走了。

二师兄看见了,就说:"新毛驹遭夹,我也遭过,小师弟,这回好生做。"

章敏边打磨边说:"没啥了不起,师傅还没得我们老师凶,打磨模具毕竟是上班时间做活儿,老师在课堂夹磨你,还给你布置一大堆家庭作业,让你熬更守夜……"

二师兄笑起来:"你还扯,随便啷个扯,也扯不过师傅,就像孙猴子怎么也绕不过如来佛的五指山。"

章敏回到家里,吃了晚饭看足球赛,正看得热闹,老汉儿章军回来了。他高声叫道:"章敏,过来一下!"章敏一过去,老汉儿就把两本书递到他手上,说:"回屋把电视关了,去读这两本书,认真点儿,必须读熟。"老汉儿的话违背不得,每句话都是命令,章敏只得乖乖关了电视,打开台灯。

还好,这两本书一本是《金相学》,一本是关于模具的。章敏在技校学过一点儿皮毛,把模具书一翻感到新鲜,便认真看了起来。

一个钟头后,他走出房间,老汉儿看见了吼他:"溜出来干甚,想开小差吗?"

章敏说:"我找笔,你喊我看技术书,光看,看过了五分钟就忘到后脑壳,我找笔记记,还要画图。"

章军马上给他找了一把笔。章敏接过笔问:"老汉儿,这书是你买的,还是'酒罐'叫你拿来的?"

章军说:"问这有意义吗?多看书不是错事儿,老汉儿我当年在冰天雪地,饭团都冷硬了还在看技术书。你师傅叫你看书,是打倒你娃儿的骄、娇二气,磨炼你娃儿的耐烦心,你当家庭作业做,有啥子难的?"

"这是家庭作业?"章敏说,"我做就是。"这个"酒罐",平常跑到我们屋头蹲饭,喝了老汉儿不晓得好多好酒,那些好酒,这会儿全化成我的家庭作业了。早上在车间说的话,一阵风就刮到了师傅耳朵里去了,没得这么巧,我那二师兄当年读小学时,一定"二",当过班长……

"酒罐"师傅就这样教他。处处为难,这词斯文吊吊的,换成"酒罐"师傅教章敏,就应该改成"处处为拦"或者"处处为栏",编方打条去为难徒弟,给他设置大小障碍……

终于有一天,师傅叫章敏打磨一套模具,他足足花了两天工夫细心磨好了。师傅看了,摸了,还用脸蛋去擦了两下,说:"慢工出细活儿,可以了。"他马上又叫章敏做一把方头榔头,按图施工,规定他独立完成,而且限了时。

章敏准时做好了榔头交给师傅,他左看右看,然后把榔头递给章敏说:"你以后跟我,就用这把榔头。"

章敏回家一说,老汉儿笑眯了,心里明白:儿子学钳工还不到两年,手艺应该达到了一二级工。

不知为什么,章敏出徒之后,凡是有使用仿形铣的活儿,"酒罐"都支派章敏去做,还督促、检验得特别严。

渐渐地,章敏和"酒罐"师傅、老汉儿可以同坐一桌喝酒了。他闲了踢足球,耍朋友……

时光飞驰,不知不觉过了几年,遇上了单位改制,优化组合,他们车间定岗减员,章敏从石碑口仪表厂停薪留职。

老汉儿对儿子说:"老家龙山几个亲戚在县上当局长,听说你停薪留职了,叫你回去,承包工程跑业务,每月给1500块。你去不去?"

章敏说:"想去,那1500块,好让人心动。"

老汉儿说:"我退休在家闲着,陪你回去看看,再决定去不去。"父子俩便坐车到青木关,转车去龙山。

那几个在当地当局长的,不是章军的叔伯兄弟就是他的侄儿辈,曾得到过章军的各种帮助。他爷俩回乡,自然受到隆重接待,当晚包了宾馆,吃了一顿大餐。他们喝酒,喉咙管像漏斗那样,让他爷俩心惊胆战。

第二天,章军一个当建筑开发老板的侄儿开着路虎载着叔叔兄弟到处跑,一连串逛了几个工地。马不停蹄,尘土飞扬。章军爷俩回到宾馆,冲洗了一下,倒床睡到天亮。早上爬起来,章敏向老汉儿叫唤:"遭了,昨晚上错过了一场球赛。"章军说:"还忘了给你妈打电话。"

第三天又去看工地,看到十点半,那个工地还没看完,章军对侄儿说:"不去看了,累人,找个清静地方喝茶。"老板侄儿把他爷俩带到甄家小镇。车在镇上逛了一圈。

这镇原来是个路边镇,远比歇马场小,现在正大兴土木。公路两边,大大小小开了好几十个餐馆旅馆。前些年,章军多次开车经过这里,心想:这些路边店,有些名堂,不晓得内瓤子现在变没变。他看了儿子一眼,心念一动。当路虎停在一家大酒楼前,他看见几个花枝招展的旗袍女子涌向他侄儿,嗲得肉麻。章军马上走到一旁,摸出手机,打了一个电话……

果然,吃饭的时候,几个打扮时髦、动作言语轻佻的年轻女子,跑来陪酒。章军看见侄儿和她们打得火热,还有女人来撩拨章敏,甚至来缠自己。正在不可开交时,章军的手机响了,打开一看,是一条短信息:"家里有火急事儿,章军、章敏速归。淑。"

章军马上把手机传给章敏:"家里发生火急事儿,你妈催我们赶紧回去!"接着,侄儿也看了,他叫章军打电话问问是怎么一回事儿。章军拨电话,不通。章敏掏出手机拨号,对方关机了……

章军、章敏马上告辞,跑到公路边打的士回宾馆,20分钟后,搭上了一辆从成都开往重庆的大巴。

车到青木关,章军对章敏说:"龙山乱七八糟,没得歇马安逸清静。"章敏问:"老汉儿,你回老家才两三天,哪个得出这个坏印象?"

章军说:"你看那些女人,客人一进屋,她们都把他当老板,食客也当嫖客,管了上头嘴巴,还管……算了,你娃儿二十几了,懂。告诉你,我一见阵势不对,给你妈打了个电话,她发短信给我爷俩下梯子,当然是怕你娃儿学坏。"章敏说:"我懂了。"

老家没回,章敏在歇马场歇马。他有一天到北碚,看见西师有个系在搞电脑三维制图培训宣传,他看了广告资料,很感兴趣。回家跟老汉儿一说,老汉儿说:"这是好事儿,年轻人要合时代潮流,你去,学习费用老汉儿给你包了。"

章敏到西师学了几个月三维制图,每天风雨无阻,学了些可用的知识,还和几个同学交了朋友。有了底气,在一个朋友开的一家装饰行干了两个月,决定自己回到老家龙山搞装修。

有亲戚帮忙,店很快开张。第一个月接到的活儿零零星星,小有赚头,并在龙山有了点儿小名气。第二个月,接了一个供电局的业务,给局长家搞装修,装修的新潮,富丽堂皇。局长感到满意,便向他局里副局长、书记、处长推荐。他们到局长家参观后,章敏就接到了他们几家的装修工程。这一连串的业务做下来,赚了几十万元。

可是,章敏请的丘二开始扯拐,歪起脉打他的主意,买材料吃回扣,买孬材料充好材料,私收装修客户的钱……

章敏入行不久经验少,只晓得从早到晚在外面联系业务,交朋结友,内部管理疏忽,丘二的伎俩他没发觉,等他发觉的时候是用户上门索赔。赚到手的钱几乎赔光了,一下又回到了原点,于是又回到歇马。

章军说:"章敏,外头的钱不好挣哈,你钱没挣到多少,表面上好像是缺少管理经验,实际上是你这个人太单纯,不懂人际关系,人善被人欺,被人蒙了还帮他数钱。现在歇马摩托车配件厂多,到处搞加工配套,需要模具,干脆你在歇马开一家模县厂。"

章敏怯怯地问:"老汉儿,开模具厂需要好多钱?"章军说:"你跑到小模具厂去看,这是你的本行,添置些啥子设备,一看就有底。还是那句话,钱不够,老汉儿给你设法。"

其实,小模具厂,一个小门面,安儿台机器就行了。章敏跑了几家小模具厂,心里有底了,很快就开起来了。所谓厂,不过是个模具加工点,厂长是他,丘二还是他。

这次独立开厂,业务还不错,一些老关系上门,从自己的业务中撒了几滴偏东雨给他,他看成观音菩萨的杨枝水,工件做得保质保期,业务顺遂了。

人手不够,一个朋友介绍他一个侄儿来打工,章敏收了。这小子聪明,平时看似老实,谁知他做了半年后,出于贪念买了不合格的液压油,造成电离子柜火灾。章敏斥责了他几句,他当天就脚板抹油,飞快溜了。

章敏赶紧请了一位内行朋友来厂,朋友看了柜子说:"可以修好。"给他开出一列材料清单。章敏骑摩托车去与材料供应商交涉,谁知心急火燎,不小心摔伤了腿。在床上一躺便是三个多月,辛辛苦苦办起来的厂只得关了。

躺在床上,脑子活泛,一百多个日日夜夜,思来想去。章敏最终决定伤好了去给朋友打工。这一去,做了两年模具。手艺见长,钱也积攒了一些,更重要的是积聚了人生经验。然而这个开厂的朋友迷上了炒股,钻进去拱不出来,亏得精光,厂也做死了。这情状应了一句老话"树倒猢狲散",章敏只得卷铺盖卷回家。

璧山的一个技校同学跑到石碑口见章敏，章敏请他喝酒。酒酣耳热，章敏又有了新想法，他一提，同学说："好啊，好啊，有钱大家赚。"章敏便和这同学在邻县大路场开了一家模具小厂。

这个厂三个人参股，章敏和他同学，还有一个中年师傅，各有分工。去了一年左右，到年底分红，章敏分得多，因为他舍得跑业务，舍得花钱交结朋友，承接的活儿多，又出了机器设备，按章程自然该多得。没料到那个师傅对章敏产生了嫉妒心，甚至升到敌意，一开年，就给章敏安绊马索。章敏于是又回到歇马，独自开了一家模具厂。

章敏手艺已经练出来了，又生性豪爽，在外面广交朋友。别人见他"懂得起"，一有合适的业务就交给他做。他的局面渐渐打开了。

他师傅"酒罐"的侄儿李艾才，一年多前开了一家小模具厂，章敏被师傅拉去看过几回，还抽空帮忙给李艾才做过模具。两人关系不错，章敏把李艾才叫二哥。

这天，章敏来到李二哥的厂，一看厂房还是那个样，但是内瓤子有了相当大的变化，变化发生这几个月内，李二哥添了一台仿形铣，工人也多了两个。

章敏咋呼起来："二哥，我几个月没来，你的厂鸟枪换炮，突飞猛进，翻天覆地，日新月异，二哥，让我刮目相看，你使了啥子魔法？"

二哥吃吃笑起来："章敏，你口才见长了，让我一下子想起我老汉儿那个忘年交的朋友'小牙巴'，你铁齿钢牙，快赶得上他了，给你取个外号，叫'龅牙巴'。"

章敏说："不如叫'钢牙巴'，啥子都嚼得烂。不开玩笑了，二哥，我的厂业务来爆了，厂房小了，我想找个大点儿的堂子，难找。"

二哥说:"我这里不难找,堂子嘛也不算小,半亩地,300多平方米,还新添了设备。你我两兄弟知根知底,又都是搞模具加工的,不如合起来,来个强强联合。"

章敏回去给老汉儿章军一说,章军说:"这事儿你自己决定,我不插嘴。"章敏决定和二哥联合办厂,投了几十万元扩厂房、买设备。两人分工,章敏主外,二哥主内,很快见到了成效。

一天,章敏中午回家,看见灶是冷的,锅没有洗,桌子上空空荡荡。妈呢?妈到哪儿去了?章敏看了看铁锅,油腻腻的一锅水,说了一句:"饱吹笛子饿吃烟。"就点了一支烟抽。烟抽完肚子还是饿,于是锁上门朝劳动服务公司的小饭馆走去。

还没走拢,招呼声响了起来:"章敏,你今天中午怎么回来了? 又不打个电话!"说话的自然是章敏的妈,她手里提着一塑料口袋菜,身旁还跟了一个阿姨,手里也提着一包菜。

章敏认出她了,忙上前帮她提菜,脆生生地喊了一声:"韦孃孃,你来了?"韦孃孃笑眯了,望着章敏说:"几年没见到,长成大小伙了。"

这个韦孃孃就是沈根远的表妹韦才芝,她当年在斑竹岩当知青,章军帮她想方设法买到了上海蝴蝶牌缝纫机,后来,她经常来章家,教章敏的妈妈做衣服,有时还修理缝纫机,俩人情同姊妹。这几年走动少了,但感情没变。

章敏打量韦孃孃,40岁出头了,她以前胖嘟嘟的,现在苗条了,她不漂亮,然而脸部透出一种善良。

回到家,章敏妈和韦孃孃进了厨房,章敏坐在沙发上看书,一会儿,厨房中水响、菜板响,紧接着飘出股股肉香味、油烟味。章敏想:今天中午可以吃到两个妈妈做的饭菜了。

饭菜上桌了,章敏首先去夹回锅肉,酱香、蒜香、泡姜泡海椒香、肉香、灯盏窝肉片一看就感觉糯叽叽的。他猜到这是韦孃孃的手艺,比自家妈妈手艺好,尝了一片之后,动筷如飞。

章敏妈说:"韦才芝,你看章敏那馋样,你炒菜手艺比我高。"韦才芝不语,笑眯眯看着章敏。

饭吃过,章敏妈叫章敏去收拾桌上那一摊,她和韦孃孃去做衣服。章敏刷锅洗碗收拾好后,跑到妈妈房间,看见韦孃孃正在指点他妈做衬衣,还适时调整"鸭脚",就对他妈喊了一声:"我去睡午觉了。"

章敏一觉醒来,一看表,居然是下午四点多钟了。"回锅肉吃舒服了,觉也睡得香。"他念叨了一句。听到老妈房中机器依然响个不停,就走过去看,只有老妈一个人在缝纫机前忙活。

于是问:"韦孃孃呢?"章敏妈头也不回地答道:"她走了。"章敏说:"怎么这么匆匆忙忙,吃了夜饭再走嘛,她住在北碚又不远。"

章敏妈说:"她忙得很,急着回去关店门,她下岗了,几年没拿过工资了,和老公开了个小文具店。今天早上,我到北碚大菜市买菜,在车站碰见她,随口说缝纫机不好使,她细问了一番,说'这点儿小毛病我能修,帮你修'。说罢,她去烟店打了一个电话,就和我一道回来了。"

章敏一下想起了小时候,他和姐姐都穿过韦孃孃做的衣服。她帮他做的小西装,穿去上幼儿园,让小朋友们看了好眼馋……就说:"妈,韦孃孃是个好裁缝。"

章敏妈说:"你韦孃孃何止是个好裁缝,还是个好人,具有侠义心肠。"

"真的？"章敏爱看金庸、古龙、卧龙生的武侠小说，一听到"侠义"二字，马上感兴趣了。章敏妈不踩机器了，去整理刚做好的一件衬衣，不紧不慢地讲了一个故事：

"你韦孃孃在歇马斑竹岩当知青那阵，结识了一个女的。这个女的是个军属，她老公把她从自贡乡下带出来当随军家属。她那时在当乡村小学的老师，接到老公的信就带着两个孩子来到北碚。哪晓得条件不够，她人来了，随军家属没当成，最终在梁滩河下游的一个小山村赤石桥落户，当的是农民。赤石桥是韦孃孃的姨妈所在的生产队，她一去就注意到了这位拖女带崽的人，两人一交谈，就觉得性情投缘，成了朋友。"

章敏说："这种朋友多，后面还有故事没有？"

老妈说："你这娃儿就是心急，当然有故事。这个女的姓胡，叫胡兰，性子急，当时她失落到了极点。

"韦孃孃安慰她，'你下乡快一年了，再熬个一年半载，就熬出头了，我当了六年知青了，调回城八字没一撇，还不是得熬。这样，赤石桥离斑竹岩不远，我有空就来帮你'。她果然这样做了，帮她收豆子，挖红苕，那两个小娃儿的衣裳她全包了。还给她姨妈打招呼，能帮胡兰一家的要帮。

"有一天，早上八点多，韦孃孃到赤石桥去，刚走到胡兰家，就听见孩子哭。她赶紧三步并作两步走进了屋。一看胡兰和她五岁多的女儿躺在铺上，四岁的儿子坐在门边哭。韦孃孃就去摸她两娘母的额头，好烫。这时，胡兰睁开眼睛，有气无力地问，'妹子，你来了？'韦孃孃说，'啥子都莫说了，你两娘母病得恼火，赶紧到北碚医院'。胡兰点头。

"韦孃孃想了想,就把胡兰的小儿子寄放在邻居那儿。韦孃孃把小女儿背上,搀着胡兰向门外走去。

"从赤石桥到北碚医院,夫约有十七八里路,铁路不好走,改走铁路边上的小路,散落的道碴硌脚。韦孃孃背着娃儿,不时搀扶胡兰,走一路,歇一歇,一路走走停停,衣裳湿了又干,干了又湿……"

故事讲到这里,章敏妈眼睛里蓄满了泪水。章敏小声问:"妈,这么感人的故事你是从哪里听来的,是韦孃孃本人给你讲的?"

章敏妈说:"你韦孃孃帮朋友裁衣服,不收钱,很有口碑,这个事儿是我偶然从她帮过忙的一个阿姨那里听来的。后来,我去问韦孃孃,她说有这事儿,对当时的情景做了一些补充。我讲得不好,以后遇见韦孃孃,你自己去问她。"

讲到这儿,章敏妈伤感起来,她和胡兰的经历有几分相像。

章敏忙安慰妈妈。他妈望着章敏说:"这是故事,又不是故事,韦孃孃做的事儿,许多人都做不到。"章敏说:"是的,什么叫侠义,一个人在平常的生活中,为他人做好事儿,出自平常心,无论大小,让人记得住就是侠义。"

后来,章敏到北碚老街时,特地跑到韦孃孃店里看了看。那个文具店很小,毛笔、砚台、墨……古色古香的,生意冷清。韦孃孃的老公"蒲扇"到他家来过,他认识。他进店和韦孃孃闲聊时,"蒲扇"从小桌边站起来向他点点头,然后坐在矮板凳上用毛笔码字。

章敏和韦孃孃聊了一会儿,见有人买毛笔,打了声招呼就走了。走在街口回头,望见"蒲扇"仍在埋头写字。

和二哥联合办厂,章敏并不愉快,因为性格差异,两人始终磕磕碰碰。二哥主内,管生产和财务。章敏跑外面接业务,风里雨里,网来业务回厂,还兼做模具。

这时歇马开了好几家模具厂,自然出现业务竞争。请人吃饭、送礼、给介绍费、给回扣……哪样动作都不是干打雷不下雨,离不开一个字:钱。

章敏拉回厂的业务多,都是些有钱可赚的模具或加工活儿,他和二哥合作三年,钱赚得不少。钱一多,二哥的"财"性就一天天暴露出来。章敏每次报销,他总把单子发票翻来覆去,连车票也要张张去数,仿佛在看上面有脚板印没有。

每次报销,章敏都像吃饭时遇见了偷油婆,恶心。年底分红的时候,二哥总会别有意思地念叨:"要是在费用上节省些,我们分的钱要多好些……"

有一回,二哥跑到通用汽油机厂,用章敏的名义订了十万元业务。这事儿没有给章敏说。他回来时得意扬扬地对章敏说:"老哥出马,一包中华还没撒完,就拿回十万元的单……"

终于,章敏向二哥摊牌:"二哥,我哥俩各做各,互不干扰。"二哥头也不抬,说了一个字:"好。"

一个月之后,章敏自己开起了一个模具厂,规模不大,设备也不多。然而,开张那天,来了不少祝贺的人,章敏宴请来宾,不多不少办了十桌。有镇里的客,镇外来的客多是老板,大多来自市里各个摩托车生产厂家。

二哥也在受邀请之列,他看到城里的老板来了,其中还有大佬,吃了一惊,脸色变得像暴风雨前的天空。

第十六章

章敏给厂取了一个名字,叫"海星",这是他自己想了两天两夜,从他想出的几十个名字中选出来的,海天空阔,星星明亮,海星就是希望之星。

办厂的钱,没贷银行的,也没借父母及朋友的,是他这些年积攒下来的。他不抽烟,包里常常揣着中华,是敬客户和朋友的。办厂这些钱,来源主要是最初下海搞装修时剩的,他在那几年打工的空隙,帮人做模具挣了一些,还有与二哥合股开厂时挣的。

他老汉儿章军有次在北碚正码头遇见韦才芝,章军谈到他儿章敏办模具厂,感叹地说:"这个章敏平常花钱大手大脚,你家'蒲扇'抽山城,他荷包里头揣的是中华,这回一办厂,大把大把的票子一下就拱出来了。"韦才芝听了哈哈笑:"'蒲扇'说猪往前拱,鸡往后扒,各有各的刨食招数,你感慨啥子?"

章敏的厂房不过是一间门面,还是租的。添置设备花去了他大半积蓄,主要设备花了大钱,当家设备,他舍得花血本。次要的都是以前的设备,他准备挣了钱后再淘汰买新的。"夫欲善其事,先利其器"的道理他懂,但目前能省就省,一分钱也须掰成两分来用。他打算用自己的技艺、人脉、勤奋与智慧来弥补设备之不足。

厂建起来了,业务也有。在请不请工人、请多少个的问题上,章敏犹豫了很久。请吧,又怕不可靠,不请吧,又怕自己忙不过来,应付不了合同的执行。想来想去,"实践是检验真理的唯一标准",他决定自己先单干两三个月再说,当然在这两三个月中,他也不忘物色人才。

当老板真好,尤其是在地熟人熟的歇马,哪怕是一个人的老板,啥事儿都可以自己做主。他在承接业务方面花了心思:利润大、难度高的业务,能独立完成的,他承接。轮到他一个人做不了的,就临时请兄弟伙帮忙。这些手艺不错的兄弟伙有的开小厂,有的是附近厂的上班族,白天打工,晚上来做模具,或者星期天来做,不讲天数讲件数,做好就得钱,本身性质就是临时工。

有些单件活儿既不赚钱、还需找人合作、租用机械,章敏能推就推,条件就这么个样,人家看了也无多余的话可说。

不过,有些活儿,做单件不赚钱,成批地做会赚钱,而且不需什么高端设备,章敏会揽下来。这类活儿,他不会亲自去做,临时找几个工人来做,他做示范,工人按这鸡蛋画圈就行。也不是简单地画圈,章敏把这活分解成几个工序,把工人分成几组,一人负责一两个工序,下一个工序的操作手就是上一个工序的检验员,他则当最后工序的检验。按计件的方式结算，工人积极性高，层层抓质量，免得用别人的错误来惩罚自己。他找的工人有一定技术，完全是生瓜蛋子的，不用。这种方法简单实用。

有些活儿不怎么赚钱，章敏接下也保质保量完成。结果，下一批活儿又来了……这种效应真好，不是多米诺骨牌，而是立电杆似的，越竖越多，立而不倒。一个老板的活儿源源不断，这老板的朋友又把活儿送来了。

有一次，一个衡器厂的老板送来一批活儿，给磅秤的面板钻螺孔，需要把上面的飞皮毛刺打磨光再钻孔。打磨活累人，价出得并不高，但章敏揽下了，雇了几个工人做这活儿，按他设定的工艺流程计件，活儿完成得漂亮。

衡器厂老板满意，便跟他定了下一个合同，要求的质量比面板更高，价格也水涨船高，整单金额达十多万元。章敏也完成得让那老板满意。从此，衡器厂老板和章敏成了固定的生意伙伴，更成了朋友。

后来，章敏在做粗活儿的工人中，选中一个叫常斌的小伙子当长期工，留守店里，让他在自己外出时照应店面。章敏不仅让他守店，还有意培养他当徒弟，以便能独当一面。

再后来，招了一个亲戚进厂，这是父亲的旨意，天下再大，皇帝也有穷亲戚，他塞进来，你没法选择也不能拒绝。这个叫袁华的小表弟读过高中，看上去也机灵，章敏时时在注意他，甚至试探他。章敏让他干技术活儿，如果肯学肯钻，品性也可靠，常斌可以专心学徒了。

在开厂的最初日子里，人脉比厂房、设备、技术工人乃至资金都显得更重要。那些东西你一样没有，有了人脉就可能有。章敏从一次又一次的血泊中爬起来,他寻找朋友……

一次酒宴上,他为一个个子瘦小的陌生人挡了几杯酒。宴席散了,大家走人。不久,章敏又去赶赴另一个酒局,一席人生生熟熟,杯子举起来,你敬我敬,酒喝了不少,释放出来的废话、假话、大话、屁话,远比喝下去的酒多。

一个高个胖子出了一个谜语叫一个又瘦又矮的人猜,谁输了就罚酒一杯。胖子念出几个字:"半夜摘桃子,打一个重庆新言子。"

有人抢先接招:"按到粑的捏。"胖子说:"不对,我打的是新言子。"瘦小的汉子自然也噤口无言。胖子得意起来,对大家说:"谁帮他答出,也作算。"在场的人没一个猜出来。"咂,智多星也哑火了。"胖子开始数落瘦子。

章敏虽然听不下去,但不想出风头明帮瘦子,因为他知道胖子是一个摩托车制造公司的老总,揭谜底可能得罪他。再说,那瘦小个子他不熟识……

胖子就对瘦子说:"对不起,傅平,你老弟是智多星,沉默也表示输了,罚酒一杯。"就监督他喝酒。瘦子傅平无奈,喝了酒,呛得久咳。胖子环视满桌的人,不无狂妄地说:"不是藐视,你们脑壳想起茧巴,都想不出来!"一桌人沉默无言。

傅平望了望胖子,说:"我去放个水。"他向卫生间走去。胖子指着傅平的背影说:"这小子太花了,肾虚,多喝了两杯就夹不住,尿遁了。"

章敏听了,也起身上卫生间,他在过道,写了几个字在空烟盒上。他走到卫生间,遇到傅平准备出去,就把烟盒纸递给他说:"你看一下,这才是正确答案。"

傅平一看，愣了几十秒，之后哈哈笑了起来，快步走回餐厅。章敏慢慢走在他后面。

胖子看见傅平回来，对他说："你到厕所放水，水声哗哗，有了灵感没得？"

瘦子轻描淡写答道："跟你老兄一个样。"胖子一愣，瘦子补上一句："专找熟的下手。"说完望着胖子。

胖子愣了一下，马上笑了起来："你娃儿脑筋急转弯，答对了，这年头生意场上专找熟的下手的，多如牛毛！这杯该我喝。"

之后，傅平打听到章敏的背景，专程到章敏的小厂拜访，他请章敏吃饭。对章敏说："头一回，你替我挡酒，我喝迷糊了，很快把你名字忘了。这回猜谜非挡酒可比。我寻思了许久，你帮了我两回，都是出于一种天性，就是讲义气，见不得恃强凌弱的人。我想和你交个朋友，不知你愿不愿意？"章敏说："要得！"

傅平说："我俩岁数差不多，不妨以兄弟相称。"两人报了岁数，傅平大三岁，章敏马上喊："傅哥。""兄弟！"傅平伸出手，两手一握。

傅平看了章敏的车间，说："你的设备还可以，麻雀虽小，肝胆俱全，万事俱备，只欠东风。我想送你一股东风。"

傅平对章敏说："别以为胖子是个棒槌，他是个摩配老总，文化水平不低，只是爱踏屑人。他和我的关系其实也不坏，经常在一起喝酒的。我呢，是龙兴余老板的哥哥公司的副总，这公司比龙兴规模小些，但也有些业务可以腾出来给你做。过几天，我来找你。"

章敏笑了，说："傅哥，你和胖子的关系不错，我修行不够没看出来。"说完就不言语了。他想和这傅平毕竟是初次结识，不知根知底，少说为妙。至于傅平说的"我想送你一股东风",送的是多大的蛋糕,送了才晓得。

没过多久,傅平给章敏送来了一笔三万块钱的业务,从钱的数量看,不多不少。但是工件难度不大,凭他的技术和设备可以很快做出来,而且能确保质量。更重要的是利润空间很大,可以和以前与衡器厂做的那笔十多万元业务的利润相比。

这超出了章敏的想象。他心里明白,这是傅平在给他添火加薪。他打电话给傅平,想约他出来喝酒,感谢他。

傅平说:"吃饭免了。这点儿小意思,是当哥的该做的,无须谢。你现在刚起步,多一点儿业务、资金支撑,步子走得快一点儿,以后有机会,我还会帮你。"

章敏说:"哥,我打听了一下,你们单位好多副总,各管一行,都各有对应的协作厂家。你给我业务也十分不易,虎口夺食,以后量力而行,太麻烦了我心不安。"

以后,傅平从本单位拨给章军的业务不多,几千或万把块的业务,零零碎碎的。每次,章敏都向他表示感谢。

傅平也介绍了不少朋友给他,这些朋友都是老板或老板的得力部下。他们和章敏打交道,觉得这小伙义气,隔三岔五地把业务交给他做。这些业务金额不大,但是犹如涓涓细流,源源不断地汇入章敏这条小溪流。

章敏的厂渐渐发展起来,开始添人、添置设备,把旧的设备淘汰,购置新的科技含量高的设备。他又高价租下相邻的一个门面做车间。

他教的两个徒弟常斌和袁华在技术上也可独当一面了。袁华还有经营管理能力,虽然经验不够,经过时间打磨,不久以后他就可能成为自己的副手。

业务兴旺了,章敏就想扩大生产规模,添置设备,场地也明显不够用。他向老汉儿章军谈了自己的打算。章军说:"想扩大厂房,想法很好,你资金怎么解决,是贷还是借?"

章敏说:"我哪会去贷款,也不会去向别人借,我觉得两样都麻烦,资金我自己解决,没得金刚钻,不揽瓷器活!我既然说要扩大规模,当然做了相应准备。"

章军又向儿子询问了一番,问得很细,末了说:"我跟你说一件事儿。"章军的脸色立刻变得凝重起来,这让章敏心里怦怦直跳。

章军说:"章敏,你和李二哥多久没来往了?"章敏支吾:"好像,好像一年多了吧。"其实,上个月他在一个朋友的宴会上还见到过李二哥,两人没说话。

章军说:"你二哥目前状况不好,天天跑去炒股,结果被套上了,最终厂子开不下去了,跑去给朋友打工,心里憋屈,又想重新开厂。'酒罐'说他有一点儿资金,但是缺人缘,这意味着缺业务。他把'酒罐'请来跟我说情,又想和你一道办厂。"

章敏说:"这事儿大,我想一下再回答。"章军说:"我不逼你,如果你放得下面子,想通了告诉我,我叫二哥和你见见面,好好谈一下。"

章敏深知他二哥的缺点:爱财。把钱财看得比啥子都重,有了钱就一心想往自己腰包塞。这种人可共患难,不可共富贵。这毛病一辈子都改变不了,还爱炒股,弄不好他自己受罪,还拖累别人。

章敏一个星期不回家,故意天天在外面跑业务,想的是拖上一两个星期,以这种行为隐晦地表示自己不愿意。

可是,第二个星期的星期一,他一回到厂就发现父亲章军在他办公室里候着,两只眼睛通红。他一惊,忙问:"老汉儿,你什么时候来的?"

章军用指头抠着眼屎,说:"昨天晚上我就来了,等你等到一两点,也不见你的影儿,就在沙发上睡了一夜,木沙发太硬了,硌得背疼,一夜都没睡好。"

章敏说:"老汉儿,你来的意思你不说我也猜得出,这样办好不好,二哥差钱,我可以帮他代筹,业务关系,我也可以介绍。其他的免谈!勉强凑合,你儿子的生意迟早受拖累。"

章军听了想了几分钟,说:"好嘛,我按你的话给他说。"

二哥的厂开起来了,赚了钱,他的老毛病又犯了,不到半年,生意往下滑坡……

除夕夜,章军感慨地对章敏说:"你有先见之明,幸亏没和二哥搭伙。"这时,章敏想起了"半夜摘桃子"的新言子……感觉生意与熟人的关系,必须按规矩办事儿,不能混淆。

中秋节刚过,股市大震荡,"红尘啊滚滚,痴痴啊情深",有人进去,有人撤退。

经傅平的一个当老总的朋友介绍,柳州一家大汽车厂有一笔大业务,如果能够接下来,章敏这个厂的格局都会改变,将有一个大的提升。

章敏到了柳州,考察那家企业,其生产的汽车销量非常好,企业信用很不错。朋友介绍的那人是柳州汽车厂的秦副总,他在西藏当过兵。章敏一听,把耳朵捋直,接着打量,秦副总比自己父亲小几岁。

在喝酒的过程中,秦副总酒酣耳热,谈起他在高原的当兵岁月,当汽车兵,后转业到地方……

　　章敏和他对话,谈出的内容让他大吃一惊,人物、地点、事件,样样都如丝如扣,像亲历过似的。

　　秦副总打量章敏,这娃儿面相还嫩,就问:"你年纪比我小一半,对西藏怎么了解得比我还清楚?"

　　章敏说:"我老爸在朝鲜当过两三年兵,在西藏当过13年汽车兵。"

　　秦副总问:"去过朝鲜,到西藏当了13年兵,司机,这种资格的'老板凳',在整个西藏,掰着指头数,只数得出四五个。喂,章敏,你老爸叫什么名字?在哪个部队?"

　　章敏不好意思地挠挠头发,说:"我老爸叫章军,在司令部。"

　　秦副总激动起来:"我晓得了,你爸给副军长开车,技术一流,还会武术。论起来,他算得上我的师伯!想不到,真想不到,你是他的儿子。来,章敏,干一杯,我不敢在你面前冒大了,你我不妨以兄弟相称。"

　　章敏说:"不可,兄弟感情可以承认,我得喊你一声叔叔。秦叔,不可乱了规矩。来,我敬秦叔一杯。"这顿酒,两人不知碰了多少次杯……

　　章敏在柳州待了20来天,揣着合作意向书回到歇马,他的生意蒸蒸日上……

第十七章

铁工厂像一只小船,在波浪中颠簸。

凭着闺蜜谢琴的老公刘彬给帮忙敲定的一项摩配业务,铁工厂延续了两年,也就是延续到郑书记退休时。这业务如鸡肋,没多少肉,食之无味,弃之不甘,然而有总比没有好,好歹是个饭碗。

瑶瑶曾经请谢琴给她老公做工作,刘彬帮铁工厂联系到一种产品,可是合同意向书到手,厂里搞不出来,一是添置设备无钱,欠银行的款没还,无法贷到款,告借无门。二是技术力量不够,想到外面请人,政策不允许,而且开不起高工资。这个包袱,镇政府背不起,事实上老早就背不起了,巴心不得铁工厂早点儿改制。几个月没开足额工资了,厂里人心浮动,瑶瑶的心自然也是浮动的。

她到处告借,镇里、区里,估计有钱的朋友那儿,走了个遍,没有借到一分钱。有个朋友问清楚她是给厂里借钱,先是笑,然后是数落,中心词就是"你好傻"。那朋友最后说:"如果是你个人开厂,我愿意借款给你……"

瑶瑶回到厂里,守在办公室。

有一天,厂里技术最好的工人张二娃跑到办公室,瑶瑶正在喝茶、看报,一见张二娃来,忙起身给他泡茶。

张二娃说:"茶不泡了,瑶瑶,我跟你说个事儿。"张二娃是车间主任"黑子"的贴心兄弟,和瑶瑶一向处得不错,他这阵跑来,莫非是"黑子"撺掇他来的。

瑶瑶说:"好,你坐下说。"张二娃说:"瑶瑶,真神面前不烧假香,朋友面前不说假话,我想出去,'黑子'也想一起出去。我想问一下,我们可不可以办停薪留职?"

瑶瑶回答道:"国营厂实行了停薪留职,按文件精神,集体所有制的合作社合作工厂,可以遵照这个原则参照执行。参照嘛,停薪留职这个文件,可执行可不执行。歇马的合作摊摊目前还没搞停薪留职,你报上来,我批个同意还要上报,结果可以预见,百分百遭打回来!即使办了停薪留职,每月还得向厂里交一定比例的钱。"

张二娃说:"'黑子'也这么说,不过没你说得这么清楚、周全。我们已经商量好了,不管厂里头允不允许停薪留职,我们都准备离开厂,饭都没得吃了,还待在这破厂干啥!"

瑶瑶说:"你们出去干啥子?"张二娃说:"帮人噻,我们晓得自己技术不行,反正出去找工作,干不了技术活儿,就下力。现在年轻还干得动,再隔两年干不动了,就拿个破碗上街。"

瑶瑶说:"你看看,你和'黑子'是糊的,对你们的未来完全没得一点儿打算,走到哪里黑就在哪里歇,还说些当'讨口子'的丧气话。我问你,你和'黑子'这些有技术的年轻力壮的人走了,厂里那些老弱病残怎么办?如果像你们这样,只考虑自己不考虑别人,我瑶瑶恐怕走了百十回了!你们没得退路,我有,大不了到我老公厂里头干活,照样当头儿,你信不信?"

张二娃忽然笑起来,说:"'黑子'说的,你会这么说,你也会考虑我们大伙儿的。'黑子'说,这个厂要想有转机,只有你有办法,你如果肯出来搞承包,就能扭转乾坤。"

瑶瑶说:"看来今天你来,是'黑子'这跛子端公坐地使法,说,别吞吞吐吐的,说半句留半句,'黑子'还说了什么?"

张二娃说:"说就说,'黑子'说他听到一个小道消息,厂里头要搞承包,有点儿像土地承包。你如果把铁工厂承包了,我们支持你,哪个都不走,哪里都不去。大家还商量,如果厂里贷不了款,都愿意拿钱出来。"

瑶瑶心里一动,问:"真的?有多少人这样说,你说清楚点儿。"

瑶瑶默想开了。其实她早晓得这个消息,她回家和老公黎健一说,老公十分不屑:"你那个厂那么孬,送我我都不得要,上面喊承包,即便是优化组合,人员分流,也要剩下好几十口人。设备又是老化了的,唯一可取的是厂房,不是指那几间东倒西歪的旧房子,是指它的位置和地盘,但是,现阶段它不值钱,劝你莫去,惹火上身。"

瑶瑶听了,对老公的话并不服,她知道,老公是站在一个民营的也就是私人老板的角度来看问题的。而自己毕竟在这个厂干了多年,又是厂长、党员,对厂里的兄弟姊妹有感情还有责任。以前厂里搞不好,有方方面面的原因,条条框框绑着主管者的手脚。如果自己承包了,"一朝权在手,就把令来行",你娃儿私人老板那些招数,谁又不是耍不来!现在"黑子"、张二娃他们把热脸凑上来了……

猛听张二娃说:"瑶瑶,你问好多人这样说,我负责任地告诉你,全厂的人都这么说,甚至听见公社也有领导这样说。"

瑶瑶说:"好啊,你们在下面合计好了,推猴子上树!"口头上这么说,心里热乎乎的。

后来,瑶瑶承包了铁工厂。工友们果然集资了一笔款交到厂里,这笔钱,按瑶瑶的经济实力,她本可不收,但她收了。她想的是,工友们把从牙齿缝里省下的多年积蓄交给自己,一方面是对自己的信任,更主要的是希望她以本生利,带领他们走出困境。但是厂里的工人有自身的弱点,长期吃大锅饭惯的,这笔钱是制约与牵引他们向前走的牛鼻绳。

瑶瑶重新盘了家底,决定起步阶段量力而行,做熟不做生,她把目光投向了方兴未艾的摩托车配件。

瑶瑶把"黑子"提拔起来当副厂长,总揽厂里的一切,供销科设了两个人,一个管材料供应兼内务,一个管销售、外协,两人分工不分家。目前原材料有钱就能解决,而产品的销售、承接及外协比供应更显重要。

她从外面聘了一个年轻姑娘王蓉蓉管销售。和"黑子"协商一番,瑶瑶带着王蓉蓉一道到外面跑产品加工。

她俩来到嘉陵、建设、力帆、龙兴、宗申……跑了一大圈。

首选嘉陵摩托,是黎健出的主意,黎健说:"刘彬当了集团副总了,对整个重庆的摩配行业了如指掌,而且了解并同情你们厂的情况,又有谢琴这层绕不开的关系,你去找他,不一定能拿到业务,但是他可能会给你介绍一些关系,那些关系就是你下次要去的单位,每个单位对你们而言,可能什么都不是,但又有可能是机会。"

王蓉蓉长相不错,是风扇厂的下岗工人,当过库管员,能说会道,供销业务懂得一些,只是没有销售、外协的经验。瑶瑶带她出去是锻炼她,也是考核她。

起个大早,在北碚车站赶车,下车时,瑶瑶就对她说:"你少说话,多观察,不但看我怎样做的,也要把注意力放在对方身上。"蓉蓉说:"瑶瑶姐,我只说两个字,听话。"

事先打了电话,到了双碑岔路口,谢琴开了个小车来接,见到王蓉蓉,看了她两眼。

瑶瑶招呼蓉蓉坐后座,她坐上驾驶室副座后打趣谢琴:"要看老公升没升官发没发财,不看别的,就看他老婆开没开车。"

谢琴说:"借人表己,话是这么说的,要想看一个女人发没发财,升没升官,不看别的,要看她带没带女秘书、男秘书。"

瑶瑶笑嘻嘻:"谢琴,你说得太对了,可惜我只带了一个女下属,证明我没发财没升官。"玩笑开罢,瑶瑶把蓉蓉介绍给谢琴,蓉蓉马上说:"谢琴姐,你好。"倒也乖巧。

车子开了一段路,谢琴才说:"瑶瑶,你来得不凑巧,老刘到山东出差去了,军令难违。不过,他给你留下了有用的资料,放在我家里的。"

瑶瑶说:"我正纳闷怎么车没有向嘉陵厂里开,原来是往你家里开,这方向好像也没对哟。"谢琴说:"早搬家了,搬到了石门附近,江景房。"

谢琴家有将近250平方米,临江望水,露台很宽,种了几盆君子兰之类的香花。室内装得富丽堂皇。瑶瑶观察了一下蓉蓉,她似乎波澜不惊。

坐在真皮沙发上,瑶瑶和谢琴喝着柠檬水,聊了半个小时。谢琴说:"瑶瑶,没想到你担起了这副沉重的担子,铁工厂向死得生,你们厂里的职工有福了,真心希望你能凤凰涅槃,开辟出一个新天地来。我谢琴也是歇马人,也一定尽绵薄之力。"

谢琴在抽屉里取出一张单子,上面是一些公司、工厂的负责人以及产品的名字,有的厂写了摩托车的年生产量。谢琴说:"瑶瑶,有些信息不便写,你自己去摸索。"

"理解,理解!"瑶瑶捡好了这张单子,一看表,九点半,赶紧起身告辞,说:"谢琴,知道你还在上班,我告辞了,谢谢,你和老刘尽心了。"

瑶瑶和谢琴道别,带着蓉蓉来到沙坪坝的一家茶楼,要了两杯茶,她要静静地消化这张单子。黎健的预测果然准确,可是确定要走的下一家是谁呢。

她想了一会儿,决定去龙兴摩托。她从文件上看到龙兴的前身是个机械厂,当初和歇马铁工厂的情况有得一比,几间破烂厂房,一堆杂七杂八的设备,几十个工人,也是乡镇企业,现在已经发展壮大了,这之中,领头羊余老板功不可没。这个人她没见过,但听谢琴和歇马的人说过,余老板有一颗朴实的心,行事低调,待人也没什么架子。自己如果去见他,一定有收获。

于是,瑶瑶带着王蓉蓉直奔南岸而去,先坐车到菜园坝,再乘车到长江大桥头,转车去南坪。到了南坪已是中午,瑶瑶和蓉蓉找了一个小馆子吃饭,要了两素一荤一汤。一路奔波,两人吃了个碗空盘净。

蓉蓉说:"厂长,这顿饭吃得好香。"瑶瑶说:"吃得路才跑得,今晚说不定八点钟才吃饭,那时吃饭更香。"

走到路口,瑶瑶和蓉蓉各招来一辆摩托,摩托车手最熟悉道路,而且哪里都拱得去。穿街过巷,又转走马路,没多久就到了龙兴公司。

到了办公室,主任出来接待,问明事由,主任皱眉说:"你们找余总,差那么一点儿运气,他上午赶飞机到上海去了。不过,余总定得有规矩,不能慢待任何客人,你们等一下,我去看豆副总在没有。"

一会儿,主任回来说:"你们随我去见豆副总,他这会儿有空。"瑶瑶问:"主任,豆副总的豆是哪个豆?"主任说:"是豆子的豆,不是窦尔敦的窦。"

瑶瑶说:"这个豆姓好少哟,是不是外号?"主任一笑,说:"豆这姓很少,不是外号,又像是外号,豆副总这人脾气好,好得像老豆,就是老汉儿的意思。"他看了看蓉蓉又说:"莫急,一会儿你们就知道了。"

瑶瑶趁主任不注意,给王蓉蓉做了个眯眼。

豆副总生得相貌堂堂,从相貌看,年纪似乎五十多了,做派像是从机关下来的老干部。一见面,他客气地嘱咐:"两位女同志远道而来,请坐。"随即又吩咐女打字员泡茶。然后,豆副总客气地致了个歉,说:"对不起,你们来访,余老板飞了,好在我守在厂里,代他待客。"

瑶瑶说:"豆总客气,待客有道。"

茶很快泡上了,豆副总看见瑶瑶喝了一口茶,才问:"你们从歇马来的,离北碚12公里远的那个场镇?"瑶瑶说:"是,离北碚很近,在碚青公路边。"

豆副总马上说出一串名字：红岩厂、浦陵厂、转速厂、设备厂、工模具厂、光学厂……不用说，他对这地儿熟，看他那如数家珍的样子，瑶瑶不禁猜想：这老先生以前在政府信访部门工作，怕是主任、副主任一级的。

忽然，豆副总说："歇马是个好地方，新中国成立前，中国乡村建设学院在那里，开化民智，传授知识，为当地老百姓做了些实事儿。后来，三线建设那些国营厂迁来，给歇马的经济发展添砖加瓦，也给歇马培养了人才。"

瑶瑶没完全听懂这句话，脱口而出："人才？什么类型的？文化教育的，还是科技的？"

豆副总说："这话你听起来虚，我来告诉你，我们龙兴厂生产摩托车发动机，在国营厂吸纳的技术人才上千，其中，有相当一部分就来自歇马那些三线建设的厂。还有，歇马地区有几家模具厂，虽然规模不算大，但技术、设备不错，有一两家也是我们集团的协作单位。据说，这些小模具厂的老板及部分技工也来自那些三线建设的厂。还有几家摩托车配件厂也在歇马，人员来源也是红岩、浦陵、华伟厂之类。怎么，瑶瑶厂长，你们没有注意到？余老板注意到了，他说过，有了人才并且重用人才，企业可从无到有。"

瑶瑶被豆副总的话击蒙了，她真的没想到人才出自三线厂。因为，三线厂的人才全奔钱多的厂去了，这年头开得出大价钱的，只有民营厂，铁工厂这类厂连边都挨不上！吸纳三线技术人才，这点子，她其实也想过，事不关己，没往深处想。豆副总提到的歇马那一连串的厂，她全晓得，除了她老公的厂以外，其他的厂她没在意，没想到由此及彼，联想到人才上面。

后来,有人来找豆副总了,瑶瑶和他道别,说:"豆老师,今天受教了,以后我还要来向你请教。"

豆副总说:"漂亮女士来访,热烈欢迎。"

出来又搭乘摩托,冷风一吹,瑶瑶清醒了。她这才觉得,豆副总的那番话的确有道理。且不去验证他是否是信访办主任,豆副总是绝顶聪明之人,办公室主任先找的他,他未必不知瑶瑶的来意,"把人才当作一项杀器",这句话击蒙了对方,结果等于什么也没回答。瑶瑶不是单纯来取经的,主要目的是奔业务而来,豆副总没正面回答她的问题,他说的都对,但瑶瑶感觉是一扇光门,她找不到门把手。

她不禁想起杨士英在厂里的时候,问过他老汉儿杨铁匠一个问题:"先有鸡还是先有蛋?"问了后,还解释了一番米丘林、摩尔根什么的。

杨铁匠想了很久才回答他说:"我不懂什么摩尔根、米丘林,只是觉得,应该先有鸡,因为母鸡会生蛋,蛋孵出小鸡,小鸡长大了又会生蛋。如果鸡都没得,只有蛋,不晓得这些蛋孵不孵得出来,而且,不晓得孵出些啥子鸡,万一全是公鸡,蛋也没得了。"

杨士英说:"老汉儿,看来,你是一个实干派、苦干派,懂得从实际出发,不错。问题是我们现在没有下蛋鸡,也没有蛋,买蛋比买鸡容易,那就设法买蛋,孵蛋养鸡麻烦虽然大,也有希望。"

今天,瑶瑶回忆这幕情景,不由感叹道:现在鸡也没有,蛋也没得,自己承包的铁工厂只是一个圈。瑶瑶想:当务之急是找到一个产品,把它当蛋来孵。

心不甘,瑶瑶又带着蓉蓉到处跑了一圈,接待她俩的人,有的冷淡、有的热情、有的傲慢、有的虚浮……拜佛拜观音,但是没有一个结果。

瑶瑶心里不好受,但表情依然淡然。王蓉蓉着实有趣,对冷淡的,她笑脸相对;对热情的,她表情随意;对傲慢的,她表情默然;对虚浮的,她静静观看。

瑶瑶想:王蓉蓉多些磨炼,一定是个女强人,她的反应似乎太镇静了些,居然没慌乱、烦躁。

这两个多星期,在各路人马之间马不停蹄地跑来跑去,回家晚,第二天又要出来,转车太累人,跑了十几天之后,瑶瑶和蓉蓉晚了就找个小旅馆,两人共住一个房间。在瑶瑶记日记时,蓉蓉跑出房门,去煲她的电话粥。

走完最后一个地方时,时近黄昏,蓉蓉问:"今晚还住下吗?"瑶瑶说:"你说呢?恐怕你昨天晚上就打了电话回家,我也有老公、娃儿啊,走,回家!"

第二天早晨到厂里,"黑子"、张二娃、"马眼镜"一伙子人涌上来,他们七嘴八舌,想问问老板这次出去的收成。"黑子"见瑶瑶脸色过于沉凝,就对张二娃他们说:"你们出去,'马眼镜'留下。""马眼镜"是刚从甘肃转回来的,编制是地方国营工厂的。他老婆在歇马,他是个中专生,当了多年的技术员。"黑子"和他接触后认为他是个人才。

瑶瑶对"黑子"说:"你去把刘会计找来,开个会。"两分钟后,"黑子"回来说:"刘会计到银行去了。"瑶瑶说:"那就不等了,马上开会。"

瑶瑶翻开本本,将外出情况选择重点说出,一点儿没有隐瞒。

三个人商议后达成了共识:一、检修设备,重点设备的检修一定要到位;二、盘存库房,不留死角,重点物资单列;三、严格控制资金,凡领取500元以内，由"黑子"与瑶瑶签字，任何一方签字均有效，500元以上必须由瑶瑶签字；四、周知全厂职工，凡为厂里引进产品并经认可者，给予奖励，其奖金额度原则上按当年效益的百分之三至五提取；五、积极推荐引进技术人才，引进成功者，可给予一次性奖励。条议拟好后，三人又认真审议了一番，做了修改补充，按当年效益提取奖励是"黑子"提的；给予一次性奖励，是"马眼镜"提的。

瑶瑶说："这五条简洁、务实，要召开一次全体职工大会传达下去，务必促使全厂的人都动起来。这看似一种权宜之计，但是对于目前很重要，它能稳定军心，传达下去也会造成积极影响。当然，我和王蓉蓉还得出去跑，重点是攻克龙兴余老板。"

瑶瑶回家后，也向黎健打听龙兴余老板的情况。不知什么原因，黎健似乎产生出一种反感的情绪。他说："我们没做龙兴的生意，对余老板其人其事不甚了解，只是听说他这人表面和气，但很难接近。他想和一个小企业建立业务协作关系，准入条件相当严格，你们铁工厂……"下文，黎健打住了。

瑶瑶听了有点儿生老公的气："你啷个变小气了嘛，难道怕我以后发展起来超过你？"又一想，他作为小小民营企业主，为保守行业秘密也无可厚非，况且他的确没和龙兴有业务往来。不去想了，反正我不会放弃。

大路不通走小路，她忽然想到一条小路。章军的儿子不是开了一家模具厂吗？在瑶瑶的记忆里，章军儿子的信息还停留在几年前。瑶瑶和王蓉蓉分了工，瑶瑶叫她去打听歇马地区与龙兴有关的企业，她则专访模具方面的。

好久没到章军师傅家了，瑶瑶知道章师傅不抽烟，下班爱喝点儿小酒，于是到商店买了一箱二两装小瓶的泸州老窖特曲，晚上，骑摩托去石碑口。

八点过了，瑶瑶一进章家，看见章军正和一个叫"酒罐"的中年同事喝酒。"酒罐"一见瑶瑶提的酒箱子，犹如青蛙见了虫子，一下扑了过来，接过箱子，用钥匙串上的小刀解去封箱条，取了两瓶出来，递了一瓶给章军，打着嗝说："刚才还说没得酒了，来，喝！"章军一看来客是瑶瑶，忙说："是瑶瑶啊，稀客，来，坐这边。"

瑶瑶坐下了，问："嬢嬢呢，怎不见人影？""酒罐"搭话："她见不得我们喝酒，到隔壁串门去了。"

章军比"酒罐"清醒，见"酒罐"的样儿，知他至少已喝到了六分。就说："瑶瑶，你是女中豪杰，上桌醉不翻的，来，喝两杯！"他及时向瑶瑶递了一个眼色。

瑶瑶说："行嘛，我陪老辈子喝两盅，来，先干为敬。"然后敬"酒罐"，这一敬就止不住了，"酒罐"见了美女敬酒，竟无视同桌还有个兄弟，一连串向瑶瑶敬酒，瑶瑶杯杯奉陪。"酒罐"是个傻的，不知来者酒量深浅，连灌下去，到瓶空杯空时，颓然倒地，趴在桌上打起呼噜来。

面对瑶瑶举杯倒盏，"酒罐"一酣睡，章军的眼光一下变得清澈起来，直截了当问瑶瑶："你来，肯定有事儿，说。"

瑶瑶没直接说，而是把她厂里的情况给章军一五一十地说了，一点儿没夸大或缩小。

章军说："铁工厂成了烂摊子，我早晓得，只是不晓得你承包了，你没丢下这个包袱去投奔你老公的厂，难得，按这个理，我帮你。"

章军说:"其实早想叫章敏帮你。章敏现在在野猫岩附近开了个模具厂,他的上家下家我不清楚,我马上出去打个电话叫他回家。不过,先把这人送回家。'酒罐'住在另外一幢楼,很近,我扶他回去,顺便去打电话,你等我一会儿。"

一会儿,章军回家了,瑶瑶忙收拾桌子屋子,刚拾掇干净,楼下摩托声响起。门开了,一个小伙子手里拿着钥匙串走进屋,瑶瑶知道,来的是章敏,因为一照面,就知道他是章军师傅的儿子,浓黑的眉,大大的眼,高高的鼻梁,他的相貌和父亲太像了,活脱脱是青年版的章军。

章敏先看见老汉儿,后看见瑶瑶,他犹豫了一下,向她喊了一声:"孃孃好。"然后问父亲,"老汉儿,我忙得很,遇上硬活儿了,你喊我回来干啥子?"

章军指着瑶瑶对他说:"这是柳孃孃,柳正瑶,她是歇马铁工厂的头儿,有事儿找你。"章军站起身,又说:"你和柳孃孃谈一下,我去隔壁楼上把你妈接回来。"

瑶瑶对章敏说:"我以前搞供销时见过你,你现在长高了,也壮实了,我认不出了。你忙,长话短说,是这样的……"

章敏耐心听完瑶瑶的介绍,就说:"我现在忙得上火,几个徒弟在厂里等我,我得马上回去解决问题。这样,如果你有空,现在就跟我一同到我车间去,我把问题解决好后再和你谈,要不要得?"

瑶瑶说:"当然可以,走吧,顺便还可以观摩一下你的车间。"两人下了楼,章敏一看瑶瑶有摩托车,就说:"我骑车在前面引路,你跟着我。""嘣嘣嘣",四五分钟后,就到了车间。

一进去,只见强灯光下,几个小伙子围着一个大的工件,个个满头大汗,一见章敏,纷纷露出轻松的神情。章敏叫瑶瑶自己找个地方坐。他细心查看了那工件,又对照图纸,"啊"了一声,摸出笔在打字纸上画了一张草图,标了些文字和数据。然后喊:"袁华,你过来!"他给袁华讲解一番,把图纸塞给他,说:"就照着上面的步骤去做,我在厂里候着。"

章敏坐下抽烟,抬头看见瑶瑶,一愣,忙说:"瑶瑶孃孃,对不起,差点儿忘了。"他和瑶瑶谈了大约半小时,袁华在喊:"师傅过来一会儿。"瑶瑶才告别走了。

回到家,瑶瑶见了老公,向他提起两个人的名字,他居然不认识。瑶瑶心里暗喜,这两个人的名字,一个是龙兴公司董事长余老板的哥哥余老大,一个是余老大自己公司的副总傅平。章敏对她说:"只要他们之中任何一个人愿意帮你忙,你就能见到余总。"章敏还告诉她,余总就是龙兴公司董事长余老板,总经理与董事长合二为一,对外多称余总。

瑶瑶叫上王蓉蓉,两人又赶到南岸去找余老大和傅平。可是,赶到这两个地方,都没见到这俩人,接待她俩的人既不冷也不热,瑶瑶还是留下了自己的名片。

一出办公室,瑶瑶的倔脾气又出来了,对蓉蓉说:"我还不信了,我们直接去龙兴找余总。"可还是没找着,这次接待她们的是一位年轻的女秘书。女秘书说:"余总到市委小礼堂开会去了。"瑶瑶又提出想见豆副总,女秘书说:"豆总也去了。"

出来后,蓉蓉说:"老板,我们今晚住下来,余老板到市委开会,按照惯例,他明天一定回公司传达,我们明天早点儿起来,八点钟赶到他办公室等他。"瑶瑶牙一咬:"死马当活马医,就这么办!学一学刘玄德'三顾茅庐'。"可是,第二天她们还是没见着余总,余总在市委一开完会直飞海南去了。

蓉蓉气恼极了，在瑶瑶面前说了好几次，检讨自己出了馊主意。

瑶瑶说："我都没抱怨你出了馊主意，你倒自寻烦恼。算了，不管怎么说，我们向余老板表明了一种态度，至少给他们留下了一个印象，给下次来找他添了一个理由。"

蓉蓉"皮球"吹胀了，说："三顾不行，我们四顾、五顾。"

瑶瑶说："行，坎坎修起来是让人翻的，下次再来。"她们放下心理包袱回去了。

"黑子"和"马眼镜"来问情况，瑶瑶坚定地对他俩说："快了！"心里却在对自个儿说："挺住！"她强装轻松，向他俩询问厂里的情况……重点放在上次布置的任务的落实上。

瑶瑶漫无目的地在街上走，不知不觉来到了杨厂长杨铁匠的老院子，大黄葛树依然屹立在那里，可院子没了，那地盘建了新楼房。杨铁匠被儿子接到北京去了。一片叶子从树上掉下来，掉在瑶瑶头发上，她竟不想把它拂去。这时，她不由想到，要是师傅杨士英在就好了，一定会想出办法的。

一阵风把她头发上的叶子吹走了，在地上"刷刷刷"地向前飘。瑶瑶马上清醒，师傅原来给她指点迷津时，爱说一句话："方子开给你了，药也抓给你了，下面该哪个熬药是你自己的事儿。"瑶瑶想到这里，微微一笑，对自己说："走，熬药去吧。"

瑶瑶又和王蓉蓉"四顾龙兴"。这次，连办公室主任也没见着。

柳正瑶和蓉蓉回北碚，车在路上堵了，她们下车时，刚好看到去歇马的末班车开出。蓉蓉说："末班车开走了，柳厂长，你不如到我家住一晚。"

瑶瑶说:"不合适,再说,我赶回去还有事儿处理。你家在梨园村,顺路,我陪你走几步。"

两人刚走到月亮田路口,一辆吉普车"吱"一声停了下来,下车来的是章军。他问了瑶瑶两句话,就说:"这是我朋友的车,回歇马,上车。"蓉蓉说:"有车回歇马,我不回家了。"瑶瑶笑起来:"好,秤不离砣。"

瑶瑶对蓉蓉说:"你到前面坐,我和章师傅有话要说。"她和章师傅坐到后座,低声说了一席话。

章师傅轻声笑起来,瑶瑶一下子脸红了。章师傅说:"章敏认得一个人……"他轻声跟瑶瑶讲了几句。

下了车,瑶瑶一路都在"咯咯咯"地笑。"生蛋鸡打鸣?"蓉蓉莫名其妙,又不好问,只是默默跟着走。到了路口,瑶瑶说:"蓉蓉,明天早上早点儿来,我请你吃小笼包子。"

包子好吃,瑶瑶说的话也好听。瑶瑶说:"蓉蓉,这段时间你就只做这件事儿……"她细说了一番,然后说:"其他的百事莫管,费用莫担心,实报实销。"蓉蓉说:"这是大事儿,我懂。"

半个月后,蓉蓉和瑶瑶去医院看了傅平的老爹,送了一袋水果。一个星期后,两人又到傅老爹家中看望。

章敏来访。瑶瑶去泡茶,章敏说:"莫泡茶了,我事儿多,说几句就走。"他果然只说了三句话就走了。结果,他的三句话让瑶瑶喜出望外。

章敏说:"我的朋友傅平今天上午打电话问我,'你们歇马有个铁工厂没有?'我回答,'有,是镇上的企业'。他还问,'你认不认识铁工厂的柳正瑶?'我说,'我认识,不很熟,但她是我爸爸的熟人'。傅平又第三次问我,'柳正瑶这人如何?'我说,'她给我的印象是很能干,我老爸对她印象很不错,说她实诚,是性情中人,对了,老爸说她喝酒当喝水'。"

章敏说:"我是实话实说,傅平听了很感兴趣的是,你很能喝酒,他说下星期他会约朋友到歇马来钓鱼、喝酒,叫我通知你一声。柳孃孃,我传达完了,下面的事儿你该晓得如何办。至于下星期他哪一天来,他这种忙人具体时间定不了,看来你必须守在歇马。还有,提醒一下,傅平爱钓土鲫鱼,酒嘛只喝茅台!我走了。"

喜从天降,瑶瑶忙找来"黑子""马眼镜"和蓉蓉,一起商量接待办法。瑶瑶说了上次她在沈根远处招待刘彬的事儿,几个人都说这个比馆子爽,也更节约。瑶瑶和他们分了工。

这事儿得赶快。第二天清晨,瑶瑶骑上摩托,赶向斑竹岩。一到院子,院门锁着,瑶瑶守在院前静等。一个扛锄头的老大爷过来了,瑶瑶向他询问沈根远的去向。老大爷说:"沈根远两口子到兴隆场赶场去了,走了差不多一个钟头。"

瑶瑶谢了老大爷,决定骑到兴隆场去找他两口子。她看了表,还不到八点钟,场还没旺,应该好找。

瑶瑶骑着摩托到了兴隆场,场上人不多,在场上慢行,从这头骑到那头,然后又转回来。刚刚走到中间那家大茶馆时,一个尖尖的声音向她喊:"柳厂长,柳正瑶!"她停下摩托,沈根远和他老婆伍大嫂朝她走来,刚才喊瑶瑶的是伍大嫂。

瑶瑶见赶场的人多了起来,就立即把沈根远叫到墙角清静处,给他讲了招待贵客的事儿。根远说:"没问题!"瑶瑶当即给了他300块钱。

根远没有客气,收了钱说:"客人来的时间虽然没有定,对我来说却分分秒秒都得抓紧,我得打些大鲫鱼倒在塘里。这两年梁滩河的鲫鱼不好打,我得多走几个远点儿的地方去打。"

瑶瑶问:"你塘里还有团鱼没有?"根远轻声说:"有,没原来好钓,但我有办法让他钓到。"瑶瑶说:"如果钓到团鱼,我会另外加钱的。"根远说:"不存在。"

瑶瑶说:"各算各的,人情归人情,钱归钱,交道和友情才长久。根远,你家还有腊肉没有?"

根远笑了起来:"去年我杀了两头猪,腊肉有。另外,你说这回的客人特殊,我再去逮些黄鳝。"瑶瑶说:"行,我得到他们来的消息,提前通知你,再晚也会到你家。"

傅平到歇马的时间,是由章敏用电话通知瑶瑶的,不早不晚,铃声响在瑶瑶下午准备下班的时候。瑶瑶问清楚了:时间是明天上午九点来,客人大约来三四个,自己开车来。她到章敏的厂里去等。

瑶瑶赶紧跑去问"黑子":"酒你买了没有?""黑子"说:"歇马没茅台卖,怎么办?"瑶瑶瞪了他一眼,说:"干脆你请他们喝永川老白干得了!"心里在骂"黑子"又怕花钱还怕麻烦。

她马上喊来蓉蓉,递了一摞钱给她,叫她立刻骑摩托到北碚城,无论如何要买三瓶茅台回来,不管买没买到,都要打电话给她,电话打到她家里。晚上八点钟时,蓉蓉打电话给瑶瑶,说:"跑遍北碚城,一瓶茅台也没买到,其他酒买不买?"

瑶瑶说:"其他的酒不买,明天早上七点半,你先到厂里来,喂,你要参加接待哟,注意打扮。"

放下电话,瑶瑶骑车到她父亲那里,她每逢过年、过节都送茅台给老爹,老爹舍不得喝,都藏得好好的。到了父亲家,一说,老爹说:"酒在老地方藏着的,你哥要,我都没舍得给,你要随便拿。"

瑶瑶跑到老地方,那是厨房角落一个水泥地坑,揭起盖板,一看,起码堆码得有十瓶茅台,她选了两瓶出来。

瑶瑶叫蓉蓉把电话打到她家里是有原因的,这里离她老爹家近。她回家搜黎健的藏酒,只有五粮液,没有茅台,黎健出差去了。她想了想,从柜中取了一条中华烟……得知蓉蓉没买到茅台,她赶到老爹家取了酒。马上又骑车到斑竹岩,她怕明天早晨沈根远出去打鱼……

蓉蓉早上准时把茅台酒拿到瑶瑶的办公室,汇报说:"昨天傍晚,我骑着摩托跑遍北碚的商店、大餐厅,都没买到茅台。想到你的那个无论如何,我想到几个家境好的老同学,就朝她们家跑,终于搞到两瓶,没得发票哟。对了,我还买了一罐洞庭碧螺春茶。"

瑶瑶说:"能干,我还忘了嘱咐你买茶,你比我心细,现在就报账。"瑶瑶把四瓶酒装了两个包,一个交给蓉蓉,一个自己带着。给蓉蓉说:"今天中午吃饭,上酒的话,先上两瓶。"

蓉蓉朝瑶瑶一笑:"我懂,你是杀手,杀手总是隐藏得最深,关键时刻才亮一手。"瑶瑶说:"莫绕哟,你是预备杀手,关键时候补上。"

八点三十五分,章敏打电话说:"傅平的车已过了西农了,你们快过来。"瑶瑶叫蓉蓉:"客人快到了,我们马上骑摩托过去。"瑶瑶看见"黑子"畏畏缩缩地站在他办公室门口,一副欲言又止的样子,决定只带蓉蓉去。她对"黑子"说:"我和蓉蓉到斑竹岩钓鱼去了,你守在厂里,陪酒不是好活儿。"

到了章敏的厂,只见章敏待在办公室里,正在泡茶。瑶瑶和他打个招呼，就上前帮忙。蓉蓉也想掺和，瑶瑶说："你马上骑车先行一步，到西溪斑竹岩找沈根远，说客人马上到。"蓉蓉说："行，我晓得那里。"

没过多久，一辆宝马车停在章敏的厂门口，下来了三个身穿猎装的男人。章敏一见，脸笑得像红柿子，一副喜出望外的样子，逐一同来客握手："你好，余董！你好余总！傅哥，你好！"

章敏迅速往驾驶室里递了一包中华烟后，把余董三人迎进了屋，安顿他们坐下喝茶。这时，傅平给章敏递了个眼色。章敏忙说声："女士优先！"向来宾介绍瑶瑶，之后又向瑶瑶介绍来宾。

瑶瑶伸手："你好，余董！""你好余总！""傅哥，你好！"和傅平握手时，她的指尖轻轻叩了他掌心一下。

两个中年的汉子矜持地向瑶瑶笑了笑。傅平说："瑶瑶，好记性，一下就记住了我们的姓名、身份。"

他指着两个中年人说："你看，他俩长得好像，是亲兄弟啊，余董，余总，我记了一个星期才分清，看来，瑶瑶的智商比我高。"

这一恭维，让瑶瑶的脸变得通红："哪里是我记性好哟，是他们长得有特点。"

这时，两兄弟中年纪稍长的余总说话了："搞企业的人，都很会说话，瑶瑶，听说你四次到龙兴，比三顾茅庐还多一次啊，真是性情中人，'不到黄河心不死'。"

一直坐在角落抿笑的余董发话了："啥子死不死的，是'不到长城非好汉'，只有用这种性格，才能办好企业。好了，钓鱼要趁早。傅平，你联系的鱼塘呢？"

瑶瑶说："早准备好了，现在就走吗？"余董说："当然！"瑶瑶说："钓鱼的地儿不远,我骑摩托车带路。"

几个人向外走,章敏上前对他们说:"几位老总,我走不开,中午之前我一定赶到,来晚了就自罚三杯。"

几位客上车时,瑶瑶悄悄靠近章敏问:"余董就是龙兴的余董事长兼总经理?"章敏说:"是。"

十来分钟后,过了桥,转入小公路,就到了斑竹岩。沈根远夫妇和蓉蓉早站在路边恭候,他们身边的地上,放着矮凳、塑料水桶、开水瓶。车停了,客人从车上下来,每人都背了渔具。

寒暄后,由沈根远带路,下了斜坡朝鱼塘走去。几个客人一见鱼塘,就说这个水不错。根远答道:"这是地下泉水,塘里面鲫鱼不少,又几天没喂了。"

余总对兄弟说:"这塘有阴有阳,风水不错。"凳子一一摆好,几个人各自整理渔竿渔线,很快就下钩了。

蓉蓉和瑶瑶趁机用青花瓷杯泡碧螺春茶。

客人把他们带来的饵料投进水中做窝子,各自点烟喝茶。余董抿了一口茶,诧了一下,又抿一口,说:"这水好甜。"沈根远说:"这是山泉水,可以直接喝的。"

正说着,余总起鱼了,一条淡青色的大鲫壳在地上蹦跶,他起鱼后说:"这是地道的土鲫鱼,像是野生鱼。"

瑶瑶插话:"这是主人家从梁滩河打来,投进塘的。"紧接着,傅平起鱼了,又是条大鲫鱼。

余董对给他掺开水的蓉蓉说:"不慌不忙,才是内行。"他扯起渔线,看了看钓饵,调整了一下浮标,朝他刚才打窝子的地方甩钩,然后气定神闲地坐在矮凳上,静静地盯着浮标。小波微微,浮标轻摇,突然向前滑动,他顿腕一拽,"是条大鱼!"他轻轻叫了一声,开始溜鱼,几溜几收,鱼头亮了水。他把鱼拖向塘边,左手的网兜一抄,一条尺多长的红尾鲤鱼进网。

余总对余董说:"行,鲤鱼跳龙门。"

他们频频起鱼,快11点时,余董钓起了一个三四斤重的团鱼,这是用沈根远戳下的小蜂窝中的蜂蛆钓的,那蛆白胖异常,团鱼最爱吃……

余总和傅平似不服气,也过来分了几条蜂蛆去钓,钓了半天,钓上来的还是鲫鱼,惹来余董的笑语:"麻雀还在窝窝里头等你去抓,没得那么便宜的事儿哟。"

话音未落,余总钓起了一个和他兄弟那个差不多大的团鱼,鱼钩却钩在团鱼裙边上。他乐晕了,说:"好了,收竿鱼有了,收头结大瓜,12点了,该吃饭了。"他一收竿,大家都收。

瑶瑶提前回屋,她和伍嫂把一张大圆桌子摆在院坝中,院角有棵大柚子树恰遮了阴。院子边是花木,微风习习,不时有花香飘来。

钓鱼的人到了院子,沈根远首先去拴团鱼,挂在晾衣竿上,然后打水让大家洗手。

余董洗净手,闻到了兰花香,鼻子嗅了嗅,忍不住问沈根远:"主人家,你种了兰草的?"根远点点头。余董说:"稀罕。"

刚上凉菜时,章敏到了,这时已12点过5分。他对迎上来的瑶瑶轻声说:"这四个客人,余董喝酒不行,司机厉害,但不能喝。"

傅平一见章敏端菜上桌,咋呼起来:"你今天按时来了,运气好,菜刚上桌。"分宾主坐下,余董忙说:"随便坐。"他却选择坐在瑶瑶旁边。

菜陆续上桌,上桌的菜不多,荤素搭配,样样精致而有特色:家居腊肉、腊狗肉、红烧鲤鱼、土鸡炖竹笋、豆花、炒嫩南瓜尖、凉拌折耳根、凉拌三丝。

瑶瑶叫王蓉蓉把两瓶茅台取出来,桌前坐了八个人:四个客、瑶瑶、蓉蓉、章敏和沈根远,伍嫂不肯上桌,说:"我忙灶上,那儿始终要有一个人操持。"司机不能喝酒,根远也没喝,他说心脏不好。蓉蓉也没喝,她当酒司令,公平地向五个小瓷杯中斟酒。

这一杯是团结酒,瑶瑶说:"喝了团结酒,友情万年久,先干为敬。"脖一扬,干了。余总说:"空肚子喝酒,伤肝又伤胃,吃点菜再喝吧。"大家都说:"这样好。"但是刚夹了两筷子菜,余总就吩咐上酒。

席上无短手,每个人的筷子都长了眼睛,各夹自己喜欢的。余董夹了一块家居腊肉塞进嘴:"安逸,好香,主人家,你这腊肉味道特别,啷个熏的哟?"

沈根远说:"猪是自家喂的粮食猪,熏嘛也没什么特别,前期和别人一样码盐处理后,挂在灶屋梁上。只是那段时间,天天煮饭烧广柑枝、橘柑枝、麦草、豆秆、苞谷杆、竹子枝。"

余总说:"怪不得,你看这腊肉切片,肥的金黄糯软,瘦的红得透亮,清香扑鼻。"

傅平说:"两位哥,这腊肉鲜爽化渣。"

司机说:"傅总,你是好吃嘴巴,重庆城的馆子你哪儿没尝过!不过,你莫小瞧这砵豆花哟,泉水点的,醇厚的豆子味,可惜豆总没来。"

瑶瑶趁客人相互插科打诨,大口夹菜,吃豆花。

两瓶茅台不知不觉喝光了。正在兴头上,又面对一桌好菜,焉能无酒？傅平双眼望着章敏。

瑶瑶早瞧见了，喊道："蓉蓉，酒呢？"蓉蓉变戏法般又取出两瓶茅台。一边斟一边说："昨天跑遍北碚城，只买到了两瓶茅台，这两瓶茅台是柳厂长跑回老家，向他老爹讨的，至少是窖了20年的。"

这一吆喝，把所有人的酒虫全馋出来了。"喝！"余董在举杯自斟时，指头在杯壁轻叩三声。傅平向瑶瑶敬酒，瑶瑶和他碰杯，双方都干了。然后余总又和瑶瑶碰杯干了。

余董举杯说："瑶瑶，论理，我也该敬你，这段时间医生严禁我喝酒，我抿一口，当敬你。然后，小章，代我敬一杯。"

于是章敏站起来，恭恭敬敬地敬酒："瑶瑶孃孃，你是我老爸敬重的人，说你能干，义气！敬你，我先干。"他喝干后倒扣酒杯，滴酒未掉落。瑶瑶也一口把酒喝干。喝到第四瓶时，余总、傅平酒力不济，章敏也上前代喝了一杯。

见好就收，余董说："茅台就是这点儿好，三个字，不打头。酒至微醺，是饮酒者的最佳状态。"

之后，大家吃菜、聊天。蓉蓉适时地端上茶杯。

傅平说："今天要是胖子来了就更热闹了，瑶瑶要醉了。"

余董笑了起来："你看瑶瑶哪点儿像醉了的？胖子来了，必栽！你注没注意到，今天那个蓉蓉滴酒没喝，未必她不能喝。所以嘛，我告诉章敏少喝，留做预备，把他窖起。"所有的人都笑起来……

瑶瑶撒软中华烟时，余董抓了两包，他见沈根远去观察晾衣竿上的团鱼，便走了过去递给他一包中华，又抽了一支烟递上，和根远抽烟聊天。聊着聊着，沈根远提到杨士英的名字。

余董惊奇地问:"哪个杨士英?你认得?"沈根远说了一通,连"野猫儿""小牙巴""妃子""美人"这类话也抖搂了出来。自然,他也说出了柳正瑶是杨士英亲自带出来的徒弟。余董说:"我晓得杨士英是谁了。"他按灭烟,把瑶瑶看了又看……

余董几个人告辞了。黎健来接瑶瑶,他叫瑶瑶上他的小轿车,瑶瑶说:"我上你的车?我骑了摩托来的,你叫我人走,未必请个人帮我骑摩托回去?"蓉蓉走过来对黎健说:"黎哥,你有事儿先走,我陪瑶瑶姐回来。"

瑶瑶和沈根远告别后,对蓉蓉说:"男人们都走了,我们走。"

两辆摩托一前一后从机耕道驰向公路。这公路从兴隆场通向歇马碚青公路,路面不宽,没水泥硬化,颠簸得厉害,驶出两公里,瑶瑶掉后了。她像虚脱了一样,额上冒冷汗,身体无力。她在路边停下摩托,退后几步,在一块儿青石上坐下,两只手支在膝盖上。

蓉蓉骑摩托转回来,看见瑶瑶的面色不对,忙下了摩托上前问:"瑶瑶姐,你怎么啦?一脸煞白,病了?"瑶瑶摇了摇头,看见蓉蓉着急的样子,笑了起来,说:"没啥,'大姨妈'提前来了。"

"哦哦,"蓉蓉说,"瑶瑶姐,啥子提前来了哟,你这个是遭逼出来的,你喝酒那个阵仗,真是杀手拼命样儿!"瑶瑶说:"铁工厂一无所有,莫奈何,为了网业务拉关系,只得舍命陪君子!算了,我们走。"她从石头上挣身站立起来,活动了一下双脚,才上了摩托。

粑粑并没有烙熟。斑竹岩这台酒喝过半个月,龙兴方面没得响动,没有任何人来找,连电话、口信也没有一个。又过了一个星期后,蓉蓉问瑶瑶龙兴方面有消息没有,瑶瑶说:"没得这么快,心急吃不了热汤圆,等等。"

厂会计刘姐跑来找瑶瑶,说账上没钱了,现金只剩一百多元。叫她想办法,至少先筹到一千元现钱应急。瑶瑶随刘会计到财务室,查了账,账上的钱全用于应付设备款和材料款。瑶瑶叫会计莫慌,她立马想办法解决。

第二天早上,瑶瑶把两千块钱交到财会室,叫刘会计给她打了收条——这钱是她自掏腰包垫付的。刘会计苦笑,给她打了收条。瑶瑶把收条放进抽屉后,叫上蓉蓉出厂网业务。

到青木关、兴隆场、八塘,三天跑下来,一分钱业务也没网到。从八塘骑摩托到青木关口时,章军开车经过,老远看见瑶瑶和蓉蓉,开车超过她俩,开出两里路,在路宽的地方停下,下了司机室等候她俩过来。

章军问瑶瑶:"大热天的,到璧山干啥子?"瑶瑶说了厂里的情况。章军说:"找米下锅,没想到你们厂里头这么恼火!我给你出个主意,你去找衡器厂,他们有业务适合你们做。"瑶瑶说:"衡器厂掌火的人我一个都不熟,即使进了庙门,也不晓得该向哪个菩萨作揖磕头。"

章军说:"衡器厂有业务,我还是听章敏说的。这样,章敏和衡器厂熟,我回家叫他明天早晨八点半给你打电话。"瑶瑶说:"好,明天早晨我在厂里把电话守到,死守。"

第二天早上,7点40分,瑶瑶到了办公室,做好清洁,泡了一杯茉莉花茶,一边看报,一边慢慢喝茶。刘会计进屋来,一副欲言又止的样子。瑶瑶给她说:"刘姐,我今天守一个重要电话,是找业务挣钱的电话,财会上的事这会儿没时间说。"

刘会计报笑了一下,说:"厂长,你看的是前天的报纸,我去把昨天的报纸拿过来。"瑶瑶说:"不用,这一阵子我外出多,哪天的报纸对我来说都是新的。""是这个理儿,你忙得没时间看。"刘会计转身走了。

把报纸翻来覆去看到 9 点钟,电话铃响了三次,一接都不是章敏打来的。瑶瑶在抽屉里找出一摞《半月谈》,逐本翻看。蓉蓉进来了,瑶瑶和她聊了几句,蓉蓉就出外办事儿去了。瑶瑶叮嘱她,中午务必回厂,如果回不来,要及时给她打电话。

电话铃响了,瑶瑶拿起话筒,电话里传来章敏的声音:"柳厂长,对不起啊,昨晚上忙到半夜,今早上 9 点到厂里,一直忙到现在。你的事老汉儿给我说了。汤氏衡器厂是有一笔业务,事情是这样的……"瑶瑶听完电话连声道谢。放下电话,仍在感慨这小兄弟不错。

一看表,已经 10 点 25 分了。瑶瑶把《半月谈》收进抽屉,关门,上卫生间之后走到财会室去。

刘会计见瑶瑶来到面前,忙用纸条卡住账本做记号,然后起身去泡茶。她刚从柜里取出茶杯,瑶瑶说:"别去泡茶了,守这个电话守了两个钟头,水都灌饱了。""好嘛!"刘会计回到座位翻账本。瑶瑶说:"刘姐,你有事直说。"厂里这本财务账她早已烂熟于心。

刘会计像个开中药铺的,丁是丁,卯是卯,当归、黄芪、白芷、党参,背了一堆中药名出来,主要问题其实只有一个,差现金,账上只剩 115 块 6 角 3 分钱。她说:"瑶瑶,不是我叫苦,啥子费用都开不出来了!这几天来了几茬人报药费,我好说歹说才劝离开了。"

瑶瑶说:"这情况你给郑书记汇报没有?"刘会计说:"前几天,对了,是四天前,我给他汇报过,他没表态,这两天,他开会去了。"刘会计望了一下窗外,嘀咕道:"郑书记是老糯米,又善于打太极推手,银钱他讲了当没讲。你是厂里头的主心骨,所以你一回厂我就来找你。"

瑶瑶咳了两声,然后说:"啥子主心骨哟,组织上既然把我安排在厂长位子上,就只得像我师傅说的那样,'做了过河卒子,只有拼命向前'。"

给刘会计讲了几条应对措施后,瑶瑶说:"刘姐,你是财会室的老资格,厂里的家,财会当一半,困难是暂时的,只要努力想办法,早迟能解决,你要多给职工解释。这几天我又要外出联系业务,你多担待一些。"刘会计问:"业务有门路了?""嗯。"瑶瑶看了一下表,马上回办公室。

一回办公室,瑶瑶给黎键打了电话。候到12点,不见蓉蓉踪影,她决定再候半小时。肚子咕咕叫唤起来,想上食堂又怕接不到电话。她从抽屉里取出一袋合川桃片,解封后就着茶水吃。

吃完后用茶漱嘴,漱完笑了起来——刘会计说郑书记是老糯米,说到了点子上。性格如此,糯叽叽的,没得麻花干脆。嗯,不对,他不是业务干部,遇到实打实的问题,打太极推手难免。他人不错,从不乱指挥,也不会暗地下绊马索……

蓉蓉打电话来了,她的口气很急,原来她的孩子病了。瑶瑶说:"妹儿,莫急,好生经佑(方言:照顾)娃儿,等娃儿的病松活了再来上班。"蓉蓉说:"衡器厂的业务落实了没有?"瑶瑶听了在肚子里笑,哪有这么简单!她对蓉蓉说:"有点儿眉目了,我马上去联系,你莫担心,到时候事情有你做的。"

瑶瑶清了清钱夹中的钱,只有十几块,觉得少了点儿,便去清办公桌抽屉,几个抽屉清完,结果只找出五块多,全是零钱。苦笑一声,她骑上摩托回家。

开门,不见黎健,她取了钱,就骑摩托向白鹤林健力厂驶去。不是担心黎健,而是担心五岁多的女儿黎簌簌。女儿读红岩厂幼儿园大班,这几天在家,感冒刚刚好。

到了健力厂没见着黎健,一问会计老丁,老丁说:"黎厂长上午到杨家坪去了,去办什么事儿不知道,走得很急。"瑶瑶问:"簌簌呢?上幼儿园了?"老丁说:"簌簌被周永莲接到她家去了,黎健叫她这两天不上班,专门照看簌簌。"

瑶瑶问:"周永莲的家在什么地方?通公路吗?"老丁说:"在红石桥,有小公路,骑摩托可以去,还得走一两里山路。"

骑摩托离开白鹤林,瑶瑶向红石桥驶去,刚行几百米,她犹豫起来,到了红石桥找不找得到周永莲的家?找到她家,她这阵又在不在家?即使见到孩子难道要把她带走?把孩子接走,这两天衡器厂这笔业务啷个办?……瑶瑶心急火燎,眼泪在眼眶里打转。

风在耳畔呼呼响。转念想到周永莲,这个比自己大几岁的库管员能干又细心,黎健让她带孩子让人放心。她心一横,转过车头向北碚驶去。

到了章敏介绍的那个汤氏衡器厂。门房值班员是个中年汉子,问她来干啥子。瑶瑶摸出红塔山香烟,给了他一支,才摸介绍信,对他说:"我是歇马铁工厂的,来找汤厂长联系业务。"

他看了介绍信说:"你这个女同志,干事情没得数,自己看墙上的钟。"瑶瑶一看钟,再对对腕上的表,说:"不好意思,才1点20,我来早了。请问老大哥,汤厂长下午好久到办公室?"

汉子看了一下手上的烟,说:"红塔山啊,你问汤厂长啊,他什么时候来什么时候走,不画点卯,去来自由,我没法回答你。"

这话有点儿逗,瑶瑶笑起来,和他聊了几句,说:"大哥,我隔一会儿来。"

她走到厂附近的一个小茶馆,向老板要了一杯花茶,选了一个清静的地方坐下。喝到二开,忽然想到她师傅杨士英也爱泡茶馆,茶香催人脑子灵。算了,莫去比,我没得师傅的智慧。

忽然又想到"汤眼镜"汤师傅的话:你没得杨士英聪明,但你吃得了苦下得了笨,事情也照样办得成。行了,既然以前我在红岩厂分材料晒得等得,到这儿来网业务也应该等得。这样一想,茶喝得有滋有味。

茶客们摆龙门阵的声音不时传进耳朵,瑶瑶听出有几个茶客是衡器厂的。好嘛,我盯着他们,一会儿他们上班我跟着进去。

瑶瑶跟在喝茶的工人后面进了厂,门卫看见了没拦她。到了办公室,三块挂了厂长牌子的屋子全锁着。她走出走廊,在门口等。一个人路过,她客气地问了一下,那人指了一下汤厂长的办公室门。

这一等,足足等了一个半钟头。有十多个人进进出出,凡进来的男的,她都仔细打量,像逮鱼的青桩那样把脖颈伸得长长的。她向章敏问过汤厂长的长相,晓得一个大概。有一个男的进来,像章敏说的样子,她忙上前问:"你是汤厂长吗?"那人说:"我不是,汤厂长比我长得漂亮。"说了笑着走了。

终于等到了汤厂长。他提着一个牛皮公文包进门来了。瑶瑶没去问,让他走在她前面,等他进了办公室才走进去。门没关,她用手叩了两下门。

汤厂长问:"这位女同志,面生啊,你有事找我?"瑶瑶说:"汤厂长,虽然我们陌生,但是我从章敏那点早就耳闻你的大名。"说罢,她把介绍信递给汤厂长。

汤厂长一看,说:"哦,你是歇马铁工厂的厂长,柳正瑶,这名字取得好,杨柳轻摇,叫人看了一遍就记得住。"

接下来的事情就简单了。汤厂长说:"你今天来的目的我晓得,章敏给我打过电话。"但他还是向瑶瑶询问了铁工厂的厂房面积、机器设备、技术力量……之后才谈业务。他把瑶瑶带到车间看了加工产品。

瑶瑶一看是衡器面板,不过是打磨和钻孔的活儿,工艺并不复杂。就说:"这活儿我们厂做没问题。"两人重回办公室,落实了价格、质验和付款方式,签了合同。

汤厂长说:"这笔衡器面板加工业务总金额一共五万块,本来准备交给章敏做,他因为厂房窄了,犹犹豫豫,就推荐了你。合同既然定了,柳厂长,我只强调一点,严格保证质量,至于交货时间,你们分期分批交货,应该不是问题。到时候交接,由我们厂派车派员到你厂验收、运输。"

瑶瑶谢了汤厂长,就告辞了。

一出厂门,柳正瑶就沿着龙凤溪公路向红石桥奔去。到了那儿,在路边人家的院坝停了摩托车,打听了周永莲家的地址,一溜小跑,跑了几百米山路,在小山丘上两棵大橙子树旁,找到了周永莲的家。这是一栋三层小楼,外墙"穿了衣",安了黄瓷砖,在周围房子中,分外醒目。

院子边,一只黄狗叫起来。瑶瑶放开嗓子喊:"周永莲!周永莲!我是瑶瑶,柳正瑶!"周永莲闻声出了院门,见了瑶瑶,应了一声,就去喝住狗。

周永莲把瑶瑶迎进小院。瑶瑶问:"永莲姐,簌簌呢,怎么不见影儿?"周永莲说:"小柳,簌簌好好的,正在后园子玩呢。簌簌五岁,我小女儿安安差三个月六岁,我今天把簌簌引回家,两个小妹崽就形影不离了。"

周永莲招呼瑶瑶到后花园去看簌簌,瑶瑶站着不动,她晓得簌簌黏她,她一去就肯定走不掉了。最大的可能是簌簌马上缠她,叫嚷着回家去。那样,老公这两天不在家,自己什么事情也干不了!周永莲能干,会带小孩子,这两天簌簌交给她,自己可腾手出来干正事,落实合同的事一点儿耽搁不得⋯⋯

瑶瑶把与衡器厂签合同的事给周永莲讲了。周永莲说:"你们厂维持下去不易,难为你了。我三楼西边窗子正对后园子,你跟我上去,悄悄看一下该子。看你丧魂失魄的样子,去看一下才放心。"

瑶瑶跟着周永莲上了三楼,一言不发地凝视孩子。后园子不大,有果树、花木和菜地。两个小女孩坐在光光的水泥地上,面前摆放着积木、气塑玩具,小毛绒玩具,还有一辆铁皮的小救护车⋯⋯

见俩孩子玩得开心,瑶瑶说:"永莲姐,你把所有的玩具都拿出来给簌簌玩了。"周永莲说:"哪里的话,我家安安也在一起玩嘛。你家簌簌好乖,她把安安当小姐姐,嘴巴比蜜还甜,安安高兴了,就把她的啥子要的全找出来一起玩。"

瑶瑶说:"我放心了,永莲姐,谢谢你。"周永莲说莫谢。瑶瑶骑摩托回歇马。尽管觉得孩子目前这样安排不错,心里还是酸酸的。

她没有直接回家,而是骑车到"黑子"家,把签合同的事给他讲了。然后吩咐黑子,明天早上务必叫上"马眼镜"和质检员一起来她办公室。

第二天早上8点过一刻钟,"黑子""马眼镜"和质检员来见了瑶瑶。

当天下午,这三个人赶到汤氏衡器厂。第二天,衡器厂用车把加工件拉到了歇马……

冷清了好一阵子的铁工厂又热闹起来。

蓉蓉来上班了。瑶瑶叫她这段时间把其他工作搁一搁,专门负责和汤氏衡器厂的联络工作。她着重向蓉蓉指出一点,和汤厂长搞好关系,送了货及时催款结账,厂里等米下锅呢。

厂里有好几笔应收的款迟迟没到账,瑶瑶亲自上门催账。同时,她往公社、银行频繁地跑,希望能贷到一笔款。

这天,瑶瑶刚到办公室,泡了茶还没喝到嘴,"黑子"跑到办公室,咕噜咕噜,把她的茶喝光了,然后开始诉苦,主要是抱怨这次接的业务赚头不大,很费力。

听他一气讲完,瑶瑶生气了,瞪了"黑子"一眼说:"'黑子',你这个副厂长白当了,现在是厂里的非常时期,只要是业务,管它啥子白猫黑猫,我们做得下来的,就要抓住不放,不能挑肥拣瘦,否则只有坐着等饿死。活路重,找的却是现钱。再说了,有活路做,能渡难关,更重要的是能聚人心。聚人心,你懂不懂?我们厂目前青黄不接,有了事儿得做,肉嘎嘎哪个不晓得吃!告诉你,人家衡器厂这回是试探,活儿干好了,以后有油水的业务跟着来。"

"黑子"笑起来。瑶瑶大声向门外喊:"'马眼镜',躲在门外头干啥子?大大方方进来嘛。"

"马眼镜"进来了,两腮绯红。他肚子里主意多,脸皮却很薄,平常对瑶瑶有些虚怯。"马眼镜"讷讷地说:"厂长,其实我们不是嫌弃这些活儿接得不好,我和'黑子'是想问一下你,比这批活儿更好的业务有没得?"

瑶瑶笑起来:"有,只要大伙儿不想耍,好活儿肯定有,这一会儿我正在四处联系,你们没看到?"

"马眼镜"说话顺溜起来:"我们当然看到了,其实,其实我是想问,龙兴公司那边有消息没有,目前生产摩托车配件是个利大的肥活儿,也是量大如长流水的好活儿!我和'黑子'左分析右分析,认为我们厂要凤凰涅槃、浴火重生,只有在这件事儿上下足功夫。"

"黑子"插话说:"瑶瑶,听说你昨天在公社大黄葛树下和栗书记谈了好久,我想你是在向栗书记请求支持。"

顿时,瑶瑶有些感动,说话的声音大起来:"'黑子''马眼镜',你俩无论从智力、技术和见识上都比厂里其他人高,如果要我评选铁工厂的能干人,你俩就是,是我依靠的核心力量。归根结底一句话,感谢你们支持我的工作。'黑子',我昨天见了公社栗书记,是他找我谈话的,他表扬我们不等不靠,自己设法找米下锅……"

"黑子"着急地问:"你跟栗书记讲了资金困难的情况没有?"

瑶瑶说:"讲了,他说我们的困难他充分理解,没有确切回答。栗书记作为公社'一把手',能表示理解就是一种支持。'黑子',公社不是银行,不是信用社,要解决资金问题,还得靠自己。这几天,我正在跑这件棘手的事儿。"

瑶瑶一个星期连续跑了五家银行都没有结果。有两家银行是通过朋友介绍,见到了信贷科长。瑶瑶一开口,人家半闭着眼睛听,她一讲完,科长的话滔滔不绝,而且条分缕析,句句话实打实,歇马铁工厂的厂房面积、机器设备、原燃材料库存、技术力量、产品结构、工资发放、财会状况及应支应付等情况……信贷科长说得一清二楚。

还说什么呢？话不是在嘴里打转，就是咽回肚子里。瑶瑶客气地与科长告辞，心里感觉是落荒而逃。不过，心里想着，那科长说得油光水滑的，无非是打太极拳，叫她知难而退。但是她晓得有的单位不如铁工厂，也在银行贷上了款。也许，自己没找到开锁的钥匙。

出了银行，行走在梧桐树下，瑶瑶忽然想到一个熟人。那是一个她上党校时结识的女同学，叫宁莺，在财贸部门工作，老公是银行系统的职工。到了宁莺的办公室，她正忙着，候到她下班才说事儿。宁莺听了一诧，然后说："我老公在储蓄部门，你这个忙我帮不了。"宁莺请瑶瑶到她家吃晚饭，瑶瑶客气地告辞了。

晚上回家已过8点钟。一回家，看见蓉蓉坐在沙发上和簌簌玩玩具。瑶瑶问："蓉蓉，有事儿？"蓉蓉说："有。"瑶瑶说："肚子是空舱，我下碗鸡蛋面吃了再说。喂，你吃了没有？"蓉蓉说："吃过了，我来的时候，黎键在家，他弄的饭，他吃了饭有事儿出去了。"

瑶瑶迅速吃了饭。她去洗脸的时候，蓉蓉帮她洗了锅碗。

泡了两杯西农花茶，茶香袅袅。蓉蓉说："瑶瑶姐，我今天守在你家不走，是有个消息告诉你，但是我不知道这消息是好是坏。"瑶瑶说："说话莫那么绕，直说，直奔主题。"

蓉蓉竹筒倒豆子般说了一通。蓉蓉说："我今天到蔡家场去，在蚕种场碰见一个亲戚。那亲戚是个乡镇企业的老采购，采购见采购，何况是亲戚，聊的话活泛。当他听到我和厂长跑贷款跑断了腿也求贷无门时，就说了一个信息，北碚信用社信贷部新头儿叫霍岭，人很爽快，是个想干实事儿的人，没得怪德性，他放贷，看的是单位的实力或发展潜力，看的是厂子领导的能力和德行……我问得很细,他把他知道的全说了。"

瑶瑶说:"你亲戚说没说怎么能联系上这个霍岭?"蓉蓉喝了一口茶,说:"我问了,他也说了,霍岭喜欢下象棋,还喜欢川戏,霍岭和社队企业局老陆很熟,常在一起下棋,聊川戏,还一起喝酒。"

顿时,瑶瑶高兴得哈哈笑:"蓉蓉,你立了大功了!那个老陆我认得,他是我师傅杨士英的忘年交!"蓉蓉问:"真的?"瑶瑶说:"当然是真的,蓉蓉,我俩明天去见老陆,我的脸面他可以忽视,我师傅的面子他得顾!"

霍岭答应了贷款。瑶瑶请他吃饭,先请老陆,由老陆去请霍岭,霍岭当然得来。选的馆子是泉外楼,这是饮食服务公司的招牌馆子。瑶瑶带蓉蓉先去,要了一个小雅间。点酒的时候,瑶瑶点茅台。老陆说:"用不着,就喝古蔺郎酒,泉外楼的郎酒正宗,便宜又好喝。"

霍岭说:"柳厂长,老陆说得对,我俩常在一起喝豆豆酒,喝的就是郎酒。"瑶瑶说:"好嘛,本色最好。"

这顿酒喝得舒服。酒过三巡,彼此说话就活络起来。老陆向瑶瑶问起"大牙巴""小牙巴"的近况,瑶瑶一一说了。霍岭先是听得一愣二愣的,老陆向他介绍"小牙巴"杨士英的情况,霍岭听得打哈哈,说没想到歇马场还有这等趣人高人。

老陆说:"瑶瑶,你贷款进镗床、仿形铣,路子是对的,但是,你们厂的技术力量还得加强,要是'汤眼镜'汤师傅能回歇马就好了,由他来指导技术科,他技术拔尖,北碚那些三线厂,熟人多得起串串,啥子都捏得叫唤。"

瑶瑶听了这话,心花怒放,老陆和他想到一起了,她早就有这个想法了,现在时机成熟,应该立即聘请汤师傅回厂,哪怕支持一年半载也是好事儿。

回厂后,瑶瑶、蓉蓉、"黑子"和马眼镜一起合议,都同意立即聘请汤师傅回厂。

瑶瑶跑到北碚邮局给老厂长杨铁匠打通电话。杨铁匠听说了厂里的近况,说:"厂里进了新设备,是应该请'汤眼镜'回厂,他现在已被他上海老家的一家乡办厂聘为高工,工资高。"

瑶瑶急着插话:"老厂长,你估计他会不会回来?"

杨铁匠说:"我估计他会回来,我晓得他对歇马铁工厂有很深的感情,因为铁工厂在他落难的时候收留了他,况且他从不看重金钱。"杨铁匠沉默了一会儿说:"我想了一下,请他回厂这件事儿,不由我去说,让杨士英去说,这样做,十拿九稳。"瑶瑶笑起来:"老厂长,不是十拿九稳,是手到擒来、马到成功。"

汤师傅一喊就来,他来的前五天,一台仿形铣、一台镗床运到了歇马铁工厂。汤师傅来那天,开箱安装。厂里还请来栗书记等公社领导、社队企业局老陆和信用社信贷部的霍岭,举行了仪式。领导讲话,霍岭讲话,都简洁到位,仪式举行时间很短,没超过一刻钟。

瑶瑶请汤师傅上去讲两句,他谢绝了,对瑶瑶说了一句:"设备买回来了,我很高兴,高兴得说不出话来。"

机器安装好那天晚上,章敏来到铁工厂。瑶瑶购买仿形铣和镗床时向章敏咨询,他把她介绍给了比他更懂行的朋友。章敏到车间看了机器,说了一句"这床子不错",就接到了一个电话,他给瑶瑶道别后匆匆离开了。瑶瑶本想向他打听龙兴方面的情况,章敏一走也落空了。

新机器由汤师傅负责安装和调试。机器调试好了,汤师傅对瑶瑶说:"这两台设备金贵,任何人不能动。"他向瑶瑶建议:马上选拔操作工,人员确定后,立即进行相关培训,技术达标才能上岗。

新机器进厂,两台机器分两至三班运转,需安排八个人上岗。许多人,不,是全厂的人都把这个岗位盯着。50多岁的老职工不能捞上这技术活,但他有子女有亲戚朋友……

风言风语很多。找瑶瑶说情的人很多,上班时找她,晚上撵到家里来找。找汤师傅和"黑子"说情的也不乏其人。几个人一碰头谈到这件事儿,头都大了,决定开个会。书记不在,瑶瑶召集厂领导班子、各部门负责人和职代会代表共同商议。争议不一,会场上一度出现争吵。

汤师傅说:"争个锤子!我只提三条要求:铣床镗床的操作工一要年轻,二要聪明,三要踏实。此外,要考,考文化知识,考实作能力。"他一说,会场安静了。

汤师傅强调说:"文化水平不等于文凭,是实际水平,否则,简单地比文凭,杨士英当年只读到初中。"会场上哄闹起来。汤师傅说:"安静!考实作能力呢,我指的是不要把麦子当作韭菜的书呆子。"他这句话一说,大家哄堂大笑。

瑶瑶坚决支持汤师傅。她说:"只能这样做,这样才能杜绝讲人情,开后门,体现公平。"她问:"你们愿不愿意把用血汗钱买来的新机器,交到吊甩甩的人手上?"大家都说不愿意。

意见达到一致,经过公平考试,最终选拔出了六个年轻操作工,原先说选八个,结果只选了六个。原因是这样的,杨铁匠听说这事儿后,给瑶瑶打了电话,说:"好机器是进回来了,但是正南其北的用场还没得,不如先选拔六个,做事情要留后手。"

瑶瑶把这话转达给汤师傅。汤师傅笑起来:"瑶瑶,你信不信,这是'小牙巴'在向'大牙巴'摇羽毛扇。"瑶瑶也笑起来,说:"我信,我师傅足智多谋,他叫我留后手,一是省人力资源,二是激励没选拔得上的人,让他们争取。"

人选出来了,由汤师傅亲自培训。

汤氏衡器厂和铁工厂又签了合同。同时,汤厂长给瑶瑶牵线搭桥,铁工厂又网到了新的业务……

龙兴公司的豆副总突然来到歇马铁工厂。瑶瑶事先不知道他来,见了他竟有点惊奇,忙去泡茶。她待客的花茶好,是石乳毛尖。豆副总喝了称赞:"茶不错,虽是花茶,基础绿茶好,窨制得法,花香不夺茶香。"

喝过三开,豆副总看看表,对瑶瑶说:"我这次来歇马,已转了两个厂,今天想看看你们厂。请了一位专家一道来,他可能迟一会儿到。"

瑶瑶说:"欢迎。豆总,我引你去,先看哪部分?"豆副总说:"先看车间吧,这是一个工厂的'宝肋肉'。"

瑶瑶和豆副总到了车间,豆副总望了两眼,直奔仿形铣和镗床而去。

机器旁边的水泥地上靠墙放了一张半新不旧的黑板,地上摆了六个倒扣的空油漆桶,桶上坐着六个青年工人,四男三女,每个人手里有笔记本有笔——汤师傅正在现场教学呢。

瑶瑶快步走到汤师傅跟前,跟他小声说了几句话。汤师傅说:"你们六个把桶搬到外面去,各人整理笔记,过一会儿继续上课。"几个青年工人望了望客人,马上搬起桶离开了。

瑶瑶向汤师傅介绍豆副总,又向豆副总介绍汤师傅。汤师傅说:"豆总,欢迎您莅临车间指导工作。"他搓搓两手:"手就不握了,黏糊糊的,不是机油就是粉笔灰。"

豆副总说:"汤工,辛苦了。"我感到很新鲜,你们在机器旁边上课?"

瑶瑶说:"豆总,事情是这样的……"刚说两句,一个五六十岁的专家模样的人到了。瑶瑶一见,这人她认识,是专家曲欣久,正准备打招呼,曲欣久大声叫起来:"'汤眼镜',是你?好久从江南回来的?""汤眼镜"说:"老曲,你怎么有空到铁工厂来了?"两人看样子熟得不得了。

豆副总问:"怎么,老曲,你认识汤工?"曲欣久笑起来:"岂止认识,我俩交道打了二三十年了。在大石盘浦陵厂的时候,我俩就过往密切。你不晓得,汤工原来在一个将近万人的大型企业待过,是顶级的技术尖子,我那时遇上难题都向他请教……"

中午吃饭时,曲欣久不断和汤师傅说话。席间,谈到铁工厂的现时状况,曲欣久对瑶瑶说:"经济形势发展迅猛,现在办企业,缺钱可以筹,机器可以进,唯独技术人才难得,尤其汤工这等人才,打起灯笼火把也难找。汤工回来帮你了,你还愁什么?"

瑶瑶笑了。

两个月后,歇马铁工厂开始生产龙兴公司的摩托车配件。

"汤眼镜"汤师傅回江南去了,他撒的种子,栽的苗子却在歇马这片土地上生根发芽……

第十八章

章敏不知道自己迁了几次厂了，内中又有多少酸辣苦涩，他不愿回忆也不愿提起。只是这一次搬迁与以前的情形格外不同，以前搬迁的房子和地儿都是别人的，现在这房子、这地是自己的，而且大了宽了，要讲感觉，滋味是甜的。

这次他圈了两亩多地，厂房500多平方米，车间、库房、办公室一应俱全，再不会捉襟见肘、"因漏就捡"了。淘汰了一些旧机器，井然有序地安装在车间的，都是新设备、好机器。工人增加了，其中有高职称兼高水平的技术员工程师，还有一支他特别倚重的技工队伍，是他多年培养的"江东子弟兵"。资金也充裕。

厂房刚修起时，一个朋友找到章敏说："我有100多万资金，存放银行利息太少，投放给别人我不放心，生怕血本无归。弟啊，我只相信你，这 100 多万投给你，利息你看着给。"

还有一个朋友也想投 300 万给章敏，也说相同的话："我只相信你。"

章敏想了想，谢绝了朋友的投资。他这样做，不仅是想到以前和人搭伙办厂的经历，比如和李二哥合作之后曾经的不愉快，也觉得自己资金应对现在的生产规模绰绰有余。自己现在是个香饽饽，到处都有安顿的地儿，何必去招揽那些空炉子冷蒸笼。

往深层次看，章敏不接纳朋友的资金是出于一种忧患意识，现在整体经济形势虽然不错，但他这行业远景堪忧，他从事的只是模具的委托加工。模具不是独立产品，是直接为上家服务的，上家形势如果不好，就直接影响甚至危及自己的生存空间，更谈不上发展。章敏的上家主要是汽车配件和摩托车配件的公司厂家，这两年市场日趋饱和，行业竞争太剧烈。作为下家，务必使业务稳健发展，感觉不稳的，绝不伸手，也不恋战。比如有一个大汽车厂在长江边建了厂，交给章敏一个 1500 万的项目。章敏做过市场调查后，没承接那个对他来说是够大的项目。因为他觉得这厂的汽车虽然销得不错，但利润低，迟早要在资金上掉链子，那样自己就危险了。就像他不炒股一样，他遵循一个原则：不进去，就不会输。

一天，歇马逢赶场天，街上拥挤不堪，直到中午散场，道路才解除了堵塞。瑶瑶从北碚打的回厂，在歇马前面两公里处遭遇堵车，堵了一刻钟，她已不耐烦，焦急地把头探出车窗。等到二十分钟时，她付了车费下车步行。

铁工厂已改名为机械厂，瑶瑶这个承包厂长干得顺风顺水，厂里试制出了两冲程125摩托车曲轴,这个产品第一次投入海南市场后即获利六万多元,瑶瑶第一次尝到了甜头。

然而不久,海南的一家客户忽然来了通知:他们决定停止使用瑶瑶厂的配件产品。这意味着他们的产品在海南遭挫了。这一打击使瑶瑶犹如寒冬被人迎面泼了一盆凉水!她想飞去海南,却无法脱身,于是马上派蓉蓉带人进行市场调查,不仅到海南,也走访国内其他用户。通过调查,她认为自己选择的道路没有错。但她因此认识到市场有着一张善变的脸,变起来如同翻书,但速度比翻书快,而且没得章法。

她想一个企业只有普通的产品是不行的,还必须打造市场需要的紧俏产品、名牌产品。就像北碚的怪味胡豆一样,麻辣鲜香咸,五味俱全,而且酥脆,比寻常的五味还多出一味特色。她的想法得到了大家的认可。

做了一番调研后,瑶瑶决定生产当时市场上十分紧缺的四冲程100型摩托车曲轴。

她请了一批专家——大学的、研究所的、大厂里的……到她厂里调研。他们把车间、库房、设计室详详细细看过,得出了一致结论:"根据厂里目前的生产条件及技术能力,生产四冲程100型摩托车曲轴绝无可能。"

座谈会上,专家发了言,说的话面面俱到,光滑得像苏州绸子,透出的却是一个"否"字。

一个叫邹茂岭的老专家最后发言。他的开场白很有趣:"开这个座谈会之前,我看了车间、技术室,决定守口如瓶。但是我刚才接到了一个朋友的电话,他是歇马人,我在6905厂曾经待过三年,算是半个歇马人,与铁工厂的人是邻居,不得不讲几句。"

结果他一讲,滔滔不绝,却没一句废话,句句直奔要点——四冲程100型摩托车曲轴。

邹茂岭从这曲轴的市场需要开讲,然后讲到它的科技含量。似乎是针对瑶瑶厂的实际状况,他着重谈了设备及技术要求,虽然不是条分缕析,但绝对有针对性,直指要害……

瑶瑶听得心潮起伏。她盯着这个邹老,心想这是个高人,专家中的专家,他是从哪里来的?我得把他的情况摸清楚。

吃饭时,瑶瑶在席桌上的豪气及落落大方的讲话让专家们分外舒坦。

瑶瑶一方面叫蓉蓉从留言簿上抄下"邹茂岭"这个名字,一方面给谢琴打电话。谢琴电话中说:"这个名字听说过,对他所知有限。"

"傅平可能晓得邹茂岭!"这个想法忽然从脑子里蹦了出来。瑶瑶已和傅平喝过多次酒了,傅平视她为哥们。傅平朋友多,他应该了解邹茂岭的根底。

傅平果然知道,他和瑶瑶通了半个钟头电话,把邹茂岭的根根底底全告诉了她。

瑶瑶把情况告诉了蓉蓉。当蓉蓉把邹茂岭带到瑶瑶面前时,她惊呆了,惊异蓉蓉怎么请来的这位大神。不用说,邹茂岭成了她的座上客。

接下来是请高级技工。6905厂有两个技工,是傅平和章敏推荐的。可他们到了厂里一看,没说一句话掉头就走。

瑶瑶和蓉蓉心里明白是啥原因。瑶瑶说:"6905厂和我们是隔壁,我当采购时没少去求援,他们总是给予支援。遇上技术难题时,上门一说,他们领导也会派技工来排忧解难。可是要请国营厂的技术人员到我们厂工作,想想真好笑!我们另想办法。"

蓉蓉说:"浦陵厂、华伟厂的技工多,就是请不来。"

瑶瑶笑起来:"蓉蓉,你这几天心不在焉,总有办法的。"蓉蓉像弹簧一样从板凳上蹦起来,背上挎包匆匆出门了。

蓉蓉使尽了招数,有几个技术高手进了铁工厂——不是正式工,是抽空来当"教头"。

"苦心人,天不负。"瑶瑶和技术人员日夜攻关,终于试制出了当时市场上十分紧缺的四冲程100型摩托车曲轴。新产品在市场上很畅销,每套竟卖到了200多元,远远高出两冲程曲轴的价格!小试牛刀后,瑶瑶认准了打造曲轴品牌这条出路。她亮出了"歇马曲轴"的品牌。

有人夸她时,瑶瑶很认真地说:"我步入摩配行业,最初是被人逼出来的,这一逼就逼出了胆子,也逼出了产品!市场再一逼,就逼出了智慧,逼出了品牌。"

瑶瑶打造品牌过程中最大的智慧是"诚信"。四冲程100型曲轴投放市场之初,曾向广东湛江发货600套。在生产过程中,一个零件因外包加工淬火出了问题。当时——发现问题的第一时间,瑶瑶当机立断,马上与湛江方面联系:重新发货600套,承诺损失由己方承担。这使湛江厂家格外感动。

瑶瑶后来被问起时说:"这批货价值12万元,在当时是个大数目,这一损失甚至可能影响到企业的生存。我之所以这样做,也费了一番心思,我们小厂靠什么去赢得市场?只有诚信!"从此,瑶瑶不断向职工

灌输理念：诚信是产品打开市场的通行证，用户信得过，企业才走得远。

2000年8月，瑶瑶承包的工厂生产的摩托曲轴出口海外，供不应求。厂内不少职工也因此滋生出"骄""娇"二气。

一次，瑶瑶在车间巡检时发现曲轴的油道错位，她当即追查，发现已发出了5000多套曲轴，其中有3300套发到了龙兴公司。瑶瑶的心中又气又急。她当即开了一个十几分钟的短会，分析事故原因，并且第一次当着众人的面掉泪。她说的话不多，但有一句话一直响在大家的心里："企业一路走过来，闯出品牌不容易，品牌发展于自己的手，也可能毁于自己的手！"话音刚落，她宣布散会，当即组织了十多个技术骨干，亲自带队前往客户公司。

在龙兴公司，瑶瑶第一时间带队下到车间，亲自和工人们逐一排查问题产品。3000多套曲轴已安装在发动机中，每个发动机都沉甸甸的，密密麻麻地堆在地上，别说拆卸检查，想在其中下脚都难。那天，从中午干到晚上12点多，瑶瑶脚上的一双新凉鞋都磨坏了！中途，龙兴公司余总几次派人来劝她休息，她坚持留下来排查，奋战在第一线。

在检查过程中，一些到龙兴公司排队提货的厂家闻讯后不愿多等，向龙兴公司的负责人提出要求："现在就发货，每发1000台发动机，多发十台，以备调换。"

瑶瑶听见后马上阻止道："这样不行，这批产品销往国外，发动机出现问题，别人只会说龙兴的产品有问题，龙兴的质量就是我的质量，有质量问题的必须全数返回。"她坚持排查到底，让她欣慰的是，最后，只发现两套产品有问题。

第二天，瑶瑶亲自将一封致歉信交给龙兴公司的余总。余总看后立即通知各个相关配件产品生产厂家到龙兴公司开分析会。在会上，他说："今天我收到了一份沉甸甸的'红包'，是歇马曲轴柳正瑶送来的。"他讲完经过后感慨道，"我们龙兴和大家捆在一起，共同打造品牌，如果我们都像歇马曲轴那样做，我们龙兴的产品没有打不响的，市场没有做不大的！"

余总这话是对瑶瑶和她的企业重诚信、视质量为生命的由衷赞叹。

事后有人笑她傻，瑶瑶只是笑着摇了摇头，什么也没说，但其中的道理，她自己心里最清楚，那就是"千里之堤，溃于蚁穴，百年大计，始于诚信"。

没过两天，瑶瑶召开了全厂职工大会。她没讲大道理，而是向大家提了一个问题："我们的工资是谁给的？"不等大家回答，她大声说："从表面看是顾客，是市场，从深层次看，是我们自己，是响当当、硬邦邦的产品质量。"之后，是整顿劳动纪律，是制定更严格、更科学的管理制度……

柳正瑶生产新型摩配件，大量引进工程技术人员，开发了新产品30多个。精心打造品牌，获得了自营进出口权，通过了质量保证体系认证……

2003年的春天，机械厂更名为永腾摩配厂。企业改制，柳正瑶当了永腾的董事长。当老板了，企业又蒸蒸日上，她老公黎健的健力厂被永腾兼并，黎健当了厂长，"黑子""马眼镜"也被重用，蓉蓉当了办公室主任……正如明老师当年批的"八字"，"山野之花"麻姑进了柳正瑶的厂，当了生产骨干。

瑶瑶可以自行支配时间了，她报考了MBA，天天复习……

黎健说:"柳正瑶,你年龄已经'望四'了,还去读什么 MBA,我们又不差钱,完全可以腰缠十万贯,骑鹤下扬州。"

瑶瑶说:"这个建议好,老公,我们明天赶飞机到南京,游了金陵再游扬州,然后回来安安心心读书。"黎健听了只得苦笑……

入学第一天,她到大学上课,竟撞上了几张熟悉的脸:章敏、齐群英、钱锁财。他们都是歇马一百多家乡镇企业里的佼佼者。

章敏说:"瑶瑶孃孃,你也来读 MBA,让我既佩服又吃惊。"瑶瑶说:"啥子孃孃?我老了吗?我叫柳正瑶,以后叫我姐!"

齐群英笑了起来,然后说道:"章敏,你长起眼睛不盯事儿,你看我们瑶瑶姐姐,今天打扮得好年轻。"章敏忙拱手:"说错了,说错了,是真的年轻漂亮,意气风发,恰如春风杨柳。哈哈哈……"

上课了,开场白很长。瑶瑶闭上眼睛。忽然,她好像看到了两双眼,那是汤师傅和杨士英的!她打了个激灵,一下睁开了眼睛……

过了几个月,阳雀飞到缙云山麓唱歌的时候,杨士英率团队在四川搞调研后回到重庆。他并没回歇马,而是住在桂园宾馆。

杨铁匠带了柳正瑶、吴应杰、章敏、沈根远去桂园见杨士英。

吴应杰见到杨士英后抱怨他回歇马躲他。杨士英忙道歉,解释说:"实在太忙,搞调研跑的点太多,十个指头,红岩厂还没占到一根小指头。不过,歇马红岩,我一直放在心头。你们厂这九年共生产了各种内燃机 3778 台,总产值 88154.61 万元,创汇 884.6 万美元。这几个数字我记得准不准?请老表确认一下。"吴应杰挠挠头皮:"一个字不差,'小牙巴',我服了,不说了。"

章敏见了杨士英喊"叔"。杨士英说:"乱喊,我把你老汉儿叫叔。"

两人谈了一会儿。

最后,杨士英和瑶瑶小声谈了十几分钟话。瑶瑶一个问题也没问,因为她想提的问题,师傅都帮她解答了。

后来,杨士英被人叫走了。临走时他很诚恳地向大家道歉。

章敏在那儿意外地见到韦才芝和她老公"蒲扇",见面只点了点头没说话。出门后,章敏好奇地问:"韦孃孃,你们怎么也来了?"

韦才芝笑着说:"我们昨天就来了,以前也来见过杨士英,你不晓得罢了。"章敏要问个究竟。韦才芝望了望老公,他取下眼镜眨眼表示可以讲。韦才芝便讲起来。

原来,"蒲扇"象棋下得好,旧体诗词写得好,是成裕的启蒙老师,和红岩厂的"江南探花"是挚友。以前杨士英到北碚,都要到他家里去一趟,借书、下棋、喝茶、聊天。有时晚了还住在他家……

"蒲扇"在一个小厂里当了多年采购,朋友多,社队企业供销公司卢经理、仪表总厂供应处的叶润,都是"蒲扇"前前后后向杨士英引荐的……

杨铁匠跟儿子回北京了。六个月后从北京回到歇马,这次回来,像老鹄守滩。七十多岁的人了,身板还算硬朗,钓鱼,到茶馆下棋,喝茶,聊天,日子过得滋润。

茶客们都想念明老师。"牛阴阳"问杨铁匠晓不晓得明老师的行踪。杨铁匠说:"我也说不准,他离开歇马后,像只出笼的鸟儿,一会儿在江南老家,一会又飞往北京。"

"牛阴阳"说:"明老师走了,我们不好耍了,按说日子好过了,茶味却淡薄了。这几晚,我躺在床上想,之所以是这个魂不守舍的样儿,是因为明老师走了!他在茶馆,就像柳麻子说书,精彩得很,亮一嗓子,屋头的茶杯、茶碗、茶盅盅,都要掀波浪、起回声。"

讲起劲儿了,"牛阴阳"说:"明老师是歇马茶馆的龙头老大,不对不对,现在不时兴讲这个,明老师是硬火、硬角色。"

这时,"大牙巴"杨铁匠说:"'牛阴阳',你娃儿只晓得发歪脉,陈词滥调,明给你说,明老师是歇马茶馆的灵魂人物。"

"对对对!""牛阴阳"笑了起来,"灵魂人物!灵魂人物!喂,大家发现没得,'大牙巴'比以前钢口硬了,一出嘴就是新名词。"

"'小牙巴'教的!'牛阴阳',你娃儿眼睛枉自鼓起牛眼睛那么大,不看'大牙巴'有个啥样儿子!"这些年,"耗儿药"种花木发了财,说话有了钢声响。

"牛阴阳"立马吼起来,声音哑哑的,却有穿透力:"'耗儿药',我说你娃儿是个聋的!杨铁匠这些年时不时飞北京,一住就是一年半载,他儿子钢口铁牙,讲的那些话,杨铁匠哪怕蹲在厕所里面,也早听会了!"

茶馆中一下子炸开了锅……

白鹤林柑研所吴明家的女儿考了第一名,这第一名非区、非市、也非省里的,是全国的,响当当的第一名。

杨铁匠在茶馆中听到了消息,没有插嘴。回家忙打出了几个电话。

杨士英对他说:"老汉儿,这消息千真万确,我核实过,还和吴明通过电话,确定'新科状元'是吴明的女儿。五年前,吴明带他女儿到北京来过,这小女孩很有灵气,我带他们逛过北大、清华园。还带他们见过明老师……"

第二天早晨,杨铁匠到茶馆喝早茶,比以前早到了半个小时,茶馆里已坐了三四桌人。人声喧喧,谈的话题只有一个,就是"新科状元"的那些事儿。有人手里还捏着报纸。

杨铁匠刚一落座,"牛阴阳"就高声吼起:"掺茶匠,快来一碗青茶,杨铁匠这里!钱由我给。"说罢,他鼓起眼睛把杨铁匠盯起。顿时,许多双眼都盯向铁匠。

"'牛阴阳'的算盘是加了'桥数'的,他晓得杨士英和明老师、吴明是熟人,想向我打探消息。算了,关心'状元',是件好事儿。"杨铁匠揭开盖碗,连浮沫也没吹,张嘴嗍了两口热茶,然后说:"谢了,'牛阴阳'。"

杨铁匠说:"吴明的女儿考了全国第一名的事儿,报上都登了,广播也播了。就不多说了。"

甄木匠说:"杨厂长,过筋过脉的话,你还是说说。"

许多声音吼起:"要说,要说!"

"好嘛!"杨铁匠说,"我下面说的是明老师的话,他说他回江南老家不习惯,过一年,最多明年就回歇马场住,天天坐茶馆。"

"牛阴阳""刷"地站起来问:"'老牙巴',你说的是真的,还是哄人的?"杨铁匠说:"当然是真的,我要说了假话,你把我当毛铁打!"

杨铁匠说:"明老师昨天晚上和我通了电话,他说知道吴明的女儿考了全国第一名,他兴奋得很,因为他曾经教过她古文。他说歇马场是块儿风水宝地,以前出过冯状元。抗战的时候,又有中国乡村建设学院这些大单位搬来。前些年搞三线建设,红岩厂、浦陵厂、仪表厂、光学厂等一批大厂搬到了歇马……刚才提到的这些,都推动了,啥子啊,啊,推动了歇马经济社会的发展,提高了歇马人的文化品位。"

"牛阴阳"插嘴说:"铁匠,你儿杨士英给你说了些啥子?""耗儿药"接着说:"对头,莫把杨士英的话'贪污'了,我们也很想听。"

杨铁匠说:"杨士英说歇马是个出过老虎的地方,也出状元、出人才,歇马的孩子们要像状元那样,好好读书,只有知识才能给自己长才干,一有机会,就能像大鹏金翅鸟一样展翅飞翔。"

茶馆中一下子安静了下来。